Someone to Love
by Mary Balogh

愛を知らない君へ

メアリ・バログ
山本やよい[訳]

JN123468

ライムブックス

Translated from the English
SOMEONE TO LOVE
by Mary Balogh

The original edition has:

First published in the United States by Signet

Japanese translation published by arrangement with
Maria Carvainis Agency, Inc
through The English Agency (Japan) Ltd.

愛を知らない君へ

主要登場人物

アナ・スノー……………………………………孤児院の教師
エイヴリー・アーチャー………………………ネザービー公爵
ハンフリー・ウェスコット……………………故リヴァーデイル伯爵
ヴァイオラ・ウェスコット……………………ハンフリーの妻。伯爵夫人
ハロルド（ハリー）・ウェスコット…………伯爵家の長男
カミール（カム）・ウェスコット……………伯爵家の長女
アビゲイル（アビー）・ウェスコット………伯爵家の次女
ユージーニア・ウェスコット…………………先々代リヴァーデイル伯爵未亡人
ルイーズ・アーチャー…………………………先代ネザービー公爵夫人。ユージーニアの次女
ジェシカ（ジェス）・アーチャー……………ルイーズの娘。エイヴリーの異母妹
アレグザンダー（アレックス）・ウェスコット……ハロルドたちのまたいとこ
アルシーア・ウェスコット……………………アレグザンダーの母
エリザベス（リジー）・オーヴァーフィールド……アレグザンダーの姉
マティルダ・ウェスコット……………………ユージーニアの長女
ミルドレッド（ミリー）・ウェイン…………ユージーニアの三女
トマス・ウェイン………………………………ミルドレッドの夫。モレナー男爵
エドウィン・ゴダード…………………………エイヴリーの秘書
ジョエル・カニンガム…………………………アナの親友。画家
バーサ・リード…………………………………孤児院の少女
ジョサイア・ブラムフォード…………………伯爵家の顧問弁護士

ウェスコット家

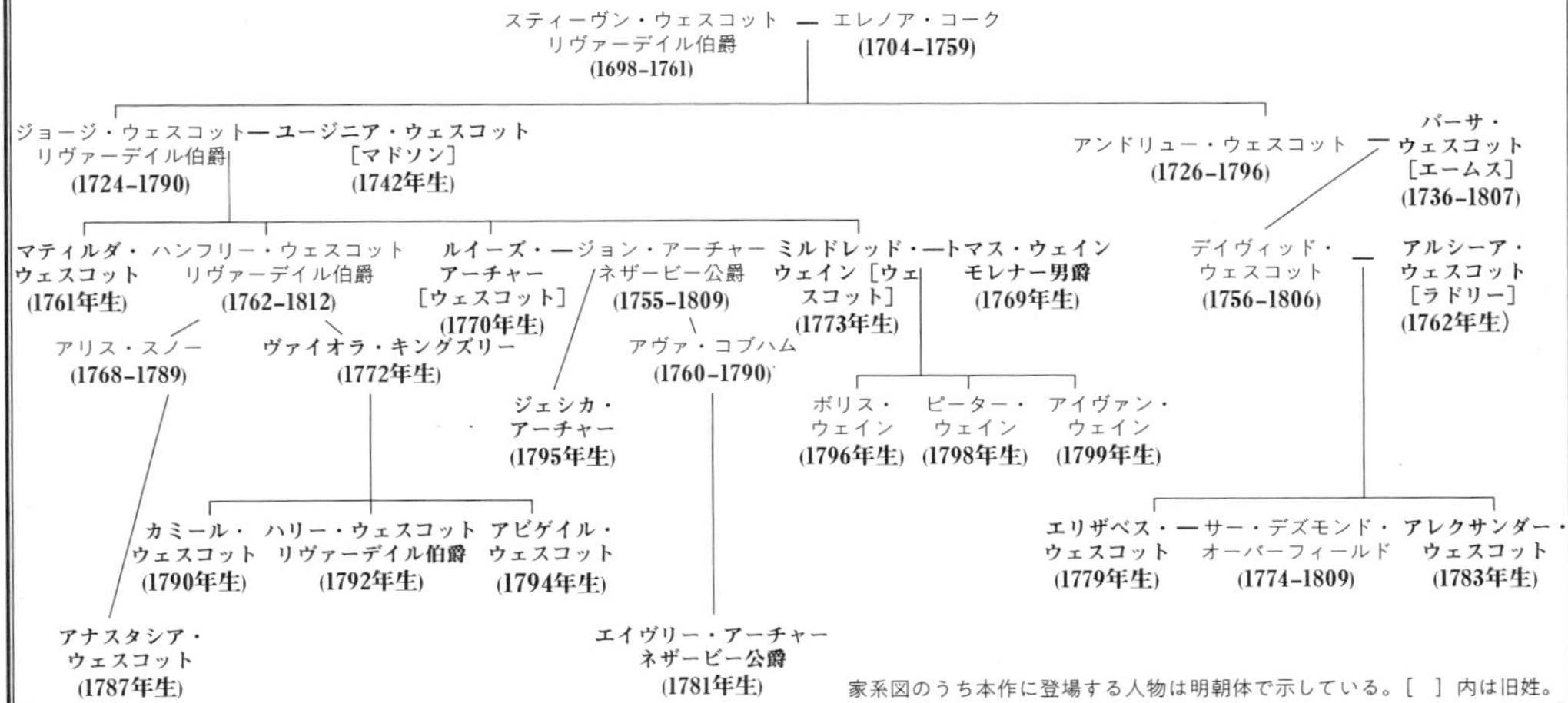

家系図のうち本作に登場する人物は明朝体で示している。［　］内は旧姓。

1

故リヴァーデイル伯爵が遺言状を作成しないまま亡くなったのは事実だが、顧問弁護士ジョサイア・ブラムフォードはロンドンのサウス・オードリー通りにある伯爵家の屋敷ウェスコット邸へ出向いて、相続人である伯爵の子息と協議しなくてはならない事柄を山のように抱えていた。約束の時刻きっかりに屋敷に到着し、大仰で追従的な挨拶をすませると、会釈をして部屋に通されたあと、とくに重要とも思えない案件を大量に持ちだし、やたらと時間をかけながら、もったいぶった饒舌《じょうぜつ》を弄して説明にとりかかった。

ぼくまでここに呼びつけられて退屈に耐えるよう強いられていなければ、どんなによかっただろう――書斎の窓辺に立ち、あくびをこらえるために嗅ぎ煙草《たばこ》をひとつまみ吸いながら、ネザービー公爵エイヴリー・アーチャーはいささか不機嫌に考えた。ハリーがもう一歳だけ上であれば――父親が亡くなる直前に二〇歳になったばかりだ――ぼくがここに来る必要はなかったし、ブラムフォードは好きなだけ何日でもくどくどと話を続けていればよかったのだ。しかし、まことに苛立《いらだ》たしく尋常ならざる運命のいたずらにより、公爵は伯爵夫人（ハリーの母親）と共に、新たなる伯爵の共同後見人にされている。

怠惰なうえに、労働や義務の遂行と呼ばれそうなものはことごとく避けてきたために、エイヴリーが悪名を馳《は》せていることを考えると、なんとも滑稽と言うしかない。秘書が一人と数えきれないほどの召使いがいるので、人生における退屈な用件はすべて彼らが片づけてくれる。エイヴリーはまた、被後見人のハリーとは一一歳しか違わない。〝後見人〟という言葉を聞いたとき、人が思い浮かべるのは威厳に満ちた老人の姿だろう。ところが、エイヴリーの場合は、自分に死期が迫っているとリヴァーデイル伯爵が遠い昔に誤って思いこんだせいで、エイヴリーの父親である先代ネザービー公爵が——合意書によって——ハリーの後見人役をひきうけ、それが彼にまわってきたというわけだ。数週間前に伯爵が亡くなったとき、エイヴリーの父親はその二年前から自身の墓で安らかな眠りについていたため、後見人役を務めることはできなくなっていた。エイヴリー自身も役目を拒むことはできたはずだ。合意書に記載されているネザービー公爵は彼ではないし、いずれにしろ、法的効力のある文書ではなかったのだから。しかしながら、エイヴリーは役目を拒まなかった。ハリーのことは嫌いではないし、後見人の役を固辞して、一時期だけの些細《ささい》な厄介事から逃げるのは面倒だという気がしたからだ。

だが、いまはもう、些細なこととは思えなくなっていた。ブラムフォード弁護士がこれほどみごとに退屈な人間だとわかっていれば、拒絶すべく努力したかもしれない。

「父が遺言書を作る必要はまったくなかったのです」堂々めぐりが続くだけの長ったらしい議論を終わらせようとして人が自分の意見をくりかえすときに用いる、説得力のこもった口調で、ハリーが言っていた。「ぼくには兄も弟もいません。父はぼくを信頼して、ぼくなら父の希望どおりに母と姉と妹を立派に扶養していけると思ってくれていたし、もちろん、ぼくがその信頼を裏切ることはありません。また、屋敷の召使いや伯爵家の領地で働く者の大半はこのまま召し抱えるつもりですし、なんらかの理由によって――例えば、父の従者などのように――去っていく者がいれば、充分な補償をしようと思っています。それから、どうか安心していただきたい――ぼくがこうした義務を怠ることのないよう、成年に達するまで、母とネザービー公爵が見守ってくれることになっています」

ハリーは暖炉のそばに立ち、母親の椅子の横でくつろいだ姿勢をとっていた。片方の肩を炉棚にもたせかけて腕を組み、ブーツを履いた足の片方を炉床にのせている。背の高い若者で、ひょろっとしているが、あと二、三年もすればその欠点は消えるだろう。金髪に青い瞳、人好きのする顔立ちで、若い令嬢たちからは信じられないほどハンサムだと思われているに違いない。また、桁外れに裕福でもある。気立てがよくて魅力的な若者だが、ここ数カ月は好き勝手に遊びつづけていた。最初は父親の容体が悪化して息子に目が届かなくなった時期に。次は父親の葬儀のあと二週間ほどのあいだ。友達に不自由したことは昔からたぶんなかっただろうが、いまやその数が大きく膨れあがり、かなり大きな都市を、いや、たぶん小さな郡すらも埋め尽くしそうな勢いだ。もっとも、この連中を〝友達〟と呼ぶのは、概して親切すぎるかもしれない。〝ごますり連中〟や〝腰巾着〟という呼び方のほうがぴったりだ。

エイヴリーはハリーの生き方に干渉しようとはしなかったし、その気もなかった。きわめて健全な若者のようだから、好きにさせておけば、いずれ穏やかで清廉潔白な大人になるのは目に見えている。途中で放蕩《ほうとう》三昧の日々を送り、財産を少しばかり減らしたとしても、多少の放蕩に耽《ふけ》るぐらいのことは許される。穏やかな大人として暮らしていくための莫大《ばくだい》な財産はちゃんと残るはずだ。いずれにしろ、干渉しようとすれば相当な骨折りが必要だし、ネザービー公爵エイヴリーというのは、重要でないことや彼個人の快楽にプラスにならないことに関してはめったに骨折りをしない人間だ。

「その点を疑ったことは一瞬たりともありませんでした」ブラムフォードが椅子にかけたまま お辞儀をした。伝えるべきことをすべて伝え、そろそろ辞去するときが来たのを、彼もようやく認める気になったことを示すしぐさだった。「〈ブラムフォード、ブラムフォード&サンズ〉は、逝去されたお父上やそのご先代の伯爵閣下の時代と同じく、伯爵家の代理人としてひきつづきお仕えできるものと思っております。公爵閣下と伯爵夫人が坊ちゃまにそう助言なさるよう希望しております」

エイヴリーは退屈しのぎに、もう一人のブラムフォードとはどんな人物だろう、〝息子たち〟を意味する〝&サンズ〟には若い世代のブラムフォードが何人ぐらい含まれているのだろう、と考えた。想像がつかない。

ハリーが期待の表情になり、もたれていた炉棚から肩を離した。「そうしない理由はどこにもありません。でも、これ以上おひきとめするのはやめておきましょう。たぶん、とてもお忙しい方でしょうから」

「いえ、あと数分だけお時間をいただきとうございます、ブラムフォードさま」思いもよらず、伯爵夫人が発言した。「でも、あなたには関係のないことよ、ハリー。お姉さまと妹が客間にいますから、そちらへいらっしゃい。この集まりの詳細を聞きたがっていることでしょう。申しわけないけど、あなただけ残っていただけないかしら、エイヴリー」

ハリーがエイヴリーのほうへニッと笑みを送ると、エイヴリーはふたたび嗅ぎ煙草入れを開いたが、気が変わってそのままパチッと閉じ、自分も伯爵家の令嬢二人に集まりの報告をするため客間へ追い払われていればよかったのに、と思いそうになった。ぼくもよほど退屈しているに違いない。レディ・カミール・ウェスコットは二二歳、主導権をとりたがるタイプで、愚かな相手には容赦をしない毅然《きぜん》たる女性だが、きりっとした美貌の持ち主であることは間違いない。レディ・アビゲイルは一八歳、優しくて、にこやかな、愛らしい令嬢だ。ただ、個性があるのかないのかよくわからない。彼女のためにひとこと言っておくと、エイヴリーもその点を見極められるだけの時間を彼女と過ごしたわけではない。エイヴリーの母親違いの妹は、いとこに当たるレディ・アビゲイルのことが大好きで、世界でいちばん仲がいい――ただし、これは彼の妹の言葉。閉じたドアの向こうで二人がおしゃべりに興じ、クスクス笑っているのをエイヴリーもよく耳にすることがあり、そんなときは用心して、ぜったいドアをあけないことにしている。

出ていきたくてうずうずしていたハリーは母親に向かって頭を下げ、ブラムフォードに丁寧な会釈をしてから、エイヴリーに軽く片目をつぶってみせると、書斎から逃げだした。運のいいやつめ。エイヴリーはゆっくりと暖炉に近づいた。伯爵夫人も、ブラムフォードも、この暖炉のそばの椅子にすわったままだ。伯爵夫人はいったいどんな重要な用件があって、この死ぬほど退屈な集まりを自ら進んで長引かせようとするのだろう？

「で、どのようなご用件でしょう、奥方さま？」弁護士が尋ねた。

伯爵夫人が姿勢よくすわっていることにエイヴリーは目を留めた。背筋を軽くそらしている。貴婦人はこういうすわり方を教わるものなのか？　椅子の背は装飾用として作られたに過ぎないかのように？　エイヴリーが推測するに、伯爵夫人は四〇歳ぐらい。成熟した威厳のある女性で、非の打ちどころのない美しさを備えている。リヴァーデイル伯爵との暮らしが幸せだったはずはないが――幸せになれる者がどこにいよう？――エイヴリーが知るかぎりでは、伯爵夫人が愛人を作ったことは一度もない。背が高く、スタイルがよくて、彼が見たかぎりでは、金髪にはまだ一本の白髪も交じっていない。正式な喪服に身を包んでいても少しも陰気ではなく、むしろ魅力がひきたてられるという、珍しい女性の一人でもある。

「女の子がおりますの」伯爵夫人は言った。「いえ、もう一人前の女性でしょうね。場所はたぶんバース。亡くなった夫の……娘です」

エイヴリーが推測するに、たぶん〝婚外子〟と言いそうになり、上品さを保つために表現を変えたのだろう。エイヴリーは両方の眉を上げ、片眼鏡も持ちあげた。

ブラムフォードは珍しくも無言だった。

「その子はバースの孤児院におりました」伯爵夫人は話を続けた。「いまどこにいるのか、わたしは存じません。二〇代の半ばになっているはずなので、おそらく、そこにはもういないと思います。ただ、リヴァーデイルはその子が幼かったころから養育費を送り、亡くなるまで送金を続けておりました。それについて夫婦のあいだで話をしたことは一度もありません。その子の存在にわたしが気づいていようとは、夫は夢にも思っていなかったでしょう。詳しいことは存じませんし、知りたいと思ったこともありません。いまもそうです。養育費の送金は、お宅を通じておこなわれたのではなかったようですね？」

すでに紅潮していたブラムフォードの顔が今度ははっきりと紫色を帯びた。「うちの事務所ではございません、奥方さま」と断言した。「しかし、ひとつ提案させていただいてよろしいでしょうか。その……人物はすでに成人しているわけですから――」

「いえ」伯爵夫人は彼を遮った。「提案はいっさい必要ありません。その女性のことは何ひとつ知りたくありません。名前すら。もちろん、息子に知らせるつもりもありません。ただ、その女性が生涯にわたって……父親に扶養されていたのなら、亡くなったことを連絡し――まだ連絡が行っていなければですが――そして、最後の養育費を渡すのが筋だと思います。かなりの額をね、ブラムフォードさま。それと同時に、いかなる状況であれ、それ以上の支払いをするつもりはないことを相手にはっきり伝える必要があります。あなたにお願いしてもよろしいでしょうか？」

「奥方さま」ブラムフォードは椅子の上で身をよじらんばかりの様子だった。唇をなめ、エイヴリーのほうへ視線を走らせた。エイヴリーのことを――この公爵閣下の読みが正しければ――弁護士はかなり畏怖しているようだ。

エイヴリーは片眼鏡を目の高さまで持ちあげた。「どうなんだ？　伯爵夫人はその件をきみの手に委ねてもかまわないかね、ブラムフォード？　いまは亡き伯爵の婚外子として生まれたその娘を――名前は不明だが――きみか、もう一人のブラムフォードか、息子たちの一人が捜しだし、ほどほどの財産を与えて、最高に幸せな孤児にしてやれるだろうか？」

「公爵閣下」ブラムフォードは胸を膨らませた。「奥方さま。困難な任務ではありましょうが、完遂できないものではございません。とくに、もっとも大切な依頼人の方々の利益を守るためにわが事務所で雇っている、ベテラン調査員たちにまかせれば。もし、その……人物が間違いなくバースで大きくなったのなら、身元を突き止めてみせましょう。いまもそこに住んでいるのなら、捜しだしてみせましょう。もはやそこにいないのなら――」

「よし」エイヴリーは言った。苦々しい声だった。「伯爵夫人も、ぼくも、きみの言わんとすることは了解した。その女性が見つかったら、ぼくに報告してくれ。それでいいですね、おばさま？」

厳密に言うと、リヴァーデイル伯爵夫人はエイヴリーの実のおばではない。彼の継母に当たる公爵夫人が故リヴァーデイル伯爵の妹で、その関係から、伯爵夫人もその他すべての人もいちおう親戚になったわけだ。

「それでけっこうよ」伯爵夫人は言った。「ありがとう、エイヴリー。ブラムフォードさま、その子が見つかったことをあなたがこの公爵さまに報告したあとは、その子にいくらぐらい渡すべきか、その子が今後は亡き夫の財産に依存できないことを念押しするために、どのような法的書類に署名を求めるべきかを、公爵さまがあなたと協議することになるでしょう」

「ご苦労だった」どう考えても不必要で役に立たない独白を始めようとして弁護士が息を吸った瞬間に、エイヴリーは言った。「執事が玄関までお送りする」

嗅ぎ煙草をひとつまみ吸って、この煙草を完璧なものにするにはフローラル系の香りをわずかに抑える必要があることを、心に刻みつけた。

「なんとも寛大な申し出をなさったものですね」伯爵夫人と二人だけになってから、エイヴリーは言った。

「それは違うわ、エイヴリー」そう言いながら、伯爵夫人は立ちあがった。「わたしはハリーのお金を勝手に使おうとしているだけなの。でも、ハリーのほうはこれについて知ることも、そのお金を惜しむこともないでしょう。それに、いまお金を渡しておけば、ハリーが父親の婚外子の存在を知ることはけっしてないはずです。カミールとアビゲイルにも知られずにすみます。バースの女に対してわたしはなんの関心もありません。うちの子供たちのことが気がかりなのです。午餐《ごさん》を一緒にいかが？」

「そんな図々《ずうずう》しいことはできません」エイヴリーはため息混じりに言った。「それに……用事もありますし。ええ、たしか用事があったという記憶が……。誰だって用事を抱えています。というか、誰もがそう主張するものです」

伯爵夫人の唇の両端がかすかに上がった。「あなたが逃げだしたくてうずうずしていても、非難するつもりはないわ、エイヴリー。あの弁護士さん、ほんとに退屈な人ですもの。でも、あちらから今日の集まりを提案してらしたおかげで、もう一件の問題に関して弁護士さんとあなたをお呼び立てする手間が省けました。あなたはもう自由の身よ。早く逃げだして、せっせと片づけてらっしゃい……用事とやらを」

エイヴリーは夫人の手を――白くて、指が長くて、爪もきれいに磨いてある手を――とると、優雅に身をかがめて、その手を彼の唇に持っていった。

「その件は安心してぼくの手に委ねてください」と言った――もしくは、とりあえずぼくの秘書の手に。

「ありがとう。でも、うまくいったら知らせてくださるわね?」

「承知しました」エイヴリーは約束すると、ゆっくり部屋を出て、執事の手から帽子とステッキを受けとった。

伯爵夫人が良心の持ち主であったことを知って、エイヴリーは驚いていた。似たような状況に置かれた貴婦人のうち、夫がよそで作った子供を捜しだして大金を与えようとする者が何人いるだろう? 嫡出子であるわが子たちのためにすることだ、と自分を納得させているのかもしれないが。

アナ・スノーがバースの孤児院に預けられたのは四歳にもならないときだった。それ以前の記憶はほとんどなく、断片的な短い光景がいくつか浮かんでくるだけだ――例えば、いつも誰かが咳《せき》をしていたこととか、教会の墓地に屋根付きの門があって、一人でそこをくぐるように言われて墓地に入ると、暗くてなんだか不気味だったこととか、窓敷居に膝を突いて墓地を見下ろしていたこととか、馬車のなかで泣きじゃくっていたら、誰かにいらいらした不機嫌な声で〝泣くんじゃない。もう大きいんだから〟と言われたこととか。

以来、アナは孤児院で暮らしている。もう二五歳だというのに。ここには常時四〇人ぐらいの子がいるが、一四歳か一五歳になって、ちゃんとした働き口が見つかると、ほとんどの子が出ていく。しかし、アナはそのまま残ることになった。最初は共同生活をする少女たちの寮母となり、院長のミス・フォードの秘書のようなこともしていた。やがて、アナに勉強を教えてくれたラトリッジ先生が牧師と結婚してデヴォン州へ越したため、今度はアナ自身が教師となった。ささやかな給料までもらっている。しかしながら、孤児院でひきつづき暮らす費用は——しかも、いまでは小さな自室まで持つ身だ——最初から養育費を負担してくれた謎の後援者からいまも送られてくる。アナがここで暮らすかぎり、送金は続くとのことだった。

アナは自分のことを幸運だと思っている。両親が誰なのかわからないため、たしかな身元と呼べるものを持たないまま孤児院で大きくなったのは事実だが、この孤児院は基本的に慈善施設ではない。仲間の孤児のほぼ全員が誰かの支援を受けて子供時代を送っている——支援者はたいてい匿名だが、孤児のなかには、自分が誰なのか、なぜここにいるのかを知っている子もいる。一般的には、両親が亡くなったあと、孤児をひきとるだけの財力や温情を備えた親戚が誰もいなかったというケースが多い。アナ自身は、自分の生い立ちを知らないという孤独感に負けはしなかった。物質面では何不自由なく暮らしている。フォード院長も職員もみんな優しくしてくれる。大部分の孤児と仲良くできるし、仲良くできない子は避ければいい。親友も何人かいる。というか、大きくなるまでのあいだ、親友だった。アナの人生に愛が——家族愛というものが——欠けていたとしても、とくに寂しいとは思わなかった。一度も経験したことがないのだから。

とりあえず、いつも自分にそう言い聞かせている。

自分の人生に満足してはいるが、ごく稀《まれ》に、もっと何かあるはずだ、自分の人生を生きるためにもっと努力すべきかもしれない、と思うことがあった。これまでに三人の男性から求婚された。一人はアナがお金に余裕のあるとき本を買いに行く店の経営者。二人目は孤児院の理事の一人で、最近妻が亡くなり、幼い子供四人を抱えている男性。そして、もう一人は小さなころから大の仲良しだったジョエル・カニンガム。アナは三人の求婚をそれぞれ異なる理由からすべて断わったが、今後はもう求婚されそうもないので、たまに、断わったのは愚かだっただろうかと思うことがある。未婚のまま人生を続けていくのかと思うと、ときに気が滅入《めい》ってしまう。

手紙が届いたのは、ジョエルと一緒にいたときだった。

アナは一日の授業を終えて子供たちを帰したあとで、教室の片づけをしていた。今週の当番のジョン・デイヴィーズとエレン・ペインが、すでに石板とチョークと計算盤を集めていた。ところが、ジョンが石板を戸棚の所定の場所にきちんと積み重ね、チョークをすべてブリキ缶に入れて蓋をするあいだに、エレンは計算盤の棒が曲がったり、玉に傷がついたりすることのないよう、二番目の棚の決められた場所に横並びでしまわなくてはならないのに、いちばん下の棚にのっている絵筆とパレットの上へ危なっかしく押しこんでいた。違う場所に押しこんだ理由は明らかだった。二番目の棚が、絵筆を洗うのに使う水の容器と、絵具で汚れた拭きとり用ボロ布の雑然たる山に占領されていたからだ。

「ジョエル」長いあいだの忍耐を示す口調で、アナは言った。「美術の授業が終わったら道具をもとの場所に戻すよう、生徒たちに言ってくれない？　それから、真っ先に水の容器を洗うようにって。ちょっと！　容器のひとつに水が入ったままじゃない。ずいぶん汚い水ね」

ジョエルは使い古された教師用の机の端に腰かけて、ブーツを履いた足の片方を床につけ、反対の足をぶらぶらさせていた。胸の前で腕を組んでいた。アナにニッと笑いかけた。

「だけど、芸術家というものの存在意義は、自由な魂でいること、窮屈なルールを捨てて宇宙から霊感を得ることにあるんだよ。ぼくの仕事は生徒たちに真の芸術家であれと教えることだ」

アナは戸棚のほうへかがみこんでいた身体を起こし、呆《あき》れたと言いたげな視線をジョエルに向けた。「なんてくだらないたわごとなの」

彼が爆笑した。「アナ、アナ。ほら、きみが怒りで破裂してしまったり、ドレスに水をこぼしたりする前に、その容器はぼくがもらっておこう。サイラス・ノースが使った容器のようだ。授業が終わったとき、サイラスの水の容器にはいつも、紙に塗ったよりも多くの絵具が溶けこんでる。あいつの絵は呆れるほど色が薄くて、濃霧を描く気かと言いたくなるほどだ。あいつ、九九はもう覚えたかい？」

「ええ」アナは癪《しゃく》にさわる容器を机に移すと、鼻にしわを寄せながら、まだ湿っているボロ布をいちばん下の棚の端にまとめて置いた。計算盤はすでにとりだしてあった。「誰よりも大きな声で暗唱できて、生活のなかで使うことができて、割り算もほぼできるようになったわ」

「じゃ、大人になったら会計事務所の事務員になれるぞ。金持ちの銀行家にだってなれるかもしれない」ジョエルは言った。「あいつに芸術家の魂は必要ない。どっちみち、最初から持ってないかもしれないけど。よし——サイラスの将来は決まった。きみの今日の授業、おもしろかったよ」

「盗み聞きしてたのね」アナは軽い非難をこめた口調で言った。「あなたは美術の授業に集中しなきゃいけないのよ」

「きみの生徒たちは、大人になったときにたぶん、自分たちがひどいペテンにかけられてたことを知るだろう。わくわくする話を頭にいっぱい詰めこんで大きくなり、それがじつは物語ではなく、まことに無味乾燥な現実であったことを知る。つまり、歴史だったり、地理だったり、さらには算数のことだってある。きみは人間と動物の両方のキャラクターをハラハラドキドキの窮地に追いこみ、生徒たちが算数を使って手伝わないかぎり救いだせないようにしておく。生徒たちは自分が勉強していることには気づきもしない。きみはずる賢い人だ、アナ」

「ねえ、気づいたことはない？」計算盤を自分の気に入るように並べてから戸棚の扉を閉め、ジョエルのほうを向いて、アナは尋ねた。「教会で牧師さまの説教が始まると、信者の目がどんよりしてきて、居眠りを始める人だってずいぶんいるでしょ？　でも、牧師さまが突然、短い物語を使って説教の要点を説明しようとすると、誰もがはっとして耳を傾ける。人間は物語を口にし、耳にするようにできてるのよ、ジョエル。書き言葉が誕生する前は、人から人へ、世代から世代へ、そうやって知識が伝えられてきたわけでしょ。いえ、そのあともずっと。一般の人が写本や書物に触れる機会はなかったし、たとえあったとしても、字が読める人はいなかったから。いまはなぜ、物語は虚構と幻想の世界のものであるべきだと思われてるの？　どうして事実に基づいていないものしか楽しめないの？」

ウェストのところで手を握りあわせてジョエルを見つめるアナに、彼は優しく微笑した。

「ぼくには秘密の夢がたくさんあるけど、そのひとつが作家になることなんだ。きみに話したっけ？　ぼくは真実に虚構という衣を着せて物語を作りたい。人は自分が知ってることについて書くべきだと言われている。だったら、ぼくは自分が知ってることをもとにして、延々と物語を作っていこうと思う」

秘密の夢！　昔を思いださせる、なつかしい言葉。育ち盛りのころ、みんなでよくこのゲームをしたものだった。〝きみのいちばん大事な秘密の夢は何？〟　ほとんどの子は、両親が不意に現われて親子の名乗りを上げ、子供を孤児院から連れ去り、家族としていついつまでも幸せに暮らすことを夢に見ていた。とても幼かったころは、自分は王子さまかお姫さまで、お城で暮らすことになるという筋書きを加えていた。

「孤児院で孤児として大きくなるという物語？」ジョエルに微笑を返して、アナは言った。「自分が誰なのかわからないという物語？　消えた遺産を夢見る物語？　会ったことのない両親を夢見る物語？　どんな人生になっていただろうと夢見る物語？　そして、どんな人生が待っているのかと夢見る物語？　もしも……そう、もしも……」

ジョエルはわずかに姿勢を変え、水の容器をうっかり倒してしまわないように置き場所をずらした。

「うん、そういうすべての物語。だけど、切ない悲しみに満ちた話にするつもりはない。だって、自分がどんな人間として生まれたのか、両親や家族がどんな人だったのか、もしくは、どんな人なのか、ぼくたちにはわからないし、なぜここに入れられたのか、なぜそれきり誰も迎えに来てくれなかったのかもわからないけど、自分のことはわかってるから。ぼくはぼくの両親じゃないし、消えた遺産でもない。ぼくはぼくなんだ。ぼくは画家で、肖像画を描いてどうにか人並みの暮らしを送り、自分が育った孤児院で絵を教えて、自分の時間と専門技術を無償で提供している。過去の境遇にもかかわらず、もしくは、その境遇のおかげで、ぼくはほかにも無数の生き方をしている。そのすべてを物語にしたいんだ、アナ。家族の血筋や期待に邪魔されることなく自分の生き方を見つける人物を主人公にして。そして……愛に邪魔されることなく」

アナはしばらく無言で彼を見つめた。涙によく似た熱いものが喉元にこみあげてきた。ジョエルはがっしりタイプの男性で、背は高いほう。濃い色の髪を短くカットし——長い髪をなびかせるという芸術家の定番みたいな華やかなイメージに合わせるのは嫌いだ、とカットするたびに本人が説明している——顎にかすかな刻み目が入った感じのいい丸顔と、くつろいだときには優しい感じになる口元と、一途《いちず》なきらめきを放つ濃い色の目をしていて、何かに情熱を燃やすと、目の色が一段と濃さを増す。ハンサムで、気立てがよく、才能と知性に恵まれていて、アナととても仲がいい。アナのほうも、人生の大半を通じてのつきあいなので、ジョエルの傷つきやすさを理解している。軽い知りあい程度の相手には想像もつかないだろうが。

その傷つきやすさは、すべての孤児になんらかの形で共通しているものだ。

「孤児院のなかには、ここよりずっとひどいところがいくらだってあるのよ、ジョエル」アナは言った。「ここよりいいところなんて、たぶん、そんなにないと思う。わたしたちは愛を知らずに育ったわけじゃないわ。ほとんどの子がおたがいに愛情を抱いている。わたしもあなたを愛してるのよ」

彼の顔に笑みが戻った。「それなのに、ある忘れがたい機会に、きみはぼくとの結婚を拒絶した。ぼくのハートを破ってしまった」

アナは舌打ちをした。「真剣じゃなかったくせに。それに、たとえ真剣だったとしても、わたしたちの愛がそういう種類のものじゃないのは、あなたもわかってるはずよ。友達として、兄と妹みたいな感覚で、一緒に大きくなったんですもの」

ジョエルはアナに悲しげな微笑を向けた。「ここを出ていこうと考えたことはないのかい、アナ?」

「あるとも言えるし、ないとも言えるわね。あるというのは、外の世界へ出ていって、この孤児院の塀とバースの町の向こうに何があるのか見てみたい、という夢があるから。そして、ないというのは、慣れ親しんだものから離れたくない、幼いころから知っている唯一の家庭と、記憶している唯一の家族から離れたくない、と思っているから。ここにいれば安心できるし、自分は必要とされてる、さらには愛されてるって感じることができる。それに、ここで暮らしつづけるかぎり、わたしの……後援者が送金を続けてくれることになってるし。わたしは——そうね、臆病者だわ。貧困の恐怖と未知なるものの前で立ちすくんでるわけだから。どう言えばいいのかしら……一度捨てられた身なので、自分に残された唯一のものから、つまり、この孤児院とここで暮らす人々から離れることを考えただけで耐えられないの」

ジョエルは机から下りて、部屋の反対側までゆっくり歩いた。そこにイーゼルがいくつも立ててあり、今日描いた絵がよく乾くようにしてある。二、三点の絵の端に指を触れ、イーゼルからはずしても大丈夫かどうかを見てみた。

「だったら、二人とも臆病者だ。ぼくは孤児院を出たけど、完全に離れたわけじゃない。いまも片足をドアの内側に突っこんでる。そして、反対の足もそう遠くへは行ってない。そうだろ？　ぼくはいまもバースにいる。親が迎えに来てくれたのに子供の行方がわからない、なんてことになると困るから、遠くへ行くのが怖いのかな」ジョエルは顔を上げて笑った。「そうじゃないと言ってくれ、アナ、頼むから。ぼくはもう二七だ」

　アナはみぞおちに彼のパンチを受けたような気がした。昔から抱いている秘密の夢はけっして消えない。でも、絶えず心に浮かんでくる問いは、誰が自分をここに連れてきて捨てたのかではなく、〝なぜなのか〟ということだ。

「人間って、たいてい、子供時代を送った家から半径数キロ以内の場所で一生を送るんじゃないかしら。冒険の旅に出る人なんて、そんなに多くないわ。しかも、冒険に出たとしても、自由気ままに生きられるわけではない。きっと、けっこう疲れるわよ」

　ジョエルはふたたび笑った。

「わたしはここで人々の役に立っている」アナは話を続けた。「そして、ここで幸せに暮らしている。あなたも人々の役に立ち――そして、成功を収めている。ジョエル・カニンガムに肖像画を描いてもらうのが、バースではいまや大流行なのよ。そして、いつだって、裕福な人々が湯治のためにバースにやってくる」

　ジョエルは首を軽くかしげてアナを見つめた。しかし、彼が何を言う暇もないうちに、礼儀正しいノック抜きで教室のドアが勢いよく開き、バーサ・リードが飛びこんできた。亜麻色の髪をした一四歳の痩せた少女で、すでに一人前扱いされて、いまはフォード院長の雑用を手伝っている。興奮ではちきれんばかりの様子で、折りたたんだ紙を片手でかざしてふっている。

「手紙が来てるよ、スノー先生」金切り声を上げた。「ロンドンから特別配達の人が届けてくれて、ほんとはフォード先生が自分でここに持ってこようとしたんだけど、トミーが先生の居間を血だらけにしちゃったのに、養護のジョーンズ先生が見つからないもんだから。トミーったら、マディに鼻を殴られたのよ」

「そろそろ誰かが殴りつけてもいいころだ」ジョエルが言いながら、ゆっくりとアナのそばに来た。「たぶん、トミーのやつ、またマディの三つ編みをひっぱったんだろう」

アナはほとんど聞いていなかった。手紙？　ロンドンから？　特別配達の人？　わたし宛？

「誰から来たの、スノー先生？」バーサは黄色い声で叫んだ。トミーのことも、鼻血のことも、とくに気にしていないようだ。「ロンドンにどんな知りあいがあるの？　あっ、怒らないで――ほんとは〝いるの？〟って言わなきゃいけないんだよね。どんなことが書いてあるの？　しかも、特別配達の人がはるばる届けに来たんだもんね。きっとすごい料金だよ。ねえ、早く開いて」

バーサの露骨な詮索ぶりは、ふつうなら礼儀知らずと思われるかもしれないが、じつをいうと、誰かに手紙が届くことなどめったにないため、いつもあっというまに噂《うわさ》が広がり、誰もがすべてを知りたがるのだ。ときたま、孤児院からもバースからも離れてよそで働いている者から手紙が届くことがあり、受けとった者はたいてい、ほかのみんなにも内容を伝える。そうした手紙は大切な財産として保存され、何度も読み返されて、ついにはぼろぼろになってしまう。

アナには見覚えのない筆跡で、大胆さと繊細さを兼ね備えたものだった。男性の筆跡であることは間違いない。便箋は分厚くて上等だ。個人的な手紙という感じではない。

「ロンドンにはオリヴァーがいるけど」バーサが切なさのこもった声で言った。「オリヴァーのはずないよね？　オリヴァーの字はこんなんじゃないし、どうしてスノー先生に手紙書いたりする？　ここを出てってから、四回手紙が来たけど、どれもあたし宛だったもん。それに、特別配達の人に頼んだりするわけないもん。そうでしょ？」

オリヴァー・ジェイミソンは二年前に一四歳でロンドンに出て、ブーツ職人のもとで徒弟奉公をしている。独り立ちしたらすぐバーサを迎えに来て結婚する約束だ。以来、年に二回ずつ、大きな字で丁寧に書いた五行か六行の手紙を律儀に送ってくる。バーサはそのたびに、わずかなニュースをみんなと共有し、手紙に涙を落とし、ついには、まだ字が読みとれるのが奇跡というほどになってしまう。独り立ちして妻を養っていける見込みが立つまで、奉公期間があと三年も残っている。二人ともまだほんの子供だが、離れて暮らすのが不憫《ふびん》に思える。アナはいつも、オリヴァーが幼なじみの恋人にずっと忠実でいてくれるよう願っている。

「手に持ったまま何度もひっくりかえせば、封を破らなくてもその手紙が秘密を明かしてくれるとでも思ってるのかい？」ジョエルが訊《き》いた。

困ったことに、アナの両手は震えていた。「たぶん、何かの間違いよ。たぶん、わたし宛じゃないんだわ」

ジョエルが背後から近づき、彼女の肩越しにのぞきこんだ。「ミス・アナ・スノー。ぜったい、きみだと思うけどな。きみ以外のアナ・スノーなんて、ぼくは知らないもの。きみはどうだい、バーサ？」

「知らないわ、カニンガム先生」しばらく考えてから、バーサは答えた。「でも、なんの手紙だろ」

アナは封の下に親指をすべりこませ、封を切った。そう、たしかに、分厚い高価そうな子牛皮紙だ。長い手紙ではなかった。差出人はブラムフォードとかいう人で、ファーストネームは読めないが、Ｊで始まっている。弁護士。アナは手紙にざっと目を通し、息をのみ、もう一度、前よりゆっくり読みなおした。

「明後日」と、つぶやいた。

「馬車を差し向けますので」ジョエルが続けた。アナの肩越しに手紙を読んでいたのだ。

「明後日って何？」バーサが訊いた。事情がわからず、じりじりしている声だった。「馬車って何？」

アナは虚《うつ》ろな表情でバーサを見た。「ロンドンに呼ばれたの。わたしの将来について相談したいからって」耳の奥にかすかなざわめきが広がっていた。

「ええっ？　誰から呼ばれたの？」皿みたいに目をまん丸にして、バーサが訊いた。「あ、

〝誰に〟のほうがいいよね」

「J・ブラムフォード氏。弁護士さんですって」アナは言った。

「ジョサイアって書いてあるんだと思うよ」ジョエルが言った。「ジョサイア・ブラムフォード。迎えの馬車が来るから、きみは少なくとも数日分の荷物を用意する」

「ロンドンへ行くの？」バーサは畏怖の念に打たれて、息が止まりそうな声になった。

「どうすればいい？」アナの頭が機能を停止したかに思われた。いや、機能してはいるのだが、抑制が効かなくなっていると言うべきか。こわれた時計の部品みたいに。

「どうするかというと、アナ」ジョエルがそう言いながら、アナの膝の背後に椅子を押してきて、彼女の肩に両手をかけ、優しく押してすわらせた。「数日分の荷物をカバンに詰めて、それから、きみの将来について相談するためにロンドンへ行くんだ」

「でも、どんな将来なの？」アナは訊いた。

「その相談に行くわけだろ」ジョエルが指摘した。

アナの耳の奥のざわめきが大きくなった。

2

アナがこれまでに馬車に乗った回数は片手の指で数えられるほどだった。だから、それが幼いころの数少ない思い出のひとつになっているのだろう。手紙が届いた二日後に孤児院のドアの外に止まり、朝食中だった子供たちのすべてをダイニングルームの細長い窓に走らせることとなった馬車は、たぶん最高級ランクではなかっただろうが、何人かの少女はシンデレラの馬車にそっくりだと断言した。アナでさえ、乗るのをためらい、自分には豪華すぎると思ったほどだった。

馬車の旅はアナ一人でするのではなさそうだった。フォード院長の部屋に呼ばれたとき、ミス・ノックスを紹介された。がっしりタイプの女性で、グレイの髪と大きな胸をしていて、態度は不愛想。アナはアマゾン族を連想した。ロンドンまでのアナの世話係として、ブラムフォード氏に雇われた女性だった。若いレディが長い距離を一人で旅するのは、褒められたことではないらしい。

アナがレディの心得なるものを耳にしたのは、これが初めてだった。だが、旅の連れができたことに心から感謝した。

数分後、玄関に出てきたフォード院長がアナと固い握手を交わし、そのあいだに、初老の用務員のロジャーがアナの旅行カバンを馬車に積みこんだ。大きくもなく、重くもないカバンだが、普段用のドレスの替えと日曜の晴れ着、上等の靴、わずかな雑貨以外に、何を詰めるというのだ？　通常の日課から一時的に解放された少女たちがアナのまわりに群がって、抱きついたり、涙を流したり、とにかく、アナが処刑されるために地球の果てへ旅立つような騒ぎになった。アナもやはり涙ぐんでいた。少女たちと同じ思いだった。数人の少年は安全な距離をとって、うっかり抱きしめられたりする危険のない場所に立ち、アナに笑顔を見せていた。腕白どもが微笑しているのは、自分が出かけたら今日の授業がなくなることを期待しているからではないか、とアナは疑った。

「二日か三日、留守にするだけよ」と、みんなに言って聞かせた。「わたしの冒険のお話をどっさり持ち帰って、徹夜でみんなに聞かせてあげるわね。それまでのあいだ、いい子にしてるのよ」

「先生のためにお祈りしてます、スノー先生」ウィニフレッド・ハムリンが涙ながらに敬虔《けいけん》な約束をした。

二分後、馬車が歩道の縁石から離れて走りだすと、子供たちはふたたびダイニングルームの窓辺に駆け寄って、笑ったり、手をふったり、泣いたりした。アナも手をふりかえした。なんだか永遠の別れのようで、二度と戻れない気がするほどだった。もしかしたら、戻れなくなるかもしれない。わたしの将来について、どんな話をする必要があるの？

「ブラムフォード氏はなぜわたしをお呼びになったのでしょう?」アナはミス・ノックスに尋ねた。

しかし、ミス・ノックスはなんの表情も見せなかった。「存じません。わたしは職業斡旋《あっせん》所の紹介でこちらに来て、お嬢さんのお供をし、目的地へ無事に送り届けるように言われているので、その仕事をしているだけです」

「そう……」アナは言った。

長い旅で、途中で二、三回、短時間だけ馬車を止めて軽食をとり、馬を交換し、居心地の悪い騒々しい宿屋に一泊した。アナはずっと一人で旅をしているのも同然だった。なにしろ、ミス・ノックスが口にした単語はわずか一〇個ぐらいで、しかも大部分がほかの人間に向けられたものだった。どうやら、彼女が雇われたのはアナのお供をするためで、話し相手をするためではなかったらしい。

恐怖と紙一重の不安で心臓がドキドキしていなかったら、そして、自分では抑えきれないほど心が動揺していなかったら、退屈でたまらなかったかもしれない。もちろん、孤児院の全員が手紙のことを知っていたし、手紙が読みあげられるのを全員が聞いていた。たとえアナが手紙の内容を内緒にしておこうと思ったところで、無理だっただろう。アナが内緒にすれば、バーサが記憶をたどって詳しく話すだろうし、どんな尾ひれをつけるかわからないから、あっというまに、身の毛がよだつような噂が孤児院のなかを飛びかっていたはずだ。

誰もが意見を持っていた。誰もが憶測をしていた。

もっとも正解に近そうなのは、アナの後援者が――いかなる男性なのか、もしくは女性なのかわからないが――アナを解放して世間に出し、これまで二一年にわたって彼女が頼ってきた金銭的支援を中止する準備を整えたのではないか、というものだった。ただ、それをアナに告げるだけなら、ロンドンまではるばる呼び寄せる必要はない。もしかしたら、ロンドンで働き口を用意してくれたのかもしれない。いったいどんな仕事を？　すなおにそれを受け入れて、新たな人生を始めることにする？　これまでに知りあったすべての人と、記憶にある唯一の家庭からひき離されて？　それとも、仕事の口を断わってバースに戻り、教師の給料で生計を立てていく？　選択の余地はあるはずだ。だって、手紙には〝将来について相談する必要がある〟と書いてあったから。相談というのは双方が意思の疎通を図ることだ。

財布に入っている硬貨で帰りの乗合馬車の切符が買えるだろうか、とアナは心配になった。運賃がいくらなのか、見当もつかないが、自分のお金が少し――本当に少しだけ――あるし、ゆうべは、アナが遠慮したにもかかわらず、フォード院長がソヴリン金貨を一枚、彼女の手に握らせてくれた。それでも足りなかったらどうしよう？　これから死ぬまでロンドンに足止めされることになったらどうしよう？　そう思っただけで吐きそうになった。馬車が走っている道路の状態も、アナの胃を落ち着かせる役には立たなかった。

何も考えないようにしようと何回か決心した。かわりに、馬車に乗せられ、バースをあとにし、丘をのぼって町からどんどん離れ、やがて、ふりむいても町が見えなくなってしまったときの、なじみのない感覚に驚きの目をみはろうとした。窓の外を過ぎていく田園風景に驚きの目をみはろうとした。この経験を、生涯最大の冒険、死ぬまで忘れることのない冒険だと思おうとした。孤児院の子供たちにどんなふうに話して聞かせようかと考えた——街道の料金所と通り過ぎた村々について。村の緑地と、揺れる看板に風変わりな店名がペンキで書いてある居酒屋と、尖塔《せんとう》がついた小さな教会について。馬を交換するために立ち寄った宿と、そこで食べた料理と、アナが眠ろうとしたベッドの寝心地の悪さと、宿の中庭で馬番たちが忙しく働いていた様子について。道路の深いわだちについて。このわだちは人の歯をガタガタ鳴らし、ときには、ミス・ノックスのスフィンクスのごとき表情に変化をもたらすことすらあった。

しかしながら、アナの心はすぐに、彼女を待ち受けている大きくて恐ろしい未知なるもののところに戻ってしまうのだった。遠い昔にアナを孤児院へ連れていき、以来養育費を払いつづけてきた人物にひきあわされるのだとしたら？　それは不機嫌な声をしたあの男性なのだろうか？　わたしは本当に王女さまで、王子さまがわたしと結婚しようと待っているのだとしたら？　邪悪な国王に——もしくは魔女に！——見つからないよう、何年ものあいだ慎重に匿《かくま》われてきたけど、いまでは一人前に成長し、狙われる危険がなくなったから？　こんな他愛もないことを考えて、アナは思わず口元をほころばせ、もう少しで笑い声を上げそうになった。これは一昨日の晩、アナの手紙の内容に耳を傾けたあとで、九歳のオルガ・ノートンが述べた筋書きだった。数人の少女がこれを熱っぽく支持したが、少年たちのほうは、ほとんどの子がさんざん馬鹿にした。

わたしにできるのは——この三日間できっと二〇〇回目ぐらいになると思うが、アナはあっぱれな良識を発揮して考えた——静観することだけ。しかし、言うは易《やす》く、おこなうは難し。弁護士を通じて呼出しが来たのはなぜ？　そして、乗合馬車の切符のほうがずっと安いのに、迎えの馬車で旅をすることになったのはなぜ？　しかも、世話係まで用意されているのはなぜ？　ロンドンに着いたら何が起きるの？

何が起きたかというと、ロンドンに着いても馬車がひたすら走りつづけただけだった。ロンドンの街は果てしなく広く、何キロも何キロも先まで果てしなく陰気で、薄汚いと言ってもいいほどだった。孤児から大金持ちになり、三度ロンドン市長になったというディック・ホイッティントンの伝説も、ロンドンの通りには黄金が敷き詰められているという噂も、これでおしまい。ただ、外の世界に広がりつつある薄暮のかわりに、昼間の太陽のもとで見たら、もっと魅力的なのかもしれない。

しかし、馬車はついに、堂々たる大きな石造りの建物の前で止まった。そこはホテルだった。二人でロビーに入り、ミス・ノックスが背の高いオーク材の机の向こう側にいる制服姿の男性と話をすると、真鍮《しんちゅう》製の大きな鍵を渡されたので、彼女が先に立って絨毯《じゅうたん》敷きの広い階段をふたつのぼり、廊下を歩き、それから、ドアの鍵穴に鍵を差しこんで大きく開いた。ドアの向こうにあったのは、広々とした、天井の高い、正方形の居間で、両側にドアがついていて、どちらもあけてあり、それぞれの奥に寝室が見えていた。三つの部屋すべてに灯をともしたランプが置いてあって、アナの疲れた心にはとてつもない贅沢《ぜいたく》に思われた。前夜の宿に比べたら雲泥の差だ。

「ここに泊まるんですか？」アナはそう尋ねながら、制服姿の別の男性が背後にやってきたのに気づいて、あわてて脇へどいた。男性は彼女のカバンとミス・ノックスのカバンを両手に持っていた。それを置き、期待に満ちた顔でミス・ノックスを見たが、無視されたため、渋い顔で出ていった。

「左側の大きいほうの部屋がお嬢さんのです」ミス・ノックスが言った。「反対側がわたし。もうじき夕食が運ばれてきます。わたしは失礼して手を洗うとしましょう」

ミス・ノックスは彼女のカバンを持って右側の寝室に姿を消した。アナは自分のカバンをもうひとつの寝室へ運んだ。孤児院で彼女が使っている部屋の少なくとも三倍の広さがある。ベッドもたいそう広くて、四人か五人が横並びで眠っても窮屈ではなさそうだ。洗面台に置いてある水差しに水が入っていた。深い鉢に少し水を注いで手と顔を洗い、髪を梳《と》かした。二日もすわりっぱなしだったため、しわくちゃになってしまったドレスを、両手でなでつけた。

居間に戻ったときにはすでに、二人の召使いがテーブルの用意を始めていた。糊《のり》のきいた白いクロスをかけ、きらめきを放つ陶磁器とガラス器とナイフやフォーク類を並べ、蓋つきの深皿をいくつか置いているところで、深皿には何か熱々のものが入っていて、湯気が立ち、おいしそうな匂いがしていた。少なくとも、アナが空腹だったら、そして、疲れてくたくたでなかったら、おいしそうな匂いだと思ったことだろう。

孤児院に戻りたいと心の底から願った。

　ずば抜けて有能な秘書がいるというのは——ネザービー公爵エイヴリーはつくづく思った——ありがたいことだが、ときには困ったことでもある。まず、人生における厄介ごとや些細な用件を処理するときはつねに秘書を頼りにし、自分は自由の身となっておもしろおかしく暮らすだけになってしまう。そのいっぽう、自分で物事を処理していれば避けられたかもしれない退屈な用件を抱えこむ羽目になったりする。もちろん、頻繁にあることではない。なにしろ、何が雇い主を退屈させるかを、秘書のエドウィン・ゴダードは充分に心得ている。しかしながら、今回の用件は稀なケースのひとつだった。

「エドウィン」ある日の午後遅く、秘書の仕事部屋の戸口に姿を現わして、エイヴリーは苦々しげにため息をついた。「これはどういうことだ、ええ？」

　エイヴリーは親指と人差し指でつまんだカードをかざしてみせた。ゴダードが書斎の机に置いたもので、ほかに二枚のメモも一緒に置いてあった。メモの片方は、貴族の令嬢ミス・エドワーズが出席すると聞いてエイヴリーも顔を出すつもりの舞踏会について、念を押すためのもの。もう一枚は、〝先週フィッティングさせていただいた新しいブーツが、〈ホービーの店〉で公爵さまのお越しを待っております。ご都合のいいときにお越しになり、じっさいに履いてみて、手袋のようにぴったり合うことをご確認くださいませ〟というメモだった。履き心地がいいことを示す場合にかならずこの表現が使われる。だが——エイヴリーは考えこんだ――本当にそうなら、男性が手袋よりブーツを好んで履きたがるというのも妙な話だ。いやいや、考えが脇道へそれてしまった。

「ジョサイア・ブラムフォード弁護士から、明日の午前中に一時間だけお時間をいただきたいとの申し出がありました、公爵さま」ゴダードが説明した。「ブラムフォード氏がリヴァーデイル伯爵家の顧問弁護士であり、公爵さまが伯爵閣下の後見人をされていることからして、氏の願いを公爵さまが喜んでお聞き届けくださるものと、わたしのほうで判断いたしました。一〇時に〈バラの間〉を用意しておくよう指示してあります」

「喜んで……か」エイヴリーは小声でくりかえした。「親愛なるエドウィン、ずいぶん妙な言葉を選んだものだな。要するに、その――ええと――弁護士がきみの指定した時刻に〈バラの間〉に通されるということだね。そこまではわかった。だが、あの部屋を選んだ理由をきみは省略した。弁護士一人と卑しきわが身だけで使うには、〈バラの間〉はいささか広すぎるように思うが。まさか、弁護士が供の者をどっさり連れてくる気ではなかろうな？　もう一人のブラムフォードか、〝&サンズ〟のうちの何人かを？　もしくは全員とか？　それでもなお広すぎることを、きみに指摘しておきたい」

「ブラムフォード弁護士の手紙には」ゴダードは言った。「彼の一存でさらに多人数の出席を求め、そこには伯爵閣下と母上に当たる伯爵夫人、そして、一族のほかの方々も含まれている、と書いてあります」

「やつが本当にそんなことを？」片眼鏡を握った指に力をこめて、エイヴリーは秘書の机のほうへゆっくり歩み寄り、カードを机に落とすと、片手を差しだした。ゴダードはその手にちらっと目を向けてから、机の隅にきちんと積んである書類の束をかき分けて、ブラムフォードの手紙をとりだした。それを書いた本人と同じく、もったいぶった文章だったが、明朝一〇時にアーチャー邸に伺候し、きわめて重大な問題についてネザービー公爵閣下に報告したい、と言っているのは間違いなかった。また、〝僭越《せんえつ》ながら、公爵閣下の被後見人、その母君、姉君と妹君、その他の近親者の方々――アレグザンダー・ウェスコット氏、氏の母君ウェスコット夫人、姉君レディ・エリザベス・オーヴァーフィールドを含む――もお招きしたことにつき、公爵閣下のお許しをいただきとう存じます〟と書いてあった。

エイヴリーは何も言わずに秘書に手紙を返した。ブラムフォード弁護士が自らの任務を果たすため、十字軍戦士のごとくウェスコット邸を出ていってから三週間が過ぎた。その任務とは、もっとも信頼できる調査員を派遣して、婚外子として生まれた孤児を見つけさせ、ある程度の財産を与え、かわりに、新たな伯爵となったハリーへの金銭的要求はいっさいしないという誓約書を書かせることだった。その女性が見つかって、与える財産の具体的な額を相談する必要が生じたのなら、ブラムフォードがこのぼくに個人的に報告すればすむことではなかったのか？

この集まりには、何かまったく別の目的があるのだろうか？

親指を縛られて手近な木に吊《つ》るされることをブラムフォードが願っていないのなら、そうであってほしいものだ。父親がよそで子供を作ったことをハリーとカミールとアビゲイルにはぜったい知らせないでほしい、というのが伯爵夫人のたっての頼みだった。それに、どういうわけでアレグザンダー——アレックス・ウェスコットが招かれているのだ？　おまけに彼の母親と姉までが。アレックスとその姉はハリーのいとこに当たる——正確に言うとまたいとこだ。ハリーが結婚し、伯爵としての義務を果たして自分の跡継ぎを作り、念のために予備の息子も二人ほど作るときが来るまで、アレックスにも伯爵位の継承権がある。また、〝その他の近親者の方々〟とは誰なのだ？　なんのための集まりなのだ？　何か秘密が明かされることになるのだろうか？

エイヴリーは秘書の仕事部屋を出て、彼の継母に当たる公爵夫人を捜しに行った。明日、義理の妹と甥《おい》と二人の姪《めい》、そして、いとこたちや、その他の身内が来ることを知ったら、継母はきっと興味を持つだろう。ロンドンにはその母親と二人の姉妹も住んでいる。もっとも、継母自身が個人的に招待を受けて、すでに知っているかもしれない。もちろん、集まりに出ようとするはずだ。それから、ジェスも出たがるに決まっている——エイヴリーにとっては母親違いの妹に当たるレディ・ジェシカ・アーチャー。現在一七歳と九カ月で、勉強部屋の敷居のところに早くも一〇本の足指をそろえ、一八歳になった瞬間に飛びだそうと待ちかまえている。来年のいまごろは——考えたくもないが——たぶん、ぼくがジェシカをエスコートして、パーティ、舞踏会、朝食会、ピクニックなど、社交シーズン中に大々的な結婚市場で展開される催しの場へ出かけることになるだろう。

ジェシカも明日の集まりに出たほうがいいのかもしれない——エイヴリーは思った——ジ

エシカが住む屋敷にみんなが集まるのだから。客間をのぞくと、ジェシカが母親と二人でそこにいて、買ってきたばかりの鮮やかな色をした刺繍《ししゅう》入りの絹地の数々にうっとりした視線を向けているところだった。明日の集まりにアビゲイルも来ることをジェシカが知れば、いずれにしろ、ジェシカを遠ざけておくのはむずかしいだろう。ハリーも来るとわかれば、それはもう不可能に近くなる。ジェシカが彼のことを未来の夫として夢見ているのでなければいいが。なにしろ、いとこどうしだ。しかし、ハリーの若々しい端整な顔立ちはジェシカの憧れと崇拝の的になっている。もっとも、彼女が顔を出すか出さないかは母親が決めることだ。世の母親たちに感謝。

〝きわめて重大な問題〟――ブラムフォードの手紙にはそう書いてあった。舞台にでも立てばいいのに。まったくもう。

ジェシカと母親が顔を上げ、エイヴリーに笑みを向けた。

「ねえ、エイヴリー」ジェシカが喜びに顔を輝かせ、胸の前で両手を握りあわせて、急ぎ足で彼のところにやってきた。「明日の朝、誰が来るか当ててみて」しかし、自分から提案したゲームにエイヴリーが加わるのを待とうとはしなかった。「アビーよ。それから、ハリー。それから、カミールも」

大事な人の順になっているようだ。

「ブラムフォードには豊かな芝居の才能があるようですね」その晩、自宅で晩餐をとりながら、アレグザンダー・ウェスコットが母親と姉に言った。「リヴァーデイル伯爵の遺言書を読みあげるための集まりではありえない。遺言書はなかったようだから。そのための集まりだったら、いくらネザービーがハリーの後見人であっても、あの弁護士がアーチャー邸を選ぶはずはありません。どのような用件かはわからないが、なぜわれわれの出席が必要なのでしょう？　とはいえ、顔を出したほうがいいとは思いますが」

「ルイーズとも、ヴァイオラとも、葬儀のとき以来一度も会ってないわ」彼の母親が言った。ネザービー公爵夫人とリヴァーデイル伯爵夫人のことだ。「二人とおしゃべりできるのが楽しみよ。それに、わたしたちが呼ばれたのなら、たぶん、ユージーニアとマティルダとミルドレッドも来るでしょう」ユージーニアは亡くなったリヴァーデイル伯爵の母親で、あとの二人はユージーニアの長女と末娘だ。

「ついでに、正直に認めなさい、アレックス」レディ・オーヴァーフィールドがいたずらっぽく目をきらめかせて言った。「謎はつねに好奇心をそそるものだわ。少なくとも、あなたはハリーに次ぐ爵位継承者でしょ。お母さまとわたしは、ハリーとのつながりがそんなに強くないけど」

「あなたたちのお父さまとハリーのお父さまがいとこどうしだったのよ」母親が二人に言って聞かせた。「ただし、親しい間柄ではなかったわね。あなたたちのお父さまはハリーのお父さまのことが大嫌いだった。わたしの印象では、ほかの人たちもそうだったみたい。たぶん、ヴァイオラもそこに含まれるでしょう。つねに貞淑な妻ではあったけど」

「ハリーに次ぐ爵位継承者などという立場は、ぼくが切望するものではありません。ぼくは変わり者かもしれないけど、いまの自分に、そして、いまの自分に与えられたものだけで充分に満足です。もちろん、ハリーがすぐに結婚するとは思えません。まだ成年に達してもいないのだから。でも、若くして結婚し、伯爵家の存続をたしかなものにするために六年間で六人の息子を作ってくれることを、ぼくは心から望んでいるのです。それまでハリーが健康そのものでいてくれるよう願っています」

エリザベスが笑って手を伸ばし、アレックスの手の甲を軽く叩《たた》いた。「ちっとも変わり者じゃないわ。お父さまがリディングズ・パークを荒廃させてしまったあと――不躾《ぶしつけ》な言い方でごめんなさい、お母さま――あなたは屋敷を昔の姿に戻そうとして懸命に努力し、成功させた。自慢していいのよ。あなたがあそこの人々からとても尊敬され、愛されていると言ってもいいほどで、満ち足りた人生を送っていることはわたしにもよくわかるの。それから、いくら社交シーズンに入って、お母さまとわたしが今年も軽薄な催しに顔を出したがっているのをあなたが承知してるとしても、ロンドンにひきずってこられるのがあまり好きじゃないことぐらい、よくわかっているのよ。無理して一緒に来なくてもよかったのに。でも、来てくれたことにも、とっても居心地がいいこの家を借りてくれたことにも感謝してるわ」

「一緒に来たのは、姉さんたちのためだけじゃないんだ」ワインをひと口飲んでから、アレックスは正直に言った。「母さんからいつも、少しは人生を楽しむようにと言われている。まるで、愛する領地の屋敷で過ごすことが楽しい人生ではないかのように。でも、さすがのぼくもときには、肥やしがこびりついたブーツを脱ぎ捨て、かわりにダンスシューズを履きたくなることがある」

エリザベスはふたたび笑った。「ダンスが上手だものね。それに、あなたが舞踏室に足を踏み入れればいつだって、令嬢たちのあいだにざわめきが起きる。だって、どんなときでも、あなたがその場でいちばんハンサムな紳士なんですもの」

「望みをかけてもいいかしら」母親があきらめ顔で息子を見ながら尋ねた。まるで、この質問をするのは初めてではないし、二一回目でもないかのように。「あなたがその令嬢のどなたかを花嫁にすることに」

アレックスが返事をする前にためらったので、母親は期待に満ちた表情でナイフとフォークを皿に斜めに置き、息子のほうへわずかに身を寄せた。

「ええ、いいですよ。論理的に考えれば、それがぼくのとるべき次の道だ。そうですよね？リディングズ・パークはようやく繁栄をとりもどし、ぼくを頼りにしてくれる者たちの面倒はぼくがちゃんとみているから、すべてを安泰にするために欠けているのは跡継ぎだけです。次の誕生日でぼくは三〇歳になります。母さんとリジーと一緒にここに来たのは、二人を支え、二人が行きたいと望む場所へエスコートする男性なしで、母さんとリジーをロンドンに滞在させるわけにはいかないからですが、ぼく自身のためでもあるのです……周囲に目を向けてみようと思って。あわてて選ぶつもりはありません。今年は無理かもしれない。しかし、金のために結婚する必要はないし、ぼくの身分はさほど高くないから、名家の令嬢を花嫁にする義務もありません。ぼくに……ふさわしい人が見つかればいいと思っています」

「恋に落ちる相手が？」エリザベスは弟に尋ね、従僕がグラスに水を注《つ》ぎ足せるよう、片側へわずかに身体をどけた。

「もちろん、相手の令嬢に愛情を持てればいいと思ってるよ」かすかに顔を赤らめて、アレックスは言った。「だけど、ロマンティックな愛？　悪いけど、リジー、それは女性のためのものじゃないかな？」

　母親が舌打ちした。

「わたしのときみたいに？」エリザベスは椅子にもたれて、アレックスが食べるのを見守った。

「い、いや……」彼のフォークが口へ運ばれる途中で止まった。「そんな意味で言ったんじゃないよ、リジー。姉さんにいやな思いをさせるつもりはなかった」

「大丈夫よ」エリザベスは弟を安心させた。「デズモンドに会った瞬間、わたしったらすっかりのぼせあがって――愚かな小娘ね――愛だと思いこんでしまったの。あんなの、愛じゃなかったわ。でも、不幸な結婚をしたからって、べつに世をすねてはいないのよ。いまでもロマンティックな愛の存在を信じてるし、あなたにも愛を見つけてほしいと思ってるわ。あなたには、人生における善きものをすべて手にする資格がある。とくに、わたしのためにあれだけのことをしてくれたんですもの」

　エリザベスのいまは亡き夫、サー・デズモンド・オーヴァーフィールドは魅力的ではあったが、大酒飲みで、酔うにつれて荒れ狂い、言葉と肉体の暴力をふるう男だった。一度エリザベスが実家に逃げ帰ってきたことがあり、そのときは顔じゅう腫れあがってあざだらけで、誰なのか見分けがつかないほどだったが、デズモンドが妻を迎えに来て、エリザベスは結婚した身であり、夫の所有物なのだと主張すると、父親はしぶしぶながら娘を夫のもとへ帰すことにした。二年後、エリザベスがふたたび実家に逃げてきたときには、顔と身体の大部分があざに覆われ、おまけに片方の腕まで骨折していた。父親はすでに亡くなっていたため、アレックスが姉を迎え入れて医者を呼んだ。デズモンドがふたたび、妻をとりもどそうとしてやってきた。最初のときと同じくしらふで、しきりに詫《わ》びたが、アレックスは彼の顔面にパンチを見舞って鼻の骨を砕き、歯を何本かへし折った。デズモンドがいちばん近くに住む治安判事を連れてふたたびやってくると、アレックスはデズモンドの両目に黒あざを作ってやり、治安判事を午餐に招待した。デズモンドはそれから一年もしないうちに亡くなった。居酒屋で乱闘に巻きこまれ、皮肉にも傍観者に過ぎなかったのに刺し殺されたのだ。

「一緒にいてくつろげる相手、幸せだと思える相手を、ぼくは花嫁にしたいと思っている」アレックスはいま、そう約束した。「だけど、求婚する前に姉さんの意見を聞き、母さんの意見も聞くつもりだよ」

母親が小さな恐怖の叫びを上げた。「母親を喜ばせるために結婚するなんてだめよ。とんでもない話だわ」

「そうよ、そんなことしちゃだめ」エリザベスも同時に反対した。

アレックスは二人に向かってニッと笑った。「だけど、二人ともぼくの妻と一緒に暮らさなきゃいけないんだよ。もっとも、いまのところ、あくまでも仮定の話だけど。社交シーズンが始まってから二週間のあいだに多くの令嬢と話やダンスをしたけど、求婚してもよさそうな相手は一人もいなかった。あわてて決める気もないしね。それはそうと、今夜は夜会の予定だから、三〇分以内に出かけたほうがいい。そして、明日はリヴァーデイル伯爵家の顧問弁護士から、どんな衝撃の事実を披露する気でいるかが明かされる。ぼくたちにまで出席を求めてくるとはねえ。でも、二人とも無理に行く必要はないからね」

「あら、お母さまとわたしも招かれてるのよ」エリザベスは反論した。「何があっても見逃せないわ。それに、お葬式以来、親戚の誰にも会ってないし。みんな、喪に服すよう強制されてるから、きっとうんざりしてるはずよ。社交シーズンに入って、数多くの催しが差し招いているとなればとくに。カミールはアクスベリー子爵との婚礼を延期させられて、すごく落胆してるだろうし、アビゲイルはかわいそうに、もう一八歳なのに社交界デビューが来年までお預けになって、それ以上にがっかりしてるに違いない。たぶん、ジェシカにも会えるわね。集まりが開かれるのがアーチャー邸ですもの。そうだわ、正直に白状すると、ネザービー公爵に会えるのも楽しみよ。うっとりするほど……華やかな人ですもの」

「リジー！」アレックスは皿を下げに来た従僕にうなずきを送りながら、むっとした表情になった。「あの男はハートの奥の奥まで退屈な気どり屋だ。やつにハートがあればだが」

「でも、何をさせても、みごとな才能を発揮する人だわ」エリザベスの目にきらめきが戻っていた。「しかも、すばらしい美貌だし」

「美貌？」アレックスは雷に打たれたような顔になったが、やがて表情をゆるめ、首を横にふりながらクスッと笑った。「だが、正直なところ、あいつにぴったりの言葉だ」

「ええ、そうですとも」母親も同意した。「わたしがあと二〇歳若ければねえ」ため息をつき、睫毛《まつげ》をぱちぱちさせ、三人そろって笑いだした。

「あなたとは正反対のタイプね、アレックス」みんなで席を立つあいだに、ふたたび弟の手を軽く叩きながら、エリザベスは言った。「あなたは大いに安堵《あんど》してるに違いない。だって、ネザービー公爵には好意のかけらも持ってないようだから。そうでしょ？」

「正反対？　じゃ、ぼくは美貌の持ち主じゃないんだね、リジー」

「もちろん、違うわ」エリザベスはそう言いながらアレックスの腕に手を通し、アレックスはそのあいだに、反対の腕を母親に差しだした。「あなたはハンサムなタイプよ、アレックス。ときどき、不公平だと思うことがあるわ。はっとするほど端整な容姿をあなたが独り占めしてしまったんですもの――お母さまのほうの血筋よ、もちろん――それにひきかえ、わたしは〝ほどほどにきれい〟と言われる程度だった。でも、あなたを美貌の男性と呼ぶ気になれないのは、容姿だけが原因じゃないのよ。物憂げな態度や高慢な態度はけっしてとらないし、しかも、ちゃんとハートを持っている。それから、良心も。堅実な市民であり、どこから見ても立派な紳士だわ」

「まいったな」アレックスは顔をしかめた。「ぼくってそんなに退屈な人間？」

「そんなことないわよ」エリザベスは笑った。「容姿に恵まれてるもの」

じっさい、アレックスは長身で浅黒くてハンサムという三拍子そろった好男子で、おまけに、スポーツ万能のみごとにひきしまった肉体と青い目の持ち主でもあった。また、その微笑は凍ったバターも溶かすほどだし、それが女性のハートとなれば、言うまでもない。しかも、彼を頼りにする者たちに対して強い義務感を持っている。彼より四歳上のエリザベスは悲惨な結婚生活を送るあいだに失った輝きをいくらかとりもどしつつあるが、弟と違って、目をみはるような端整な容姿には恵まれていない。だが、穏やかな気質と、感じのいい顔立ちと、快活な性格ゆえに、六年にわたる絶望と不安と虐待をどうにか乗り切ることができたのだった。

「リジー」母親が叫んだ。「わたしから見れば、あなたはいつだって美人よ」

3

「なんだって！」ハリー——若きリヴァーデイル伯爵——は階段の下にいる姉妹に渋い顔を向け、姉妹のほうも同じく渋い顔で彼を見上げていた。「ブラムフォードのやつがエイヴリーの屋敷でぼくたちに会おうとしてるのは今日だったの？　明日じゃなくて？」

「今日だってことぐらい、よく知ってるくせに」レディ・カミール・ウェスコットが言った。「急いだほうがいいわよ。ひどい格好」

たしかに、ひと晩じゅう飲み騒いでいたような姿で、じつをいうと、まさにそれがハリーのしていたことだった。上等の夜会服はしわくちゃだし、シャツのカフスは汚れ、ネッククロスはだらしなくゆがみ、波打つ金色の髪は乱れ、目は充血し、酒臭さが届く範囲には誰一人近寄ろうとしなかった。大急ぎで髭《ひげ》を剃《そ》る必要があった。

「ゆうべは帰ってきもしなかったんでしょ、ハリー」レディ・アビゲイルがわかりきったことを言い、あからさまな非難をこめて兄の頭から爪先へと視線を走らせた。

「帰る気になれなかったんでね。こんな格好で朝の乗馬から戻ってくるわけないだろ？　ブラムフォードのやつ、なんで今日なんかを選んだんだ？　しかも、午前中だよ。とんでもない時間だ。それに、なんでうちじゃなくてアーチャー邸で？　どんな話をしようというんだ？　手紙をよこすか、母さんかエイヴリーを通じて伝えてくれればすむことなのに。あの男はひどい気どり屋だし、口数が多すぎる。ぼくが意見を尋ねられたら、そう答えるだろう。もっとも、ぼくの意見なんか誰も尋ねてくれないけど。二一歳になったらすぐ、ブラムフォードをお払い箱にして、ほかの弁護士を選ぼうかって思うこともある。弁護士の同席よりも不在のほうが、そして、雄弁よりも沈黙のほうが歓迎されることを理解してくれる弁護士を」

「そういう言葉遣いはやめてもらいたいわ、ハリー」カミールが言った。「男どうしならまことにけっこうだけど、あなたの姉妹の耳に届く場所では感心しないわ。アビーとわたしに謝ってちょうだい」

「ぼくが？」ハリーはニッと笑ったが、次の瞬間すくみあがって、片手の親指と中指で左右のこめかみを押さえた。「二人とも復讐《ふくしゅう》の天使みたいに見えるよ、まったくもう――ゆっくり寝ようと思って帰宅した男にとっては最高のお出迎えだね」

少なくとも、二人ともカラスみたいに見えるとは言わなかった。二人が初めて喪服を着たとき、ハリーはそう言ったのだ。カミールは弟に比べると髪の色が濃くて、背が高く、じつに姿勢がよく、きりっとした顔立ちだ。表情がきついため、可憐《かれん》とは言いがたいが、凛《り》々《り》しい美しさと評されているのはうなずける。アビゲイルのほうは、目と髪の色も、整った目鼻立ちも、ほっそりした身体も兄と同じだが、全体に小柄だ。

「しばらくしたら、ブラムフォード弁護士がアーチャー邸でわたしたちの到着を待つでしょうね」アビゲイルはハリーに言って聞かせた。「カズン・エイヴリーも」

「だけど、どんな話が残ってるわけ？」こめかみから指を離しながら、ハリーが訊いた。

「あの弁護士、二週間ほど前にここに来たときだって、何時間もしゃべりつづけたんだよ。もっとも、目新しいことなんて何も言わなかった。なんでものすごく退屈するためにわざわざ出かけなきゃいけないんだい？　やつに会ったら、ぼくからいくつか質問してやる。まあ、見ててくれ」

「たぶん、一時間以内にその場面を見られると思うけど」カミールが言った。「あなたがそこに立ったまま、こめかみを押さえて悲劇のヒーローみたいな顔をするのをやめて、着替えに行ってくれればね。そんな姿をカズン・エイヴリーに見せるのはいやでしょ」

「ネザービーに？」ハリーはニヤッと笑い、ふたたびすくみあがった。「あの人なら気にしないよ。いい人だもん」

「片眼鏡越しにあなたを見るはずよ」アビゲイルは言った。「それから、片眼鏡を下ろして退屈そうな顔をする。わたしなんか、そんなふうに見られるのが何よりも苦手だわ。さあ、行って」

ちょうどそのとき、階段のてっぺんに立つハリーの背後に母親が姿を見せた。ハリーは照れくさそうに母親に微笑して姿を消した。母親は彼のあとを追った。

「あの子、まだ二日酔い状態よ、アビー」カミールが妹に言った。「カズン・エイヴリーがお説教してくれればいいけど、期待できそうにないわね。先週、アクスベリーがハリーと話をしたら、あの子、口出しはやめてくれって答えたそうよ。アクスベリーの口ぶりからすると、おそらく、もっときつい言い方だったんでしょうけど、彼もハリーの言葉をそのまま伝えるような人じゃないしね」

「アクスベリー卿《きょう》って偉そうな言い方をするから、ハリーもカチンとくるのよ。それはお姉さまも認めなきゃ」アビゲイルは穏やかな口調で言った。

「でも、アクスベリーの言うことはいつだって正しいわ」カミールは反論した。「なのに、ハリーが好きなのはカズン・エイヴリーのほう。しかも、ハリーは何をしても許される。わたしたちが頭から爪先まで黒一色だというのに、あの子は腕に喪章を着けてるだけ――それも、しわが寄ったのを。あなたに黒は似合わないわね。わたしもぜったい似合わない。あなたはこの春に社交界デビューの予定だったし、わたしはアクスベリーと結婚することになっていた。どちらも実現しそうにないのに、ハリーだけは昼も夜も出かけて放蕩三昧でしょ。それなのに、お母さまもエイヴリーも非難の言葉ひとつ口にしない」

「ときどき、人生って不公平だと思うことがあるわ」アビゲイルは言った。

カミールは階段に背を向けて朝食の間に戻った。さっき、コーヒーを飲もうとしていたときに、弟がよろよろ帰ってくる足音を耳にしたのだった。姉妹のあとから母親も朝食の間に入ってきた。

「アーチャー邸に集まるなんて、いったいどういうことなの、お母さま?」アビゲイルが訊いた。

「それがわかっていれば」母親は言った。「みんなで行く必要はないんだけど。でも、あなたたちはここしばらく楽しいこともなかったから、外出が気晴らしになりそうね。ルイーズとジェシカも、あなたたちに会えればきっと大喜びだわ。喪中だから、社交界の催しに出るとしても、地味で退屈きわまりないものにしか出られないのがほんとに残念。でも、カミール、弟の社交生活はあなたやアビーのような制約を受けていないって文句を言いたいかもしれないけど、何も言わないほうがいいわよ。あの子は男性、あなたたちは女性。二人とももう子供じゃないんだから、紳士というのは、女性が守っているのとはまったく違う規則に従って生きてるってことぐらい、あなたたちにもわかるでしょ？　それは公平なこと？　もちろん違う。わたしたちの力でなんとかできる？　いいえ、できない。文句を言っても虚《むな》しいだけよ」

アビゲイルはコーヒーカップを手にとった。「何か心配ごとでもあるの、お母さま？」眉をひそめて尋ねた。

「いいえ」母親は即座に答えた。「そんなことないわ。午前中の集まりが早くすむよう願っているだけ。どうして呼び集められたのか、さっぱりわからない。顧問弁護士を替えるよう、ハリーに助言しなくては。エイヴリーも反対しないはずよ。ブラムフォード弁護士のことを、耐えがたいほど退屈な人物だと思っているから。議論すべきことがあるのなら、弁護士がこちらに出向いて個人的に話すのが筋というものなのに」

姉妹はコーヒーを飲み、視線を交わして、思慮深い沈黙のなかで母親を見つめた。お母さまはぜったい、何か心配ごとを抱えている。

〈バラの間〉の準備を整えるに当たっては、ネザービー公爵の秘書のエドウィン・ゴダードが指図をした。オーク材の大きなテーブルと向かいあう形で椅子が三列にきちんと並べてある。約束の時刻になったら、ブラムフォード弁護士がそのテーブルで一席ぶつつもりだろう。エイヴリーはさきほど、憮然《ぶぜん》たる面持ちで室内を見渡した――椅子がこんなにたくさん？しかし、彼はいま、タイル敷きの玄関ホールに立って、残りの招待客が到着するのを待っていた。彼が招いたわけではないが、とりあえず全員を〝招待客〟と呼ばなくてはならないだろう。しかし、客間にいるより、こうして玄関ホールに立っているほうが楽だった。室内では現在、不可解にもどっさり集まった親戚の前で、エイヴリーの継母が優雅な女主人役を務めているところだ。ジェシカはハリーとその姉妹に会えて有頂天になり、甲高い声を上げてかなりの早口で話しかけている。きびしい家庭教師がこの場にいれば、非難のしかめっ面になったことだろう。しかしながら、家庭教師の姿はなかった。ジェシカは今日の集まりに加わるため、勉強部屋を出ることを許されたのだ。

ブラムフォード弁護士も玄関ホールにいた。ただし、エイヴリーと距離を置いて立ち、珍しくも黙りこんでいるので――演説を心のなかで練習中とか？――無視するのは簡単だった。さきほど弁護士が到着したとき、エイヴリーのほうから尋ねてみた。本日の一族の集まりは、

二、三週間前に伯爵夫人がブラムフォードの腕と口の堅さを見込んで依頼した微妙かつきわめて個人的な事柄と関係があるのか、と。しかし、ブラムフォードは頭を下げて、ウェスコット一族のみなさまにとって重大な関心事となる問題が見つかったのです、と公爵であるエイヴリーに告げるにとどまった。エイヴリーとしては、口を閉ざした弁護士を片眼鏡で必要以上に長く見つめただけで、それ以上問い詰めることはできなかった。ブラムフォードはなんといっても法律家であり、こちらがどんな質問をしようと、率直に答えることはありえない。

午前中を愉快に過ごす方法なら一〇以上もあるが、エイヴリーはそれについては考えまいとした。〈バラの間〉から陽気な笑い声が流れてきたので眉を上げた。

玄関扉の外でノッカーの音が響き、執事が扉を開いて、アレグザンダー・ウェスコット、ウェスコット夫人、レディ・オーヴァーフィールドを招き入れた。アレグザンダーはいつものように、威厳に満ちた完璧な姿だった。エイヴリーと同じ学校に通った幼なじみだが、運動場で荒っぽい乱闘に加わったあとでアレグザンダーがわずかひと筋の髪を乱したことがあったとしても、何年間かの学校生活のなかで規則を破ったことがあったとしても、もちろん、エイヴリーがそれを目にしたことは一度もなかった。アレグザンダー・ウェスコットと、紳士的なたしなみと、品行方正とは同義語だ。二人のあいだに友達づきあいはまったくない。

アレグザンダーは彼にそっけない会釈をよこし、ウェスコット夫人とレディ・オーヴァーフィールドは笑顔を見せた。

「ネザービー？」アレグザンダーが言った。

「カズン・エイヴリー」貴婦人二人が口をそろえて言った。

「カズン・アルシーア」エイヴリーは進みでると、指輪に飾られた片手をウェスコット夫人の手のほうへ物憂げに差しだし、その手を唇に持っていった。「ようこそ。カズン・エリザベス」彼女の手にもキスをした。「あいかわらず魅惑的だ」

「あなたもね」レディ・オーヴァーフィールドの笑顔にはいたずらっぽい輝きが浮かんでいた。

エイヴリーは眉を上げた。「人は全力を尽くすのみ」ため息混じりに言って、彼女の手を放した。エイヴリーは昔から、弟のアレグザンダーのことより彼女のほうが好きだった。エリザベスにはユーモアのセンスがある。ついでにスタイルもいい。両方とも母親から受け継いだものだ。ただ、浅黒い肌をした母親の美貌は受け継いでいない。そちらは息子に遺伝している。

「ウェスコット」挨拶がわりに、エイヴリーは言った。

ブラムフォードが腰を折って恭しくお辞儀をしたが、無視された。

新たに到着した三人を執事が〈バラの間〉に案内すると、室内から挨拶の声が上がり、一人か二人は歓声まで上げた。そろそろ、ぼくも加わらなくては――エイヴリーは心のなかでため息をつき、ポケットから嗅ぎ煙草入れを出すと、親指を使って慣れた手つきで蓋を開いた。これで全員そろった。ところが、エイヴリーが歩を進める前に、玄関扉の外でまたしてもノッカーの音が響き、執事が扉をあけに飛んでいった。

どうぞという言葉を待ちもせずに、一人の女性が入ってきた。家庭教師だ――財産の半分を賭けてもいいとエイヴリーは思った。若くて、痩せっぽちで、背筋をぴんと伸ばし、襟元から爪先までを暗い色合いの紺色のドレスで覆っている。手袋と手提げの色だけが違っていて、そちらは黒だ。いずれも高価ではなさそうだし、おしゃれでもない。しかも、それはまだ親切な表現というものだ。髪はボンネットの小さなつばの下にきっちりたくしこんであり、うなじで大きなシニョンに結っているようだ。

女性は玄関扉から一歩入って立ち止まると、ウェストのところで両手を組みあわせてあたりを見た。本と石板を用意した生徒が二人か三人、物陰から姿を現わすのを待っているかのようだ。

「どうやら」嗅ぎ煙草入れの蓋をパチッと閉めて、エイヴリーは言った。「正面玄関と召使い用の出入口をお間違えになり、この屋敷を教育の必要な幼子たちがいる家と勘違いなさったようですね。ホロックスが正しい方向へご案内いたします」エイヴリーは執事がいるほうへ片方の眉を上げた。

女性は彼に目を向けた――落ち着いた感じの大きなグレイの目で、彼と視線が合ってもたじろぎはしなかった。その場に立ったまま、当惑や怯《おび》えや恐怖の表情を浮かべることも、その場で凍りつくこともなく、とにかく、ドアを間違えて入ってきた者が示すはずの反応はいっさい見せなかった。

「わたしは昨日、バースからこちらに連れてこられました」女性は澄んだ柔らかな声で言った。「そして、今日、このお屋敷の玄関の外で馬車から降ろされました」

「外へどうぞ、お嬢さま」ホロックスが玄関扉をあけて支えていた。

しかし、エイヴリーは不意に悟った。そうか、家庭教師ではない。いや、そうだとしても、ただの家庭教師ではない。婚外子だ。

厳密に言うなら、例の婚外子だ。

「ミス・スノー？」ブラムフォード弁護士が一歩進みでて、なんと……ふたたびお辞儀をした。

女性はそちらへ注意を向けた。「はい」と答えた。「ブラムフォードさまでしょうか？」

「お待ちしておりました」ブラムフォードが挨拶するいっぽうで、エイヴリーは嗅ぎ煙草入れをポケットにしまい、ホロックスが玄関扉を閉めるあいだに、片眼鏡を目の高さまで持ちあげた。「〈バラの間〉のお席へ執事がご案内いたします」

「ありがとうございます」

女性を先導してその場を去るあいだ、執事のホロックスの背中は非難と憤りで震えださんばかりだった。だが、エイヴリーはそれに気づいてもいなかった。片眼鏡を弁護士にじっと向けると、弁護士の顔は汗でてらてら光っていた。まあ、当然といえば当然かもしれない。弁護士は不承不承といった感じで、片眼鏡のほうへ目を向けた。

「いったい何をしたんだね？」エイヴリーは尋ねた。優しげな声だった。

「しばらくしたら、すべてご説明いたします、公爵閣下」ブラムフォードが答えるあいだに、汗がひと粒、額を流れて彼の眉を伝い、頰に落ちた。

「気をつけたまえ」エイヴリーは言った。「ぼくの不興を買うのは楽しいことではないぞ」

片眼鏡を下ろすと、ゆったりした足どりで〈バラの間〉へ向かった。室内に不自然な静寂が広がっているように思われた。全員が席についている。一族の者たちはテーブルの前に並んだ三列の椅子に。そして……その背後に、女性がぽつんと離れて。ドアのすぐ内側の、しかも隅のほうに用意された席だ。しかし、部屋を埋めた者全員が貴族で、その貴族のうち称号がないのは二人だけ――しかも、片方は伯爵家を継ぐ可能性あり――という状況のなかで女性が席についたものだから、誰もが驚愕《きょうがく》し、部屋全体が気詰まりで腹立たしげな沈黙のなかに投げこまれている。ふりむいて女性を見る者は誰もいなかったし、エイヴリーが推測するに、声をかけた者もいないだろうが、全員が女性のことを意識するあまり、それ以外のことが頭から消えてしまっているのは一目瞭然だった。

例の婚外子だ。それ以外の可能性がどこにある？

エイヴリーが部屋に入っていくと、全員が彼のほうを向いた。誰もが不思議に思っているに違いない――なぜこんな女性が屋敷に入ってきたのか？　しかもこの客間に？　公爵はどうして事態の収拾に乗りだそうとしないのか？　故リヴァーデイル伯爵の夫人が異様に青ざめていた。どうやら、エイヴリーと同じ結論に達したようだ。エイヴリーは残っている空席を無視して壁ぎわまでゆっくり歩き、バラ色の錦織の布を張った壁に片方の肩を預けてから、ふたたびポケットの嗅ぎ煙草入れをとりだして、鼻先へひとつまみ持っていった。新たにブレンドさせたもので、ほぼ完璧な仕上がりだった。

不要な努力をするのはつねに避けている彼だが、午前中の集まりが終わったら、ブラムフォードの首をへし折ってやる必要を痛感することになりそうだった。

静寂が声高にその存在を主張していた。エイヴリーは周囲にゆっくり目をやった。ハリーが苛立ちを見せていた。その様子からすると、ゆうべも夜更かししたのだろう。いつもの取り巻き連中に囲まれ、彼がウィットに富んだことを言おうとするたびに連中が笑い、彼のおごりでさんざん飲んだに決まっている。ハリーの横には野暮なデザインの喪服に身を包んだカミールがすわり、干しスモモみたいにつんと澄ましていた。アクスベリーと結婚したら、ますます干しスモモに似てきそうだ。そもそも、アクスベリーというのが、生まれたときに干しスモモでいっぱいのゆりかごに寝かされ、毛穴からそのエキスを吸いこんだのではないかと思いたくなるような男だ。ハリーをはさんで反対側にすわっているのはアビゲイル。喪服がカミール以上に似合わない。気の毒に。若々しい生気と愛らしさを喪服がすべて消し去っている。ハリーは母親や姉妹と違って、亡くなった父親への弔意を腕の喪章だけで示している。なかなか賢い子だ。

エイヴリーの継母に当たるネザービー公爵夫人がそのうしろの席にすわっていた。喪服姿が気品に満ちている。もっとも、故リヴァーデイル伯爵は公爵夫人の夫でも父親でもなく、兄に過ぎないのだから、喪服が必要な期間はもうそれほど長くない。喪服とはなんとおぞましい発明だろう。エイヴリーの継母の横に、爽やかな白をまとったジェシカがすわっている。継母をはさんで反対側には、ジェシカの祖母に当たる先々代伯爵未亡人。黒で全身を覆っているため、まるで幽霊のような顔だ。その長女がレディ・マティルダ・ウェスコット。親孝行なことに、結婚もせず実家にとどまり、年老いた母親の支えとなっているが、今日の喪服姿は母親と同じくどうにも冴《さ》えない。彼女のとなりにいるのが、末の妹のミルドレッド（レディ・モレナー）で、夫のトマス（モレナー男爵）と一緒に来ている。アレグザンダー・ウェスコットは三列目、母親と姉のエリザベスにはさまれてすわっている。

　ブラムフォードのやつ、何を始める気なんだ？　伯爵夫人のたっての願いどおり、ひそかに進めればすむことだったのに、なぜそうしなかった？　エイヴリーはいまもやはり、大股で部屋を出たい気分だった。弁護士を玄関から放りだすために。できることなら、扉をあけもせずに。だが、あの女性はドアのそばの椅子に残るだろうし、じつに多くの疑問も残るだろうから、この件をもみ消すことはできない。どうやら、運を天にまかせるしかなさそうだ。

　昨日ブラムフォードの手紙を読んだあとで、何か手を打っておくべきだった。

　女性はいまもドアのそばの席に一人ですわり、落ち着き払った様子だった。マントはすでに脱いでいた。椅子の背にかけてあった。ボンネットと手袋もはずし、椅子の下に置いてある。安っぽい紺色のハイウェストのドレスが、彼女の首から手首までを、そして、足首までを覆っている。ほっそりした美しい姿であることに、彼女に視線を据えた瞬間、エイヴリーは気がついた。最初は痩せっぽちだと思ったが、そうではない。とはいえ、女性のスタイルにうるさい者から見れば、じつに平凡な体形と言えよう。立っていたときの彼女を見てエイヴリーが気づいたように、背は平均よりやや低めだ。髪はごくふつうの茶色で、完全にまっすぐでなくてはと思いこんでいるように見える。うしろへ流して、うなじのところでねじり、大きなシニョンにしてある。両手を膝の上でゆるく組んでいる。実用的だが魅力のない靴が床の上できちんと並んでいる。ドアノブ程度の魅力しかない女だ。

まことに冷静沈着なタイプのようだ。その物腰に大胆なところは見受けられないが、臆病そうなところもない。ふつうなら、終始目を伏せたままでいそうなものだが、それはいっさいなかった。軽い好奇心らしきものを見せて周囲に視線を走らせ、集まった人々のほうへ順々に目を向けているところだった。

女性は最後に、エイヴリーに注意を向けた。彼と視線が合っても、じろじろ見られていたことを知っても、彼女のほうからあわてて視線をそらすようなことはなかった。彼の視線を受け止めようともしなかった。彼女の視線がエイヴリーの全身に向けられたので、いったい何を見ているのかと、エイヴリーは知らず知らずのうちに興味を覚えた。

エイヴリーのほうは、自分が目にしたものに軽い驚きを覚えていた。女性の外見のうち、魅力的とは思えない部分から注意をそらし――魅力的でない部分がほとんどだ――かわりに顔だけを見つめて気づいたのだが、驚くほど美しい顔で、作品名がすぐには思いだせないながらも、中世の何かの絵画に描かれた聖母によく似た感じだった。その顔に微笑はなく、生気にあふれてもいない。愛らしい巻き毛や、揺れる扇子や、頬に刻まれたえくぼや、男を誘惑する目が美貌をひきたてているわけでもない。自然な美しさを持つ顔だ。卵型の顔に整った目鼻立ち。大きく穏やかなグレイの目。それですべてだ。彼女の美貌から受ける印象を語るとしても、特別な言葉は何もない。

彼女はエイヴリーの全身の点検を終えて、ふたたび彼の目を見つめた。エイヴリーは嗅ぎ煙草入れをポケットにしまうと、片眼鏡と眉の両方を上げたが、彼女はすでに、急ぐ様子もなく視線をはずし、ブラムフォードがもったいぶって登場するのを見守っていた。彼のブーツの片方がぎしぎしいっていた。

部屋に集まった一族から好奇のざわめきが起きた。しかし、エイヴリーがふと見ると、伯爵夫人は大理石の彫刻のような表情だった。

アナには、これまでの生涯を通じてとりわけ強く培ってきた特徴がひとつあった。それは威厳だった。孤児たちの世話をするときはつねに、その大切さを教えようとしてきた。

孤児が持っているものはごくわずかだ。じつのところ、人生そのものを別にすれば、ほぼ何も持っていない。威厳すら持たない場合が多い。洗礼を受けたときの名前だけは知っているかもしれない——もし洗礼を受けているなら——あるいは、それすら知らないこともある。人生そのものを除くすべての点で、他人の慈悲にすがって生きている。もちろん、子供なら誰もみなそうかもしれないが、ほとんどの子供には可愛《かわい》がってくれる家族がいて、その愛は無条件だ。子供は家族のなかで自分というものを作りあげていく。

ところが、孤児の場合はいとも簡単に絶望して卑屈になり、とるに足りない人間として生きるようになったり、もしくは、不遜で、わがままで、怒りっぽい人間になり、ありもしない権利を要求するようになったりする。アナは両方のタイプを見てきて、そのどちらも理解できるし、同情してもいる。しかし、彼女自身は違う道を選んで生きてきた。他人より自分のほうが上だとは思わないようにしてきた――孤児のなかには、仲間の前でいばり散らす子がいる。例えば、贈物が届いたり、誰かが遊びに連れていってくれたりしたときに。アナはまた、他人より自分のほうが下だとも思わないようにしてきた。自分は誰にも劣っていない、ほかの人々と同じようにこの地上でしっかり生きている、と思っていた。

こうした姿勢と資質が今日ほど役に立ったことはなかった。なにしろ、ロンドンの壮麗な広場――アナには名前のわからない広場――に面した立派な屋敷の外で馬車が止まり、歩道に降り立ったミス・ノックスに、一人で石段をのぼって玄関まで行き、ノッカーを扉に打ちつけるようにと指示された瞬間から、恐怖にとらわれていたのだ。玄関扉が開いたとたん、ミス・ノックスを乗せた馬車が走り去ったことを、アナは意識していた。

扉を開いた男性が屋敷の使用人だったことに、アナはしばらくしてから気づいたが、その時点ではわからなかった。彼女が何も言わずに男性の横を通って玄関に入りこもうとは、向こうはたぶん思いもしなかっただろう。貴族社会では、そのようなことはおそらくないはずだ――アナが足を踏み入れたこの場所は間違いなく貴族の屋敷のようだった。やがて、タイル敷きの広い玄関ホールに二人の男性が立っているのを、アナは目にした。一人はずんぐりした横柄そうなタイプで、孤児院の理事たちに劣らず感じが悪かった。理事たちはときどき孤児院に慰問にやってきて、何人かの子供たちの頭をなでで、やたらと派手な笑い声を上げていたものだ。もう一人のほうは……。

もう一人を自分で納得のいくように分類することが、アナはいまもできずにいた。ただ、相当に身分の高い人物らしいという想像はついた。ひょっとすると、王室の一員かもしれない。この家が——豪邸が——男性のものなら、その可能性はかなり高い。軽やかで物憂げで洗練された声で男性に話しかけられ、出入口を間違えたのではないか、いや、家そのものを間違えたのではないか、と遠まわしに言われた瞬間、膝の力が抜けてしまいそうな恐怖がアナの全身に広がった。しっぽを巻いて、開いたままの扉からそそくさと出ていくのが、この世でいちばん簡単なことだっただろう。

そうしなくてよかった、とアナはつくづく思った。どこへ行けばよかったの？　何をすればよかったの？　その場に踏みとどまり、わたしもほかの人と同等の立場だし、ここに呼ばれ、馬車で連れてこられたのよ、と自分に言い聞かせたことを喜んでいた。

いまのアナは執事が案内してくれた席にすわったまま、椅子のなかに溶けこんで床を通り抜け、バースの孤児院の教室に戻りたいと思っていた。さっき部屋に入ったとき、三人の顔が彼女に向けられた——アナがあとで数えたのだ——そして、一三人全員が一様に驚きの表情を浮かべた。とくに、ドアを入ってすぐの場所に置かれた椅子を執事が示し、すわるようアナに言ったときには、全員の驚きが大きくなった。ただ、口を開いた者が一人だけいた

——二列目にすわっているふっくらした女性だった。

「ホロックス」高慢な命令口調で女性は言った。「ご苦労ですけど、その……方をただちによそへお連れしてくださらない？」

執事は女性に向かって頭を下げた。「こちらにご案内するよう、公爵閣下も聞いておられる前で、ブラムフォードさまから言いつかっております、奥方さま」

公爵閣下。奥方さま。

それを除けば、アナに声をかける者も、仲間内で言葉を交わす者もいなかった。かわりに、人々は非難に満ちたぎこちない沈黙のなかですわっていた。アナが部屋に入ったときに交わされていた会話より、こちらの沈黙のほうが声高な主張をしているように思える。

アナは意識的に威厳を身にまとい、胃が小さく丸まって、ホテルを出る前にとった軽い朝食を吐きだしてしまいそうな気分だったにもかかわらず、うわべだけはゆったりと落ち着いた態度で椅子にすわった。すわったままマントを脱ぎ、椅子の背にきちんとかけることまでやってのけた。ボンネットと手袋と手提げは椅子の下の床に置いた。

うつむいて自分の手を見ていたかったが、そうはせずに、室内とそこに集まった人々を無理に見渡した。いったんうつむいたら、二度と顔を上げられなくなりそうだ。数分後、さきほど玄関ホールでアナを追い払おうとした男性——この人が公爵閣下？——が部屋に入ってくると、誰もがふりむき、無言で訴えかけるように彼を見た。たぶん、彼がアナをつまみだしてくれることを期待しているのだろう。彼は何も言わなかった。椅子にすわりもしなかった。かわりに部屋の向こう側に立ち、片方の肩を壁にもたせかけた。孤児院だったら、これだけで叱責されていただろう。壁はもたれるためのものではない。

天井の高い正方形の広い部屋だった。壁は濃いピンクの錦織の布張りだ。重厚な金箔《きんぱく》仕上げの額に入った風景画が何点か、壁にかかっている。天井は弓形折り上げになっていて、金箔の装飾帯に縁どられている。天井に何かの風景がじかに描いてある。聖書か神話の一場面だろうとアナは推測したが、長いあいだ天井を見上げていたわけではないので、なんの絵かを正確に見極めることはできなかった。床には模様を織りだした絨毯が敷かれ、全体にローズピンクの色合いを帯びている。家具は上質でエレガントだ。

しかし、アナがじっくりと目を向けたのは部屋に集まった人々だった。テーブルに近い最前列の椅子には、若い子が三人と成熟した貴婦人一人がすわっている。女性はいずれも喪服姿だ。若い男性――青年というより少年に近い――は白麻のシャツに濃い緑色の上着を羽織り、袖に黒い腕章を着けている。息子と娘たちと母親？　家族のつながりを思わせる雰囲気が感じられる。

その後列の六人もやはり黒に身を包んでいるが、若い少女だけは別で、白いドレスを着ている。アナを追いだすよう執事に命じた貴婦人は直立した椅子の背もたれに背中をつけずに、王侯のごとき威厳を漂わせてすわっている。どのような身分の貴婦人が〝奥方さま〟と呼ばれるのか、アナは知らなかった。最初に全員がふりむいて驚きの表情を浮かべたあと、首をまわして彼女を見たのは一人だけで、それは最後列にすわった二人の女性のうち、若いほうだった。身にまとっているのは喪服ではなかった。気立てのよさそうな顔だが、微笑は浮かべていない。そのとなりにすわった男性は肩幅が広くて、背が高く、均整のとれた体形で、すばらしくハンサムに見える。もっとも、立ち姿は見ていないし、向こうが最初にちらっとふりむいたあとは、その顔をアナが真正面から見たわけでもないが。

そして、玄関ホールで顔を合わせた男性の姿もあった――壁にもたれて立っている男性だ。アナは彼が部屋に入ってきた瞬間から、その存在を意識していたが、彼を直視することがなかなかできなかった。ようやく目を向けたのは、臆病さに負けてはならないという思いゆえだった。薄々予期していたとおり、向こうは宝石に飾られた嗅ぎ煙草入れを片手に、上等の麻のハンカチをもういっぽうの手に持って、アナにじっと視線を返した。アナはもう少しで――そう、もう少しで、目をそらすところだった。しかし、思いとどまった。威厳を忘れないで――自分に言い聞かせた。この人のほうが偉いわけじゃない。

男性の身長は平均にかろうじて届く程度で、体格は華奢《きゃしゃ》だった。アナは意外な気がした。初めて彼を目にしたときは、はるかに大柄な印象を受けた。最後列にすわっている紳士と同じぐらいエレガントでハンサムだが、その紳士からは完璧さが控えめに伝わってくるのに対して、こちらの男性は……ちょっと違っていた。純白のネッククロスの結び方にも、濃紺の上着のぴったりした仕立てにも、グレイのズボンのさらにぴったりした仕立てにも、凝りに凝ったものが感じられる。艶々と光るしなやかなブーツには銀色の房飾りがついている。少なくとも四本の指にずっしりした指輪がはまり、指の爪が完璧に磨かれているのがこの距離からでも見てとれる。腰には鎖つきの懐中時計、ネッククロスに銀の飾りピン。壁にもたれたその姿は……優美だ。髪は金色――いや、まさに黄金の色――カットの技術が抜群なのか、髪が頭にきれいに沿うと同時に、柔らかく波打っているかに見えて、まるで光輪のようだ。

目を別にすれば、この顔は天使のような印象を与えることだろう。たしかに、きれいな青い目だが、まぶたが物憂げに伏せられ、やや眠そうな雰囲気を生みだしている。ところが、その表情は少しも眠そうではなく、油断のない顔つきだ。アナのほうは、自分が目をそらすのを向こうが期待しているに違いないという確信があったため、それだけはやめようと思って相手の全身に視線を走らせたのだが、彼のほうもそのあいだ、アナの全身に視線を走らせていた。アナが彼から受けたのとはまったく違う印象を彼が受けたことは間違いない。

この人は……美しい。そして、優美。そして、繊細。そして、物憂げ。すべて女性の特徴だけど、この人から女々しいという印象を受けることは一瞬たりともない。それどころか、正反対だ。異国に棲息《せいそく》する野獣という感じ。完璧なタイミングを計り、獲物を確実に仕留めようとして、飛びかかる瞬間を待っている。

危険な男。

こんなふうに思うのは、この人からブーツの下に潜んだ虫みたいに見られ、屋敷からつまみだされるところだったせいなの？

いいえ、それだけとは思えない。

しかし、それ以上あれこれと考えている時間はなかった。誰かがドアから入ってきて、アナの椅子のそばを通り過ぎた——弁護士のブラムフォード氏だ。ここに呼ばれた理由を、わたしはもうじき知ることになる。

ほかのすべての人たちも。

4

ジョサイア・ブラムフォードは自分の前に書類を広げ、そこに両手を平らに置いてから、咳払いをした。エイヴリーは思った――誰かがピンを落とせば、足元に絨毯が敷いてあっても、全員が三〇センチほど飛びあがることだろう。

「公爵閣下、公爵夫人」弁護士はエイヴリーとその継母である公爵夫人のほうへ軽く頭を下げた。幸いにも、部屋に集まったすべての者の称号をひきつづき並べ立てることはなかった。

「この歓待に対し、そして、お集まりのみなさまにとって大きな関心事となるであろう件についてご報告する機会をお与えいただいたことに対し、感謝を申しあげます。わたしは二、三週間前に、ある若いレディを捜しだすよう依頼を受けました。故リヴァーデイル伯爵の財産の一部をそのレディに遺贈するためでした」

「ブラムフォードさま！」伯爵夫人が氷のように冷たい声で抗議した。

エイヴリーは片眼鏡を持ちあげて、弁護士の眉に汗の玉が光っているのを観察した。

「恐れ入りますが、しばらくお時間をいただけないでしょうか」ブラムフォードは言った。

「この件は極秘にするよう、奥方さまからご依頼を受けた以上、何があろうと奥方さまと公爵閣下以外の方に調査結果をお伝えするつもりはなかったのですが、予期せぬ状況に遭遇したため、本日の集まりを開かざるをえなくなったのです」

アビゲイルが横を向き、となりの母親を物問いたげに見つめた。あとの者はみな、前を向いたままだった。エイヴリーは片眼鏡を下ろした。

ブラムフォードがふたたび咳払いをした。「わたしが使っている調査員のなかでもっとも経験豊富かつ信頼できる者をバースへ派遣いたしました。二〇年以上前にバースの孤児院に預けられた若い女性を見つけだすためでした。故リヴァーデイル伯爵がその養育費を払ってこられたのです。逝去されるまで、ということですが」

エイヴリーは思った——ぼくがひどい勘違いをしているのでなければ、ほかのみんなの背後にすわっているあの女性のことだ。ドアのそばに置かれた椅子に。女性のほうに顔を向けたが、彼女の目はブラムフォードだけを見ていた。

「女性を見つけるのは不可能なことではありませんでした」弁護士は話を続けた。「どういう名前で孤児院に預けられたのかも、その孤児院がどこにあるのかもわからなかったのですが。また、養育費支払いの件を担当していた弁護士を見つけだすのも、むずかしいことではありませんでした。バースで名を知られた弁護士にジョン・ベレズフォード氏という人物がおりまして、バース寺院の近くに事務所を構えています。氏はこちらが派遣した調査員に話をするのを渋りました——まことにあっぱれな態度だと思います——しかし、伯爵が亡くなられ、〈ブラムフォード、ブラムフォード&サンズ〉が先代と先々代の時代から伯爵家の法律業務のすべてを担当してきたことをベレズフォード氏に伝えたところ、わたしがじきじきにバースへ出かけて、こちらの身元を充分に証明するものを提示するなら、話をしてもいいと言ってくれました。わたしは躊躇《ちゅうちょ》することなくただちにバースへ向かい、その若い女性の最大の利益を念頭に置いていることをベレズフォード氏に理解してもらうに至りました。なにしろ、亡くなられた伯爵の夫人が、リヴァーデイル伯爵家の跡継ぎたるご子息の後見人、ネザービー公爵の全面的な同意を得たうえで、その女性を捜しだして過分な遺産贈与をおこなうよう、わたしに依頼なさったのですから」

エイヴリーは思った――もっと長々と説明する方法があったなら、ブラムフォードは間違いなく、そちらを選んだことだろう。カミールはもう何も聞きたくないという様子だった。背中をこわばらせ、声を上げた。

「この場で明らかになさるおつもりなら――つまり、あなたが捜しだしたその……女性がうちの父の――」しかし、カミールはその言葉を口にすることができず、大きく息を吸うにとどまった。「最初の指示に従って、うちの母と公爵さまだけに個人的に報告なさるのが筋だったと思いますが、ブラムフォードさま。そのようなあさましい詳細は、妹や、わたしや、まだ勉学を終えてもいないレディ・ジェシカ・アーチャーの耳に入れるべきことではありません。あなたの暴挙を、あなたの不作法さを、わたしは訝《いぶか》しんでおります。公爵さまもたぶん――」

「どうか、もうしばらくご辛抱願います」ブラムフォードは片手を上げ、てのひらを相手に向けて言った。「お集まりのみなさま全員にお話ししなくてはならない理由が――みなさまにとって苦痛であることは重々承知しておりますが――じきに明らかになりますので。わたしはベレズフォード弁護士から次のような話を聞かされ、その話が疑問の余地なく真実であることを証明する書類も見せられました。それによりますと、二六年前、先日亡くなられたリヴァーデイル伯爵は当時まだ父上の跡継ぎという立場であったため、ヤードリー子爵という儀礼上の称号を持っておられましたが、ご自身は単にハンフリー・ウェスコットと名乗っていて、特別許可証を入手したうえでバースにてミス・アリス・スノーと結婚し、そこに新居を構えました。ちょうど一年後、ヤードリー子爵夫人は――ご当人は自分のことをウェスコット夫人としか思っておられなかったでしょうが――女の子を出産しました。ところが、赤ちゃんが満一歳になったころ、夫人が体調を崩し、実家に戻ることになったのです。実家はブリストルから数キロのところにある牧師館で、アイゼイア・スノー牧師夫妻が住んでいました。ウェスコット夫人はその二年後に肺病で亡くなりました。スノー牧師夫妻にどのような事情があったかは不明ですが、子供を育てていくことができなかったため、当時すでにリヴァーデイル伯爵となっていた実の父親が娘を牧師館から連れだしてバースの孤児院に預け、娘はそこで成長し、やがて孤児院内の学校の教師になって、ひきつづきそこで暮らしていたのです。数日前まで」

「なんてことだ！」ハリーがさっと立ちあがり、ふりむいて、ドアのそばにすわっている女性を見つめた。「あなたが？　あなたが父の……？　いや、婚外子ではない。そうですよね？

嫡出子だ。なんとまあ。母親違いの姉さんなんだ。なんてことだ」

先々代の伯爵未亡人もふりむき、柄のついた眼鏡《ローネット》を目元へ持っていった。

女性はハリーを見つめかえした。弁護士のいまの話に動揺している様子はなかった。しかし、片眼鏡でしげしげと観察していたエイヴリーは、彼女の手の関節が異様に白くなっていることに気づいた。

彼女が何者かというと——エイヴリーは思った——故リヴァーデイル伯爵の正式な娘だ。興味深い。じつに興味深い。しかし、ブラムフォード弁護士の話はまだ終わっていなかった。

「ひきつづき申しあげたいことがございます」弁護士はハリーに向かって言い、ふたたび咳払いをした。「おすわりいただけませんか?」

ハリーは腰を下ろし、出会ったばかりの姉からゆっくりと視線を離した。憤慨しているのではなく、むしろ喜んでいる様子だった。

「重要な事実を何点か確認した結果、衝撃の発見をするに至りました」ブラムフォードは話を続けた。「ベレズフォード弁護士にもチェックしてもらいましたが、わたしの思い違いではありませんでした。婚姻関係の公文書に記された日付を見て、われわれは衝撃を受けたのですが——まことに大きな衝撃であったことはどうか信じていただきたい——ヤードリー子爵ハンフリー・ウェスコットがこのハノーヴァー広場にある聖ジョージ教会でミス・ヴァイオラ・キングズリーと挙式したのは、最初の妻が亡くなる四カ月と一一日前だったのです」

そうか……。不意にすべてが明白になった。

エイヴリーは手首にリボンで結びつけてある片眼鏡を落とした。室内に呆然《ぼうぜん》たる沈黙が広がった。ブラムフォード弁護士は大判のハンカチで額の汗を拭い、さらに話を続けた。

「ヤードリー子爵とミス・キングズリーの婚姻は重婚であり、ゆえに無効とみなされます。最初の妻の死後も、婚姻は依然として無効のままです。その違法な結婚で生まれたお子さまたちは――婚外子でした――現在もそうです。故リヴァーデイル伯爵の嫡出子はただ一人――レディ・アナスタシア・ウェスコットだけであります」

しばらくのあいだ、沈黙が続いた。やがて、誰かが悲痛な泣き声を上げた――ジェシカだ――エイヴリーはもたれていた壁から身体を離した。先々代伯爵未亡人が立ちあがってドアのそばの女性にローネットを向け、そのあいだに、レディ・マティルダ・ウェスコットが手提げから気付け薬の小瓶をとりだして、耳ざわりな声を上げながら――たぶん母親を落ち着かせるつもりだろう――押しつけようとした。エリザベス（レディ・オーヴァーフィールド）は両手に顔を埋《うず》め、顔が膝につきそうになるぐらい前かがみになった。モレナー男爵が人前で妻に愛情を示すのは前代未聞のことだが、ミルドレッドの肩を抱いていた。伯爵夫人も立ちあがり、血の気のひいた顔でうしろを向いた。公爵夫人も腰を浮かせ、ジェシカは両手を胸に当てて、ブラムフォードの頭に火と硫黄《いおう》を注いでやる、無能及びその他さまざまな罪により弁護士資格を剝奪《はくだつ》してやる、深くて暗い地下牢《ろう》に投げこんでやる、と誓っていた。カミールは、こんな俗悪な話は育ちのいいレディの耳に入れるべきものではない、これ以上ひとことも聞く気はない、と大声で宣言していた。アレグザンダー・ウェスコットはこわばった表情で身じろぎもせずにすわり、青ざめたハリーを見つめていた。アレグザンダーの母親が息子の腕をつかんでいた。

レディ・アナスタシア・ウェスコットは、背筋をぴんと伸ばして椅子にすわり、両手を膝の上で組んで——その関節が白いままなのかどうか、片眼鏡を手にしていないエイヴリーにはわからなかったが——すべての者に冷静な視線を返していた。たぶんショック状態にあるのだろう、とエイヴリーは思った。

ゆっくり進みでて、継母の肩に手を置いた。その肩を軽く抱きながら、反対の手でジェシカの頭をなでた。「真実を告げたというだけで、弁護士の資格を剝奪したり、牢に投げこんだり、地獄に堕《お》としたりすることはできないんだよ」残念なことだが。

大声を上げたわけではなかった。だが、全員に聞こえたようで、彼の継母もそこに含まれていて、話すのをやめ、歯がカチッと音を立てるほどの勢いで口を閉じた。誰もがエイヴリーを見ていた——先々代伯爵未亡人は長女の手と気付け薬の瓶を払いのけるいっぽうで、彼にローネットを向けていた。エイヴリーがさきほど部屋に入ったときと同じく、ほぼすべての顔に期待が浮かび、彼が魔法の杖《つえ》——たぶん、片眼鏡？——をひとふりして自分たちの世界をふたたび正常にしてくれるのを待ち受けているかのようだった。しかし、悲しいかな、公爵の権力にも限界がある。

「どうやら」エイヴリーは言った。「ブラムフォード弁護士からさらに話があるようだ」

奇跡的にも、立っていた者がすべて腰を下ろし、モレナーが妻から手を離し、室内はふたたび静寂に包まれた。弁護士は、何年も前に資格を剝奪されていればよかった、もしくは、そもそも資格を付与されなければよかった、と思っているかのようだ。〝剝奪〟の反対語がこれで合っているとすれば。エドウィン・ゴダードに訊いてみなくては。あの男ならきっと知っている。

「故リヴァーデイル伯爵との血縁関係がもっとも近く、父方の正当なる男子にして、伯爵の称号と限嗣相続不動産の正当なる相続人は、アレグザンダー・ウェスコット氏であります」ブラムフォードは言った。「お祝いを申しあげます、閣下。故リヴァーデイル伯爵が二五年前にバースのベレズフォード弁護士の事務所で作成した遺言書に従えば、限嗣相続以外の不動産と全財産は、唯一の娘であるレディ・アナスタシア・ウェスコットのものとなります。バースから連れてこられ、いまそこにおられる方です」

伯爵夫人がふたたび立ちあがった。虚しさと怒りが奇妙に入り混じった表情が浮かんでいた。「すべてわたしのせいです」レディ・アナスタシア・ウェスコットとなった女性に向かって、夫人は言った。いまは亡き伯爵の唯一の正当な娘に向かって。「あなたに親切にしたつもりでした。それなのに、実の息子の相続権を奪い、娘たちを辱め、貧乏にしてしまったのです」夫人は笑いだしたが、楽しげな笑いにはほど遠かった。

「ハリーはもう伯爵じゃないっていうの？」アビゲイルが誰にともなく尋ねた。両手が少しずつ上がって口を覆い、ショックで目が大きくなっていた。

「しかし、リヴァーデイル伯爵になろうという気は、ぼくにはまったくありません」アレグザンダー・ウェスコットが立ちあがり、険しい表情をブラムフォードに向けて抗議した。「称号を望んだことは一度もなかった。もちろん、ハリーの不運によって自分が得をしようなどとは思ってもいません」

「アレックス」母親がふたたび彼の腕に手をかけた。

「そこのあなた」カミールが立ちあがり、レディ・アナスタシアに非難の指を突きつけた。「卑劣で……腹黒い……女。よくもまあ、高い身分の者たちと同席できるものね。そもそも、よくもここに来られたものだわ。ネザービー公爵がさっさと放りだせばよかったのに。あなたは俗悪で、冷酷な、財産目当ての、こ、こ、婚外子よ」

「カミール」レディ・モレナーが立ちあがり、前列の椅子越しに手を伸ばして姪を腕に抱こうとした。しかし、カミールはその手を押し戻して一歩あとずさった。

「でも、婚外子はわたしたちのほうなのよ、カム」母親に劣らぬ蒼白《そうはく》な顔で、アビゲイルが言った。

啞然《あぜん》たる沈黙の瞬間が訪れ、やがて、大好きないとこたちが受けた残酷な仕打ちを思って、エイヴリーの妹ジェシカがふたたび号泣し、またしても母親の胸に身を投げかけた。

ハリーが笑った。「まいったな。ぼくたち全員がそうなんだ、アビー。相続権を奪われてしまった。こんなふうに」人差し指と親指をパチッと鳴らした。「すごい冗談だ」

「ハンフリーは昔から疫病神でした」先々代伯爵未亡人が言った。「いえ、マティルダ、気付け薬は必要ないわ。わたしが昔から言っていたように、ハンフリーにさんざん悩まされたせいで、その父親は早々とお墓に入ってしまったのよ」

別の声が上がった。低く柔らかなその声を聞いて、ジェシカも含めた全員が黙りこんだ。生徒の注意を自分に向けさせることに慣れている学校教師の声だった。

「アナ・スノーと申します」その声が言った。「もうひとつの名前で呼ばれても、実感が湧きません。もしわたしが本当に、いま初めて名前を知った父と母のあいだにできた正当な娘だとしたら、その事実を教えていただいたことにお礼を申しあげます。そして、わたしが本当に父から何かを相続したのなら、うれしく思います。でも、遺産の額がいかに多くとも、いかに少なくとも、正当な取り分以上のものをいただくつもりはありません。わたしが正しく理解しているとすれば、前列にいらっしゃる若い男性とその両脇の若い女性お二人も、わたしの父親のお子さんたちなのですね。わたしの弟と妹たちというわけですね。財産はみんなで分けあうべきだと思いますが」

「よくもそんな！ もうっ、なんてこと言うのよ！」カミールは憤慨のあまり破裂しそうに見えた。

ハリーがふたたび笑いだした。いささか荒々しい響きだったので、アビゲイルが彼の腕をつかんだ。

「ミス・ウェスコット」ブラムフォードが言った。「恐れ入りますが――」

しかし、弁護士が声をかけた相手が自分であることを不意に悟ったカミールは、さっと向きを変え、弁護士に怒りをぶつけた。「わたしはレディ・カミール・ウェスコットです。なんて礼儀知らずなの！」

「いや、もう違うんだ、カム。そうだろ？」ハリーが言った。あいかわらず笑っている。

「ぼくたちにウェスコットを名乗る資格があるかどうかも、よくわからない。母さんにはもちろん、その資格はないよね？　愉快な冗談だ」

「ハロルド！」おばのマティルダが言った。「おばあさまの前だということを忘れないで」

「あの兄ときたら！　ああ、殺してやりたい」公爵夫人が言った。「すでに死んでいるのが残念だわ」

「その場合は、わたしのうしろに並ばなきゃいけなかったでしょうね、ルイーズ」レディ・モレナーが言った。「ハンフリーは昔から卑劣な人だった。実の兄ではあるけど、どうしても好きになれなかったわ。今日までは、お姉さまに聞こえるところで、あるいは、お母さまに聞こえるところで、そんなことはけっして言わなかったけど、こうなった以上、はっきり言わせてもらいます」

「偉いぞ」モレナーが妻の手を軽く叩いた。

エイヴリーはため息をついた。「そろそろ客間へ移って、お茶でもいいし、ほかに何か好みのものでもいいから、飲むとしよう。ぼく自身はローズピンクを目にしすぎて、この午前中だけでうんざりしてしまったし、それはおそらく、ぼくだけではないと思う。赤ばかり目にするのに似ている。ブラムフォード弁護士は事務所でほかの依頼人たちが待っているだろうから、そろそろ帰ってもらうとしよう。伯爵夫人に先導をお願いしたい。ぼくはレディ・

アナスタシアをエスコートしてあとに続くことにする」

ところが、レディ・アナスタシア・ウェスコットはすでに立ちあがり、マントの襟元のボタンをはめていた。ボンネットと手袋と手提げは椅子にのせてあった。「バースに帰ることにします」部屋を出ようとするブラムフォードが横に並んだときに、彼女は言った。「仕事が待っていますので。乗合馬車の乗場まで案内していただき、馬車の切符代が手持ちのお金では足りなかった場合には少し貸していただきたいのですが。いえ、もしかしたら、父の遺産からわたしがいただく分が充分にあって、お金を借りる必要はないかもしれませんね」

ボンネットをかぶり、顎の下でリボンを結びながら、あとの人々に向かって言った。「わたしを受け入れてくださる様子もないご一族に、これ以上ご迷惑をおかけするつもりはありませんので、どうぞご心配なく。わたしの父が人に恩恵を施したことは一度もなかったようですが、この午前中に明らかにされた事実が一族の方々に破壊的な衝撃を与えたことに対して、わたしがお詫びをすることはできませんし、それと同様に、スノーが自分の正式な名字ではないことや、アナが完全なファーストネームではないことも知らずに、わたしが孤児院で生涯の大半を過ごしたことに対して、みなさんからお詫びしていただくわけにもいきません」

圧倒的な迫力に満ちた舞台を見るような目で、全員が彼女を見つめていた。エイヴリーは思った――小柄な女性に過ぎず、地味なドレスにも、ボンネットの下にほとんど隠れている簡素な髪形にも、まったく魅力が感じられない。それなのに、どことなく威厳が漂っている。

一族の人々には自分を受け入れてくれる様子がないようだ、と言ったものの、動揺した様子も、心を乱した様子もない。この午前中に出会った世界、本来の居場所であったはずの世界において、彼女はまるで異星人のようだ。ついさっきも、相続した財産がバースに帰る馬車代を払うのに足りるだろうかと心配していた。たぶん国じゅうの乗合馬車と、馬車をひく馬をすべて買うことができ、それでも遺産はほとんど目減りしないということなど、想像もつかないのだろう。

彼女がブラムフォード弁護士のあとから部屋を出ていっても、ひきとめようとする者は一人もいなかった。誰もがぎこちなく黙りこんだまま、ぞろぞろと二階へ上がっていった。エイヴリーが最後に部屋を出ると、弁護士とレディ・アナスタシアがまだ玄関ホールにいた。

「相談せねばならないことがずいぶんございます、お嬢さま」ブラムフォードが両手をこすりあわせながら言っていた。「ひきつづきロンドンにご滞在いただけると、大いに助かるのですが。勝手ながら、パルティニー・ホテルの続き部屋を期限は未定ということで予約しておきました。お世話係のミス・ノックスの雇用期間も同じく未定でございます。玄関先に馬車の用意ができております。ネザービー公爵と一緒に二階の客間へ行くのがおいやなら、わたくしが喜んでホテルまでお送りいたしましょう」

彼女はじっと考えこむ様子でエイヴリーを見た。「いえ、いまは一人にしてください。それから、午前中にここに集まったほかの方々は、わたしという存在に邪魔されずに自由に話をなさりたいことと思います。ホテルには歩いて帰れます。馬車に乗るより、歩くほうがはるかに慣れていますので」

やはり異星人だ。

ブラムフォードはこの場にふさわしい愕然たる表情で返事をし、エイヴリーはゆったりした足どりで二人の横を通って、馬車が待っている場所まで行った。斧《おの》のような顔をした大柄な女性が乗っていたが、世話係というより牢番のように見えた。ブラムフォードが一歩下がってぺこぺこするあいだに、エイヴリーはレディ・アナスタシアを馬車に乗せようとして片手を差しだした。彼女は歩いて帰るのをあきらめ、その手を無視して一人で馬車に乗りこんだ。たぶん、手が目に入らなかったのだろう——もしくは、彼の姿が。世話係のとなりにすわり、まっすぐ前を見つめた。

エイヴリーは邸内に戻り、階段をのぼって客間へ行った。メンバーが一人欠けたウェスコット一族のもとへ。欠けたのはもっとも裕福なメンバーだ。

さすがの彼も、今日の午前中が死ぬほど退屈だったなどと文句をつけることはできなかった。

5

親愛なるジョエル

ラトリッジ先生がしょっちゅういろんな格言を口にして、わたしたちがうめき声を上げ、視線を交わしたのを覚えてる？　みんながいつもすごくいやがってたのが〝願いごとをするときは気をつけよ――願いが叶《かな》ってしまうかもしれない〟という格言だった。すごく残酷だと思わなかった？　わたしたちにとって、夢はとても貴重なものだったのに。でも、先生が正しかったんだわ！

わたしがこれまでずっと願ってきたのは、あなたと同じように、そして、一緒に大きくなった子や、現在わたしたちが教えている子の大部分と同じように、自分が誰なのかを知り、立派な両親から生まれたことを知り、ついに本当の家族の胸に抱かれて、うんと贅沢をさせてもらうことだった。贅沢といっても、お金のことばかりじゃないのよ。ああ、ジョエル、今日わたしの夢が叶ったの。ただ、いまのところは、夢というより悪夢に近いけど。

この手紙はパルティニー・ホテルのわたし専用の居間で書いています。ここはきっと、ロンドンでいちばん立派なホテルのひとつでしょうね。わたしから見れば、まるで宮殿よ。

ミス・ノックスのことを聞いてる？　ロンドンまで旅をするあいだの世話係として雇われた人。たぶん、聞いてるわね。それも、何人かから。その人、いまも一緒にいるのよ。もう自分の寝室にひっこんだけど、居間とのあいだのドアが細めにあけてある。たぶん、ちゃんとわたしの世話をしている、頼まれた仕事をこなしている、ってふうに感じたいんでしょうね。すごく無口な人なの。でも、今日は、それがかえってありがたいわ。

今日の午前中、わたしは広いお屋敷へ連れていかれた。中央に公園がある立派な広場に面したお屋敷で、あのあたりはきっと、ロンドンでいちばん高級な地区でしょうね。玄関に一歩入ったとたん、見たこともないほど怖そうな人から、出ていくよう命じられた――あとでわかったんだけど、その人、お屋敷の持ち主で、しかも**公爵**よ！

でも、わたしが家を間違えたわけじゃないことをわかってもらい、そのあとで部屋に案内されると、ほかに一三人の人がそこで待っていたの。そのなかの一人が――なんと、**公爵夫人**ですって――わたしを追いだすよう、すごく偉そうな顔をした執事に命じたけど、このときもやはり、わたしがここにいて当然の人間だってことをわかってもらえたわ。

わたしが部屋に入ったあと、声をかけてくれる人も、仲間どうしで話をする人もいなかったけど、全員が憤慨していることはひと目で見てとれたわ。いちばん上等の晴れ着も、いちばん上等の靴も、役に立たなかった！　公爵（わたしのあとから部屋に入ってきた人）と、公爵夫人（奥さんじゃなくて、たぶんお母さんだと思う）のほかに、リヴァーデルかリヴァーデイル――どちらなのかよくわからないけど――という若き伯爵が、お母さんと姉妹と一緒に来てたわ。それから、白一色に身を包んだとても若いお嬢さんと、五人の貴婦人と、二人の紳士がいたけど、どういう人たちなのか、わたしにはまだよくわからないの。

ジョエル、ああ、ジョエル、ここから急いで話を進めなくては。若き伯爵とその姉妹は、わたしの**弟**と**妹たち**だったの。ええ、わかってる。ラトリッジ先生がこの太い文字を見たら、眉をひそめるでしょうね。それから、わたしがさっき書いた太い文字にも。〝こんな字を書くのは、不作法に大声を上げるのと同じことです〟と言って。でも、ジョエル、あの三人はわたしにとって母親違いの弟妹なのよ！（R先生は感嘆符の使いすぎもあまり好きじゃなかった。そうよね？）三人のお父さんのリヴァーデイル伯爵は**わたしの**父でもあった。わかる？　わたし、またしても不作法に大声を上げずにはいられない。しかも――ああ、しかもよ、ジョエル――父はわたしの母と正式に結婚してたの。アリス・スノーというのが結婚前の母の名前なの。わたしの本名はアナスタシア・ウェスコット――今後これを使う気になれるかどうかわからない。だって、わたしらしい響きがどこにもないんですもの。さらに正確に言うなら、**レディ**・アナスタシア・ウェスコット。わたしの母は父から離れ、わたしを連れてブリストルの近くにある実家の牧師館に帰り、そこで暮らしていたけど――母の父が、つまり、わたしの祖父がそこの牧師だったの――わたしがまだ幼児だったころに、母は亡くなってしまった。父が亡くなったのはつい最近よ。惜しくも父には会えなかったわけね。ただ、父のほうは会う気がなかったでしょうけど。母が亡くなったあと、わたしをバースの孤児院へ連れていき、預けっぱなしにしたんですもの。

あなたはたぶん尋ねるでしょうね——わたしは嫡出子で、レディという敬称がつく身分なのに、なぜ孤児院に入れられたのか、と。そうね、ひとつにはたぶん、母の健康がすぐれなかった二、三年のあいだに、父の愛がさめてしまったせいだと思う。それから、もうひとつには——まあ、こちらが最大の理由なんだけど——母が亡くなる数カ月前に、父がある貴婦人と結婚したからなの。その人、今日の集まりに未亡人として出てらしたわ。伯爵夫人《カウンテス》として——伯爵《アール》の奥さんは、たしか〝カウンテス〟って呼ばれるのよね？　そうだと断言できる自信はないけど。やがて、その奥さんとのあいだに子供が三人生まれた——それがさっき言った息子と二人の娘よ。

いまからどんな展開になるか推測できる？　たぶんできるわね。だって、あなたはもちろん頭の悪い人じゃないし、いずれにしろ、状況を理解するのに高い知性は必要ないもの。二度目の結婚は重婚だったの。法的に有効な結婚ではなく、従って、その結婚で生まれた子供はすべて婚外子ということになる。夫だと思いこんでいた男性——わたしの父！——を亡くしたばかりの伯爵夫人は、結局のところ、伯爵夫人ではなく、これまでもずっとそうじゃなかったわけね。そして、ずいぶん若いあの青年は伯爵ではない。娘たちはレディなんとかと呼ばれる身分ではない。わたし、二人の名前を耳にしたはずだけど、愚かにも思いだせない——実の妹たちなのに！　青年はたしか、ハリーといったわ。じつのところ、父の正当な子供はわたし一人だけなの。

わたしは今日、ずっと夢に見てきた家族――母親違いの弟と妹たち――に出会い、今日ふたたび、このうえなく冷酷な形で失ってしまった。真実が明かされた瞬間、あの部屋に広がった困惑と苦悩があなたに想像できる？　苦悩する人々すべてが、生贄《いけにえ》の山羊《やぎ》を、非難をぶつける相手を必要としていたけど、張本人の父はもうこの世の人ではないから、当然のことながら、怒りはすべてわたしに向けられた。わたしの母親違いの弟には伯爵家を継ぐ資格がなくなったため、新たに伯爵となった男性がいて、場合によってはその人が生贄の山羊にされてたかもしれないけど、とても聡明《そうめい》な人で、身分の変化を受け入れる気はまったくないと宣言したの。ただ、公平に評するなら、その言葉はたぶん本気だったのでしょう。

〝父の唯一の正当な子供でないほうがありがたい〟とはっきり宣言することまでは、わたしには思いつけなかったけど、弟と妹たちが相続権を失ういっぽうで、わたしが父の全財産を継ぐよう言われたときには、必死に異議を申し立てたわ。そうそう、それについても説明しておかないと。父の財産の一部は限嗣相続されることになっていて、新たな伯爵のものになり、残りの財産は限嗣相続ではなく、わたしがもらうことになるの。なぜなら、父の唯一の遺言書はわたしの誕生のすぐあとで作成され、全財産をわたしに遺《のこ》すと書かれていたから――そして、母が生きていれば、母も遺産を受けとることになったでしょう。

父ったらどうしてそんなことができたのかしら、ジョエル？　答えは永遠にわからないと思うけど、今日あの場に集まった貴婦人の一人が、父のことを〝昔から卑劣な人だった〟と言ってたわ。その人はたぶん、父の妹で、つまり、わたしのおばに当たる人ね。ああ、いろいろあってめまいがしそう。まだ完全には理解できてないの。これからどうなるのかしら。あなた、わたしのことを非難できる？

すごく長い手紙になりそうだけど、誰かに手紙を書かずにはいられなかったの。でないと、わたし、破裂してしまうから。そして、手紙を書くとしたら、相手はあなたしかいないから。だって、なんのための親友なの？　すべての苦悩を打ち明けられるのが親友でしょ？　そんなのは苦悩じゃないって言う人もいるかもしれない。そうよね？　いまのわたしがどの程度のお金持ちなのか、見当もつかないけど、かなりの額じゃないかしら。でなきゃ、〝財産〟なんて言葉は使わないでしょ？　とりあえず、このすごく長い手紙を出せるだけのお金はあると思う。ずいぶん高くつくでしょうけど。

あなたがひどく退屈して途中で居眠りなんかしてないよう願ってるわ。それから、わたしは乗合馬車よりもう少し快適な乗り物でバースに戻ることも楽にできると思う。もしかしたら、孤児院の近くに質素な部屋を借りて、自立した暮らしができるようになるかもしれない。そうなったらどんなにすてきでしょう！

でも、ああ、いまのわたしは傷ついてぼろぼろになった気分なの。だって、両親が見つかったのに、二人ともすでに亡くなっていた。身内の人たちが見つかったのに――あの部屋に集まった人たちの全員とまではいかなくても、大半はわたしとなんらかの血縁関係にあるはずよ――みんな、わたしをひどく憎んでいる。とくに、姉妹のうち年上のほうが――わたしにとっては母親違いの妹が――ぞっとする言葉を投げつけてきたわ。息子のほうは――つまり、母親違いの弟は――笑い声を上げ、呆然としてて、何もかも冗談だという言い方しかできない様子だった。かわいそうに。ああ、かわいそうな子。わたしの**弟**なのよ！　姉妹のうち年下のほうは、わけがわからず困惑している顔だった。そして、地位を奪われた伯爵夫人は威厳を身にまとい、崩壊しかけた石の記念碑のような姿を見せていた。現実が真正面からぶつかってきたら、本当に崩壊してしまうんじゃないかしら。

　指がずきずきして、手首が痛くて、いまにも腕がもげてしまいそう。本当はすぐバースに帰りたかったけど、ブラムフォード弁護士に送られてこのホテルに戻ることになってしまった。相続について話しあう機会が来るまで、ここに泊まるよう説得されたの。いつ訪ねてくれるのかと、弁護士さんを待ってるところなのよ。

　でも、もうじきバースに帰れると思う。ああ、孤児院の教室と子供たちがどんなに恋しいことか。腕白な子たちだけど。あなたとフォード院長とロジャーのことも、どんなに恋しいか――ああ、それから、わたしの小さな部屋も恋しい。猫をふりまわすこともできないほど狭い部屋だけど。あっ、もし猫を飼ってたらという話よ――これもラトリッジ先生がよく使ってた表現ね。明日帰れるかもしれない。遅くとも明後日には間違いなく帰るつもり。

　それまでに、この手紙の内容をほかの人たちに教えてもいいわよ――わたしがなぜロンドンに呼ばれたのかを知りたくて、みんな、うずうずしてるだろうし、わたしの話を聞いたら大喜びすると思う。あなたはバースでいちばんの人気者になれるわ。

　最後まで辛抱して読んでくれてありがとう、わたしのいちばん大切なお友達――きっと、ここまで読んでくれたわよね！　あなたがいなかったら、わたしはどうすればいいかわからない。

あなたに永遠の感謝と愛情を捧《ささ》げる
アナ・スノーより
（だって、これがわたしの名前ですもの！）

アナは便箋の最後の一枚に吸取り紙を当ててから、きれいに折りたたみ――たしかに分厚くなった――ぐったり疲れて椅子に身を沈めた。あの屋敷から戻ってほどなく、ミス・ノックスと一緒に午餐をとった。もっとも、何が出たのかも、自分がどれだけ食べたのかも思いだせない。いまのアナが望んでいるのは、自分にあてがわれた寝室の大きなベッドにもぐりこみ、毛布を頭の上までひっぱりあげ、丸くなって一週間眠りつづけることだけだった。しかし、ドアにノックが響いたので、ミス・ノックスが大股で横を通り過ぎてドアをあけに行くあいだに、アナはため息をついて立ちあがった。

エイヴリーが客間に入ると、予想どおりの光景が広がっていた。さまざまな形で慨嘆するウェスコット一族が部屋にあふれていて、はっきりした例外はリヴァーデイル伯爵夫人だけだった。いや、いまはもう伯爵夫人ではなく、それどころか、伯爵夫人だったことは一度もなかったのだ。カミールとアビゲイルは黙りこみ、身じろぎもせずにソファに並んですわっていた。

先々代伯爵未亡人はとなりに置かれた二人掛けのソファにすわり、その長女が横に付き添っていた。

「世話を焼くのはやめてちょうだい、マティルダ」先々代伯爵未亡人がひどく苛立った口調で言った。「わたしは卒倒したりしないから」

「でも、お母さま」レディ・マティルダは優雅とは言いがたい様子でしゃくりあげながら、言い返した。「大きなショックをお受けになったでしょ。わたしたち全員がそうだわ。心臓のことでお医者さまになんて言われたか、お母さまご自身もご承知のはずよ」

「あれはヤブ医者です。わたしの心臓は動悸《どうき》とは無縁よ。鼓動しているだけ。これまでずっと、いいことだと思ってきたけど、今日はそう言いきる自信がなくなったわ」

「これを飲んでください、お義母《かあ》さん」ブランディーのグラスを持ってサイドボードのところから近づいてきたモレナーが言った。

ミルドレッド（レディ・モレナー）のほうがブランディーを必要としている様子だった。姉である公爵夫人の横にすわって、頭をのけぞらせ、顔の上にハンカチを広げて両手で押さえながら、亡くなったハンフリーはこの世でもっとも卑しいけだものと虫けらを合わせたような人間だったし、じつのところ、そんな言い方はけだものと虫けらの王国に対する侮辱になるほどだと、相手かまわず訴えていた。公爵夫人はミルドレッドの膝を軽く叩いていたが、反論しようとする様子はなかった。憤怒の形相だった。

公爵夫人のいとこの妻であるウェスコット夫人（カズン・アルシーア）がソファの背後をうろつき、そこにすわった三人の後頭部に心配そうな目を向けながら、いずれ何もかもうまくいく、これまでもずっと、最後はすべてがいい方向へ進んだのだから、と言って聞かせていた。分別ある女性にしては――エイヴリーは昔から、カズン・アルシーアのことを分別ある人だと思ってきた――たわごとばかり並べ立てている。しかし、ほかに何が言えるだろう？

アレグザンダー・ウェスコット――新たなるリヴァーデイル伯爵――は暖炉に背を向けて両手をうしろで組み、威厳に満ちたエレガントな姿で立っていたが、顔がいささか青ざめていた。彼の姉が一メートルほど離れて立ち、爵位を拒絶するのは不可能だ、できるはずがない、たとえできたとしても、爵位がハリーの手に戻ることはない、と彼に言って聞かせていた。

ハリー自身の姿はどこにもなかった。

「ハリーは残る気がなかったみたい」彼の姿がないことにエイヴリーが気づいたそのとき、ジェシカが悲しみに沈んだ声で言った。ソファの前に立ち、両手とその手に握った薄手のハンカチを文字どおりもみ絞っていて、若いマクベス夫人のように見える。「笑いながら召使い用の階段を駆け下りていったわ。どうして笑ったりできるの？　エイヴリー、こんなの、ほんとのはずがないわ。ほんとじゃないって、みんなに言ってよ。ハリーが称号をとりあげられるなんてありえない」

「ジェシカ」彼女の母親がきっぱりと、だが、思いやりがなくはない声で言った。「ここに来て、わたしの横に黙ってすわってらっしゃい。それができないなら、勉強部屋に戻ってもらいますよ」

ジェシカはソファに腰を下ろしたが、両手をねじりあわせるのも、ハンカチをひっぱるのもやめようとしなかった。

「ぼくだってもちろん、これが現実でなければいいのにと思っている」新たなる伯爵が言った。「現実じゃないことが証明できるなら、ぼくはどんな努力も厭《いと》わない。だが、現実なんだ。できるものなら、ハリーにすぐさま称号を返上したいところだが、それは無理だ」

しかも、厄介なことに——部屋のなかへゆっくりと歩を進めながら、エイヴリーは思った——この男は本気でそう言っている。ハリーのために純粋に胸を痛め、自分のためにも野心抜きで同じく純粋に胸を痛めている。この男に嫌悪と軽蔑を感じる納得の理由を見つけるのは、正直言ってむずかしい——そう思うといらいらさせられる。完璧な人間というのは、欠点だらけの者からすれば、たぶん、なんとも苛立たしい存在なのだろう。

ソファにすわった三人は、頭を思いきり殴られたものの意識を失うほどの強打ではなかったかのような表情だった。カズン・アルシーアが話をやめて、息子のアレグザンダーの言葉に耳を傾けた。

「あのおぞましい女は本来の居場所のバースへ戻っていったの？」カミールがエイヴリーに

訊いた。「わたしたちを見てほくそ笑むために、あの女があなたと一緒にここまで来なかったのが驚きだわ」

「カム」母親がカミールの手に自分の手を重ねた。

「ああ、あの女、大喜びで両手をすりあわせてるに違いない」カミールは苦々しげに言った。

「とてつもなく俗悪な女という感じだったわね」レディ・マティルダが言った。「エイヴリーがこの屋敷にあの女を入れただけでも驚きだわ」

「わたしの孫娘ですよ」空《から》になったブランディーのグラスをモレナーに返しながら、先々代伯爵未亡人が言った。「俗悪な女に見えたのなら、それはハンフリーの責任です」

「わたしたち、これからどうすればいいの、お母さま?」アビゲイルが訊いた。「すべてが変わってしまう。そうでしょ? ハリーだけでなく、わたしたちの人生も」

これはおそらく、この一〇年でもっとも控えめな表現と言っていいだろう。

「そうね」母親は空いたほうの手をアビゲイルの手に重ねた。「すべてが一変するでしょう、アビー。でも悪いけど、わたし、いまは頭のなかが真っ白なの」

「みんなでマティルダとわたしの屋敷に来て暮らせばいいのよ、ヴァイオラ」先々代伯爵未亡人が言った。「ハンフリーは生前にひとつだけいいことをしたわ。それはあなたとの結婚よ。でも、それすら守り通せなかったのね。わたしにとっては、ハンフリーよりあなたのほうが実の子供のようよ」

「この家でよければ、一緒に暮らしましょう」公爵夫人が言った。「エイヴリーは気にしないわ」

「アビーがここで一緒に暮らすの？」ジェシカの顔がいっきに明るくなった。「それから、ハリーも？　カミールとヴァイオラおばさまも？」

ぼくは気にするだろうか？　エイヴリーは考えこんだ。

「今日の午後、アクスベリーがウェスコット邸に来ることになってるのよ」カミールが言った。「わたしたちの帰宅が遅れてはいけないわ、お母さま。わたし、彼を迎える前に喪服を脱いで、婚礼を来年まで延ばす必要はなくなったって言うつもりよ。それを聞いたら、彼もきっと喜ぶわ。わたしから静かな式を提案しようと思うの。たぶん、特別許可証を手に入れて。そうすれば、教会で結婚予告をしてもらうのにまる一カ月も待たなくてすむでしょ。結婚してしまえば、わたしがもうレディ・カミール・ウェスコットじゃないことも問題ではなくなる。かわりにレディ・アクスベリーになって、そしたら、アビーとお母さまはわたしのところで暮らせばいいのよ。アビーは来年、社交界にデビューする。わたしが後見役を務めるから、たぶん今年のデビューだって可能だわ。アクスベリー子爵夫人の妹なんですもの。さっきおっしゃったとおりよ、カズン・アルシーア。最後はすべてよくなるんだわ」

「でも、ハリーのことはどうするの？」アビゲイルが訊いた。

快活と言ってもいいほどだったカミールの気丈な態度が崩れ、唇を嚙《か》んだ。涙をこらえようとしているのが明らかだった。母親が姉妹の手をさらに強く握りしめた。

「あの兄を殺してやりたい」公爵夫人が言った。「ああ、自分だけさっさと死んで天罰を逃れるなんてあんまりだわ。いまこの瞬間、この世にいて、わたしの怒りに直面してほしかった。いったい何を考えてたのかしら。アリス・スノーという女のことなんて、今日まで聞いたこともなかったわ。みんなはどう？　ミルドレッドは？　マティルダは？　お母さまは？」

いまは亡きハンフリーの最初の妻――厳密にはただ一人の妻――のことを知っていたと答えた者は一人もいなかった。レディ・モレナー（カズン・ミルドレッド）がハンカチに顔を埋めて、しばらくむせび泣いた。

「でも、ハンフリーはその女と正式に結婚して娘を作った」公爵夫人が話を続けながら、妹のミルドレッドの膝を軽く叩いていたのと反対の手で宙を切り裂き、ジェシカの目を危うく肘で突きそうになった。「次にその妻を捨ててヴァイオラと結婚した。最初の結婚が自分にとって不都合になったとたん、なかったことにしようとでもいうように。もちろん、お父さまが生きてらしたあいだ、ハンフリーが文無しなのに放蕩と贅沢三昧だったことは誰だって知ってるわ。それから、みんなも知ってるように、お父さまはハンフリーがこしらえた莫大な借金を最後に肩代わりしたときに、今後は四半期ごとの手当て以外、一ペニーたりとも渡すつもりはない、とハンフリーにおっしゃった。それだって、わたしたち娘がわずかなお小遣いで我慢しなきゃいけないのに比べたら、はるかに大きな額だけど。お父さまとお母さまがハンフリーのために花嫁を選ぶころには、たぶん、また借金で首がまわらなくなってて、借金地獄から抜けだすために結婚したんでしょうね。死にかけてた妻とその娘のことは誰にも知られずにすむと思って――たしかに、ハンフリーが生きてるあいだ、知る者は一人もいなかった。この手でハンフリーを殺してやりたい」

「その娘はわたしの孫娘ですよ」先々代伯爵未亡人がひとり言のようにつぶやきながら、膝に両手を広げて、いくつかの指輪を調べた。

レディ・マティルダはいまも気付け薬の小瓶を持ってうろついていた。

ジェシカがねじれて形もわからなくなった薄手の高価なハンカチに顔を埋めて、あいかわらず泣きじゃくっていたので、エイヴリーは家庭教師のもとへ行かせたほうがいいだろうかと考えた。しかし、一族の歴史の一章が今日ここに記されようとしている――重要な一章になるのは間違いない――それに伴う生々しい感情を、ジェシカ自身に残らず体験させたほうが賢明だとエイヴリーは判断した。彼が自分の権威をジェシカに押しつけることはめったにない。理由のひとつは、不要な権力をふるうことをエイヴリー自身が努めて避けているからだが、いちばん大きな理由は、ジェシカには分別を備えた母親（公爵夫人）がついているからだ。すでに故人となった男を殺してやりたいと言ったからといって、誰が今日の公爵夫人を非難できるだろう？　エイヴリー自身、故リヴァーデイル伯爵にはいい感情を持っていなかったので、伯爵と自分のあいだに血のつながりがないことを身勝手ながら喜んでいた。

それにしても、重婚は若気の至りで片づけられる軽罪ではない。

「その女のことは、わたしも今日が初耳だったわ、ルイーズ」かつての伯爵夫人が言った。「もっとも、夫がバースの孤児院に女の子を預けていることは知ってたのよ。以前の愛人に産ませた子供だろうと思ってた。とんでもない誤解だったわね。子供のために扶養義務を果たしてきた夫を、しぶしぶながら尊敬していたほどなのに。その子を捜しだして遺贈をおこなうよう、わたしがブラムフォード弁護士に頼んだりしなければ、真実が明るみに出ることはなかったかもしれない。ついでに言っておくと、それは善意から出た行為ではなかったのよ。その子が将来、ハリーに何か要求してくるような事態になるのを防ぎたかったの。カムとアビーには父親の不品行を知られたくなかったし」

　夫人はおもしろくもなさそうに笑い、娘たちの手を軽く叩いてから話を続けた。

「いいことを言ってくれたわね、カム。今日、みんなそろって喪服を脱ぎましょう。どれほど気分がすっきりすることか。午後に予定されているあなたとアクスベリー卿の相談の結果が出るまで待って、数日以内に挙式と決まったら、ホテルをとることにしましょう。みなさんから親切に言っていただいたのはありがたいけど、いずれのお宅にしろ、身を寄せるのは遠慮すべきだと思うの。婚礼までの期間が数日ですまない場合は――アクスベリーのことだから、教会で結婚予告をすべきだと言いかねないでしょ――田舎の本邸へ移って、挙式の日を待つあいだに、わたしたちの私物の梱包《こんぽう》を監督することにするわ。いずれにしろ、これから忙しくなりそうだから、ここにすわって時間を無駄にしている余裕はないのよ」

「私物を梱包？」アビゲイルは困惑の表情になった。

「あら、当然でしょ」母親は言った。「このロンドンにあるウェスコット邸も、ハンプシャー州にあるヒンズフォード屋敷も、もうハリーのものではないんですもの。いまは……あの女のものよ」

「でも、婚礼のあと、お母さまとわたしはどこへ行けばいいの？」アビゲイルが尋ねた。「カムがなんて言おうと、わたしたちがこの先ずっと居候するのをアクスベリー卿が歓迎するとは思えないし」

「どこへ行けばいいのか、お母さまにもわからないのよ、アビー」母親が苛立たしげに言い、冷静さにひびが入ったことを初めて示した。「あなたをバースの実家へ、つまり、あなたのおばあさまのところへ連れていこうかしら。こんな不名誉な事態になってしまったけど、きっと喜んで迎えてくださるわ。あなたにはなんの責任もないことですもの。おばあさまはあなたとカムを目に入れても痛くないほど可愛がってらっしゃるし」

「それで、あなたはどうするの、ヴァイオラ？」公爵夫人が鋭い声で尋ねた。

「わからないわ、ルイーズ」かつての伯爵夫人は亡霊のような笑みを浮かべた。「わたしはミス・キングズリーに戻るわけでしょ。独身の女が娘たちと一緒にバースで暮らすわけにはいかないわ。実家の母に辛《つら》い思いをさせることになるし、アビーが結婚相手にふさわしい男性と交際しようとしても、希望を打ち砕くことになりかねない。わたしはたぶん、弟のところへ行くことにするでしょう。マイクルは牧師で、真面目《まじめ》に活動していて、去年、妻を亡くしてから孤独な人生を送ってるようなの。わたしとは昔から仲がよかった。当分、そちらへ身を寄せることにするわ。一生続けていけそうなことが何か見つかるまでのあいだ」

うむ――エイヴリーは思った――たしかに退屈な午前中ではなかった。ふと気づくと、継母はお茶を運ばせることすら忘れているようだった。

「でも、ハリーはどうなるの？」ふたたびアビゲイルが訊いた。

「わからないわ、アビー。あの子にふさわしい仕事を何か見つけるしかなさそうね。エイヴリーが力になってくれるでしょう。あちらのお父さまからひきついだ後見人の役目には、もう縛られていないわけだけど」

すべての目がエイヴリーに向けられた。いかなる質問に対しても彼がつねに答えを用意しているかのように。エイヴリーは眉を上げた。彼には無一文の青年の職探しに手を貸す習慣はない。一時間ほど前までは無尽蔵と思われる財産に恵まれていて、それをさんざん浪費してきた遊び好きの青年のためとなれば、とくに。エイヴリーは片眼鏡の柄をもてあそび、手を離し、ため息をついた。

「ハリーが馬鹿笑いをするのと、今回のことがいかにひどい冗談かを聴いてくれる者がいれば誰にでも訴えるのをやめるまで、あと一日か二日、猶予を与えてやろう」エイヴリーは言った。

「まあ、エイヴリー！」ジェシカが口をはさんだ。「これだけの悲劇をどうしてそんなに軽く扱えるの？」

彼にじっと見られて、ジェシカは口を閉じ、母親の脇腹に身をすり寄せた。ただし、エイヴリーをにらみつけるのはやめなかった。

「一日か二日、猶予を与えてやろうと思う」エイヴリーは柔らかな口調でくりかえした。

「ハリーも楽しくて笑っているわけではないし、この午前中に暴露された事実を〝冗談〟と呼ぶのは、愉快な冗談という意味ではないのだから」

「ハリーのことはエイヴリーが守ってくれるわ、ジェス」彼に視線を据えて、アビゲイルが言った。

「レディ・アナスタシアは財産をみんなと分けあうことにとても乗り気だったようよ」カズン・エリザベスが全員に向かって言った。「ハリーが仕事につく必要はないんじゃないかしら。たぶん――」

「あの女が恩着せがましくよこすお金なんて、一ペニーだって使うつもりはないわ」エリザベスの言葉を遮って、カミールが言った。「アビーもきっと同じ気持ちよ。ハリーだって。そんな提案をするだけでも図々しいわよ――まるで、わたしたちに大きな恩を施すみたいに」

エイヴリーが思うに、アナのほうは、熟慮の結果その提案をひっこめる決心をするに至らなかったら、まさにそうするつもりでいたのだろう。

「わたしの孫娘ですよ」先々代伯爵未亡人が言った。

「あの人、バースに帰ってくれるかしら、エイヴリー？」アビゲイルが訊いた。

「少なくともしばらくはパルティニーに滞在するよう、ブラムフォードが説得していた。ゆうべもそこに泊まったらしい」エイヴリーは言った。「午後からブラムフォードがホテルを訪ね、彼女と世話役の女性に会うことになっているが、向こうはきっと退屈のあまり、昏睡《こんすい》状態に陥ってしまうだろう」

「気の毒な方」カズン・エリザベスが言った。「その方の人生も大きく変わってしまったのね」

「わたしだったら、〝気の毒〟という言葉はけっして使わないだろう、エリザベス」モレナー卿トマスがそっけなく言った。

「レディ・アナスタシア・ウェスコットとしての教育をただちに始めなくては」先々代伯爵未亡人が言ったので、全員がそちらに目を向けた。

「明日になったら」カミールが言った。立ちあがったときの彼女の声は苦々しさに満ちていた。「あの女はパルティニーを出てウェスコット邸に移ることができるのね、おばあさま。さぞわくわくしてるでしょうよ」

「カム」母親がため息をついたあとで言った。「何もあの人の責任ではないのよ。それを忘れてはいけないわ。生まれてからの数年は別として、あの人が生涯のすべてを孤児院で過ごしてきたことを考えてごらんなさい」

「わたしはそれ以外のことなど考えられませんよ」先々代伯爵未亡人が言った。「教育するのは容易なことではなさそうだし――」

「あの女がどこで暮らしてこようと、上流階級にふさわしい人間にするのがどれだけ大変だろうと、わたしにはどうでもいいことよ」カミールが不作法にも話に割りこんで叫んだ。「嫌いだわ。大嫌い。気の毒に思えなんて、口が裂けても言わないで」

「ごめんなさい、おばあさま」アビゲイルが立ちあがり、姉のそばへ行った。「カムは気が立ってるの。アクスベリー卿と話をすれば、もう少し落ち着くと思うわ」

「結局、アビーもカムもここで一緒に暮らしてくれないの?」涙で目を潤ませて、ジェシカが尋ねた。

「ハリーがここに残るでしょう、たぶん」公爵夫人が言った。「エイヴリーが見つけてくれたあとで。ハリーのことは心配しないで、ヴァイオラ」

「いまは頭のなかが真っ白で、心配する気にもなれないわ」かつての伯爵夫人が答えた。「あの子はたぶん、どこかで酔っぱらってるのね。わたしも一緒に酔いつぶれたい気分よ」

「お母さま」ジェシカが言った。「あの女を二度と、ぜったい、この家に入れないと約束して。あたしの前には二度と連れてこないと約束して。今度会ったら、あたし、あの女の目玉をえぐりだすかもしれない。醜くて馬鹿な女。召使いよりひどい格好だし、あんな女、大っ嫌い。あたしの願いは何もかも元どおりになることよ。ハ、ハリーがまた伯爵になって、た、楽しいから笑えるようになってくれること。か、悲しくって、二度と、し、し、幸せになれないからじゃなくて。アビーがまたあたしの本当のいとこに戻って、これからもずっと近くに住んでくれること。あたしが望むのは——ああ、もういや。いやでたまらない。エイヴリーはどうしてハリーを捜しに出かけて、連れ戻そうとしないの?」

エイヴリーはリボンで手首に結びつけた片眼鏡を落とすと、心のなかでため息をつき、両腕を広げた。ジェシカはしばらく彼をにらみつけていたが、やがて立ちあがると、彼の腕に飛びこんで顔を埋めた。もし可能なら、ぼくの体内にもぐりこんでしまうだろう——エイヴリーは思った。ジェシカが彼の肩にすがりつき、優雅にはほど遠い姿で泣きじゃくったので、エイヴリーは片方の腕をジェシカにまわして、反対の手で彼女の後頭部を包みこんだ。

「な、な、なんとかしてよ」ジェシカは叫んだ。「お願いだから、なんとかして」

「シーッ」エイヴリーはジェシカの耳元でささやいた。「シーッ、いい子だね。人生は暗雲に覆われている。だけど、雲の上は金色に輝いてるんだよ。太陽がふたたび顔を出すのを待てばいいんだ。太陽はいずれ出てくる。どんなときでも」

　愚かな言葉。何分か前にカズン・アルシーアが口にした言葉よりひどい。どこからこんなたわごとが浮かんできたんだ？

「約束する？」ジェシカは言った。「や、約束してくれる？」

「うん、約束する」エイヴリーはジェシカの頭から手を離して、ポケットから大判のハンカチをとりだした。バケツ何杯分もの涙を流すのはいつだって女性のほうなのに、薄く優美なハンカチを持ち歩き、泣き崩れてしばらくするとぐしょ濡《ぬ》れにしてしまうのも女性のほうだなんて、筋の通らないことに思われる。「勉強部屋に冷たいレモネードを運ばせよう。いまのおまえにぜひとも必要なものだ、ジェス。いや、抵抗してもだめだ。〝必要かい？〟って訊いたわけじゃないんだから」

　母親違いの妹のウェストに片腕をまわして部屋から連れだすエイヴリーに、母親が目で感謝を送った。

　エイヴリーはふと思った——いまこの瞬間、レディ・アナスタシア・ウェスコットはどうしているだろう？　どんな未来が待ち受けているのか、本人はわかっているのだろうか？

――とても裕福な女性として贅沢に暮らしていけるということ以外に。

そして、ハリーはどこにいるのだろう？　だが、あとでハリーを見つけだし、監視の目を光らせておくのは、むずかしいことではないはずだ。行きつけの店のどこかにいるに違いない。そうした店のひとつに置いておかなくてはならない。ハリーがもう笑わなくなるまで。

哀れなやつだ。

6

翌日の昼下がり、ウェスコット邸の表でブラムフォード弁護士がアナに手を貸して馬車から降ろし、そのあとからミス・ノックスが誰の手も借りずに降りてきた。サウス・オードリー通りの左右を見まわし、目の前の屋敷を見上げたアナは、昨日連れていかれた屋敷に比べるとそう厳《いか》めしい雰囲気ではないと思った。とはいえ、あらゆるものが豪華な造りで、自分が卑小な存在に思えてくる。

アナがこの屋敷の所有者だ。

ほかにも、ハンプシャー州にある荘園《しょうえん》、庭園、農地の所有者となり、全体を把握するのも不可能なほどの莫大な財産を受け継いだ。財産の一部はアナの父親がその父親から相続したものだが、亡くなる前の何年かのあいだに、意外にも商才を発揮するタイプとなり、商工分野に投資をおこなって、財産を二倍に、それから三倍に増やした。その投資がいまもアナを裕福にしつづけている。

自分の豊かな富を知ったアナはひどい吐き気に襲われ、バースの孤児院に戻ってこんなことは何も起きなかったふりをしたいという思いをなおさら強くした。しかし、現実に起きてしまったことだし、少なくともあと数日はロンドンにとどまることをしぶしぶ承知した。顧問弁護士と――ブラムフォード氏が自らをそう称したのだ。彼はアナの父親だけでなく、アナ自身の顧問弁護士でもある――もう少し時間をかけて協議をおこなうためだった。アナは困惑するばかりだった。あらゆることを頭のなかで整理し、自分にとって何を意味しているかがよりよく理解できるようになるまでは、ここにとどまるしかない。自分が望もうと望むまいと、それとは無関係に自分の人生が変わろうとしている。

けさ、ブラムフォード弁護士から伝言が届き、アナがウェスコット邸に赴いて弟妹とふたたび顔を合わせるさいには自分も同行させてほしい、と言ってきた。屋敷で顔を合わせるということは、母親違いの弟と妹たちが昨日のショックから多少立ち直り、わたしを受け入れる気になったということ？　それとも、昨日より愛想よく言葉を交わす気になっただけのこと？　でも、三人の母親はどうしているの？　気の毒な方。ああ、今日も楽な一日ではなさそうだ。

アナがいちばん下の石段に足をのせるのとほぼ同時に玄関扉が開き、黒一色に身を包んだ従僕がお辞儀をしてから脇にどいて、アナを邸内に通した。玄関ホールは木材がふんだんに使われていて、天井が高く、床は大理石。そして、ホールの奥には二階へ通じる広い優美な木製――オーク材？――の階段があり、途中で左右に分かれて、上のほうでふたたび合流している。

貴婦人が一人、階段を下りてきた――昨日、二列目にすわっていた人。公爵夫人だ。〝兄がいまも生きていたら、殺してやりたい〟と言い放った人であることを、アナは思いだした。この人の兄――わたしの父。すると、この貴婦人はわたしのおばに当たるの？　その背後から、もっとゆったりした足どりで男性が現われた。昨日の集まりのあいだずっと立っていた人。美しいと同時に危険だとアナが思った人。

　今日もやはりその両方の印象を受けた。

　公爵夫人がすべるような足どりでアナのほうにやってきた。女王のごとき物腰。相手を委縮させかねない。「アナスタシア」近づきながら、アナの頭から足までをさっと一瞥《いちべつ》した。「あなたの住まいにようこそ。わたしはおばのルイーズよ。いまは亡きあなたのお父さまのすぐ下の妹で、ネザービー公爵夫人といいます。継子のネザービー公爵には、あなたとの血縁関係はありません」公爵夫人は背後の男性を手で示した。ブラムフォード弁護士とミス・ノックスのほうへは目もくれなかった。

「初めまして、マダム」アナは言った。「初めまして、サー」

　今日のネザービー公爵は茶色とクリーム色を組みあわせた装いだった。金色の柄のついた片眼鏡を片手に持ち、その手に指輪をふたつはめている。ひとつはプレーンな金の指輪。もうひとつは金の台に大粒のトパーズをはめこんだもの。昨日と同じく、軽く伏せたまぶたの下からじっとアナを見ていて、その目は本当に、アナが記憶しているとおりの青だった。身体つきはしなやかな感じで、背丈はアナよりわずか五センチほど高いだけだ。

「呼びかけの言葉は、公爵夫人、公爵閣下にしたまえ」ネザービー公爵が言った。軽やかな声で、ため息のような響きが混じっている。「われわれ貴族は、人の呼びかけの言葉にかなり神経を尖《とが》らせるものだ。しかしながら、きみとぼくは、ぼくの継母を通じて親戚関係にあるわけだから、エイヴリーと呼んでくれてもいい」彼はブラムフォード弁護士とミス・ノックスに物憂げな視線を向けた。「二人とも帰ってくれてかまわない。用があれば迎えの者を行かせる」

アナは二人のほうを向いた。「お世話さまでした、ブラムフォードさま。お世話さまでした、ミス・ノックス」

アナが身体の向きを戻すと、公爵の物憂げな青い目に嘲りにも似た楽しげな輝きが浮かんでいた。

「二階の客間へ行きましょう。身内の人々がお待ちかねよ」公爵夫人――アナのおば――が言った。「話しあわなくてはならないことがどっさりあって、どこから始めればいいのかわからないぐらいだけど、とにかく始めなくては。リフォード、レディ・アナスタシアのマントとボンネットをお預かりして」

しばらくすると、アナは公爵夫人と並んで階段をのぼり、そのうしろに公爵が続いた。途中から左右に分かれた階段の左のほうへ曲がり、上までのぼったところで、広い部屋に入った。通りに面した部屋のようで、午後の陽光が室内にあふれていた。部屋に集まった人々が先に息を止めていなかったら、このすべてが自分のものだという事実に、アナのほうがおそらく息を止めていただろう。昨日の面々が顔をそろえていて、全員が――ふたたび――黙りこみ、ふりむいてアナを見つめた。

公爵夫人が紹介にとりかかった。「アナスタシア」まず、暖炉のそばにすわった老齢の貴婦人のほうを手で示して、夫人は言った。「こちらは先々代リヴァーデイル伯爵未亡人、あなたのおばあさまよ。あなたのお父さまのお母さま。それから、わたしはあなたのお父さまの妹です。おばあさまのとなりがマティルダ・ウェスコット。わたしの姉で、あなたのおばさまに当たります」公爵夫人は次に、部屋の奥のほうにいるカップルを指し示した。女性が椅子にすわり、男性が椅子のうしろに立っている。「モレナー卿夫妻よ——あなたのおじさまのトマスと、おばさまのミルドレッド。ミルドレッドはわたしの末の妹なの。男の子が三人いて、あなたのいとこたちだけど、三人とも寄宿学校に入っています。それから、窓辺に立っているのがリヴァーデイル伯爵。アレグザンダーよ。あなたとはまたいとこの関係ね。それから、アレグザンダーの母親のウェスコット夫人、わたしたちはカズン・アルシーアと呼んでいます。それから、アレグザンダーの姉に当たるレディ・オーヴァーフィールド。カズン・エリザベスよ」

くらくらしそうなめまぐるしさで、とうてい把握しきれなかった。この人々のすべてが、ここにいる貴族のすべてが、アナの身内なのだ。しかし、アナにひとつだけはっきり理解できたのは、いちばん会いたかった人々の姿がないということだった。

「あの、わたしの妹たちと弟はどこなんでしょう？」アナは尋ねた。「それから、三人のお母さまは？」

彼女の視野のなかにいるすべての者が一様に愕然たる表情を浮かべた。

「あのね、あの三人と顔を合わせてあなたが気まずい思いをする必要はないのよ、アナスタシア」公爵夫人がアナに言って聞かせた。「ヴァイオラはけさ、カミールとアビゲイルを連れて田舎へ行きました――ヒンズフォード屋敷へ。ハンプシャー州にあるあなたの家よ。でも、そちらにいるのはせいぜい数日でしょう。娘たちをバースへ連れていき、祖母に当たる人の家に預けて、ヴァイオラ自身はドーセット州に住む弟さんのところで暮らすんですって。弟さんは牧師で、奥さんを亡くしているの。昔から仲のいい姉弟だったみたい」

「行ってしまったんですか？」部屋にあふれる陽光にもかかわらず、アナは不意に寒気を覚えた。「でも、ここで会えると思ってたのに。あの人たちと親しくなりたかった。わたしと親しくしてほしかった。向こうが……そう望んでくれればと……期待していたのに」

そのあとに続いた短い沈黙のなかで、アナはひどくきまりが悪くなった。よくもそんなことが期待できたものね。わたしの存在そのもののせいで、あの人たちが昨日までなじんでいた世界が終わってしまったというのに。

「では、あの青年――母親違いのわたしの弟は？」

「ハリーは姿を消してしまったの」公爵夫人はアナに言った。「それなのに、エイヴリーったら、ハリーを捜すのは明日以降でいいって言うのよ。それまでにハリーが自分の意志で帰ってこなかったらね。でも、あなたがハリーのことを心配する必要はありません。今後のことはエイヴリーが考えてくれますから。ハリーがリヴァーデイル伯爵だったとき、エイヴリーが後見人に指名されていたの」

「ぼくの理解するところによると」エイヴリーが言った。「亡き父からぼくが受け継いだのはハリー個人の後見人という役割りであり、単なる〝リヴァーデイル伯爵の後見人〟ではなかったと思う。カズン・アレグザンダーの後見人になるのは、できればごめんこうむりたい。向こうもきっと、ぼく以上に迷惑に思うだろう」

「そうですとも。そのとおりよ、エイヴリー」新たなる伯爵アレグザンダーの母親が言った。

ネザービー公爵が部屋の向こうの隅に置かれた椅子に、さりげなくエレガントな姿で身体を預けているのを、アナは目にした。椅子の腕に肘をのせ、指を尖塔の形に合わせている。孤児院のラトリッジ先生なら、足をそろえて床につけ、背筋を伸ばしてきちんとすわりなさい、と注意するところだ。

「ここに来て立ちなさい、アナスタシア」アナの祖母に当たる先々代伯爵未亡人が言い、自分がすわっている椅子の前の床を指さした。「そして、あなたの姿をよく見せて」

言われた場所に行って立つと、アナは全員からじっと見られているのを感じた。沈黙が数分間続いたような気がしたが、おそらく、せいぜい三〇秒ぐらいだっただろう。

「少なくとも、立ち居振る舞いはきちんとしてるわね」ようやく、先々代伯爵未亡人が言った。「それに、田舎の訛《なま》りもさほどないようだし。でも、とても身分の低い家庭教師のように見えるわ」

「わたしはそれよりさらに低い身分です、マダム」アナは言った。「いいえ、高いとも言えましょう。それは人の視点によって異なります。孤児院の学校の教師になれたのはとても恵まれたことだと思っています。孤児たちの心はどのような人にも劣ってはおりません」

先々代伯爵未亡人の椅子のそばにいた貴婦人が息をのみ、ギョッとした顔になった。

「おやおや、鉤爪《かぎづめ》はひっこめなさい」先々代伯爵未亡人は言った。「わたしは事実を述べただけですよ。あなたがいまのあなたになったのは、あなたの責任ではないわ。すべてわたしの息子の責任です。わたしのことは〝おばあさま〟とお呼びなさい。だって、あなたの祖母ですからね。でも、おばあさまと呼ばない場合でも、〝マダム〟は正しい呼び方ではありません。正解は何かしら？」先々代伯爵未亡人は返事を待った。

「残念ながら、おばあさま」アナは言った。「推測でお答えするしかありません。わたしにはなんの知識もないので。〝奥方さま〟でしょうか？」

「伯爵のすぐ上の身分は何？　すぐ下は？」おばの一人――マティルダおばさま？――が尋ねた。「それから、ナイトと準男爵の違いは何かしら。どちらも〝サー・なんとか〟と呼ぶのが決まりよ。あなたには違いがわからない。そうでしょ、アナスタシア？　わかるようにならなくては。それがあなたの義務なの」

「ねえ、カズン・マティルダ」先々代伯爵未亡人のとなりにすわった若い貴婦人――新たなる伯爵の姉のエリザベス？――が言った。「かわいそうに、アナスタシアが当惑してるわ」

「それに、もっと重要な事柄がいくつもありますからね、まずそちらを片づけなくては」

先々代伯爵未亡人もその貴婦人に同意した。「腰を下ろして、マティルダ、うろうろするのはやめなさい。わたしが椅子からころげ落ちるようなことはないから。アナスタシア、その服はゴミ箱に入れるのがふさわしいわ。召使いだってそんなものを着せられたら、嘲笑を浮かべるでしょう」

これ以上の屈辱を感じることがありうるとしても、いったいどういう屈辱なのか、アナには見当もつかなかった。日曜の晴れ着なのに！

「それから、あなたのその髪」公爵夫人の妹――ミルドレッドおばさま？――が言った。「きっとずいぶん長いんでしょうね？」

「ウェストの下まで届きます、マダム――いえ、おばさま」アナは答えた。

「髪が太くて、量が多くて、まったく似合っていない」ミルドレッドおばが言った。「さっそくカットして、似合うスタイルにしなくては」

「明日、仕立屋《モディースト》をここに呼ぶことにするわ。お針子たちも一緒に」公爵夫人が言った。「最低限必要な新しい衣装が仕立てあがるまで、泊まりこんでもらうつもりよ。アナスタシアは人前に出ても恥ずかしくない姿になるまで、けっしてこの屋敷を出てはなりません。おそらく、貴族社会《トン》にすでに噂が広まっているでしょう。広がっていないほうがむしろ不思議だわ」

「けさ、クラブで話題になっていましたよ、ルイーズ」年上の男性――ミルドレッドおばの夫――が言った。「ハリーと母親と姉妹が受けた打撃と、リヴァーデイルの正当な娘が突然見つかったことの両方が。それから、もちろん、アレグザンダーの幸運も」

「何が幸運なのか、ぼくにはまだ理解できないんだが、トマス」新たなる伯爵が言った。

彼に目を向けたアナは、昨日の第一印象がまさに正しかったという結論を出した。こんな端整な顔立ちの男性を見たのは生まれて初めてだ。お伽話《とぎばなし》に出てくる王子さまのよう。バースに帰ってから子供たちに彼のことを話す自分を思い描いた。少女たちはみな、幸せな夢の世界に浸って、彼に愛されるお姫さまになった自分を想像することだろう。

「〝トン〟が何かわかる、アナスタシア？」マティルダおばがきびしい声で尋ねた。いまは母親の椅子の横に置かれたスツールに腰かけている。

「たしか、上流階級を意味するフランス語だと思いますが、おばさま」アナは答えた。

「上流階級のなかでも最高ランクの人々のことよ」マティルダおばがアナに言って聞かせた。「この部屋にいる者は全員そうだし、困ったことに、あなたもそう。もう二五歳にもなった人をどう教育すれば、まともな貴族の令嬢に仕立てあげられるのかしら」

アナにしてみれば、相手に劣らぬ辛辣さを発揮して、〝わたし自身が望まないかぎり、どんな人間に仕立てあげられるつもりもありません〟と言い返したいのを我慢するのはむずかしいことだった。しっぽを巻いてこの部屋と屋敷から逃げだし、故郷への帰路につきたいのを我慢するのもむずかしいことだった。ただ、自分にはもう故郷がないような気がしていた。いまはふたつの世界の狭間《はざま》にいる。古い世界にはもはや属していないし、もちろん、新しい世界にもまだ属していない。いまのアナにできるのは、この新しい世界をもう少し深く探検し、そこで得た知識をどう使うかを決めることだけだ。冷静に、冷静にと自分に言い聞かせ、沈黙を通すことにした。

「マティルダ」伯爵の母親が非難の口調で言った。「無理を言ってはだめよ。年齢も育ちもアナスタシアにはどうにもできないことなんだから。きっと、四方八方敵ばかりのように感じているはずだわ。じっさいは身内だというのに。ほかの身内に会ったことはあって、アナスタシア？　あなたの母方の人たちとか」

「いいえ」アナは答えた。「申しわけありません。あなたはカズン――？」

「アルシーアよ」女性は微笑した。

「会ったことはありません、カズン・アルシーア」アナは言った。「自分の身元については、昨日まで何ひとつ知りませんでした。ずっとアナ・スノーで通してきました」

「じゃ、きっと困惑するばかりね」カズン・アルシーア、つまり、伯爵の母親が言った。「アレックスとリジーとわたしの家に来て、二、三日お泊まりになってはどうかしら。こちらは広いお屋敷だから、あなたを一人で置いておくのは心配だわ」

「来てくだされば大歓迎ですよ、カズン・アナスタシア」伯爵もアナに言った。

「いけません」公爵夫人が言った。「アナスタシアにはここにいてもらわなきゃ、アルシーア。明日の早い時間に、モディーストと美容師をここに呼ぶつもりだから。それから、この人の荷物は――たいした量じゃないでしょうけど――パルティニー・ホテルからこちらに運ばせます。でも、あなたの言うことにも一理あるわね。付き添い役も世話係もなしに、アナスタシアを一人で置いておくわけにはいかないわ。たぶん、マティルダなら――」

「いえ、二、三日でしたら、わたしが喜んでこちらに泊まりこみ、カズン・アナスタシアと過ごすことにします。この方が許してくだされればね」伯爵の姉が言った。その微笑は母親と同じく温かだった。「それでよくって、アナスタシア？　あなたがわたしたち全員に溶けこむまでにどれだけの変化が必要かを残らず並べ立てて、あなたを困惑させるようなことはしないと約束しますから。それよりむしろ、昨日までのあなたの人生について伺いたいわ。あなたのことを知りたいの。いかが？」

アナは一瞬、目を閉じた。「ええ、そうしてくださるのでしたら喜んで、カズン・エリザベス。ご迷惑でなければ。でも、わたしの母親違いの弟がここに戻ってくるのではないでしょうか？」

「戻ってきたら」公爵夫人は言った。「アーチャー邸へ行かせればすむことよ」

「ぼくには意外なんだが」アレグザンダーが言った。「きみがハリーを捜しに出かけようとしないことが、ネザービー。ぼくが自分で捜しに行きたいぐらいだが、いまの状況だと、ハリーがいちばん会いたくない相手がこのぼくだろう。ハリーがもはやリヴァーデイル伯爵でなくなったから、きみ、後見人の役割りを煩わしく思ってるんじゃないか？」

エリザベスが彼女の弟のほうへ首をまわし、非難の目を向けた。ネザービー公爵が平然としているのをアナは目にしたが、彼が片眼鏡を目に持っていくのを見ても驚きはしなかった。なんとも気障《きざ》な小道具だ。彼の目が悪いのだと知ったら、逆にひどく驚くだろう。だが、片眼鏡のせいで、どういうわけか二倍も危険な男に見える。

「ずいぶん気にしているようだな、リヴァーデイル。だが、はっきり言って、なぜきみが気にしなきゃいけない？」ネザービー公爵が柔らかな口調で言った。「きみも気づいていると思うが、ぼくは迷子の子犬を捜して駆けずりまわるようなことはけっしてしない。自分のしっぽを追いかけて、きまりの悪い思いをするのがオチだからね。あるいは、放蕩にふける若者に意見をすることもない。未婚のおばじゃないんだから。自分のものだと信じてきたものすべてを、嫡出子という立場まで含めて失ってしまい、それを愉快な冗談だと思っている若者を、ぼくが捜してまわるかどうかとなると、いや、そんなことをするつもりはない。あいつが笑うのをやめるまで待っても、見つけだす時間は充分にある。いまにやめるさ」

アナは彼の声の物憂げで尊大な響きに、そして彼の言葉に、ぞっとするものを感じた。リヴァーデイル伯爵の返事はなかったが、いまの短いやりとりからでさえ、二人がおたがいをよく思っていないことが察せられた。

「どうかご自分を責めないでいただきたい、カズン・アナスタシア」アナに視線を据えて、伯爵が言った。「若きハリーのことを、それから、カミールとアビゲイルのことも、とりあえずしばらくは考えないようにしてください。誰もがひどく動揺しているため、あなたに好意的な目を向けることができないのです。だが、あなたにはなんの非もなく、人に害をなすよりもご自分のほうがひどい目にあってきたことは、みんなも充分にわかっているのです。みんながあなたとの関係を認める気になるまで、もうしばらくかかるでしょう。よかったら、その時間を与えてやってください」

伯爵の言葉も表情も優しかったが、その言葉はやはりアナを傷つけた。

「アレグザンダーの言うとおりよ」先々代伯爵未亡人が言った。「ぐるっとまわってみて、アナスタシア」「ぐるっとまわってみて、アナスタシア」アナはひとまわりした。「スタイルはあまりよくないけど、とりあえず、ほっそりしてるわね。コルセットを着ければ、ずっと魅力的な胸になるでしょう。着けたことはたぶんないわね？」

アナは頬がカッと熱くなるのを感じた。どうしよう、男の人たちも同席しているというのに。「ありません、おばあさま」

「どうにかなるでしょう。明日からさっそく開始よ」公爵夫人がてきぱきと言った。「どの分野の教師が必要かも決めなくては——ダンス教師は言うまでもないわね。それから礼儀作法の教師と、たぶん、ほかにもいろいろ。そのあいだ、あなたは屋敷を出ようなどと考えるのも禁止です、アナスタシア。エリザベスが邸内であなたの相手をしてくれますからね。さて、すわってちょうだい——ずいぶん長く立たせてしまったわね。マティルダ、呼鈴の紐《ひも》をひいてお茶を頼んでもらえないかしら」

アナが腰を下ろすのとほぼ同時にネザービー公爵が立ちあがり、部屋をゆっくり横切ってアナの椅子の前に立った。誰もが黙りこんだ。彼が指を一本、あるいは眉を片方上げただけで、かならず全員が沈黙するようだ。静寂のなかで、ネザービー公爵は物憂げな目に鋭い光を湛《たた》えてしばらくアナを見つめた。

「アナ」公爵はアナがこれまでなじんできた名前を呼んで、彼女を驚かせた。「太陽が輝き、新鮮な空気とハイドパークが差し招いている。きみがぼくと公園へ出かけたら、どう見ても家庭教師としか思えない女がぼくと一緒にいるのを貴族社会の連中が目にして、きみの身元に関して彼らなりの結論を出す危険がある。連中は次に、衝撃のあまりいっせいに卒倒するか、この光景に遭遇できなかった不運な連中に目撃談を伝えようとして走り去るか、もしくは、何事もなかったような顔で散歩を続けるだろう。こうしたことをすべて承知のうえで、ぼくと一緒に出かけないか？」

アナは唇を噛んで、不安な笑い声を上げそうになるのをこらえた。彼の提案は予想をはるかに超える突飛なものだった。

「賢明なことと言えるだろうか、ネザービー？」トマスおじが尋ねた。「ルイーズがついさきほど指摘したように――」

ネザービー公爵はそちらを向こうとも、返事をしようともしなかった。「アナ？」柔らかく声をかけた。

この人、まるで異星人みたい。アナは彼を怖いとは思わなかった。恐怖はまったくない。それどころか、おもしろい人だと思っただけだ。しかし……室内にいるほかの誰と比べても、アナ自身の世界からかけ離れた世界を体現しているという印象が強いため、気持ちが通じあう可能性はまったくなさそうだった。わたしと――誰の目にも家庭教師としか見えない女と――一緒のところを見られる危険を冒してまで、どうして二人で散歩に出ようとするの？

でも……新鮮な空気が吸えるの？　そして、この部屋と、ここに集まったすべての人からしばらくのあいだ逃げだせるの？

「ありがとうございます」アナは言った。「喜んで」

「お母さま」マティルダおばが言った。「アナスタシアにそんなことをさせてはいけないわ。ルイーズの言うとおりよ。ああ、あなたとしたことが軽率ね、エイヴリー」

「あなたがどうしても出かけたいなら、お目付け役として誰かが同行しなくては、アナスタシア」伯爵が言った。「リジー、一緒に行ってくれるね？」

「いや、申しわけないが、カズン・エリザベス」アナに視線を据えたまま、公爵が柔らかな口調で言った。「あなたは招かれていない」

カズン・エリザベスが目に楽しそうな光を浮かべて、エイヴリーの後頭部に笑みを向けたことに、アナは気がついた。

「わたしの孫娘がネザービー公爵と出かけるときには、お目付け役は必要ありません」先々代伯爵未亡人が言った。「公爵の父親はわたしの娘と結婚したのよ。そうだったわね？　それに、エイヴリーの言うとおりだわ。アナスタシアの準備が整うまで邸内に閉じこめておくなんて無理なことです。準備は永遠に整わないでしょうから」

7

五分後、マントとボンネットと手袋――すべて昨日と同じもの――を着けて、レディ・アナスタシア・ウェスコットがウェスコット邸の表の歩道に立った。これがいちばん上等の晴れ着に違いない――エイヴリーは思った。たった一着の晴れ着。彼女の普段着を目にするのは興味深いことだろう――いや、たぶん、興味は持てないだろう。

さっきは彼女が助けを求めているように見えた。ただし、彼女のなかにエイヴリーの好奇心を掻《か》き立てる何かがなければ、彼も助けの手を差し伸べはしなかっただろう。もしかしたら、彼女が昨日アーチャー邸に足を踏み入れて……彼と顔を合わせたときに、怯える様子を見せなかったせいかもしれない。エイヴリーは自分がほとんどの相手を怯えさせることを知っている。もしくは、昨日ブラムフォード弁護士がすべての事実を明らかにしたあと、〈バラの間〉で彼女が威厳に満ちた物静かで短いスピーチをおこなったせいかもしれない。もしくは、さきほど先々代伯爵未亡人から身分の低い家庭教師みたいに見えると言われたときに、彼女が返した言葉のせいかもしれない。

エイヴリーは腕を差しだしたが、無視されたため、肘を曲げた彼の腕だけが宙にとり残された。両方の眉を上げた。

「手助けは必要ありません。せっかくですけど」レディ・アナスタシアが言った。

おやまあ。

「ぼくが想像するに」腕を下ろしながら、エイヴリーは言った。「孤児院の少年というのは、孤児院の少女と二人で通りを歩くときは腕を差しだすようにと、教えられてはいないのだろうな。そして、孤児院の少女というのは、男性が騎士道精神を発揮したときはそれを受けるようにと、教えられてはいないのだろう。きみの学校の課目に入っていないのかな？」

「もちろん入っていません」レディ・アナスタシアは生真面目に答えた。「ずいぶんふざけたことをおっしゃるのね」

「きみはいまから、ふざけたことだらけの世界に遭遇しようとしている。一度か二度遭遇しただけで落胆か気後れか腹立ちに襲われて、きみが孤児院の教室に駆け戻ることにならないかぎり」

「もしわたしがバースに戻るとしたら、それは理性を働かせて熟考したのちに、自分でそう決めたときです」

「それまでのあいだ、きみのおばあさん、おばさんたち、おじさんたち——いや、おじさんは一人だな——いとこたちが、昼も夜も休むことなく働いて、この二五年にわたるきみの人生という石板の文字を消し去り、レディ・アナスタシア・ウェスコットはかくあるべしというイメージに合わせて、きみを変身させようとするだろう。なぜかというと、孤児よりも貴婦人であるほうが、金に困っているよりも金持ちであるほうが、みすぼらしいよりも優美なほうが、きみにとって望ましいからだ――そして、きみがウェスコット家の者であり、彼らの一員だからだ」

「わたしはお金に困ってはいませんでした」彼女は言った。

「レディ・アナスタシア・ウェスコットの教育にぼくが手を貸すことはあまりないだろう。ぼくとウェスコット家のつながりは名目上だけのものというのが理由のひとつだが、最大の理由は、その教育はうんざりするほど退屈だろうし、ぼくが退屈を避けるのは疫病を避けるがごとし、という点にある」

「でしたら、今日ウェスコット邸にいらしたことが驚きです。一人で逃げだすかわりにわたしを散歩に誘ってくださったことは、それ以上に大きな驚きです」

「おやおや」エイヴリーは柔らかな口調で言った。「だが、きみは退屈な人ではなさそうだ、アナ。ぼくはたしかにきみを散歩に誘った。そうだね？　きみの屋敷の外の歩道に二人でこうして立とうと誘ったわけではない。きみはぼくにつんけんして、ふざけた人だと非難し、おそらく二階から多くの身内がそれを見下ろしているだろうが、そんなことのために誘ったのではない。では、わが賢明なる本能に逆らって、きみの教育に少しばかり貢献することを許してくれたまえ。貴婦人と出歩くとき、紳士は女性を支えるために腕を差しだし、相手がその腕をとるのを待つものだ。知らん顔をされたら、耐えがたい屈辱に襲われ――家に帰って拳銃自殺をしようとまで思い詰めるかもしれない――次に、相手の女性はどうも貴婦人ではなさそうだと気づいてショックを受ける。いずれにしろ、最後は拳銃自殺という運命だ」

「いつもそんなふうにふざけた方なの？」

エイヴリーは片眼鏡の柄に片手をかけて、しばらく無言で彼女を見つめた。片眼鏡を持ちあげたら、彼女はたぶん、信じられないほどの嘲りをこめて笑いだすだろう。エイヴリーはかわりに、ふたたび腕を差しだした。

「これはまことに簡単なレッスンだ。きみの知性を限界まで酷使する必要はない。さあ、ぼくに手を預けて。いや、右手だ」

エイヴリーはその手を自分の右手でとると、腕に通し、彼女のてのひらを下にして自分の上着の袖口にかけさせた。腕を付け根から伸ばすことができるなら、彼女はきっと、いまいる場所にじっと立ったまま、二人のあいだに安全な距離をとるに違いない。しかし、腕は伸びるものではないため、彼女も何歩か近づかざるをえなかった。腕と手の筋肉がすべてこわばっていた。

なんだか馬鹿げている――しかし、エイヴリーはその印象を自分一人の胸にしまっておくことにした。

「では、歩きはじめるとしよう。歩く速度と歩幅を貴婦人に合わせるのが紳士の務めだ。この世の権力はすべて男が握っていると女性はしばしば思いこんでいるようだが、じつはそうではない」

彼女の筋肉はそれからもしばらくこわばったままだったので、誰かの家庭教師か、もしくは、日曜の晴れ着を着た誰かのメイドという印象がなおさら強くなった。しかしながら、今日の彼女がそのいずれかに間違えられることはないだろう。なにしろ、エイヴリーの腕に手をかけているのだから。ロンドンではゴシップが野火や風よりも速く広がる。地階の召使いのあいだで噂になり、それが屋敷の上階へ伝わる。しかも、ウェスコット家のゴシップはじつにセンセーショナルだ。

エイヴリーは女性を崇拝するタイプで、女性的な特徴のすべてに関して目が肥えている。女性の美と優雅さと魅力を崇拝し、遊び半分で言い寄り、気が向けば何人かとベッドを共にしてきた。さまざまな階級の女たちの美貌と、なまめかしい曲線と、官能と、性の技巧を崇拝し、軽く口説き、望みのままにベッドに誘った――ただ、彼なりの基準はあった。たいそうな女好きだ。女と親しくなり、エスコートしてあちこちへ出かけ、口説き文句を並べ、ベッドに連れこむのが、彼の人生における楽しい経験のひとつだった。しかしながら、人間性という点から女性を崇拝した記憶はない。レディ・アナスタシア・ウェスコットにそうした資質があることを知って、エイヴリーは興味を覚えた。

〝わたしはそれよりさらに低い身分です〟身分の低い家庭教師のように見えると祖母に言われたとき、彼女はそう答えた。〝いいえ、高いとも言えましょう。それは人の視点によって異なります。孤児院の学校の教師になれたのはとても恵まれたことだと思っています。孤児たちの心はどのような人にも劣ってはおりません〟

あのとき、エイヴリーは微笑を隠すために窓のほうを向かなくてはならなかった。なにしろ、アナの口調には怒りも反感も含まれていなかった。彼女にとって単純な真実に過ぎないことを口にしただけだった。〝わたしも孤児たちも貴族階級の人たちと同じように価値ある人間です〟と言っていたのだ――彼自身も含めた貴族階級全員と同じように。エイヴリーはアナの冷静さと信念に敬意を抱いた。一族の者が自分たちの方針を貫いて、彼女がもとの面影もないほど変身させられてしまったら、そんな残念なことはない。だが、彼女のことだから、自分のやり方で進められないかぎり、周囲におとなしく従うとは思えない。レディ・アナスタシア・ウェスコットに対する教育からどんな人物が誕生するかを見届けるのは、さぞ興味深いことだろう。彼女がこれまでと同じく興味の持てる人間でいてくれるよう、エイヴリーは願った。

サウス・オードリー通りで二人の人間とすれ違った。重そうなカバンを持ったメイドと、漠然と見覚えのある紳士。メイドはうつむいたまま急ぎ足で通り過ぎた。紳士のほうはギョッとした顔になり、あわてて表情をとりつくろい、帽子のつばに手をやってから、完全にすれ違うのを待ちもせずにふりむいて、長時間しげしげと見つめた。どこへ出かけるつもりか知らないが、着いた先で人々に吹聴《ふいちょう》するに決まっている。

「母親違いの弟のことが、わたし、心配でなりません」道を曲がってハイドパーク・コーナーのほうへ向かったところで、アナが言った。彼女が口を利いたのは二人で歩きだしてからこれが初めてだった。「あなたはご心配じゃないんですか？　いったいどこにいるのでしょう？　とても危険な目にあっているかもしれないし、ひどく落ちこんでいるかもしれない。

血のつながりがないことは、わたしも承知していますが、あなたはハリーの後見人でしょう？　ハリーの笑いが止まるまで放っておくとおっしゃいましたが、それは無責任じゃありません？」

「どこへ行けばハリーが見つかるか、ぼくには昔からいつもわかっている」エイヴリーは彼女に言った。「今回も例外ではない」ゆうべだって、ハリーを見つけるのに長くはかからなかった。いささか安っぽい娼館《しょうかん》の真っ赤な客間で酔いつぶれて、低めの肘掛け椅子にだらしなくもたれ、同じように泥酔した仲間やけばけばしい色に髪を染めた厚化粧の娼婦たちに囲まれていた。エイヴリー自身は姿を見せるのをやめた。ハリーの状態からすれば、そこに居合わせた娼婦たちの奉仕を受けるのはとうてい無理と思われ、従って梅毒を移される危険もないことが、ひと目で見てとれたからだった。

「あなたにはすべてお見通しなのですか？」アナが彼に訊いた。「そして、全能の人だから、ハリーが絶望のどん底に沈んでいようと、救いだすことができるわけですか？」

こう尋ねられて、エイヴリーは考えこんだ。「そうだ」と答えた。

彼は自らを鍛えあげて全能の人間に生まれ変わった。簡単なことではなかった。父親よりも母親似の子供として誕生したせいで、将来になんの希望も持てない人生のスタートを切ることになった。父親は頑強で堂々とした男らしい姿をしていて、あたりを闊歩《かっぽ》し、渋面とわめき声をふりまきながら人生を送った人だった。目下の者からは恐怖を、貴族仲間からは敬意を寄せられていた。母親は青い目に金髪の小柄な美女で、華奢で優しい人だった。エイヴリーが記憶しているかぎりでは、母親が父親を恐れていた様子はなかったし、父親が母親をどなりつけたり、辛く当たったりしたこともなかった。どう見ても、愛しあって結婚したという感じだった。母親はエイヴリーが九歳のときに亡くなった。何か女性特有の病気だったらしく、彼には誰も何も説明してくれなかったが、妊娠ではなかったようだ。そのころすでに、エイヴリーの外見はほぼ母親からの遺伝で、父親からは何も受け継いでいないことが明らかになっていた。父親はいつも気さくに愛情を注いでくれたが、エイヴリーはあるとき、父親のこんな言葉を小耳にはさんでしまった――〝この子が女の子なら言うことはないのだが、男らしい男が自分の跡継ぎとして望むようなタイプではない〟

一一歳のときに遠くの寄宿学校に入れられ、煉獄《れんごく》にいるのも同然の日々を送ることとなった。ひどいいじめにあった。小柄、発育不足、金髪、青い目、おとなしい、優しい、卑屈、臆病。そして、エイヴリーはその後も何ひとつ変わらないことを悟っていた。乳母がかつて、フィートのことを説明してくれたからだ。フィートといっても長さの単位ではなく、脚の先端部分のことで、左右に指が五本ずつついている。乳母はこう言った――男の子の足《フイート》のサイズを見れば、大きくなったときの背丈が正確に予測できるんですよ、と。エイヴリーの足は小さくて、優美で、ほっそりしていた。

ある日、運動場で一歳年下の少年にぶちのめされたことがあった。ボールをキャッチしようとしたら、受けそこねて左右のてのひらをぶつけてしまい、そのあいだにボールが華奢な足の片方にぶつかって、激痛のあまり飛び跳ねるという醜態を演じたせいだった。また、性的暴行から逃れたこともあった。上級生から世話係にと指名を受け、危うく凌辱《りょうじょく》されかけたが、ワッと泣きだしたおかげで何もされずにすんだ。上級生はうんざりした顔でエイヴリーを見て、おまえが泣くとみっともない顔になるし、そのうえ恩知らずで、臆病で、女々しいやつだと言った。どちらの事件もエイヴリーが入学した週に起きている。

二週目の終わりまでに、教科書と教師と指導教官から学んだことはほとんどなかったが、それ以外のことをずいぶん学んだ。いちばんの収穫は、身長と体格、髪の色と目の色は今後も変えようがないが、それ以外のものなら、自分の態度も含めて何もかも変えられる、と悟ったことだった。ボクシング部、フェンシング部、アーチェリー部、ボート部、体操部など、肉体を鍛え、磨きをかけ、貧弱に見えない身体作りをする機会を求めて、あらゆるところに入部した。

もちろん、最初はうまくいくはずもなかった。ボクシングのリングで初めて試合をしたときは、小さなこぶしを構えて小さな足で跳ねまわり、対戦相手がくりだしたパンチを一発受けただけでノックアウトされてしまった。その対戦相手はもちろん、リングの周囲にふだんよりたくさん集まった観客を思いきり楽しませるために選ばれたのだった。フェンシング部のコーチからは、一回目の練習のあとで、剣《フルーレ》が重すぎて一分以上構えていることができないなら、部活を続けてもみんなの時間を無駄にするだけだから、かわりに編み物クラブに入ったほうがいいと言われた。ボート部のコーチからは、ボートを漕《こ》いで円を描くだけのレースならばきみは優勝できる、きみの場合はオールを一本操るのに両手が必要だから、と言われた。初めて徒競走に参加したときは、彼がスタートラインを離れてもいないうちに、あとの子はみな——デブのフランクと呼ばれている子まで含めて——ゴールを駆け抜けていた。

　エイヴリーは不屈の決意のもとで果てしなく練習を続け、やがて二年生になったばかりのころ、目に見えない角を曲がったという手応えを感じて、彼がひそかに〝お楽しみラウンド〟と呼んでいたボクシングの試合のときに、彼より二学年上で、背が三〇センチ高く、体重は二〇キロほど重い相手を第二ラウンドでノックアウトした。じつをいうと、相手が友人たちのためにポーズをとり、馬鹿みたいにニタニタ笑っていた隙を狙ったのだが、それでもノックアウトしたのは事実だ。相手の少年は保健室に運ばれ、それから二、三時間ほど、ぼうっとした目で星を見ることになった。

　だが、大きな変化が訪れたのは、翌年は最上級生というときだった。いまはもう思いだせない何かの用事をすませて、歩いて学校に戻る途中、気分転換のつもりで、知らない道を通ることにした。ふと気づくと、古い粗末な建物にはさまれた荒廃した空き地のそばを歩いていて、風変わりな老人の姿が目に入った。老人はゆったりした白いズボンに上着という格好で、裸足《はだし》のまま空き地の中央を動きまわり、動きを誇張したステップを踏んだり、腕を動かしたりしていたが、すべてが妙に優雅でゆったりしていて、まるで時間そのものがいつもの半分のスピードで流れているかのようだった。老人の背丈も体格もエイヴリーぐらいしかなかった。しかも中国人だ。このあたりで中国人を見かけるのは珍しいことだった。

　何分もたってからようやく動きが止まり、老人は立ったままエイヴリーを見つめた。しばらく前からエイヴリーの存在を意識していたようだが、ああいう奇妙な動きを見られていたことを照れくさく思っている様子はなかった。エイヴリーはじっと視線を返した。沈黙を破ったのは彼のほうだった。老人から言葉をかけてくれるとは思えなかったからだ。

「さっきのはなんだったんですか？」エイヴリーは尋ねた。

「なぜ知りたいんだね、お若い人？」中国の紳士は答えるかわりに尋ね――そして、エイヴリーの返事を待った。

〝ちょっと興味を覚えたので〟――エイヴリーは肩をすくめてそう答えようとした。しかし、老人の静けさ、視線、全身を包む空気に何かを感じたため、正直な答えを求めて自分の心を探るしかなくなった。二分、いや、三分ほど過ぎたかもしれない。二人とも、身じろぎもしなければ、相手の目から視線をそらすこともなかった。

心に浮かんだ答えは単純なもので――彼の人生を大きく変えるものでもあった。

「ぼくもやりたいんです」エイヴリーは言った。

「だったら、やってみるがいい」

二年後に学校を卒業するまでに、哲学と精神の両面における東洋の知恵について、エイヴリーはこの師からずいぶん多くのことを学んだ。また、武術に関する知識だけでなく、その技をどう使うかも学んでいた。彼にとって最高の発見だったのは、こうした武術を使うさいには低い背丈と鞭《むち》のように細い身体が完璧な武器になるということだった。熱心にたゆまず修練を積んだ結果、無慈悲なまでに厳格で手加減をしない師にすら、ほぼ満足してもらえるまでになった。エイヴリーは自らの肉体を凶器に作り変えたのだった。重ねた板を手で割ることも、それほど若いとは言えない木を足で蹴り倒すこともできるようになった。もっとも、自分に対してそれを証明したのは一度きりで、その後、命ある木を殺したせいで良心の呵責《かしゃく》に苦しむこととなった。

殺傷力のある技を人間に対して使ったことは一度もないが、この先、必要に迫られた場合にどう使えばいいかは心得ていた。そのときが永遠に来ないことを願っていた。武術を習うと同時に、それに付随する技として自制心を養うことも学んでいたからだ。武器である己の肉体を使うことはめったにないし、パワーを全開にしたことは一度もないが、自分自身が武器であり、実質的に無敵であるという事実のおかげで、背の高さと、胸幅と肩幅の広さと、男らしく整った容貌と、堂々たる存在感が重視される世界で生きていくのに必要な自信を、存分に得ることができたのだった。中国人の紳士との出会いとその結果については、これまでのところ、家族やもっとも親しい友人たちにすら話したことがない。話す必要を感じたことがそもそもなかったのだ。

彼の師には、ひとつだけ、けっして揺らぐことのない信念があった。

「きみはいずれ愛を見つけるだろう」師はエイヴリーに言った。「そのとき、愛がすべてを説明し、愛がすべてとなる。自己防衛ではなく、愛が」

しかしながら、この言葉にどういう意味があるのかを、師は説明してくれなかった。おそらく、英語という言語におけるどのような言葉よりも多くの意味を持っているのだろう。

「愛を見つけたとき」師は言った。「きみにもそれがわかるはずだ」

いまのエイヴリーにわかっているのは、男たちがエイヴリーを軽蔑に値する男だと思いこんでいるときですら、彼に恐怖心を抱いているということだった。その恐怖心を当人たちは理解しておらず、おおっぴらに認めもしないということだった。女たちから魅力的だと思われていることも、エイヴリーは承知している。彼自身という武器を目に見えないオーラのごとく身にまとい、冷笑とも切なさとも少々異なる冷静な超然たる態度で、オーラの内側から彼の世界を観察するようになった。

レディ・アナスタシアはエイヴリーに恐怖心を抱くことも、たまらなく魅力的だと思うこともない様子で、彼はその点にも敬意を覚えた。さらには、エイヴリーのことを〝ふざけた人〟だと評した。ネザービー公爵のことを〝ふざけた〟と評した者はこれまで一人もいなかった。ちょくちょくふざけたことをするのは事実だが。

「紳士が貴婦人と歩くときは」公園が近くなったところで、エイヴリーは言った。「二人で会話をするものだ。ぼくたちもそろそろ始めようか？」

「どういう話をすればいいのでしょう？　話題が何もなくても？」

「つねに何かしらあるものだ。貴婦人となる教育を受ければ、きみにもじきにわかるだろう、アナ。例えば、天気の話題は万能だ。いかなるときも天気が存在することに、きみ、気づいてるかい？　天気が人を見捨てることはけっしてない。天気のない日を経験したことがあるかい？」

アナの返事はなかったが、粗末なボンネットの粗末なつばの縁から、いまにも笑みのこぼれそうな顔がのぞいていた。

馬車や乗馬中の人々が公園の門を出入りしていた。馬車のなかから、馬の背から、人々がエイヴリーのほうを一瞥し、次に、もっとよく見ようとしてふたたび視線を向けてきた。エイヴリーは馬車道をそれて広大な芝生を横切り、木立のほうへ向かった。その向こうの通りは木々の陰に隠れている。今日のところは、上流社会の人々の好奇心に満ちた多くの目に彼女をさらすつもりはなかった。木々のあいだを縫うようにして小道が延びている。あそこなら人目につかずに歩けそうだ。

日差しと暖かさとかすかなそよ風という形をとって、天気が二人をとりまいているのに、彼女が天気を話題にすることはなかった。天気のなかからこの三つを選べば、五分かそれ以上、二人でおしゃべりできるはずなのに。

「きっと、わたしの父をご存じでいらしたのでしょうね」アナが言った。

「さっきの公爵夫人、つまり、ぼくの継母の兄に当たる人だった。そして、質問への返事はイエスだ。ぼくもあの人とつきあいがあった」なるべく避けることにしていたが。

「どんな人だったのでしょう？」

「礼儀正しい答えがほしい？」彼のほうから尋ねた。

アナは彼のほうへさっと顔を向けた。「正直なお答えのほうがいいです」

「きみの世界ではたぶん、それ以外の答えは考えられないのだろうね。そうだろう、アナ?」エイヴリーは彼女に尋ねた。

小柄な女で、身体の曲線は乏しい。胸も小さい。髪はボンネットを脱いだときでも、きつく結ってあって重苦しい感じだ。ところが、ほんの一瞬、彼女の目に何かが浮かんだ。はっと何かに気づいたような表情だったが、彼の見たところ、恐怖ではなさそうで、それがなぜか彼女の目から彼の体内に流れこみ、エイヴリーはその瞬間、外見的な魅力が聖母のごとき顔立ちだけであってもかまわないと思った。特別な瞬間だった。性的と言ってもいいほどだった。

「質問をする意味がどこにあります? 正直な答えを望んでいないのなら」

ああ。やっとわかった。ぼくはこの女に好意を抱いたのだ。それもひどく特別なことではあるが、性的なものを意識するのに比べれば、好意のほうがまだ理解できる。

「アナ」質問に答えるかわりに、エイヴリーは言った。「自分が美人かどうか、これまで男に尋ねたことはない? いや、なさそうだな。お世辞を言ってほしくて男に質問してまわろうなんて、きみは考えたこともあるまい。そうだろう? そういう質問をする女は、当然ながら、正直な答えなど求めていない」

アナはいまも彼にまっすぐ視線を向けていた。「なんてふざけた人なの」

エイヴリーは、これから何日も、何週間も、これが彼女のお気に入りの言葉になりそうな予感を抱いた。

「仰せのとおりだ。故リヴァーデイル伯爵はぼくの知りあいのなかでいちばん利己的な人だったと思う。もっとも、さほど深いつきあいはなかったが。若いころは放蕩者で金遣いの荒い人だったと聞いている。両親が選んだ令嬢と結婚した。借金で首がまわらなくなり、滞っていた金の流れを復活させるために、なりふりかまっていられなくなったわけだ。重婚罪を犯すことになろうと、嫡出子たる娘を捨てることになろうと。結婚後ほどなく父親が亡くなり、彼が伯爵になってからもしばらくのあいだ放蕩が続いたが、やがて突然、光に打たれたとでもいうのか、別人のようになってしまった。もっとも、彼を変えたのは神の啓示ではなかった。天から光が降りそそいで彼を悔い改めさせたわけではない。ぼくの父は故伯爵の妹の夫という立場なので、伯爵とはしぶしぶ親しくしていたが、その父の話だと、賭博場で怖いほどの幸運に恵まれたらしい。儲《もう》けた金を突飛で無謀な事業に投資し、そこから莫大な利益を得て、突然、永遠に賢明な生き方をするようになった。いつのまにか、評判の高い投資アドバイザーになり、金儲けと貯蓄に執念を燃やしはじめた。どちらの点でも大成功だったことを、ぼくはハリーの後見人になったときに知った。きみもブラムフォードと協議するあいだに、すでに知ったことと思う」

「つまり、父はお金に困っていたため、わたしの母がまだ生きているというのに、ほかの人と結婚したわけですね。母はどうしてそんなことを許したのかしら。もっとも、当時は実家の両親のもとに身を寄せて、父とは離れて暮らしていたみたい。それに、もう長い命ではなかったでしょうし」

「きみがバースで誰かに出会って、その誰かがきみの人生から姿を消し、ロンドンに出て結婚して子供を持った場合、いつの日か、きみがそれに気づくことはあるだろうか？」

「たぶん、ないでしょうね」しばらく考えたあとで、アナは言った。

「きみの母上と実家のご両親は田舎の牧師館に住んでおられた。知りあいのなかに、頻繁にロンドンを訪れて、貴族階級と親しくし、きみの母上とリヴァーデイル伯爵となった男のあいだに関係があることを知っている者がいないかぎり、母上たちが重婚に気づくことはまずないだろう。彼がバースで子爵という称号を一度も使わなかった可能性もある」

「そうね」アナは言った。「相手が子爵の身分であることすら、母たちはたぶん知らなかったでしょう」

「父上はおそらく、重婚の罪を犯してもわが身は安全そのものだと思っていたことだろう」

「どうして古い遺言書を破棄しなかったのでしょう？　別の遺言書を作らなかったのはなぜ？　それは異例のことでしょうか？」

「異例だ。きみの最後の質問に最初に答えるならば。ぼくの父が作成した遺言書は一二ページほどありそうで、すべて複雑きわまりない法律用語で書かれていたから、父の顧問弁護士ですら、たぶん完全には理解していなかったと思う。もちろん、遺言書は必要なかった。だって、息子はぼく一人だし、継母とその娘への遺産贈与については、夫婦間婚姻契約書に明記されていたからね。きみの父上の場合、旧遺言書が依然として存在し、新遺言書が作成されていないのは、父上の意志によるものではないかという興味深い可能性が考えられる」

アナは考えこんだ。「子孫に向けた悪い冗談ということ？　子孫が父を呼びだして説明を求めることはできませんもの。そうだとすると、父は伯爵夫人と子供たちにとんでもなく残酷なことをしたわけですね」

「もしくは、ようやくきみに優しくしてくれたとも言える」

「お金は優しさとは無縁です」

二人はすでに木立まで来ていて、そこで向きを変え、木々のあいだを縫ってでこぼこの小道を歩きはじめた。ここには鄙《ひな》びた場所を思わせる心地よさがあった。馬の蹄《ひづめ》の耳ざわりな響き、馬車の車輪の音、子供たちの金切り声、呼び売りの商人たちの叫び、大人たちの談笑の声など、片側の公園と反対側の通りから聞こえてくる音が弱まったように思われる。もっとも、ただの気のせいかもしれないが。ここにいると、小鳥のさえずりや、頭上の葉のそよぎを聞くことができる。ここにいると、植物と樹液の香りを嗅ぎ、土とさまざまな木の芳香を楽しむことができる。ここにいると、人工的な都会生活を忘れることができる。

エイヴリーはアナの言葉が頭のなかで響くのを聞きながら、彼女を見つめた。信じられないほどの幸運が訪れても、喜んでいるようには見えない。その瞬間が訪れるのを生涯ずっと夢に見てきたが、その夢がいざ現実になったとたん、虚しさに襲われたのかもしれない。幸運だけでなく、さまざまな事実までも受け止めることになったせいで。父親は最低のろくでなしだったし、母親違いの妹たちは彼女とふたたび顔を合わせることも、財産を分けあおうという彼女の申し出を受けることも拒んで、母親と一緒に去ってしまった。ハリーはどん底まで落ちて、誰かが助けてくれるときが来るまで、どこかで酒に溺れている。アナ自身は親戚の面々から、優雅になれそうもない娘だと思われている。〝準備は永遠に整わないでしょうから〟というのが、エイヴリーたちが屋敷を出る前にアナの祖母が口にした最後の言葉だった。バースには親しい友人たちがいるのだろうか。もしかして、求婚者とか？　ウェスコット家の者たちが彼女にふさわしいとは思いそうもない相手が？

「うーん、さっきの格言は忘れがたい。有名な賢人からの引用かと思いたいところだ——〝お金は優しさとは無縁です〟か……。だが、たぶん独創的なアナ流の格言だろうな。大部分の人は動機など問題にしないはずだ。きみの父上がようやくきみを裕福にしてくれたというだけで、充分だと思うが」

「故意にしたことではないと思いたいわ。父はその遺言書のことを忘れてしまってて、怠惰な人だから新しい遺言書を作ろうとしなかっただけだと思いたい。わたしたち全員——夫人と子供たちとわたし——にわざと意地悪をしたのではないと思いたい。わたしは昨日、家族にめぐりあいました。自分が誰なのかわからず、周囲から呼ばれている名前が本名なのかどうかもわからないまま孤児院で育った者にとって、それがどういう意味を持つのか、理解してもらえますか、エイヴリー？　世界じゅうの黄金と宝石をすべて合わせたよりも価値のあることです。そして、わたしは昨日、その家族を失いました。少なくとも、わたしにとってもっとも価値あるものの一部を。今日、家族は去ってしまいました。わたしとふたたび顔を合わせるよりも、去るほうを選んだのです。もちろん、残ってくださった方々には感謝しています。おばあさま、おばさまたち、おじさま、遠くの学校へ行っているいとこたち——それから、あなたの妹さんもわたしのいとこになる。そうですね？――それから、またいとこたち。わたしにとっては誰もみな、二、三日前までは夢見ることもできなかった宝物です。でも、皮肉なことに、いまは心の傷が大きくて、みなさんを心から受け入れる気にはなれないのです。わたしは昨日、母がずいぶん前に亡くなったことと、身勝手で冷酷だった父が最近亡くなったことを知りました。わたしは昨日、父の二番目の奥さんと子供たち――母親違いの弟妹――が打ちひしがれ、その世界が破壊されてしまうのを目にしました。いまのわたしは以前よりさらに貧しくなりました――自分が何を持っていたか、何を失ったかを知ったからです」

エイヴリーの心にもっとも強く刻みつけられたひとつの言葉、それは彼自身の名前だった――エイヴリー。身内以外の者からそう呼ばれたことはほとんどない。愛人たちでさえ、彼を呼ぶときは〝ネザービー〟だった。

しかし、彼女が口にしたあとの言葉も心に刻みつけられていた。エイヴリーは足を止めると、彼女をエスコートして小道を離れ、木の幹にもたれさせた。ふたたび歩きだす前に彼女の動揺が治まるのを待とうという配慮だった。彼女はひどく動揺している。自分がイングランドでもっとも裕福な女性の一人であることを最近になって知り、動揺してしまった――彼女にとっては財産より家族のほうが大切だからだ。これまではどちらにも縁のないまま生きてきた――家族にも、お金にも――そして、大切なのは家族のほうだとわかった。生まれてからずっと両方に恵まれてきた者は、それについて真剣に考えることがない。どちらが大切なのか、と。

エイヴリーはアナの顔のそばの幹に片手を突いて、その顔をのぞきこんだ。

「ええ」アナは言った。「お金は優しさとは無縁です、エイヴリー。そして、故リヴァーデイル伯爵には、わたしの父には、優しさがまったくなかったのです」

また名前を呼ばれた――〝エイヴリー〟と。この名もまた、彼にとっては生まれたときからマイナスの要素だった。花と小鳥と女性らしさを連想させる名前。親はなぜ、エドワードとか、チャールズとか、リチャードといった名前をつけてくれなかったのだ？　ところが、この女に、このアナに名前を呼ばれると、なぜか愛撫されているような気がする。もっとも、彼女のほうにそんなつもりはないのだろうが。

「昨日、バースに住む親友に手紙を書きました」アナは言った。「かつて勉強を教えてくれたラトリッジという先生が好んで口にしていた言葉を、彼に思いだしてもらおうとしました――〝願いごとをするときは気をつけよ――願いが叶ってしまうかもしれない〟という格言を。親のない子はみな、わたしが昨日見つけたのと同じものを見つけたいと夢に見ています。ラトリッジ先生の言葉はまさに正しかったのだと、わたしは手紙のなかで彼に告げました」

〝彼に〟エイヴリーはその男の名前を訊きたかったが、どうにか思いとどまった。

小道をこちらに向かって歩いてくる人々がいた。二組の男女だった。エイヴリーは彼女の手をふたたび自分の腕にかけさせて、人々のほうを向いた。紳士たちは会釈をし、帽子のつばに手を触れた。貴婦人たちは軽く膝を折ってお辞儀をした。

「ネザービー」サフォード卿が言った。「五月にしてはよく晴れた日だな」

「公爵さま」貴婦人二人が小声で言った。

しかし、エイヴリーが強く意識したように、四人の目はすべて彼の連れに向いていた。むさぼるような、興味津々の目だった。

「うん、たしかにそうだ」エイヴリーは空いたほうの手に片眼鏡を持って、ため息混じりに同意した。

「暖かですけど、暑すぎることもなくて」片方の貴婦人が言った。「公園を散策するにはうってつけですわね」

「それに、風がまったくありませんし」もう一人の貴婦人がつけくわえた。「めったにないことで、大歓迎でしてよ」

「仰せのとおりです」エイヴリーは同意した。「カズン、サフォード卿ご夫妻と、マーリー氏と、ミス・ジェイムズを紹介させてもらってもいいかな？　この人はレディ・アナスタシア・ウェスコット、故リヴァーデイル伯爵の令嬢です」

「初めまして」アナは一人一人にまっすぐ視線を向けて言った。

紳士たちは会釈をし、貴婦人たちは膝を折ってお辞儀をした――今度はエイヴリーではなく、アナに向かって。

「お目にかかれて光栄です、レディ・アナスタシア」ミス・ジェイムズの目がアナの頭のてっぺんから足の爪先まで移っていくあいだに、マーリー氏が言った。「社交シーズンのあいだにふたたびお目にかかる機会があるよう願っております」

「ありがとうございます」アナは言った。「はっきりした予定はまだ立てておりませんが」

エイヴリーが片眼鏡を途中まで持ちあげると、二組の男女は彼の意を汲《く》み、小声で別れの挨拶をしてから歩き去った。

「アナ、きみが気づいているといいのだが」逆方向へ向かって二人で小道の散歩を再開しながら、エイヴリーは言った。「きみがたったいま、連中を大喜びさせたことに」

「わたしが？　こんなにみすぼらしいから？　優雅になれそうもないから？」

「まさしくそうした理由によるものだ」エイヴリーは首をまわし、物憂げに彼女を見つめて言った。「きみが望むなら、みすぼらしいままでもいいし、最新流行のドレスと装身具で飾り立ててもいい。そして、優雅になれそうもないままでもいいし、気骨のあるレディにはなんだって可能であることを証明してもいい。この次、紳士に会釈をされ、貴婦人にお辞儀をされたときは、首を優雅にかしげ、冷ややかな視線を偉そうに浴びせて、相手の挨拶に応えることにしてもいい」

「ずいぶんふざけた話ね」

「まったくだ」エイヴリーはうなずいた。「だが、そういう態度をとれば、気どった連中や図々しい連中を遠ざけておくのに役立つ」

「だから、あなたはそうなさってるの？」

おやおや。

「ぼくの場合は、ネザービー公爵だからね、高慢ちきな態度を周囲に期待されている。きみの身内の人々は、ほかのことはすべて放りだして、とにかくきみをレディ・アナスタシア・ウェスコットに仕立てあげようとするだろう。貴族社会の連中ももちろんそれを期待している。いますれ違った四人にしても、たぶんすでに小走りになり、きみとの初の遭遇という噂を大急ぎで広めようとしているだろう。耳を傾ける者たちはその話に魅了され、羨み、悔しがり、自分の目できみを見ようと必死になるはずだ。変身すべきかどうか、どの程度変身すべきかは、きみが自分で決めることだ」

「で、どのような助言をくださるの、エイヴリー？」アナが尋ね、その声にかすかなトゲが含まれていることに気づいて、エイヴリーは興味を覚えた。

わざと芝居がかった態度で身を震わせた。「わが愛《いと》しのアナ、ぼくがけっしてしないことがあるとすれば、それは人に助言を与えることだ。退屈きわまりない！ きみが最高級のダイヤモンドに変身しようと——ぞっとするほど陳腐な表現だが——もしくは、孤児たちに勉強を教える幸せでみすぼらしい教師のままでいようと、なぜぼくが問題にしなきゃいけない？」

「たぶん、孤児に勉強を教えるみすぼらしい教師が身近にいたら、あなたの威厳に傷がつくからでしょう。あなたの継母に当たる方を通じて、わたしと親戚関係になるんですもの」アナが首をまわして彼を見た。なるほど、怒っているようだ。顎の輪郭を見ても、なかなかの頑固者という感じだ。

「おお」エイヴリーはおずおずした声で言った。「だが、何事であれ、何者であれ、ぼくの威厳を傷つけることはけっして許さない」

「わたしだってそうです」

二人の目が合った。「みごとなお言葉だ。賛辞を贈ろう、アナ」

「わたし、変身することにします」アナが彼に言った。二人は木立が途切れている場所でふたたび足を止めた。そこから広々とした芝生が眺められ、遠くにサーペンタイン池が見える。「今日から明日へと人生を歩んでいけば、人はかならず変わるものです。それが人生の自然な姿です。大きな選択を迫られていないときでも、絶えず小さな選択をする必要があります。わたしは変えようと決めたものを変え、そのまま残そうと決めたものを残すことにします。周囲の助言にも耳を傾けようと思います。だって、耳を貸さないのは愚かですから。ただし、助言してくれる人が価値ある意見を持っていればね。でも、アナとレディ・アナスタシアのどちらかを選ぼうとは思いません。両方ともわたしですもの。その場に応じてどちらかを選びつつ、もういっぽうを排斥することなく、ふたつの存在をどう融合させていくか――わたしが決めなくてはならないのはそれだけです」

エイヴリーがゆっくりと笑みを向けると、アナは下唇を嚙んだ。

「アナ、ぼくはきみに恋をしてしまいそうだ。目新しい経験だが、考えてみれば、きみという人がぼくにとっては目新しい経験だ。とても真面目で、とても……節操がある。さて、このあと、きみはどちらを選ぶ？　二人で散歩を続ける？　それとも、ぼくのキスを受ける？」

エイヴリーは彼女に衝撃を与えようとしてそう言ったのだが、彼自身、少なくとも同じぐらい衝撃を受けていた。彼から見ると、口説き文句を並べたくなる女と、けっしてそんな気になれない女がいる。アナはまさに第二の部類に入る。

エイヴリーはアナの全身に衝撃が走るのを見守り、おそらく右利きだろうと想像して、彼女の右手に警戒の目を向けた。彼女の鼻孔が膨らんだ。

「散歩を続けましょう。紳士であり、貴族でもある人が女性にそんなことをおっしゃるのなら、エイヴリー、紳士が受ける教育というのもたいしたことはなさそうね」

「ネザービー公爵からキスしようと言われて」表情と声をいつもの物憂げな雰囲気に戻して、エイヴリーは言った。「憤慨するレディはそう多くない。きみの拒絶がどれほどの屈辱となることか。もしぼくに謙虚な心があったなら。さて、仰せのとおり、二人で散歩を続けるとしよう。レディ・マティルダ・ウェスコットと新たなるリヴァーデイル伯爵がきみのために捜索隊を出すのを阻止したければ、急いでウェスコット邸に帰らなくては」

ボンネットのつばのあたりにちらっと目をやっただけでは、彼女がおもしろがっているのか、それとも、怒りとショックがまだ消えていないのか、エイヴリーには判断がつかなかった。いつもの彼なら、女性の心は手にとるようにわかる。だが、アナの心は閉ざされ、施錠されている。だからこそ、彼女に好意を抱き、興味を覚えるのだろう。鍵がどこかに隠されているとすれば、錠の誘惑に抗しきれる者がどこにいる?

二人は散歩を続けた。

8

親愛なるフォード院長先生

この手紙が先生のお手元に届くころには、おそらく、わたしがロンドンに呼ばれた理由を先生もすでにご存じのことと思います。ジョエル・カニンガムがわたしの手紙を先生やほかのみんなに見せているでしょうから。ところが、あの手紙を書いたあと、たった一日で状況が変わってしまいました。先生にお知らせしておかねばなりませんが、一日か二日のうちにバースに帰るのはどうやら無理なようです。

できれば帰りたいと思っております。正直なところ、帰りたくてたまりません。自分が裕福な女性だとわかったいま、皮肉なことですが、以前の自分に戻りたいと思うようになりました。慣れ親しんだ人生をとりもどしたい。先生と友人たちがいるバースに帰りたい。可愛い子供たちに勉強を教えたい。

でも、少なくともしばらくはこちらに残るほうが賢明であることを――ほかの人々に説得され、わたし自身の良識も働かせた結果――納得するに至りました。生まれてからずっと知りたかったことがわかったとたん飛び立ってしまうのは、愚かなことと言えましょう。決心しました――こちらに残り、レディ・アナスタシア・ウェスコットとはどんな人間なのか、四歳のときにアナ・スノーとなり、バースの孤児院に置き去りにされていなかったら、どんな人生を歩んでいたのかを知らなくてはなりません。そのなかで、アナ・スノーを失うことなく、どこまでレディ・アナスタシアになれるのかを、自ら判断する必要があります。うぬぼれているかもしれませんが、わたしはアナ・スノーがけっこう好きなのです。

でも、この奇妙な発見の旅に出かける前に、教師の職を辞さなくてはなりません。このうえなく深い後悔とパニックに似たものを心に抱えて、そう決めたのですが、いずれわたしがバースに帰るとしても、いつ帰るかを決めるまでのあいだ、先生と子供たちに不自由をかけるわけにはいきません。

あらためて次の手紙を書くつもりですが、事前にお願いしておくのが筋だと思い、ここで申しあげることにしました――わたしはそちらにいる少女を一人、先生からひき離そうとしております。しかも、先生の雑用を手伝っている少女です。レディ・アナスタシア・ウェスコットは、甘やかされたふがいないその女は、着替えることも、髪を結うことも、自分の部屋にお湯を運ぶことも、自分の服を洗濯してアイロンをかけることもできない様子です。こうしたことをしてくれる専属のメイドを持たねばならないのです。

ウェスコット邸――わたしが所有する屋敷――に今夜から泊まってくれることになったたいとこから、一時的にメイドを貸してもらっていますが、そのうちに祖母とおばたちが、すぐれた腕と経歴を持つメイドをわたしのために選ぶことになるようです。考えただけでガタガタ震えてしまいます――冗談っぽく言っていますが、半分は本気なんです。わたしが想像するそのメイドは冗談の通じない堅苦しい人物。日曜の晴れ着姿の哀れなわたしをその人が軽蔑に満ちた目で偉そうに見つめ、晴れ着をまとって歩きやすい靴を履いたわたしは恐怖に震えることでしょう。自分のメイドはできれば自分で選びたいと思っております。よく知っている子、一緒におしゃべりしたり笑ったりできる子を雇いたいのです。たとえ、その子が、新しい人生について学ばなくてはならないことを、わたしと同じく山のように抱えこむことになろうとも。

バーサ・リードにわたしのメイドになってもらおうと思っております。あの子にぴったりの仕事ですし――さらに重要なことですが――あの子とオリヴァーの距離が近くなります。あら、いやだ。わたしったら、縁結びの神になるつもりでしょうか？　でも、あの二人にはもう縁ができています。そうでしょう？　幼いころから、おたがいに夢中でしたもの。

もしかしたら、年上の少年と少女をさらに何人か、先生から奪うことになるかもしれません。わたしのものになったこの屋敷は広大です。じっさい、宮殿と呼びたいぐらいです。家政婦と顔を合わせる恐怖にはいまださらされておりませんが――それは明日の午前中の予定です――召使いの数が足りないことを知りました。というのも、わたしがけさ屋敷に到着する前に、そのうちの何人かが母親違いのわたしの妹たちとその母親について田舎へ行ってしまったのです。戻ってくることはおそらくないでしょう――もしくは、田舎での滞在が長引くことでしょう。誰もが新たな状況に不満のようで、わたしもその人々を非難する気にはなれません。どのような召使いが必要かを教えてもらい、わたし自身が候補者を選んで必要なポストを埋めるつもりでいることを、家政婦に伝えようと思っております。とくに推薦したいのがジョン・デイヴィーズです。まだ一五歳にもなっていませんが、背が高くて大柄な子ですし、外見も振る舞いもつねにきちんとしています。先生がジョンのために徒弟の口を探しておられたことは存じておりますが、あの子の夢がバースの高級ホテルのドアマンかポーターになることだというのも、わたしにはわかっています。その仕事につけば、制服を着て息をのむほどハンサムに見えることでしょう（ジョンが自分のことを〝ハンサムに見える〟などと言ったことは、もちろんありません――なにしろ、謙虚な子ですから）。レディ・アナスタシア・ウェスコットの力でジョンのために何ができるのかを、考えてみようと思います。かなりのことができるはずです。

ごく短い手紙にするつもりでしたのに、延々と書いてしまいました。どうかお許しくださいませ。そして、子供たちみんなにわたしの愛を与え、わたしがいつも、いつも、みんなのことを思っているとお伝えください。新たなわたしの幸せを祈ってください。もちろん、新たとは言えませんけど。だって、自分では知らなかっただけで、わたしは生まれたときからレディ・アナスタシア・ウェスコットだったのですから。でも、わたしはいつまでも、次のような自分でいようと思います。

先生への感謝でいっぱいの
アナ・スノー

しばらくしてから、アナとエリザベスは同時に手紙を書き終え、笑みを交わした。

「ほんとに申しわけありません」アナは言った。「せっかく、わたしの話し相手をするために泊まってくださる最初の夜だというのに、手紙なんか書いたりして。でも、孤児院の院長先生と友達二人に一刻も早く手紙を出したかったのです」ついでにジョエルに手紙を書き、バーサにも短いメモのような手紙を書いた。

「謝る必要なんてないのよ」エリザベスがアナを安心させた。「わたしも何通か書かなくてはいけなかったから。お友達に会えなくて寂しいでしょうね」

パルティニー・ホテルにはもう戻らなくていいことを、アナはネザービー公爵との散歩から帰ったときに知らされた。ほぼ全員がすでに屋敷を去り、残ったのは公爵夫人（ルイーズおば）と、レディ・オーヴァーフィールド（カズン・エリザベス）だけになっていた。アナの荷物はすでにホテルから屋敷に届き、エリザベスの荷物はこちらに運ばれてくるところだった。明日は美容師と仕立屋が来る前に、家政婦のエディ夫人と会うことになっている。こうした顔合わせについては、ルイーズおばが調整してくれる。

「申し分のない貴婦人になるのは無理だなどと怯えてはだめよ、アナスタシア」ルイーズおばはアナに言って聞かせた。「あなたのその顔とスタイルなら、少し手をかけただけで、どこに出しても恥ずかしくない貴婦人ができあがるわ。あなたが散歩に出ていたあいだに、お父さまのために喪服を着るのは避けたほうがいいということに決まりましたからね。貴族社会に紹介されるとき、黒に身を包んでいてはあなたのためにならないわ。あなた自身と一族の恥にならないよう、何人かの家庭教師について、貴族にふさわしい行動の基本を身につけなさい。貴族社会の頂点に君臨する口うるさい人たちを別にすれば、些細なしくじりぐらい、誰もが大目に見てくれるでしょう。それどころか、魅了される人も出てくるはずよ」

アナはここで、継母たる公爵夫人を自宅までエスコートするために残っていた公爵にちらっと視線を向けたが、彼のほうは退屈そうな顔をしているだけだった。先刻、〝きみに恋をしてしまいそうだ〟と言って彼女に衝撃を与えようとしたことなど、なかったかのようだ。また、そのあとでアナにどちらかを選ばせようとしたこともなかったかのようだ――〝二人で散歩を続ける？　それとも、ぼくのキスを受ける？〟

この人のそばにいると身震いしてしまう。いえ、正直になるなら、心が震えると言ったほうが正確ね。とても気障だし、ふざけたことばかり言うし、彼という存在そのものが華やかにきらめいているにもかかわらず、二人で公園にいたあいだ、この人から放たれているかに見えるパワーと純粋な男っぽさのオーラのせいで、わたしは息ができなくなりそうだった。この人の腕に無理やり手をかけさせられ――誰かの腕に手をかけたことなんてこれまで一度もなかったのに。たとえジョエルの腕であろうと――この人と並んで歩くのは、わたしが人生で出会った最大の試練のひとつだった。

そして、散歩のあいだに最悪の――そう、まさに最悪の――瞬間が訪れたのは、散歩を続けるか、キスを受けるか、どちらかを選ぶよう彼に言われたときだった。そのとたん、わたしの身体が心とは別の反応を示した。一四か一五の年から女性としての欲望を意識するようになったけど、それに押し流されそうになったことは一度もなく、きっちり抑えつけてきた。屋敷に戻ったあとで彼にちらっと視線を向けたあのとき、わたしの心に浮かんだのは、キスを選んだらどうなっていただろうという思いだった。この人にとって大きなショックだったんじゃないかしら。でも、こういう人だから、キスしてきたに決まっている――そう思っただけで、アナは膝の力が抜けそうになった。

「明日また、みんなでお邪魔するわね」ルイーズおばが話を続けていた。「今夜はエリザベスが泊まって、あなたの話し相手になってくれます。エリザベスの話をよく聞くのよ、アナスタシア。とても勉強になるでしょう」

しかし、アナは夜の時間を会話に向けるかわりに、エリザベスにひとこと断わって手紙を書くことにした。エリザベス自身も何通か手紙を書いた。

〝お友達に会えなくて寂しいでしょうね〟と、いましがたエリザベスに言われた。

「よかったら」アナは言った。「新しいお友達になっていただけません？」エリザベスからはすでに、彼女が未亡人で、いまは母親と弟と一緒に暮らしているという説明があった。弟というのは、カズン・アレグザンダー、新たなるリヴァーデイル伯爵のことだ。

「ええ、もちろんよ」エリザベスはアナに約束した。「かわいそうなアナスタシア。今回の騒ぎで、どれほど困惑したことでしょう。名前まで変わってしまったんですもの。アナとお呼びしたほうがいいかしら」

「ええ、ぜひ」アナは言った。「自分がアナスタシアであることはわかっているのに、どうもそんな気がしなくて。わかっていただけます？　アナスタシアについて考えるときも、アナスタシアのことを話すときも、第三者みたいな感覚なんです」

二人とも笑いだした。バースを出る前日以来、笑ったのはこれが初めてだ、とアナは思った。

「だったら」エリザベスは言った。「わたしのことはリジーと呼んでちょうだい。身内や友人にはそう呼ばれてるのよ」

「わかりました」アナはエリザベスに笑顔を見せた。

「わたしの身内って——おばあさまや、おばさまたちのことだけど——ちょっと強引かもしれないわね」エリザベスは言った。「あなたが周囲の言いなりになる人だとは思ってないけど——しっかりした性格のようですもの——身内の者たちは、レディ・アナスタシア・ウェスコットはかくあるべしというイメージにあなたをはめこむために、あなたのすべてを変えようと必死になると思うの。みんなのことはどうか大目に見てあげて、アナ。善意から出てることだし、これだけは覚えておいてほしいけど、あなたがみんなと初対面だったように、みんなもあなたと初対面だったのよ。昨日まで、あなたが存在することすら知らなかったの。あの人たちのなかではとくに、おばあさまがあなたに愛情を持ってらっしゃるみたいね」

アナはエリザベスが客間を横切るのを見守った。「ああ、リジー、おばあさまやその他の身内ができたらどんな気がするものか、あなたにはわからないでしょうね」

「あなたの家で勝手なまねをするのを許してちょうだい」暖炉のそばにある呼鈴の紐をひきながら、エリザベスは言った。「でも、二人ともそろそろ、お茶と軽い夕食にしたほうがいいでしょ？」

「ここはあなたの家でもあります」アナは言った。「お母さまと弟さんから離れて、こちらにしばらく泊まってくださるんですもの。心から感謝しています。一人ぼっちになるのはいやなの」

「アレックスがあなたにとても同情しているわ。あの子自身、予想したことも、望んだこともない役目を押しつけられてしまった。でも、昔から強い義務感を備えた子だったのよ。伯爵という称号と共に、高い身分に伴う責任のすべてを背負っていくでしょう。かわいそうなアレックス。その荷物はかなりの重さになりそうね」

その重さはどれほどのものだろう、とアナは考えた。「わたしも義務という重荷を背負うべきだと、遠まわしにおっしゃってるの？」

しかし、エリザベスは笑っただけだった。「あら、いけない。そんなことないのよ。わたしがここに来たのは、話し相手になるためと、さらには、身内らしい愛情を示すためなの、アナ。あなたが新しい自分としてもっと心地よく人生を送れるように、できるかぎりお手伝いさせてもらうわ。意見を求められたときには言うつもりよ。でも、お説教はしません。友達がお説教するなんて変ですもの」

「ありがとう」アナは言った。

そのとき、お茶のトレイが運ばれてきた。薄くスライスしたパン、バター、チーズ、スグリのケーキがのっていた。

「あの……」食べはじめてから、アナは言った。「ネザービー公爵はわたしの弟を見つけてくださったのかしら」

「まだだとしても」エリザベスは答えた。「かならず見つけだして、面倒をみてくれるはずよ。エイヴリーはたしかに、気障で物憂げなダンディズムの極致という印象を与えるのが好きな人。アレックスはそんなうわべの姿が本当の彼だと思いこみ、無責任な男だと言って、本気で嫌っている。でも、エイヴリーには何かがある――目を見ればわかるわ――だから、わたしに何か困ったことが起きたとき、もしアレックスが身近にいなかったら、エイヴリーに全幅の信頼を置いて助けを求めるでしょうね。ハリーに対してエイヴリーが思いきり手綱をゆるめてきたという噂は聞いてるけど、それでも、手綱はつねにつけていたのよ」

「それなら本当にうれしいんですけど」アナは言った。「わたしが姉であることを初めて知ったとき、ハリーがうれしそうな顔をして、親しくなりたいという熱意を見せたことが、どうしても忘れられないんです」

「昨日の午後、カミールと婚約者のあいだに何があったか聞いてない？」エリザベスが尋ねた。

「いいえ」アナはティーカップを受け皿にのせた。

「あの二人、クリスマスの時期に婚約したんだけど、伯爵だったカミールのお父さまが亡くなったため、この春に予定されていた婚礼を来年まで延期するしかなくなったの。昨日の午後、婚約者がここにカミールを訪ねてくる約束になっていて、カミールのほうは、喪服を脱ごうと決めた以上、彼もきっと喜んで、今年中に式を挙げようと言ってくれるだろうって、すごく期待してたのよ。ところが、婚約者がやってきて、午前中にアーチャー邸で何があったかを知ると、今後の予定を話しあう暇もないうちに、みっともないほどあわてて帰ってしまったの。一時間後、かわいそうなカミールのもとに婚約者から手紙が届き、婚約解消の通知は彼女から新聞社に送ったほうがいい、自分がやれば、紳士にあるまじき行為だと思われかねないから、と言ってきたの」

「まあ、リジー」アナはティーカップと受け皿を下に置き、狼狽《ろうばい》の表情でエリザベスを見た。

「カミールは新聞社へ通知を送ったわ。たぶん、明日の朝刊に出るでしょう」

「でも、どうして？」アナの目が大きくなった。

「カミールのほうから婚約を解消したと貴族社会に思いこませておくほうが、彼女が恥をかかずにすむからでしょうね」

「でも、それが紳士のとるべき態度なの？　わたしがこれから生きていかなきゃならない世界って、そういうところなんですか？」

「とりあえず、婚約者の女性に世間的な恥をかかせないようにという彼の配慮も認めてあげてね」エリザベスは言ったが、アナが憤懣《ふんまん》を口にする前に片手をかざした。「でも、やっぱり、あんな男は煮えたぎった油に放りこんでやればいいのよ――いちばん軽い罰だとしても」

アナは椅子にもたれた。「なんて不憫なカミール。わたしの妹なのよ、リジー。何もかもみんなで分けあおうって、わたしから提案したのに、弟は行方知れずだし、妹たちは母親と一緒に田舎へ逃げてしまった」

「みんなに時間をおあげなさい」エリザベスは言った。「そして、あなた自身にも時間をあげるのよ、アナ。寝る前じゃなくて、もっといいタイミングを選んであなたに話をすべきだった。ごめんなさい。でも、朝食のときのほうがよかったかどうかを判断しようとしても、もう手遅れね」

アナはため息をつきながら、エリザベスと一緒に立ちあがった。五分後、エリザベスのメイドに寝支度を手伝ってもらうのを辞退して、広々とした寝室に一人で入った。この部屋のなかを動きまわるのはアナと小さなカバンだけ。バースで使っていた部屋より広い化粧室にも、専用の居間にも、アナしかいない。そして、ホテルの部屋と違って、これらの部屋はアナのもの。屋敷全体もアナのものだ。

しかし、室内にはアナの全身よりも大きな空虚さが広がっていた。不意に、ジョエルの堅実な性格が恋しくなった。彼がいまここにいてもう一度求婚してくれたら、彼の口からプロポーズの言葉がすべて出る前に承諾してしまいそう。彼がここにいなくて、かえってよかったのかもしれない。気の毒なジョエル。もっといい人と結婚してもらわなきゃ。

〝アナ、ぼくはきみに恋をしてしまいそうだ〟

恋をするって、どういう感じなの？

キスされるって、どういう感じなの？

そして、ああ、どうしよう。レディ・アナスタシア・ウェスコットになるって、どういう感じなの？

この数日の出来事をきれいに忘れ去って昔に戻ろうとしても、もう遅すぎる？　院長先生宛の手紙はまだ出していない。でも、そうね、もう遅すぎる。わたしがいまここを去っても、弟と妹たちと、その母親にとってはなんの解決にもならない。この数日の出来事をきれいに忘れ去ってこれまでどおりの人生に戻るなんて、誰にもできるはずがない。

母方の祖父母に当たるスノー牧師夫妻はどうなったのかと考えていたせいで、アナが眠りに落ちたのはずいぶんたってからだった。

エイヴリーは自分がひどい見込み違いをしていたことを知った。とはいうものの、爵位と財産を失い、自分が無一文の婚外子だったことを知ったばかりの若き元伯爵の世話をするなどというのは、日常的に求められることではない。

夕方から夜にかけて、エイヴリーが見当をつけたどの店にもハリーの姿はなかったが、うんざりしながら店をまわって、かつての飲み仲間や腰巾着の連中に山ほど質問を浴びせかけた。地位を奪われた元伯爵は、あっというまに魅力をなくしてしまったようだ。人を信頼する心を失うには、それだけで充分だ――かつては多少そういう心があったとしても。

しかしながら、エイヴリーがハリー捜しをいったん中断して、クラブの〈ホワイツ〉に寄ったとき、アクスベリー――アクスベリー子爵、カミールのご立派な元婚約者――にばったり出会うことになった。読書室を通り抜けようとしたとき、アクスベリーに呼び止められたのだ。夕方のこの時間、読書室はほぼ無人だった。

この子爵はエイヴリーからすれば、最良の状況であっても避けて通りたい相手だった。アクスベリーをつまみあげて思いきりふりまわしてやったら、ほどなく埃《ほこり》が立ちこめ、視界が悪くなり、呼吸困難に陥ることになりそうだ、と昔からずっと思っていた。カミール自身もいささか堅苦しいタイプで、お高くとまっているのはたしかだが、彼女がアクスベリーのどこに惹《ひ》かれたのか、エイヴリーにはどうしても理解できなかった。もっとも、その必要もなかったので、理解できないままで満足していたのだが。しかしながら、今夜だけはこの紳士に呼び止められた瞬間、いつにも増して腹が立った。婚約解消の件は継母から聞かされた。カミール自身はすでに、母親に連れられてアビゲイルと一緒にロンドンを離れている。どちらの側から婚約を解消したのか、どんな理由があったのか、エイヴリーは知らなかった。知る必要はないし、とくに知りたいとも思わなかった。

「おお、ネザービー、わが旧友」アクスベリーが言った。「うんざりする責任から解放されて、祝杯を挙げに来たのかい？」

わが旧友だと？　エイヴリーは両方の眉を上げた。「責任？」

「ハロルド坊やだよ」アクスベリーは説明した。「あの婚外子」侮辱するつもりではなく、単に事実を述べているだけだ。

「ひとつ警告しておく」片眼鏡を手にして、エイヴリーは言った。「わが被後見人はハロルド坊やと呼ばれるのを好まないし、きみにそう告げるのをためらいはしないだろう。本人の言によれば、ハロルドなどと呼ばれると、眉間に矢が突き刺さるのを待っている、禿《は》げになりかけたサクソン族の王のような気がするそうだ。ハリーと呼ばれるほうを好んでいる」

「いずれにしろ」アクスベリーが言った。「婚外子であることに変わりはない。わたしも危ないところで逃げだせてよかったよ、ネザービー。きみもきっと喜んでくれると思う。故リヴァーデイル伯爵の死去があと半年遅かったら、わたしは真実を知る前に、婚外子として生まれた娘に縛りつけられていただろう。考えただけで身震いがする。もっとも、きみだって、放蕩好きでわがままな若者の世話をしなきゃいけない立場から逃れられたわけだしな」

「そのようだ」エイヴリーはリボンで手首に結びつけた片眼鏡を下ろした。このやりとりにうんざりしてきた。

アクスベリーの膝の裏に片足で蹴りを入れ、片手の指先に力をこめて相手の肋骨《ろっこつ》のすぐ下を突いた。こうすると相手は一分ほど呼吸困難に陥り、たぶん真っ青な顔になるはずだ。アクスベリーがテーブルとクリスタル製の重いデカンターを道連れにして床に倒れ、思いきり派手な衝突音を響かせたために、四方八方から紳士やウェイターやその他の男性が駆けつけたり、少なくとも急ぎ足でやってきたりするのを、エイヴリーは見守った。アクスベリーは叫ぼうとしたものの声が出ず、息もできない有様だ。

「おやおや」エイヴリーは誰にともなく言った。「きっと酒の飲みすぎだな。誰かクラヴァットをゆるめてやってくれ」

それからしばらくして、意識不明の一連隊の兵士を蘇生《そせい》させることもできそうな人数が駆けつけたところで、エイヴリーはゆっくりとその場を離れた。ハリー捜しを再開するためにクラブを出ながら思った——昨日、危ないところで逃げだせたのはカミールのほうだ。元婚約者ではない。

いまなおハリーへの友情を失っていない様子の若い連中ですら、エイヴリーに正しい方向を指し示すことはできなかった。ハリーがいるのは賭博場だ、娼館だ、居酒屋だ、終演後の打ち上げパーティだ、ほかの男の部屋だ、自宅だなど、さまざまに異なる意見を聞かされた。こうした場所のどこにもハリーの姿はなかった。ふだんなら、ハリーの行動などエイヴリーにはお見通しだ。ハリーを見つけるのは光り輝く道をたどるのにも似て、なんの苦労もない。しかし、今回にかぎっては、ハリーが地図からころげ落ちてしまったかのようで、ハンプシャー州の家族のもとへこっそり向かったのではないかと、エイヴリーは思いはじめていた。

翌朝ついにハリーを見つけだしたのは、エイヴリーの秘書のエドウィン・ゴダードだった。エイヴリーが彼の助力を求めてから一時間もたっていなかった。神よ、この秘書に祝福を。体重と同じ重さの黄金の価値を持つ男だ。

ハリーは酒浸りになり、目は充血し、髪はくしゃくしゃ、服は汚れ放題で破れたところもあり、水や石鹼《せっけん》、剃刀《かみそり》や歯磨き粉なしで、下着も替えずに二日間過ごしたため悪臭ふんぷん、という状態で、新兵補充中の軍曹に出会って――いや、軍曹のほうから近づいてきたのだが――ひょろっとした字で署名をし、名もなきどこかの連隊に二等兵として入隊するのとひきかえに、契約のしるしである国王の一シリング貨を受けとっていた。ハリーと軍曹のほかにボロをまとった新兵数人からなるグループをエイヴリーが見つけだしたとき、ハリーは青い顔で、むっつりと頑《かたく》なな態度をとり、見るからにひどい頭痛を抱えている様子だった。

軍隊で英雄になろうと目論《もくろ》んでいるみすぼらしい連中を、エイヴリーは入浴と着替えをすませたネザービー公爵として片眼鏡越しに見つめ――太陽のもとで輝きを放つよう計算したうえで、宝石で飾り立てた片眼鏡を持参したのだ――いっぽう、みすぼらしい連中は呆然と見とれ、ハリーは青い顔をしつつも反抗的な態度をとっていた。

「ハリー」エイヴリーはため息混じりに言った。「そろそろ家に帰る時間だ、坊や」

「おい、おい」軍曹が進みでて、エイヴリーとの距離が三〇センチもないところに立った。「この子は新兵募集に応じたんだぞ、優男《やさおとこ》くん。すでに国王の兵士だ。あんたにできることは何もない」

〝優男くん〟だと？　エイヴリーは寄宿学校の一年目の日々がよみがえったような気分にさせられた。

軍曹はエイヴリーより少なくとも二〇センチは背が高く、体重はどう控えめに見積もっても彼の二倍はありそうだった――いや、三倍のほうが近いかもしれない。頭を剃っていて、肌の露出部分は隅々まであばたと傷跡だらけ。相当な荒くれ兵士であることが見てとれる。

エイヴリーは片眼鏡を使って軍曹を見つめた。魅力的な姿ではなく、眼鏡で拡大されるとまた一段とひどかったが、印象的な姿であることはたしかで、フランス兵の大隊をまるごと怯えさせることもできそうだった。相手が優男一人なら、言うまでもない。ゆったりした視線を向けられて、軍曹は不安な表情になったが、感心なことに、一センチたりとも下がろうとはしなかった。

「たしかにそうだな」エイヴリーはうんざりと言いたげなため息をついた。「ぼくの被後見人の署名を見せてもらおうか、相棒」

「相棒なんて呼ばれる筋合いはねえし、署名を見せるつもりも――」軍曹が言いかけた。

「おや、だが、見せてもらうよ」エイヴリーは退屈そうな口調で告げた。

募集のときの書類が差しだされた。

「なるほど」片眼鏡越しに時間をかけて書類を読んだのちに、エイヴリーは言った。「たしかにわが被後見人の署名だが、文字がひどく乱れている。あたかも無理やり書かされたかのように」

「ふん」ひどいしかめっ面になって、軍曹は言った。「その口調、気に入らねえな。それに、あんたがほのめかしてることも気に入らん」

「国王の一シリング貨は、いまこの瞬間、おそらくわが被後見人のポケットに入っているのだろうな？」

「食っちまってなきゃな」軍曹は言った。

寄り集まったみすぼらしい連中がニタニタ笑った。

「ハリー」ネザービー公爵は若者に近づいて片手を差しだした。ほかの新兵たちはふたたび呆然と見とれていた。少人数ではあるがじわじわと増えつつある野次馬が三人をとり囲んでいた。「さあ、よこすんだ」

「渡してやれよ、アリー」野次馬のなかの誰かが叫んだ。「おまえのかわりに、そいつが軍曹についてきゃいいんだ。フランスのカエルどもがお茶のときにそいつを食うだろうよ」

野次馬連中がそれぞれうなずいた。

ハリーは使い古されたシリング貨をとりだし、エイヴリーに渡した。「ぼくは署名したんだ、エイヴリー。兵士になる。ぼくにはその道しかない。そうしたいんだ」

エイヴリーはシリング貨を軍曹に渡した。「返しとくよ。それから、さっきの書類は破り捨ててくれ。効力がない。法廷で争っても証拠にはならん」

野次馬の一部は拍手喝采し、一部は不満の声を上げた。

「破くつもりはねえ」軍曹は反論した。「坊やが言ったこと、聞いただろ。とっとと帰んな。坊やはもう王さまのもんだし、おれは王さまの代理人だ。おれから強烈なパンチを食らって、泣きわめいてお漏らしする前に、とっとと帰りやがれ」

増えるいっぽうの野次馬から騒々しい歓声が上がった。ここまで挑発されたら受けて立ってもいいが、己の力を誇示したいという誘惑に負けるのは厳に慎むべきだ。エイヴリーはため息をつき、片眼鏡を下げた。

「だが、いいかい、ぼくはこの坊やの後見人だ。坊やの署名も、自分の希望だと本人が信じている事柄も、ぼくの許可がないかぎり無意味だ。許可するつもりはない」

「で、そんなことをほざいてる御仁は誰だね?」軍曹が尋ねた。

「ネザービー公爵だよ」すねた口調でハリーが答えた。

軍曹があわててぺこぺこするかわりに、すごい顔でにらんできたので、エイヴリーは軍曹に称賛の目を向けた。「すると、あんたが望めばいつだって、王さまに耳を貸してもらえるってわけか」軍曹は苦々しげに言った。「そして、ほかの貴族連中の耳もな。おれたちみてえな地の塩と言われる人間と違って、あんたは国の法律に従わなくてもいいわけだ」

「たしかに不公平な話だな」エイヴリーは同意した。

「どっちにしても、こんな坊やじゃ使いものにならん」軍曹は向きを変えて土の上に唾を吐いた。すぐそばにいた野次馬の左のブーツに危うくかかるところだった。「坊やを見てみろ。最高の兵士になれるのは人間の屑《くず》どもさ。ここにいる連中みたいなやつらだ。おれがこいつらを鍛えあげて、すぐさま一人前にしてやる」

人間の屑どもが呆然と軍曹に視線を返した。やがて、その一人がエイヴリーを横目で見て、ずらりと並んだ虫歯を見せた。

「連れてけ」軍曹は募集のときの書類を縦にふたつに裂き、次に横に裂いてから、ちぎれた紙を地面に落とし、ばかでかいブーツで踏みつけた。「いい厄介払いができた。死ぬまで飲ませてやってくれ。すでに死に向かってずいぶん進んでるようだ」

「ここを離れるのはいやだ」ハリーは強情だった。

「もちろんそうだろう」エイヴリーはにこやかに言うと、片眼鏡越しに一度だけハリーを見て、それから向きを変えた。「だが、きみがここでできることはもう何もない」せいぜい、ここにいる仲間からシラミやノミやその他の害虫をどっさりもらうことぐらいだ。

エイヴリーはふりむきもせずにゆっくり歩き去った。一分か二分すると、ハリーが追ってきて横に並んだ。

「エイヴリーのくそったれ」ハリーは言った。「ぼくは本気で兵士になりたいんだ」

「だったら、兵士になればいい。ひと風呂浴びて、ぐっすり眠って、おいしい朝食をとったあとも気が変わらなきゃな。だが、士官として入隊したらどうだ？　なんといっても、きみは伯爵家の息子だ。たとえ、きみ自身にも母上にもまったく責任のない事情により、婚外子として生まれてきたとしても」

「軍職を購入する金がない」ハリーはぼやいた。

「たぶんな」エイヴリーは言った。財産を弟妹と分けあおうという提案が、見つかったばかりの母親違いの姉から出ているが、いまハリーにそう言って聞かせても始まらない。「だが、ぼくなら購入できる。そして、そうするつもりだ。なぜなら、きみがぼくの継母の甥で、ジェシカのいとこで、ぼくの被後見人だからだ。しらふの状態で目をさましたあとも、きみの気持ちに変わりがないのなら」

　人生がひどく退屈になってしまった――ハリーの悪臭を嗅がないようにしながら、エイヴリーは思った。しかも、ひどく奇妙なものになっている。昨日の午後、レディ・アナスタシア・ウェスコット、またの名をアナ・スノーに、〝きみに恋をしてしまいそうだ〟などと本当に言ったのだろうか？　好みの女性のタイプを一〇〇種類選んで順にリストにするなら、彼女は一〇一番目に来るはずだが。

　それに、散歩を続けるか、ぼくのキスを受けるか、どちらかを選ぶよう、本当に彼女に言ったのだろうか？

　エイヴリーには未婚の処女にキスをする習慣はないし、彼女がその両方であることは一〇〇パーセント間違いないと思っていた。

9

翌朝目をさましたとき、アナはぐったり疲れていた。この二、三日、過去の人生からかけ離れた出来事の連続だったため、心を休めることのできる場所がどこにもなかった。ベッドですら――広くて寝心地がよく、厚みのある羽根枕と柔らかな暖かい掛け布団がそろっているのに――大きすぎるし、贅沢すぎるように思われた。

掛け布団をめくり、ベッドの端から脚を下ろして立ちあがり、伸びをした。どちらを向いても見慣れないものばかりだ。昨日、とりあえずしばらくはこちらに残ろうと決心した。フォード院長に手紙を書いて、孤児院の教師をやめさせてほしいと伝え、バーサ・リードへの手紙には、ロンドンに来て専属のメイドになってもらいたいと書いた。アナの月々の手当ての額が決まるまでの一時金としてブラムフォード弁護士に渡されたお金のなかから、乗合馬車の料金まで同封した。

専用の化粧室に入って、昼用の二着のドレスの片方を選んだ――三日続けて日曜の晴れ着を着るわけにはいかない。誰かが化粧室に入ったばかりのようだ。洗面台の水差しに湯が入っていて、しかもまだ温かかった。アナは洗面器に湯を注ぎ、ナイトガウンを脱いで丹念に身体を拭いてから、服に着替えて髪を梳《す》き、いつものようにうなじでシニョンに結った。何回か深く息を吸い、部屋を出た。あとで戻ってきてベッドを整えるつもりだった。

廊下に立っていた従僕がアナを見て軽い驚きの表情になったが、お辞儀をして、朝食の間と呼ばれている部屋へ彼女を案内した。ゆうべエリザベスと一緒に食事をしたダイニングルームに比べると、こぢんまりした部屋だ。従僕はテーブルの前の椅子をひき、アナが腰を下ろすとその椅子を前に押した。お嬢さまが朝食の席につかれたことをリフォード氏にお知らせしてきます、とアナに言った。

一〇分後、アナを待たせたことへの執事の詫びの言葉と共に、朝食が運ばれてきた。エリザベスが下りてくるころには、アナは食事を終え、二杯目のコーヒーを飲んでいた——めったにできない贅沢だ。

「あなたがもう起きて朝食の席についてるって、メイドが知らせてきたの」アナの肩に軽く手をかけ、身をかがめて彼女の頬にキスをしてから、エリザベスは言った。「ほんとにメイドが言ったとおりだわ。いつもなら、早起きだって文句を言われるのはわたしなのに」

「でも、わたし、寝坊してしまって驚いたんです」アナは言った。エリザベスにさりげなく優しさを示されて、足の爪先まで温《ぬく》もりを感じた。

「あらあら！」エリザベスが言い、二人で笑いだした。

しかし、くつろぎの時間はほどなく終わりを告げた。朝食後しばらくすると、恐れていた家政婦との顔合わせになった。もっとも、アナが危惧していたほど威圧的なものではなかった。たぶん、エリザベスがそばにいてくれたおかげだろう。家政婦はエディ夫人といって、二人を連れて屋敷のなかを案内してまわり、アナは邸内の広さと豪華さに圧倒されて言葉を失うほどだった。だが、読書室の炉棚の上にかかった大きな肖像画を目にし、そこに描かれているのが故リヴァーデイル伯爵であることを家政婦が何気なく説明するのを聞いて、アナは口を開いた。

父なの？　絵に近づいた。

「そっくりに描けていますす？」心臓の鼓動が速くなっていた。

「はい、お嬢さま」エディ夫人は答えた。

アナは長いあいだその絵に見入った。下からは糊のきいたシャツの高い襟先と凝った形に結んだネッククロスが、上からは短くカットしてしゃれた感じに崩した濃い色の髪が、肉付きがよくて、ハンサムだが傲慢そうな顔を縁どっている。描かれているのは上半身だけだが、でっぷりしているのが見てとれる。アナの印象では、彼女と似たところはまったくないし、性格も似ているとは思えない。見知らぬ他人がカンバスからこちらを見つめかえしているだけだ。アナは自分が震えていることに気づき、ショールを持ってくればよかったと思った。

最後に案内されたのは地下の台所で、料理番がメイド二人と従僕一人に気をつけの姿勢をとらせ、屋敷の女主人に彼らを紹介した。アナは笑みを浮かべて全員と短く言葉を交わした。そこでふと、孤児院の理事たちが視察に来たときには、孤児と職員ににこやかではあるが偉そうな態度で会釈をしつつも、フォード院長以外の者とはいっさい口を利こうとしなかったことを思いだした。もしかしたら、わたしはすでに嘆かわしいしくじりをしてしまったのかもしれない。でも……これからもたぶん、間違いを続けるだろう。レディ・アナスタシア・ウェスコットという存在になっても、召使いなど存在しないかのようにふるまう自分の姿は想像できない。

「リネン類の収納室と、銀器と磁器とクリスタル製品の戸棚も、いずれご覧いただきたいと存じます」台所を出て階段をのぼっていたときに、エディ夫人が言った。「それから、もちろん、帳簿も。召使いの数がいささか少ないことにお嬢さまもお気づきと思いますが、お屋敷の運営に支障をきたすようなことはございませんし、去っていった召使いの欠員はいずれ斡旋所のほうで埋めてくれるでしょう。新たな使用人が必要になると、いつもそちらに頼んでおります」

「必要な召使いのリストを渡してくだされば、エディ夫人」アナは家政婦に言った。「わたしのほうで何人か補充できないか、手配してみます。もうじき大人になろうという友人が何人かいますので。ロンドンの大きな屋敷に雇われて、仕込んでもらえるとなれば、きっと喜ぶことでしょう」

「ご友人方ですか、お嬢さま？」エディ夫人がおずおずと尋ねた。

あ、いけない。またしくじってしまった。「ええ」アナは家政婦に笑顔を向けた。「友人よ」

彼女の一日が本格的に忙しくなったのはここからだった。公爵夫人（ルイーズおば）が到着し、そのすぐあとにムッシュー・アンリがやってきた。やたらと両手をふりまわす美容師で、アナの推測が当たっていれば、彼のフランス語訛りは名前と同じくたぶん偽物だろう。しかし、おばの話だとロンドンでもっとも人気の高い美容師だそうで、アナとしては、おばの言葉を信じるしかなかった。しばらくすると、アナは邸内を案内されたときに裁縫室だという説明を受けた部屋の中央で、椅子にすわらされた。客間と同じ階の裏側にある正方形の部屋で、細長い裏庭に面していた。大きな重い布がアナの全身を覆い、髪はすでにヘアピンを抜いてブラシがかけてあった。エリザベスが窓辺にすわっていた。ルイーズおばがアナの正面に立っていた。もっとも、ムッシュー・アンリの邪魔をしないように距離をとっていて、ムッシュー・アンリのほうは片手に櫛《くし》を持ってアナのまわりを軽やかに動き、首をいっぽうにかしげ、次に逆方向へかしげながら、反対の手で宙に芸術的な形を描いていた。

「お嬢さまの繊細なお顔立ちに合わせるとすれば、短いスタイルのほうがよろしいでしょう。そう思われませんか《ネ・ス・パ》？　カールと縦ロールをあしらって、高さのある美しい髪形にいたしましょう」

「短い髪が大流行ですものね」ルイーズおばも賛成した。「それに、その髪はいまのままだと重苦しくて精彩を欠いてしまう」

「まっすぐな髪ですから」アナは指摘した。「これをカールさせようと思ったら、かなりの時間と努力が必要になると思います」

「そこで熱いこてとメイドの出番なのよ。それに、貴婦人にはつねに、おしゃれにかける時間がたっぷりあるわ」

バーサは孤児院の女の子たちの世話をするのが大好きで、髪を三つ編みにして、それをさまざまな形にまとめ、一人一人の個性を出そうとしていた。でも……短いまっすぐな髪をカールさせる？　朝と午後と夕方に？　カールが一日じゅう持つわけはない。毎回、どれだけ時間がかかるの？　人生の半分を化粧室の椅子にすわって過ごすことになりそうだ。

「いいえ」アナは言った。「短いのはいやです。少しなら切っていただいてもかまいませんし、ムッシュー、できることなら、多すぎる髪を削《そ》いでください。でも、結い慣れた形にできるぐらいの長さは残していただかないと」

「アナスタシア」ルイーズおばが言った。「人の助言にはすなおに従うものですよ。何がおしゃれなのか、貴族たちの前に出たとき、何があなたの長所をひきたてるのかについては、ムッシュー・アンリとわたしのほうが、あなたよりはるかによく知っているのよ」

「おばさまのおっしゃるとおりであることは、露ほども疑っておりません」アナは言った。「助言にはもちろん感謝しておりますし、つねに考慮に入れるつもりです。でも、長い髪のほうが好きなんです。リジーだって長い髪でしょ。でも、間違いなくおしゃれな方ですわ」

「エリザベスは成熟した年齢の未亡人なの」ルイーズおばは言った。「アナスタシア、あなたはずいぶん遅い社交界デビューをしようとしている身なのよ。わたしたちの手であなたの若さを最大限に強調しなくてはならないわ」

「わたしは二五歳です」アナは笑顔で言った。「そう年かさではなく、そう若くもない。二五歳はあくまでも二五歳、それがわたしです」

ルイーズおばはむっとした顔をアナに向け、美容師は悲しげなあきらめの顔を向けたが、アナの髪を一〇センチほどカットし、髪を削ぐ作業にとりかかった。アナはやがて、頭が軽くなるのを感じ、顔のまわりで髪が揺れて生き生きした表情を見せはじめ、そこに新たな輝きが加わるのを見守った。美容師がふたたびうなじで髪をまとめて、いつもより高めの位置でシニョンにすると、こんなに愛らしく見えたことは一度もなかったような印象になった。

「まあ、アナ」エリザベスが初めて自分の意見を口にした。「申し分ないわ。日中の装いにぴったりのシックでエレガントな感じだし、少しアレンジすれば、もっとフォーマルな夜の集まりにも似合いそう」

「ありがとうございます、ムッシュー」アナは言った。「すばらしい技術をお持ちですね」

「これなら大丈夫だわ」ルイーズおばが言った。

しかしながら、これがアナの試練の終わりではなかった。午餐がすんでしばらくすると、祖母とほかのおばたちも到着し、それからほどなく、マダム・ラヴァルとお針子二人が、店を開けそうなほど大量の反物や付属品、ありとあらゆる衣装が描かれたデザイン画を裁縫室に運びこんで、仕事の準備を整えた。マダム・ラヴァルは、レディ・アナスタシア・ウェスコットの身分にふさわしい衣装作りを、そして、誰にもひけをとらず、ほとんどの者より魅力的な姿で貴族社会に溶けこむための衣装作りを依頼されたのだった。

衣装作りの打ち合わせが終わるころには、アナは疲れはてていた。採寸され、ピンを打たれ、つつかれ、小突かれただけでなく、うずたかく積みあげられたデザイン画に目を通さなくてはならなかった。家庭着、アフタヌーン・ドレス、外出着、旅行服、観劇用のドレス、晩餐会用のドレス、舞踏会用のドレス、その他無数の衣装。しかも、そのすべてを複数で。一着や二着ではとうてい足りないからだ。これまでに着たものを合計した枚数より多くの衣装を新調することになりそうだわ――アナはそう結論を出した。

アナをさらに呆然とさせたのは、こんな贅沢をしても彼女の資産には小さなへこみ傷すらつかないという事実だった。この点について質問すると、おばたちはみな一様に、信じられないと言いたげな妙な表情をアナに向けた。

みんなで客間へ移ってお茶を飲む前に、アナはいくつかの戦いをくりひろげた。負けたときもあった――例えば、どうしても必要なドレスの枚数とデザインをめぐる戦いには負けた。勝ったときもあった。ミルドレッドおばに言わせれば、勝ったのはアナが頑固だからで、マティルダおばに言わせれば、アナが強情だからだそうだ。フリル、ひだ飾り、裳《も》裾《すそ》、華やかなレースの縁飾り、リボンなどは、おばたちの猛反対をものともせずに、アナのほうできっぱり却下した。大胆に開いた襟ぐりや、愛らしいパフスリーブも同じ運命をたどった。レディ・アナスタシアになるつもりだが、同時に、アナ・スノーのままでいなくてはならない――アナはそう決めていた。貴族社会の人々にひどく眉をひそめられようと、自分というものを失うことはできない。ぜったい眉をひそめられるわよ――マティルダおばにそう警告された。

ああ、しかも宮廷服まであって、これだけはアナの思いどおりにならなかった。なにしろ、王妃陛下に拝謁するときに貴婦人がいかなる装いをすべきかを定めたのが、王妃ご自身なのだから——そして、拝謁するのがレディ・アナスタシア・ウェスコットの義務なのだ。王妃陛下は貴婦人たちが過ぎ去った時代の装いに身を包むことを望んでおられる。この先に待ち受けているそんな儀式への心構えなど、いまのアナにできるはずもない。

一同が客間に移ってしばらくすると、リヴァーデイル伯爵がその母と一緒にやってきた。伯爵——カズン・アレグザンダー——は貴婦人全員にお辞儀をしたあとで、そして、姉のとなりに腰を下ろし、姉と顔を寄せて話を始める前に、アナの髪がどんなに愛らしく見えるかという褒め言葉をくれた。アナは自分が赤くなっていないかと心配になり、そうでないよう願った。容姿を褒められるのには慣れていない——相手がハンサムでエレガントな紳士となればとくに。アレグザンダーは表情を和らげ、微笑に近い顔でエリザベスを見つめていた。弟と姉のいかにも仲のいい様子を見て、アナは胸がズキンと痛むのを感じた。わたしの弟はどこにいるの？

二人の母親であるカズン・アルシーアがアナの横にすわり、アナの手を軽く叩いて、前より愛らしい髪形になった、どんなふうにしてもらったの、と尋ねた。しかし、雑談をしている暇はなかった。

マティルダおばが、自分の知りあいに、名門の生まれでありながら目下困窮している貴婦人がいると言った。貴族の屋敷で一週間ほど雇ってもらえるとなれば、きっと大喜びだろうし、貴族の称号、序列、宮廷作法、会話に必要とされる話題、礼儀作法など、アナがまったくのゼロではなくとも貧弱な教育しか受けていないと思われる方面のことを特訓してくれるはずだ、と。

アナの祖母は、こんな広い屋敷でアナスタシアのお目付け役を務めるのがエリザベス一人で大丈夫か、という疑念を口にし、またしても、マティルダおばをしばらくこちらに泊まらせてはどうかと言いだした。しかし、アナが困りはてる前に、カズン・アルシーアが意見を出してくれた。

「わたしが泊まりこむことにします、ユージーニア」アナの手を軽く叩きながら、カズン・アルシーアは先々代伯爵未亡人に言った。「うちの娘を置いておくだけでは、アナスタシアの体面が保てないとわたし自身が感じた場合にはね。でも、うちの娘だけで充分だと思いますよ」

「リジーは敬意を集めている準男爵未亡人だし、伯爵の姉でもある」カズン・アレグザンダーが言った。

この件に関してそれ以上意見が出ることはなかった。アナはふと思った——おばあさまは、もしかしたら、気を遣いすぎるマティルダおばさまからしばらく解放されたいとお思いなんじゃないかしら。

ミルドレッドおばがダンス教師を一人知っていると言った。親しい友人たちが長女を社交界のお披露目舞踏会に出すときに、ダンスのさらなる上達を願って、その教師を雇うのだという。「ワルツは踊れる、アナスタシア?」マティルダおばが尋ねた。

「いいえ、おばさま」アナは答えた。ワルツというのはダンスの一種だろうと想像した。初めて聞く言葉だった。

ルイーズおばが舌打ちをした。「その教師を雇いなさい、ミルドレッド。ああ、しなくてはならないことがどっさりだわ」

執事の案内の声に続いてネザービー公爵がゆったりと部屋に入ってきたときには、誰もが思わずほっとした。

午後のひとときを過ごす楽しい方法なら——どれだけ少なく見積もっても——一ダースほどあるはずだ、とエイヴリーは思った。自宅をうろついて、自分が後見人となっている酔いつぶれた若者が目をさますのを待つことは、そこには含まれていないが、まさにそれが彼のしていることだった。また、継母を自宅へエスコートするためにサウス・オードリー通りまで迎えに行くのも、そこには含まれていない。エイヴリーは継母である公爵夫人とけっこう気が合うほうだが、継母の人生に深く関わるようなことはしていない。その点は向こうも同じだ。彼が継母をどこかへエスコートすることはめったにない。また、公正を期すために言っておくと、向こうもそんなことは期待していない。それに、継母の帰宅時のエスコートをするためにサウス・オードリー通りまで迎えに行ったりしたら、ウェスコット一族と、お針子たちと、フランス人美容師——ああいう連中はみなフランス人と名乗っているのではないか？――とその他もろもろの連中につかまって身動きがとれなくなるに決まっている。たぶん、きわめて行儀がよくて、きわめてエレガントなリヴァーデイル伯爵も――エイヴリーが彼を嫌う理由は本来どこにもないはずだが――来ているだろう。母親をエスコートするタイプに決まっている。エイヴリーのほうには、一ダースほどの楽しい方法のどれかを選び、サウス・オードリー通りを避けるべき理由がいくらでもあった。

それなのに、気がついたらエイヴリーの足が彼をそちらへ運んでいて、彼自身は進路変更のための努力をまったくしていなかった。無敵の祖母と三人のおば、ついでに、きわめて行儀のいい伯爵と、その母親と姉、そして、似非《えせ》フランス人たちが結集して勢力をふるうなかで、彼女がどれほど健気《けなげ》に耐えているかを見てみるつもりだった。彼女のほうも、ぼくがハリーを見つけて救出した話を聞きたがるだろう。なぜかハリーのことを気にかけている様子だったから。

客間に通され、モレナーを除く全員が集まっているのを見ても、エイヴリーは驚かなかった。モレナーはたぶん、〈ホワイツ〉か、そこと同じぐらい文明化されたいずれかの場所にある読書室に閉じこもっているのだろう。利口な人だ。エイヴリーはみんなにお辞儀をした。

彼女の髪の感じがどことなく変わっていた。ただ、可愛いと大騒ぎしたくなる髪形ではないため、おばたちを心から満足させるには至っていないようだ。同じ理由から、エイヴリー自身も不満に思うべきだろう。しかし、うなじで結ったシニョンは大きさも形もこれまでとはまったく違い、前よりずっと優美に見える。

「いかが、エイヴリー？」彼の継母が訊いた。

部屋じゅうが静まりかえった。世界の運命が彼の意見にかかっているかのように。今日のアナは日曜の晴れ着姿ではなかった。もっと軽くて、安っぽくて、古びた服を着ていた。クリーム色で、かつては模様のある生地だったのかもしれない。しかし、孤児院の洗濯桶《おけ》で何度もごしごし洗われたせいで、模様は薄れ、ほとんど見えなくなっていた。それでも、晴れ着の陰気な紺色に比べれば、こちらのほうがはるかにいい。

「ハリーが見つかった」彼女に視線を据えたまま、エイヴリーは言った。

彼女の顔が輝き、とてもうれしそうな表情になった。おばたちはこの点を徹底的に矯正して、流行の先端をいく倦怠《けんたい》感を超える強い感情はいっさい顔に出さないよう、指導することだろう。

「朝の遅い時間に、アーチャー邸のベッドにハリーを寝かせてきた。身体の隅々までごしごし洗い、ぼくの従者が無理やり食事をさせ、ついでに、深酒による症状を消す薬を無理やりのませたあとで。もうじき、意識が戻りはじめて身動きするようになると思うが、たぶん熊みたいに不機嫌で、こっちとしては相手をする気にもなれないだろう。しばらくのあいだ、ぼくの従者に世話をまかせるつもりだ」

「ああ」アナは目を閉じた。「無事だったのね」

ハリーの身内からいっせいに安堵のざわめきが上がった。

「どこで見つけたの、エイヴリー？」エリザベスが訊いた。

「ボロを着た興味深い連中と一緒だった」エイヴリーは答えた。「それから、新兵募集を担当している、頭の禿げた獰猛《どうもう》そうな大男もいた」

「ハリーが軍隊に志願したというのか？」リヴァーデイルが眉をひそめて尋ねた。「一兵卒として？」

「そう、志願した」エイヴリーは言った。「ぼくがその志願をとり消してきた」

「入隊が決まったあとで？　ありえない」

「そうだな」エイヴリーはため息をついて言った。「ところが、ぼくはたまたま片眼鏡を持っていて、それをその軍曹に向けてやった」

「不憫なハリー」先々代伯爵未亡人が言った。「黙ってわたしのところに来ればよかったのに」

「フランス軍がこのことを知ったら」エリザベスが言った。「大砲とマスケット銃のかわりに片眼鏡を武器にして、一滴の血も流すことなく、スペインとポルトガルからあっというまに英国軍を追い払うでしょうね」

「ほほう」エイヴリーは彼女に称賛の目を向けた。「だが、それらの片眼鏡をかざすのはぼくではないぞ。そうだろう？」

エリザベスは笑いだした。彼女の母親とレディ・モレナーも。

「エイヴリー」アナが彼の注意をひきもどした。「連れてってください」

「ハリーのところへ？」エイヴリーは眉を上げた。「眠りにつく前のハリーはあまり快適な気分じゃなさそうだったし、起きたあとはさらに悪化してると思うよ」

「機嫌の良さなんて期待していません。ハリーのところへ連れてって。いいでしょ？」

「うーん。だが、きみに会うよう、ぼくからハリーに無理強いするつもりはない」

「それはかまいません」

反対する者は誰もいなかった。どうして反対できるだろう？　アナは弟に会いたがっているのだし、ここに集まった人々は、アナと弟の両方と血がつながっている。

エイヴリーは継母を帰宅時にエスコートするという明確な目的があってここに来たのだが、継母には一人で帰ってもらうことにして、二日連続でアナの手を自分の腕にかけさせて屋敷を出ることになった。今日の彼女は——エイヴリーはぼんやりと考えた——教師というより、乳しぼりの娘のような雰囲気だ。視線を下げたら、搾乳のときに使う三本足の腰かけが彼女の空いたほうの手に握られているのが見えるかもしれない。

「どうするおつもりだったの？」アナが彼に尋ねた。「もしその軍曹があなたの片眼鏡にも、いかにも公爵らしい尊大な態度にも、怖気《おじけ》づかなかったら」

「そうだな」エイヴリーは考えこんだ。「やつを気絶させるしかなかっただろう——どうにも気が進まないままに。ぼくは暴力を好む人間ではない。それに、体格が自分の半分しかない同国人にノックアウトされたとなれば、向こうの心も傷つくだろうし」

彼女が笑い声を上げ、そのせいで、胃の下のほうにあるエイヴリーの身体の一部に予想外の奇妙な変化が起きた。

　二人が交わした言葉はこれで全部だった。アーチャー邸に着くと、エイヴリーはアナを客間に残して、ハリーがまだ昏睡中かどうかをたしかめに行った。ハリーは彼が寝かされていた客用の部屋の化粧室にいた。髭を剃ったばかりだった。しかしながら、どう見ても、前と比べて快活になった様子ではなかった。

「あそこに置き去りにしてくれればよかったんだ、エイヴリー。ぼくはたぶん、イベリア半島へ送られて、何かの戦闘の最前線に立たされ、戦場に出たとたん砲弾になぎ倒されてただろう。よけいな口出しはやめてほしかったな。ぼくが感謝するなんて期待はしないでほしい」

「大いにけっこう」エイヴリーはため息をついた。「期待するのはやめておこう。母親違いのきみの姉さんを客間に案内しておいた。きみに会いたいそうだ」

「へえ、そうなの？」ハリーは苦い口調で言った。「ぼくのほうは会いたくないけど。ぼくを客間へひきずっていこうとするんだろ？」

「思い違いもいいところだ」エイヴリーはハリーに言った。「ぼくがきみをひきずっていくつもりなら、〝いこうとする〟なんてことはない。問答無用で実行する。だが、そのつもりはない。きみが母親違いの姉さんと話をしに行くかどうかを、なぜぼくが気にしなきゃならん？」

「何も気にしない人だってことは昔から知ってたよ」ハリーは自分をひどく哀れむ口調で言った。「じゃ、行ってくる。止めても無駄だ」

「止めるもんか」エイヴリーは愉快そうに言った。

ハリーの姉は暖炉の前に立ち、炎に手をかざして温めていた――ただし、暖炉に火は入っていない。たぶん、手の甲を調べているだけだろう。ドアのあく音でふりむくと、目を大きくみはり、青ざめた顔でハリーを見つめた。

「まあ、ありがとう」ハリーのほうへ二、三歩近づいた。「会ってもらえるとは思わなかったわ。あなたが無事でほんとによかった。それと、謝りたいの。心から謝りたい……あの、ほんとに申しわけなくて」

「何を謝るのか、ぼくにはわからない」ハリーはむっつりと言った。「あなたにはなんの責任もないことだし。すべてぼくの父親が悪いんだ。あなたの父親が。ぼくたちの父親が」

「よく考えてみると」アナは言った。「父のことをまったく知らなくても、わたしの人生にとって大きなマイナスではなかったようね」

「そのとおり」

「ただ、ひとつだけ覚えてることがあるわ。見慣れない馬車に乗せられ、泣いてたら、ぶっきらぼうな声をした誰かに〝泣くんじゃない。もう大きいんだから〟って言われたの。それがきっと父の声だったのね。母が亡くなったあと、わたしをバースの孤児院へ連れていこうとするときだったに違いないわ」

「おやじはきっと、冷や汗をかいてただろうな」ハリーは苦い笑い声を上げた。「そのときすでに、ぼくの母と結婚してたんだから」

「そうね。ハリー——そう呼んでいい？——あなたのお母さまとお姉さまと妹さんは田舎へ行ってしまわれたわ。ただ、そこにも長居するわけじゃなくて、身のまわり品の荷造りが終わったら出ていくおつもりみたい。わたしと親しくなさる気はないのね。あなたと親しくなれたらいいんだけど。せめて、わたしという存在を認めて、財産を分けあうことに同意してもらえればと願っているの。だって、財産はわたし一人のものではなく、わたしたちの——わたしたち四人の——ものですもの」

「ぼくが望もうと、望むまいと、あなたが母親違いの姉であることは事実のようだしね」ハリーはしぶしぶ言った。「憎んでるわけじゃないんだ。あなたがそれで悩んでるのなら。あなたを恨むつもりはまったくない。でも……ぼくの姉さんだとはどうしても思えない。ごめん。それに、母の夫のふりをし、ぼくの正当なる父親のふりをしていたあの男の金なんか、半ペニーだってもらいたくない。餓死したほうがまだましだ。あなたから何も受けとりたくないって言ってるわけじゃない。父の金を受けとるのがいやなんだ」

エイヴリーが入ってきて、両方の眉を上げ、ゆったりした足どりで窓辺へ行った。そこに立ち、窓の外を眺めた。

「そう……」柔らかなこのひとことにかぎりない悲しみがこめられている感じだった。「わかったわ。仕方ないわね。年月がたてばあなたの考えも変わり、わたしが全財産を押しつけられてどんなに傷ついているか、わかってもらえるでしょう。あなたはこれからどうするつもり？」

「エイヴリーが軍職を購入してくれることになった。そこまでしてもらうつもりはないのに、一兵卒として入隊するのをエイヴリーに禁じられてしまったんだ。ただ、入るなら歩兵連隊がいい。騎兵隊の士官として必要な服装をエイヴリーに整えてもらおうとは思っていない。それに、歩兵連隊の士官たちなら、貴族の婚外子が同じ隊にいても騎兵隊の士官ほどいやがらないと思うから。軍隊での昇進をエイヴリーにお金で買ってもらうつもりもない。自分で手柄を立てて士官の階級をのぼっていくか、いっさい昇進しないかのどちらかにしたいんだ」

「まあ」アナがつぶやき、エイヴリーは彼女が微笑しているに違いないと思った。「あなたを心から尊敬するわ、ハリー。将軍にまで出世できるといいわね」

「うん……」

「そうしたら、わたしは母親違いの弟、ハリー・ウェスコット将軍のことを自慢できるわ」アナが言い、エイヴリーは彼女が微笑していることを知った。

「そろそろ失礼するね」ハリーは言った。「頭痛にクソ苦しめられてるから。あっ、下品な言葉を使って失礼、レディ・アナスタシア」

エイヴリーは客間のドアが開いて閉まる音を耳にした。窓辺でふりむくと、アナが暖炉の前に戻り、火の気のないところで両手を温めていた。そして、エイヴリーは——なんてことだ！——彼女が声も立てずに泣いていることに気づいた。彼がしばらく躊躇していると、やがてアナが片手を上げ、手の甲で頬を拭った。わずかに顔の角度が変わったので、彼のところから横顔全体を見ることはもうできなくなった。

「第九五連隊の緑の軍服を着たら、ハリーはすばらしく颯爽《さっそう》たる士官に見えるだろう。ライフル連隊とも呼ばれている。スペインの女たちがどっと押し寄せてきそうだな」

「ええ」アナは言った。

くだらん。どうでもいい。エイヴリーは二人のあいだの距離を詰めると、彼女を腕に抱いてひきよせ、その顔を自分の肩に埋めさせた。ジェシカを元気づけるときのように。ただ、彼女はジェシカではない。板のごとく硬直し、それから彼にもたれかかってきた。しかし、同じような状況に置かれた女性の大部分と違って、ワッと泣き崩れるようなことはなかった。涙をこらえ、何度も唾をのみこんだ。顔を離したときには、涙はほとんどなかった。

「ええ」かすかに目を潤ませて微笑しながら、アナは同意した。「颯爽とした姿でしょうね」

エイヴリーは返事をしようとして言葉を探し、そして……何も見つけられなかった。

かわりに、彼女にキスをした。

なんてことを。何度でも地獄に堕ちるがいい。だが、彼女にキスをしてしまった。二人のどちらがより大きな衝撃を受けたのか、彼にはわからない。父親か、兄弟か、いとこのように、唇を軽く触れあわせただけではなかった。唇を開き、頭を軽く傾けて、腕に抱いた相手をさらに強く抱き寄せるという、本格的なキスだった。男と女のキスだった。それにしても、なぜ分析しようとする？　顔を上げ、いまのは要するに彼女を慰めるための、身内のような優しいキスに過ぎなかったのだ、というふりをしておけばすむことなのに。

ふりをする？　それ以外に何ができる？　ふりをするしかないじゃないか。

あれこれ考えるあいだも、エイヴリーの唇は彼女の唇に重なり、その柔らかさを、その潤いを味わっていた。こんなおとなしいキスに身を委ねたのは、一五歳ぐらいのとき以来だ。それなのに、なぜかこのうえなく淫らなキスに思われた。

いまのは間違いだった――三一年間の人生で彼の頭に浮かんだ表現のうち、これは最高に控えめなものと言っていいだろう。

「帰る準備ができたら、きみを家族の胸に戻してあげよう」顔を上げ、アナを抱いた腕をゆるめて、エイヴリーは言った。自分の声が完璧に退屈そうな響きを帯びていることに満足した。

「ええ、そうね。ありがとう」アナは言った――歯切れのいい、分別ある教師の声。「準備はできてるわ」

10

アナは晩餐のあいだじゅうしゃべりつづけ、バースで過ごした子供時代のことをエリザベスに残らず話した。話は止まらなかった。

「ジョエルはあなたのいい人なの？」デザートを食べているときに、エリザベスが訊いた。

「あら、そんなんじゃないわ」アナはそう言いながら、なつかしさと後悔に包まれた。「一緒に育った大の仲良しなの。ジョエルとなら、いつだって話題は尽きなかったし、何もしゃべらずにいることもできたわ。仲がよすぎて、恋人になるのは無理だった。わかってもらえる？ むしろ、兄のような存在だったの。あら、わたしったらどうして過去形なんか使ってるのかしら」アナはちょっと泣きたくなった。

「彼が恋人になろうとしたことはなかったの？」

「二、三年前、わたしに恋をしてるってジョエルが思いこんだときにね」アナは正直に答えた。「結婚してほしいとまで言われたわ。でも、彼、寂しかっただけなの。孤児院を離れると、外の世界には家族も友達もいないから、誰だって寂しくなるのよ。いまではきっと、断わられてよかったと思ってるでしょう」

「すごくハンサム?」

アナは皿の上でスプーンを浮かせたまま、考えこんだ。「顔立ちは整ってるわ。それに、とても魅力的だと思う。ただ、幼いときから一緒に育った男性を冷静な目で見るのはむずかしいわね。あら、どうしましょう、リジー、食事もそろそろ終わりだというのに、わたしばかりしゃべってしまって。不作法なことだっていうのは、さすがのわたしでも知ってるわ。あなたはどうなの? 恋人がいるの? 再婚するつもり? その予定はあるの?」

「恋人はいないし、再婚はおそらくしないし、その予定もないわ」エリザベスはそう言って笑った。「もっとも、今年の社交シーズンにわたしがロンドンに来てることを考えると、〝おそらくしない〟は〝もしかしたら……〟に変わるかもしれないけど。ひどくまごついたお顔ね。わたし、幸せな結婚じゃなかったのよ、アナ。それどころか、不幸な結婚よりさらにひどくて、そのせいで臆病になってるの。もちろん、三三歳のいまなら、一七のときよりはるかに賢明な選択をするでしょうけど。一七のときは、相手の端整な容貌と魅力にのぼせあがってしまったの。でも、ひとつ弁解させてもらうと、わたしがデズモンドに惹かれたのは、それだけが理由ではなかったのよ。彼には領地と財産があった。にこやかで、温厚で、親切だった。自分の家族と友達を大事にしていた。いちばん強く弁解できる点は、父も母も彼を気に入っていて、彼の求婚を歓迎してくれたことね。現実にどういう結婚生活が待っているのか、わたしにわかるはずもなかったから、いままでは、人柄がよくて結婚相手にふさわしい紳士に出会い、求婚してほしいという気持ちになっても、そんな過去のせいで怯えてしまうの」

「お酒を飲む人だったの？」アナは推測で言ってみた。

「飲んだわ」エリザベスはため息をついた。「もちろん、誰だって飲むし、ほとんどの人がときには飲みすぎるものよ。でも、酔ったとしても恥さらしなまねをする程度で、それ以上の問題を起こすことはめったにないでしょ。しかも、デズモンドはしょっちゅう飲むタイプではなかった。何週間も飲まないこともあった。そして、飲んだときは陽気になり、冗談を言って、座を盛りあげていた。飲み仲間がいるときはね。でも、ときには――かならずわたしと二人だけのときだったけど――彼が一線を越えて、もっと醜悪な何かに、もしくは誰かに変わってしまうのをわたしが目にすることもあった。彼の目に何かが浮かんで――うまく説明できないけど、その瞬間、わたしにはピンと来るの。まるで、彼が暗い穴に吸いこまれ、残忍な虐待者に変わってしまうような感じね。わたしのほうも、暴力をふるわれないうちにうまく逃げだせるとはかぎらなかった」

「苦労なさったのね」

「しらふでいさえすれば、あんなすてきな人はいなかったのよ」エリザベスは言った。「誰もが彼を愛してた。彼の暗黒の一面を見た人はほとんどいなかった。わたし以外には」エリザベスはしばらく目を閉じ、大きく息を吸ってから、祈りをあげるときのように握りあわせた手を唇に当ててた。しかし、あとはもう何も言わなかった。首をふり、目をあけて、笑みを浮かべようとした。「でも、暗い話はやめましょう。思いだすのは辛すぎるし、あなたにこれ以上そんな話をするのは申しわけないから。客間へ移りましょうか?」

「たった二人じゃ広すぎて落ち着かないわ」アナは言った。「かわりに、わたしの居間に来てください。とても愛らしい部屋で、椅子もソファもすわり心地がよさそうなの。ただ、これまでは居間で過ごす時間がなかったけど」

数分後、二人はそれぞれ、布張りの柔らかな椅子に腰を下ろした。召使いがやってきて暖炉に火を入れた。

「わたし、贅沢に慣れてしまいそう」召使いが下がったあとで、アナは言った。「いえ、周囲はたぶんそれを期待してるでしょうね」

二人で笑った。

「前におっしゃったでしょ」アナは両脚を椅子に上げて身体の横で折り、クッションを胸に抱き、そのあとで、貴婦人はたぶんこんなすわり方をするものではないのだと気がついた。「リヴァーデイル伯爵という身分に伴う責任が弟さんにとって重荷になるだろうって。それはなぜ? 伯爵になるなんて、すごい栄誉のはずなのに」

「アレックスはわたしの大事な弟よ」エリザベスは居間に持ってきた袋のなかから、刺繡道具一式をとりだした。「どれほど幸運に恵まれても当然の子だし、わたしもつい数日前までは、あの子が幸運に出会うことを強く願っていたわ。でも、いざ現実になってみると、アレックスがそれで幸せになれるのかどうか、よくわからないの——ハリーに対するあの子の罪悪感だけが理由じゃないのよ」

アナはエリザベスが刺繡針に絹糸を通し、刺繡枠のほうへかがみこむのを見守った。

「例えば、あの子はリヴァーデイル伯爵として」エリザベスは話を続けた。「貴族院議員にならなきゃいけない。責任を軽視できるような子じゃないから、毎年春が来て議会が開催される時期には、ロンドンに出なくてはという義務感に縛られるでしょう。ロンドンは好みに合わない子なのに。今年こちらに出てきたのは、母とわたしを喜ばせるために過ぎなかったのよ。もっとも、二、三日前に白状したわ——この機会を利用してそろそろ花嫁探しを始めようかと思う、人生を完璧なものにしてくれる相手に出会うために、って」

「花嫁探しなら、伯爵になってもできるのでは？」アナは訊いた。「結婚相手としては以前より条件がよくなったんじゃありません？　伯爵との結婚を大歓迎する令嬢ならいくらでもいるはずだわ」

「でも、アレックス自身との結婚を同じように歓迎すると思う？　わたしが望むのは、称号じゃなくてあの子自身と結婚してくれるお嬢さんなの。アレックスを愛してくれる人。アレックスが愛する人」

実の弟と一緒に育ち、こんなに強い愛情を抱くことができるって、なんてすてきなことかしら——アナは思った。でも、わたしにはジョエルがいる。そして、エリザベスがカズン・アレグザンダーに望むのと同じことを、わたしもジョエルのために心から望んでいる。

「アレックスは昔から、自分のためじゃなくて人のために生きてきた子なの」エリザベスは言った。「どんなときでも、母がときどき〝過剰な義務感〟と呼ぶものを備えていたわ。そして、アレックスがようやく水の上に顔を出したと思ったら、今回の洪水に見舞われてしまったというわけ」

エリザベスが話を続けたそうな様子だったので、アナは椅子にもたれて、聞く態勢を整えた。

エリザベスはまず、実の父親のことを話した。陽気で温厚ながら、無責任な人だった。狩りが大好きで、馬、猟犬、銃、狩猟道具に財産の大半を注ぎこみ、狩猟地を求めて国じゅうをまわり、自らの領地で盛大な狩猟パーティを催していた。亡くなったときには、農場も領地内の建物も長いあいだ放置されたままになっていて、財政破綻の縁からすべてをひきもどすための現金はほとんど残っていなかった。しかし、カズン・アレグザンダーは激務と、決意と、自分自身の贅沢を犠牲にすることによって、財政をみごとに立て直した。それと同時に、夫の死後一年ほどのあいだ深い悲しみの底に沈んでいた母親の支えになった。また、父親の死後ほどなく、酔って暴力をふるう夫のもとから姉が逃げてきたときには、その姉の面倒もみた。夫が妻をとりもどそうとして乗りこんでくると、法的に認められるかどうかは疑問ながらも、姉の味方をした。姉を夫に渡すことを拒絶した。

「すごかったのよ、アナ」エリザベスは言った。「アレックスが暴力をふるうのを見たのはそのときが初めてで、以来、一度も見たことがないわ。みごとな……パンチだった」

ケント州の荘園が繁栄をとりもどしたあと、カズン・アレグザンダーは結婚して子供を作り、自分が満足できる人生を送るつもりでいた。本当は伯爵の身分など望んでいなかった。

もともと野心的な男ではなかったのだ。

「しかも、厄介なことに」エリザベスは言った。「カズン・ハンフリー――つまり、あなたのお父さま――はウィルトシャー州にある伯爵家の本邸、ブランブルディーン・コートがお気に召さなくて、そちらへいらしたことはめったになかったの。わたし自身は一度も行ってないけど、うちの家族はみんな、ろくに手入れもされてないんじゃないかって思ってたわ。うちの父が亡くなったときのリディングズ・パークと同じようにひどい状態かもしれないって、アレックスはすごく心配してるの。もちろん、その惨状ははるかに大規模でしょうね。放置しておいてもかまわないけど、それはアレックスのやり方ではない。領地内に住まいと仕事を持つ人々や、お屋敷で働いて生計を立ててる人々のことをすごく気遣って、みんなのためにいい環境を作るのが自分の義務だと思ってる子なの。でも、どうやって実現させる気なのか、わたしにはわからない。暮らしていくのに充分な収入がようやく得られるようになったと思ったら、こんなことになってしまって……。いまの収入ではとうてい足りないでしょうね。それに、花嫁のためにある程度の資産と安定を手に入れるまでは、あの子、結婚の計画を棚上げにするに決まってるわ。次に結婚を考えるときは四〇歳か、もっと上になってるかもしれない。いえ、結婚しないままで終わるんじゃないかしら」

そのあとに続いた沈黙のなかで、アナはふと考えた――わたしという存在さえなければ、カズン・アレグザンダーが全財産を相続して、ブランブルディーン・コートの修復費用ぐらい楽に出せただろうし、幸せを完璧なものにするための花嫁探しもできたはず。でも、わたしという存在があったばかりに、限嗣相続以外の財産はすべてわたしのものになってしまった。

「その呼鈴の紐をひいたら」アナは訊いた。「誰かが来るの？」

エリザベスは笑った。「そうよ。お茶のトレイを持って」

アナは立ちあがり、おそるおそる紐をひっぱった。

「エディ夫人が明日の朝、帳簿と伯爵家に代々伝わる宝物をあなたに見てもらいたいそうよ」エリザベスが言った。「ブラムフォード弁護士は、明日、あなたの都合のいい時間に訪ねたいと言ってるわ。できれば午前中にしてほしいって。それから、マダム・ラヴァルが衣装作りの細かな点について、裁縫室であなたの意見と承認をもらいたいと言ってる。カズン・マティルダの家柄のいいお友達もたぶん、この屋敷にやってきて、あなたに講義を始めようとするでしょうね。どういう人に膝を折って挨拶すべきか、どういう人なら軽い会釈ですませればいいのか、向こうがお辞儀をしたり、膝を折って挨拶したりしたとき、そのなかの誰に対して優雅で見下した目を向けるべきなのか。それから、たぶん、マティルダの言ってたダンス教師が大急ぎであなたにレッスンをしようとするでしょう。あなたのおばさまの何人かが、もしくは全員が、さらなるあなたの教育予定を用意して、午餐の前に訪ねてくるでしょう」

「まあ、大変」お茶のトレイが運ばれてきてアナの前の低いテーブルに置かれ、エリザベスが刺繍道具を袋にしまうあいだに、アナは言った。「午前中だけで足りるかしら」

「ぜったい無理」エリザベスはそう言いながら、アナの手からティーカップと受け皿をとった。「買物に出かけましょう」

アナはティーポットをエリザベスのカップの上で止めたまま、彼女を見た。

「わたし、あなたに約束したわね。こちらから指示を出すのも、お節介な助言をするのも控えるって」エリザベスは言った。「でも、今回だけは自分で決めたルールを破ることにするわ。レディが山のような義務に閉口したときはね、アナ、買物に出かけるものなのよ」

「わたし、少なくとも今後一〇年間は屋敷から出ないように言われてるけど」アナはエリザベスに微笑を向けた。「ええ、買物に出かけましょう」

一時間後、アナは寝心地のいい大きなベッドの片側で丸くなっていた。微笑はすでに消えていた。わたしがしなきゃいけないのは、そして、人生でほかの何よりもやりたいのは、うんと早起きして、あるいは、いますぐ起きて、フォード院長と理事会の人たちがわたしの後任教師を決める前に、バースに逃げ帰ること。財産を放棄して――できるのかしら？――アナ・スノーに戻りたい。

でも、バーサがひどく落胆するだろう。それに、以前と同じ状態に戻ることはけっしてできない。そうでしょ？　バースに戻ったとしても、自分が本当は誰なのか、未知のものに立ち向かう勇気さえあったなら本当の自分とどう向きあうべきだったかを、絶えず意識することになる。だって、逃げ帰ろうとするのは臆病のせいにほかならないもの。

あの人にキスされた。

ああ——記憶を遮断することはもうできない。

ハリーとのたまらなく悲しい顔合わせのあとで、わたしが涙をこらえていたとき、あの人に抱き寄せられた。慰めようとして抱いてくれただけなのに、わたしはその気持ちをすなおに受けるかわりに、肌が触れあった瞬間のショックを身体と心と魂の隅々まで感じていた——とくに身体で。そのあと顔をそらして、あの人からきっぱり離れようとはしないまま、何かを言った——なんだったのか、どうしても思いだせない。そして、あの人にキスされた。

いま、すべての感触がよみがえった。彼の身体、彼の唇——いえ、単なる唇の感触ではない。あのとき、彼の唇は開いていた。アナが感じたのは、熱く濡れた彼の口だった。感触がよみがえった瞬間、アナの腿のあいだに経験したことのない痛みと疼《うず》きが生まれ、身体の奥に突き刺さった。アナは枕に顔を埋めて苦悶《くもん》のうめきを上げた。キスされて怖かった。ほんとに怖かった。えっ、そうだった？ 比較すべき経験がわたしには何もない。

なんとかして忘れなくては。なんの意味もないキスだったのは明らかだ。彼はしばらくすると、帰る準備ができたら家まで送ろうと言った。表情も、声も、いつもの退屈そうなものに戻っていた。慰めてやったけど、もう飽きた——彼の表情と声の響きがそう言っていた。わたし、いつもの威厳を忘れずにいて、ほんとによかった。

ウェスコット邸に戻る途中、彼はひとことも口を利かなかった。玄関ホールで無造作においとま辞儀をして暇《いとま》を告げ、ふりむきもせずに外の通りへ戻っていった。

彼のどこに圧倒的な魅力を感じるのか——もしくは、嫌悪を感じるのか——アナにはとうてい説明できなかった。惹かれているのか、嫌っているのか、正直なところ、わからない。その両方だ。ジョエルのようながっしりした男っぽさも、あるいは、リヴァーデイル伯爵のようなエレガントなたたずまいもない。気障で物憂げにしているだけ。でも、彼には……独特のオーラがある。

ああ、ハリーを軍に入れようとしたその軍曹と渡りあうさまを見られたなら、この世にあるものをなんだって差しだすのに！

しかし、そう思ったとたん、枕の下に顔をもぐりこませ、自分の心の響きを締めだそうとするかのように枕で耳をふさいだ。

それから数日のあいだ、エイヴリーはウェスコット邸から遠く離れて過ごした。アーチャー邸の屋根裏にある彼だけのスペースに長時間こもって、瞑想《めいそう》し、様式化されたいくつもの型を延々と練習し、人間業とは思えない構えのいくつかを一度に数分ずつ続け、そのあいだ、目は閉じるか焦点をぼかすかして、心を無にし、自分自身を無にした。顔と身体を汗がだらだら伝い落ちるまで、さらに激しい動きを練習した。ハリーのために第九五ライフル連隊の歩兵少尉の軍職を購入しようと奔走し、そのあいだにハリーのほうは、母親と姉たちに別れを告げるため、ハンプシャー州まで出かけていった。エイヴリーはまた、ジェシカの教養を高めるために美術館や博物館へ連れていき、ロンドン塔へも連れていった。前回ここを訪れたときに、陰惨な展示品を見ることを家庭教師がどうしても許可してくれなかったからだ。

そして、最後はもちろん、〈ガンターの店〉へ氷菓を食べに行った。前回、これも家庭教師に禁じられたのだ。ジェシカの家庭教師は多くの点でじつに貴重な人材だ、とエイヴリーは思っている。学問の分野でも、社会的な分野でも、ジェシカに多くのことを教えてくれる。同時に、なんのおもしろみもない人物でもある。

エイヴリーは二晩続けて、〝好みのタイプ・トップ一〇〇リスト〟――そのようなリストがあるとすれば――のトップ五に入りそうな女性とのひとときを楽しんだ。エドウィン・ゴダードにそうしたリストを作らせる場面を想像するのも愉快なことだった。どちらの晩も、逢瀬《おうせ》をくりかえそうという気にはなれなかった。美女と官能とセックスに倦《う》むなどということがあるのだろうか？　それはかなりまずい。まだ三一歳なのに。耄碌《もうろく》し、痛風を病み、奇矯な行動に走るには早すぎる。

ウェスコット邸には近づかないことにしていたが、そちらの様子が逐一耳に入ってくるのは避けようがなかった。なにしろ、わずか一週間ほど前には、社交界のおつきあいが忙しすぎて毎日少なくとも四八時間は必要だ、とぼやいていた彼の継母が、つきあいの大部分を嬉々《きき》として放りだし、見つかったばかりの姪を優雅な貴婦人にするための聖戦に乗りだしたのだから。もちろん、最初から無理な話なのよ――毎晩、晩餐のために帰宅するたびに、継母は断言した――でも、ウェスコット一族の恥になっては大変だから、何がなんでもやり遂げなくては。だけど、王妃さまはどうお思いになるかしらね。

マダム・ラヴァルとお針子たちはウェスコット邸の裁縫室で昼夜を分かたず作業を続けて

いる様子だったが、新調の衣装に愛らしさと女らしさと華やかさを添えるための飾りをアナがにべもなく拒絶したものだから、マダムも気の毒に、身動きがとれなくなっていた。なんの飾りもなく、殺風景と言ってもいいような舞踏会用のドレスの裾にごく控えめなひだ飾りをこっそりつけてみたが、はずすように言われてしまった。アナスタシアの新しいメイドがすでに到着していた——バースからやってきた孤児の一人で、アナスタシアはその少女に、身分卑しき召使いというより友達のように接していた。少女のほうも、新たな女主人とのあいだに一線を画そうという気はなさそうだった。公爵夫人の姉から推薦された名門の出の女性、グレイ夫人も到着していた。貴族社会や、序列の決まりや、正しい礼儀作法や、王妃陛下の前に出たときに恐怖で金縛りにならないための方法や、その他の関連事項について、アナに教えるために来たのだった。しかし、この夫人はどうやら、アナスタシアとエリザベスの仲間になり、三人共通の楽しい話題を見つけて笑いころげることのほうが多いようだった。

「しかし、アナは楽しく過ごすだけでなく、学習もしているのでしょう？」エイヴリーは尋ねた。

「それは間違いないと思うわ」しばらく考えたあとで、エイヴリーの継母は見るからにしぶしぶといった口調で答えた。「でも、問題はそこじゃないのよ。そうでしょ、エイヴリー？アナスタシアのことだから、真剣に学ぶだろうとは思うの。わたしの兄が正式な妻とのあいだに作った娘を、あの孤児院に何年間も閉じこめておいたのかと思っただけで、わたしは泣きたくなってしまう。それから、カズン・エリザベスをアナスタシアの話し相手にしておくのが果たして賢明なことなのか、疑問を持たずにはいられない。人前に出しても恥ずかしくない姿になり、貴族の令嬢らしいふるまいができるようになるまで屋敷から出ないよう、アナスタシアに言い聞かせておいたのに、エリザベスったら、翌日の午前中にあの子を連れてボンド通りとオクスフォード通りへ買物に出かけてしまったのよ。山のような荷物を抱え、最高に満足という顔で数えきれないほどのお店から出てくる二人の姿は、注目の的だったそうなの」

「そうでしょうとも」エイヴリーはそう言いながら、買物に出かけたときのアナはつんとすました家庭教師のようだったのか、それとも、乳しぼりの娘のようだったのかと、ぼんやり考えていた。わかっていれば、ぼくもボンド通りをぶらついていたかもしれない……いや、たぶんだめだ。あのときのキスを記憶から消してしまわなくては。キスの相手とすぐまた顔を合わせたりしたら、ろくなことにならない。

ダンス教師も専用の伴奏者を連れてウェスコット邸にやってきたことを、ある晩、エイヴリーの継母が彼に報告した。アナスタシアはカントリーダンスのステップをいくつか知っていたが、教師のロバートソン氏が見た感じでは、困ったことに、活発に踊るだけで、ダンスのあいだ両手と頭をどうすべきなのか、まったくわかっていない様子だった。ワルツは踊れず、二、三日前まではワルツという言葉すら聞いたことがなかったようだ。

「当分のあいだ、舞踏会にはいっさい出せないわね」エイヴリーの継母はつけくわえた。「今年いっぱい無理かもしれない。でも、あの子、来年は二六になるのよ。そんな年齢の子にどんな夫を見つけることができるのか、頭の痛いところだわ」

「花嫁についてくる莫大な財産に魅力を感じるタイプの男とか」エイヴリーは言った。

「なるほど、そうね」継母は同意し、明るい表情になった。

「それで、ワルツのレッスンはいつ始まるんです？」エイヴリーは尋ねた。

「明日の午後よ。ねえ、エイヴリー、アナスタシアがこともあろうにボンド通りで買ってきた麦わらのボンネットを、あなたに見てもらいたいわ。わたしなんか、見ただけで泣きたくなったのよ。あんなのを商品にしていた帽子屋は恥を知るべきね。あそこまで地味な帽子って、あなたには想像もつかないと思うわ。エリザベスは同じ店ですごくおしゃれな最新流行の帽子を買ったというのに。アナスタシアを少しぐらい感化しようとは思わなかったのかしら……」

しかし、エイヴリーはすでに耳を傾けるのをやめていた。クラブで夕食をとる回数を本気で増やさなくては、と思っていた。レディのボンネットを雑談の話題にするのはできるだけ避ける主義だった。今夜は舞踏会があり、出席の返事をしたことを秘書のエドウィン・ゴダードからだめ押しされている。貴族の令嬢である麗しのミス・エドワーズには崇拝者が山ほどいる。ところが、ネザービー公爵が現われ、ゆっくり彼女に近づいてダンス——たいていワルツ——を申しこむと、不思議なことに、すでに予定でぎっしりだったダンスカードに空きスペースが見つかる。

エイヴリーは隅々まで神経を配って身支度を整え——しかし、そうでないときがいつあった？――舞踏会に顔を出した。その屋敷の女主人と数分間愛想よく言葉を交わし、ゆっくり歩いてミス・エドワーズをとりまく男たちに加わり、一分か二分ほど彼女と愛想よく言葉を交わすと、彼女のほうは視線と扇子でしきりに彼に秋波を送り、あとの崇拝者たちはむっとした様子を隠そうともせずにひきさがった。次に、エイヴリーは愛想よく会釈をし、舞踏室をひとまわりしてから廊下に出て、屋敷に入って三〇分もしないうちに外に出ていた。

おざなりな愛想をふりまいてきただけだった。

今夜のミス・エドワーズはいつも以上に魅力的だった。しかし、男というのはときとして、舞踏会を楽しむ気にも、美女の誉れ高き令嬢の相手をする気にもなれないことがあるものだ。エイヴリーは通りに立って嗅ぎ煙草を吸いながら、これからどうしようかと考えたが、結局は夜の盛装のまま帰路についた。まだ真夜中にもなっていなかった。

翌日の午後、ウェスコット邸に寄ってみると、音楽室ではダンスのレッスンの最中だった。背筋をぴんと伸ばし、尖った赤い鼻に金属フレームの眼鏡をのせた、きびしい顔つきの若い女性がピアノフォルテの前にすわり、そのそばに、背の高い痩せた男性――明らかに女性の父親で、おそらくダンス教師と思われる人物――が立っていた。部屋の片方の壁ぎわに先々代伯爵未亡人がすわり、付属品のごときレディ・マティルダがとなりにすわっていた。その近くにウェスコット夫人（カズン・アルシーア）が立ち、目の前でくりひろげられる光景に楽しそうな笑顔を向けている。リヴァーデイルがフロアの中央に立ち、カズン・エリザベスを相手にワルツの基本姿勢をとっている。

そして、ピアノフォルテの横にアナが立っていた。カットのあとで結ってもらった髪に比べると、いささか堅苦しい形に整えてあり、ひと筋の乱れもない。また、身にまとった白いモスリンの昼用のドレスはしゃれたデザインだし、高価な生地が使われているのは明らかだが、思いきりシンプルなものだった。ドレスから出ているのは手と首と顔だけ。襟元はハイネック、袖は長くて腕にぴったりしている。高めのウェストラインから足首に向かってスカートが柔らかなひだを描いている。足首を見せる最新流行のファッションは、どうやら彼女の好みではないようだ。コルセットを着けているらしく、ほっそりしたスタイルが強調され、胸も少し出ている。もっとも、その方面の目利きから見れば、たいした膨らみではない。足元は白いダンスシューズ。いつもの黒い靴に比べると、少なくとも二サイズほど小さく、一トンほど軽そうだ。

全員がエイヴリーのほうを向くあいだに、彼は片眼鏡でアナの全身を眺めた。片眼鏡を下ろしてお辞儀をした。

「どうぞ続けてください」片眼鏡を持った手でダンス教師に合図をした。

「アレグザンダーとエリザベスがワルツの正しい基本姿勢を実演するところなのよ」レディ・マティルダが必要もないのに、エイヴリーに説明した。「わたしはいまでも、ワルツは下品な踊りだと思っているわ。とくに、未婚のレディや、夫や兄弟以外の相手と踊るレディにとってはね。でも、わたしがいくら文句を言っても、誰も耳を貸してくれないのよ。ワルツの人気が高くなってて、たしなみを求めて声を上げるわたしたちは古臭いと言われる始末なの」

「まだ少女だったころに誰かがワルツを発明してくれていたら、わたしは舞踏会に出るたびに、ワルツを一曲残らず踊ったでしょうね」先々代伯爵未亡人が言った。「信じられないほどロマンティックですもの」

「ええ、そうですとも、ユージーニア」カズン・アルシーアも同意した。「それに、アレックスもリジーもワルツがとても上手なのよ。アナスタシアのために実演してくれる二人がいて、ロバートソン先生も幸運だわ」

エイヴリーがドアを一歩入ったところで足を止め、そこに立っているあいだに、ダンス教師は、エリザベスの手が置かれている位置と形、背筋と頭の正確な角度、顔の表情についてアナに説明した——もっとも、エリザベスがアナにニッと笑ってみせ、眉を動かして、すぐさま説明をぶちこわしてしまったが。ダンス教師はアナに向かってお辞儀をし、いまからワルツを踊るつもりで彼の前に立つようにと言った。アナは教師の左手に自分の右手を預け、反対の手の指先を教師の肩に用心深く置くと、腕を精一杯伸ばして教師とのあいだに距離をとった。身体を近づけるのではなく、背筋をそらし、顔には悲壮な決意を浮かべていた。

「ご自分の姿勢にもう少し注意を払う必要があります、お嬢さま」ダンス教師に言われて、アナはあわてて身を起こし、背筋をまっすぐにした。「それから、わたしの肩にてのひらをのせ、レディ・オーヴァーフィールドをまねて優雅に指を広げましょう。表情を少しゆるめて、しかし、笑みは浮かべないように」

アナはむずかしい顔で教師の肩をつかみ、エイヴリーは継母が何を言わんとしたかを理解した。この調子だと、初めての舞踏会に出る準備が整うまでに五年ぐらいかかりそうだ。そのころにはもう、とっくに婚期を過ぎて、埃をかぶっているだろう。まだステップも教わっていないのか？　このダンス教師はいったい何を考えてるんだ？

エイヴリーはため息をつき、フロアへのんびりと出ていった。「失礼」と言い、手をふってダンス教師を下がらせると、かわりに自分がその場所に立った。アナの左手を右手でとった。予想どおり、その手は冷たくこわばっていた。親指の爪で彼女のてのひらをなでてから、自分の肩のちょうどぴったりの場所に彼女の手を導いた。親指で彼女の五本の指をなぞってから、自分の手をひっこめてアナのウェストのうしろにまわし、彼女の反対の手を自分の手で包んだ。一歩近づくと、アナが見るからに困惑した様子で彼の目を見つめたので、エイヴリーはその視線を受け止め、見守っている人々にはわからないほどかすかな手の動きで、ウエストから上をわずかに内側へ傾けるよう合図を送った。

「ロバートソンが巻尺を持っているなら」アナから視線を離さずに、エイヴリーは言った。「きみが二人のあいだに必要な距離を保っているかどうか、教えてくれるだろう。この王国のあらゆる舞踏室からワルツが永遠に締めだされるような事態になることを望まないなら、一センチたりともその距離を間違えてはならない。笑みを浮かべるのはかまわない。はしゃいで飛び跳ねたりしないかぎりは」

アナの唇が一瞬、ヒクッと動いた。笑いそうになったのかもしれない。

「完璧です、お嬢さま」巻尺は使わずに、二人のあいだの距離を目測して、ダンス教師は言った。

「アナ、あとは」はしたないほど軽薄な口調で、エリザベスが言った。「ワルツのステップを覚えればいいのよ」

「お言葉ですが、レディ・オーヴァーフィールド」ロバートソンがエリザベスに向かって上品にお辞儀をしながら、かすかに非難のこもった声で言った。「まずは姿勢を完璧にすることが必要です。そうすれば、最初から優雅なステップを踏むことができます。ステップ自体はシンプルですが、ワルツに熟達した者がステップを踏むと、シンプルではなくなるのです。説明いたしましょう」

伴奏者がピアノフォルテを弾けるときが果たして来るのだろうか、とエイヴリーは心配になった。リヴァーデイルも同じことを考えているかもしれない。それはエイヴリーにとって、いささかおもしろくないことだった。

「リジーとぼくとで基本のステップを見せてあげよう、アナスタシア」リヴァーデイルが言った。「それを見てくれれば、ロバートソンが説明するから」

「華やかなターンは最小限に抑えることにするわ」エリザベスがつけくわえた。「いちばん楽しいのはそこなんだけど。そうでしょ、アレックス？」

エイヴリーがアナの手を放すと、アナはあとに続く実演に注意のすべてを向け、ダンス教師は際限なくしゃべりつづけた。エイヴリーのほうはつねづね、数を三つまで数えられる幼児なら誰だって一分以内にワルツをマスターできるはずだ、と思っているのだが。リヴァーデイルはもちろん、非の打ちどころのないワルツを踊った——この男が完璧でない行動をとったことが果たしてあっただろうか？——彼の姉のワルツも完璧だった。もっとも、パートナーに笑顔を向け、途中で一度、心から楽しそうな笑い声まで上げるという大罪を犯してしまった。これを見た者は恐怖ですくみあがることだろう。

「お嬢さま、わたしとステップの練習をしてみましょうか」しばらくすると、片手を上げてピアノフォルテの伴奏を止めながら、ダンス教師が言った。「音楽なしでゆっくりステップを練習しましょう。わたしが口で拍子をとりますから」

「もしくは」ため息をついてエイヴリーは言った。「ぼくとワルツを踊ってもいいんだよ、アナ。ふつうのペースで、音楽をつけて。ただし、ぼくは口で拍子をとるつもりはない。自分の心のなかで黙って拍子をとることができるのを知っているから」

アナが一瞬躊躇したので、エイヴリーは、彼女がダンス教師のほうを選ぶつもりだろうと思った。

「ありがとう」アナはそう言うと、エイヴリーに歩み寄り、助けを借りることなく彼の肩に片手を置いた。

信じられないほどほっそりしていて、信じられないほど優美だ——エイヴリーは思った。なにしろ経験豊富で、さまざまに異なる体形の女性たちを抱いてきた彼だ。彼の鼻孔を何かの香りがくすぐった……石鹸？

アナとワルツを踊ろうという彼の試みは、最初の一分ほどのあいだほとんど成功せず、脇で見ている者たちのつぶやきが気になった。白いドレスのシンプルなひだに隠された二本の脚は、たぶん木でできているのだろう。それならスカート丈が長めなのも納得できる。もしくは、心のなかで拍子をとることがアナにはできないのかもしれない。もしくは、単に怯えているだけかもしれない。エイヴリーは彼女の視線を受け止め、手の指をもう少し広げて彼女のウエストの上から下までを包み、親指の先端で彼女の右のてのひらに軽く円を描いて、流れるようなターンをした。アナはひとつひとつのステップについてきた。エイヴリーは彼女の唇の両端がふたたび軽く上がっているのに気づいた。彼を見つめかえしたときのアナの目からは、絶望の色がいくらか消えていた。

そして、アナはワルツを踊っていた。さらに一分ほどたったころ、エイヴリーはリヴァーデイルとその姉もワルツを踊っていて、脇のほうで二人の母親が手拍子をとっていることに気づいた。しかし、彼はアナだけを見ていた。踊るために生まれてきたような人だ――いや、妙なことを考えるものだ。さらに妙なことに、ワルツが――先々代伯爵未亡人はどんな表現を使ったっけ?――〝信じられないほどロマンティック〟な踊りになりうることに、いま初めて気がついた。彼がこれまで意識していたのは、濃密な触れあいと、そこに秘められた性的なものだけだった。

「大変けっこうです、お嬢さま」曲が終わり、先々代伯爵未亡人が拍手を始めたところで、ダンス教師は言った。「次回のレッスンではステップに磨きをかけ、お嬢さまの姿勢をもう少し洗練されたものにいたしましょう。ご親切なご協力にお礼を申しあげます、公爵さま」

エイヴリーはダンス教師の言葉を無視した。「フリルもひだ飾りもなしかい、アナ？　カールも縦ロールもなし？」

「ええ。非難されようとかまいません。わたしは自分の好みに合うものを着るつもりです」

「おやおや」エイヴリーはつぶやいた。「ぼくが非難するなんて、どうして思ったんだい？」

ゆっくりその場を離れると、年配のレディたちとしばらく雑談をし、それから暇を告げた。

11

親愛なるジョエル

あなたがいまのわたしを見ても、わたしだとはわからないでしょうね。髪を切られてしまったの。短くはないけど、前より短くなったのはたしかで、バーサ・リードがわたしのまたいとこに当たるエリザベスのメイドから、ふだんよりおしゃれな形に髪を結う方法を習っているところなの。わたしが夜の催しに顔を出すときは、カールと縦ロールまであしらうことになりそうよ――もうじき実現する予定。ネザービー公爵夫人（わたしのおばさま）の招待客として劇場へ行くことになったから。とりあえず少しだけ変身したわたしを貴族社会の人々に見てもらう機会が来たって、公爵夫人が考えたわけなの。それじゃまるで、わたしが〝市場で売られる牛〟みたい――いえ、とくにぴったりの比喩とは思えないけど。そうでしょ？　でも、たぶん、市場で売られる何かのような気分になるでしょうね。〝市場で売られる愚か者〟というのはどう？

それから、わたしの衣装！　社交界で崇拝されている〝流行〟に頭を下げるのを、わたしは拒否してるのよ――流行って、結局のところ、なんなの？　〝流行遅れ〟になるのを恐れる人々にどんどん衣装を買わせようとする策略でしょ？　だけど、それでもやはり、少なくとも日に三度は衣装替えをしなきゃいけなくて、ときには回数がもっと増える日もあるってことを納得させられたわ。午前中に着るものは午後には向いていないし、午後に着るものはもちろん夜には向いていない。自宅で着るものは散歩や馬車に乗るときや訪問には向いていない。そして、どこへ出かけるにも、同じ古い服を――たとえわずか二週間前のものであっても――着ている姿を見られてはならない。ついでに、同じ古い小物類も。貴婦人がめざすべきゴールは、同じ衣装を二度着ることはけっしてないという印象を与えることのようね。わたしは力のかぎり抵抗したけど、公爵夫人（おば）、先々代伯爵未亡人（祖母）、称号を持つその他のレディ（おばたち）、フランス人のモディーストに対抗してこちらの意志を貫こうとするときの重圧は、あなたには想像もつかないと思う。その仕立屋はフランス語ばかり使って、しきりに手をふりまわす人なんだけど、ときどき、わたしにはロンドンっ子《コックニー》訛りとしか思えない発音をすることもあるのよ。いまのわたしはすごい衣装持ちだから、バーサなんか、お店を開いてひと財産作りたいなんて言ってるぐらい。ある日の午前中、わたしはレディ・オーヴァーフィールド（カズン・エリザベス）に連れられて、流行の先端をいく――流行という言葉からは逃れられないみたい――ボンド通りとオクスフォード通りへ買物に出かけ、膨大な数の包みを持って――大部分がわたしのもの――帰宅したことがあったわ。馬車のなかにわたしたちのすわるスペースが残っていたのが不思議なぐらいだった。あるいは、お店に商品が残っていたのも。

でも、ここまで書いてきて、わたしの外見が変わったことを事細かに書いても、あなたはたぶん興味なんかないことに気がついたわ。そうでしょ？　いまのわたしはイングランドの上流階級について知るべきことをすべて学んできたけど、その人たちを――いいえ、〝わたしたちを〟と言うべきね――資産額以外には区別すべき基準を持たない裕福な特権階級としてひとくくりにするわけにはいかないのよ。例えば、四人の公爵が同じ部屋にいて――そういう事態にならないよう願いたいけど――晩餐の席につくのを待っている場合、適当な順番で案内することは許されないのよ。つねに、そのうちの一人があとの三人より偉い、次は残ったうちの一人があとの二人より偉い、という具合に進んでいくの。頭がくらくらしそうだし、馬鹿げているけど、それが現実なの。わたしはさまざまな称号と身分をすべて覚えるだけじゃなくて、誰がそれぞれの身分のどこに位置するか、誰を誰より優先させるべきかといったことも覚えさせられたわ。ミスをすれば、社交界的な自殺をしたようなもので、貴族階級の煉獄へ追放されてしまう。戻ってきて二度目のチャンスを得ることはほぼ望めない。

ダンスも習っているのよ。あっ、あなたはきっと、きみ、ダンスぐらいできるじゃないか、ぼくと何度も踊ったんだから、って言うでしょうね。でも、それは違うのよ、ジョエル。わたしたちが習ったダンスは嘆かわしいほどいい加減だったの。だって、足の運びを習っただけで、手と指と頭と表情をどうするかまでは教わらなかったんですもの。あなたの将来のために、ダンスのコツをひとつだけ教えてあげる。踊っているあいだ、けっして、ぜったいに微笑しないこと。少なくとも、歯を見せてはだめ。許されないことなの。

でも、ワルツよ、ジョエル——ああ、ワルツ、ワルツ、ワルツ。聞いたことはある？　わたしは一度もなかった。ワルツって——そうね、地上の楽園という感じ。少なくとも、わたしはそう思ってる。一回しか踊ってないけど。父の姉妹のなかでいちばん年長のマティルダおばさまは、すごく下品なダンスだと思ってらっしゃる。だって、最初から最後までただ一人の相手と踊り、そのあいだずっと顔を寄せ、肌を触れあわせるわけだから。でも、おばあさまのご意見だと、〝信じられないほどロマンティック〟なんですって——まさにそうおっしゃったのよ——ほんとにそのとおりだと思うわ。わたし、おばあさまのことが好き。でも、その話はまた別のときにね。

あなたに報告したいことがもうひとつあるんだけど、その件が終わってからでないと報告できそうにないわ。だって、いまは何も考えられないんですもの。わたし、**王妃さま**に拝謁するのよ、ジョエル!!!（こんなに感嘆符を使ったら、ラトリッジ先生が脳卒中を起こしそう）王妃さまの椅子（玉座？）まで歩いていき、膝を折ってお辞儀をするんですって。いま、きびしい特訓を受けているところなの。というのも、歩いて御前に進むときも、下がるときも、膝を折ってお辞儀をするときも、王妃さまに拝謁するときだけの特別なやり方があるからなの。たぶん、王さまのときも特別だろうと思うけど、王さまは心を病んでらっしゃるそうよ。お気の毒に。拝謁の報告は試練が終わったあとで——つまり、生き延びることができたあとでね。

そろそろ手紙の本題に入らなくては。すでに長々と書いてしまって、あなたに涙が出るほど退屈な思いをさせてるかもしれない。でも、わたしたち、おたがいに退屈したことは一度もなかったわよね？　それはともかく……けさ、リヴァーデイル伯爵（カズン・アレグザンダー）から聞いた話では、わたしの母親違いの妹たちがバースへ去り、祖母に当たるキングズリー夫人のところに身を寄せたそうなの。妹たちの母親も一緒にバースへ行ってるけど、そちらで落ち着くつもりはないみたい。ハンプシャー州にあるヒンズフォード屋敷のほうへわたしから手紙を出して、どうかそのまま屋敷にとどまり、生涯にわたって自分たちの家だと思ってほしい、と勧めたけど、いいえ、懇願したと言ってもいいほどだけど、返事は来なかったわ。弟のハリーが三人に会うためそちらへ出かけたけど、それも短期間のことだった。ライフル連隊の軍職を購入してもらって、もうじき入隊の予定なの。わたしから財産分けを提案したものの、ハリーには断わられたわ。でも、ハリーが拒絶してるのは父親のお金であって、わたしのお金ではないという説明をしてくれた。それは理解できるのよ。でも、財産を分けようという提案をはねつけられて、わたしの心は張り裂けそう。

それはともかく、この手紙を書いた本当の目的をそろそろ話すことにします（〝この女、いつになったら本題に入るんだ〟って、あなた、きっとつぶやいてるわね）。キングズリー夫人がどこに住んでるかを調べて、わたしの妹たちを見守ってもらえないかしら。具体的に何を頼めばいいのか、わたし自身もよくわからないけど、あの二人はもうウェスコット家のレディ・カミールとレディ・アビゲイルではなくなってしまったの。ただのミス・ウェスコット。故リヴァーデイル伯爵の庶子に過ぎないの。バースの社交界が二人をどう扱うのか、わたしにはわからない。拒絶するかしら。祖母に当たる人の影響力や、妹たち自身の態度によって左右されるでしょうね。二人のことを考えると、わたしの心は重く沈んでしまう。ほとんど知らない子たちなのに。姉のカミールのほうは、わたしが初めてブラムフォード弁護士と顔を合わせたあの試練のときは、ほんとに感じが悪かった。傲慢で、礼儀知らずで、威圧的。でも、とても和やかな状況で会ったわけじゃないものね。しかも気の毒に、その翌日、婚外子であることを理由に、カミールは婚約者に捨てられてしまったの。あの男を殴りつけてやりたい。はしたないことを考えるものだけど、わたしは本気よ。妹のハートを破るなんて許せない！

バースに帰れるよう、わたしはいまも願っているわ。バーサをこちらに呼ぶときにその誘惑をきっぱり退けていなかったなら、きっと帰っていたでしょう。バーサは最高に幸せみたい。昨日も、休みは木曜だと家政婦に言われたけど、かわりに土曜日を半ドンにしてもらえないかと、わたしに頼んできたのよ。オリヴァーが半日だけ休みをとれるのが土曜日だから。もちろん、わたしが「いいわよ」と答えたら、二人で堂々と外を歩けることをオリヴァーに伝えられるというので、バーサはもう有頂天だった。

あらあら、わたしったら話題を変えてしまって、あなたに何を頼むつもりなのか、具体的なことは何も言ってないわね。じつは、自分でもよくわからないの！　でも、お願い、ジョエル。妹たちのことをどうか、どうか、見守ってくれない？　わたしは二人のことを知らないし、たぶん、ずっと知らないままだと思うけど、でも、愛してるの。それってすごく馬鹿げてる？　できることなら、二人の様子をちょくちょく知らせてほしい。社交界から締めだされたのか？　それとも、自分たちで新たな人生を築こうとしているのか？　便箋の空きスペースがどんどん少なくなってるわ。便箋をもう一枚使うのはやめておきます。

アナ・スノーの世界で
いちばん大切な友達へ

追伸
すてきなお知らせでいっぱいのあなたの手紙にお礼を言うのを忘れてた。あらためて心から感謝します。便箋のスペースがなくなりました。A・S

権力者たち——すなわち、アナのおばたちと祖母——のあいだではすでに、アナを社交界に初披露するのは劇場でという話がまとまっていた。公爵家の桟敷席《さじき》なら、多くの人に姿を見せることができるし、誰もがアナに会いたくてうずうずしていても、人々が桟敷席に呼ばれて親しく言葉を交わすことはありえない。上流階級らしい立ち居振る舞いを身につけ、貴族社会において誰が誰なのかを見分けるために、アナにはまだまだ学ぶべきことがある。
　バースにも劇場はいくつかあったが、アナはこれまで一度も生の舞台を見たことがなかった。今夜の観劇を楽しみにしていた。上演が予定されているシェリダン作『悪口学校』の戯曲を読み、おもしろそうだと思ったのだから、なおさら楽しみだ。誰もが――エリザベスまでが――〝あなた、きっと緊張してるわね〟とアナに言ってこなければ、緊張などということは彼女の頭に浮かびもしなかっただろう。

「たぶん、あなたにとって多少は試練になるでしょうね、アナ」劇場へ出かける日の夕方、早めの晩餐をとっていたときにエリザベスが言った。「お芝居を見ることは、劇場へ出かける理由のなかで最後に来るものよ。わかるでしょ？」

アナはエリザベスを見て笑いだした。「いいえ、わからないわ。ほかにどんな理由があるというの？」

「劇場に入ると、桟敷席がずらっと並んでるのよ」エリザベスは楽しげに目をきらめかせて説明した。「そこは社交界のトップに君臨する人たちで埋まり、一階席はほとんど紳士で占められる。そして、誰もがほかの誰かを眺めるために、そして、ドレス、クラヴァット、宝石、髪形、できたてほやほやのカップル、恋の戯れ、求婚などを見守り、コメントするために来ているの。一階席の紳士たちは桟敷席の貴婦人たちを見上げ、貴婦人のほうはひどくむっとしつつも、ゆらゆら揺れる扇子の陰から紳士たちを見下ろす。社交界の結婚の半分はたぶん劇場でまとまるのでしょうね」

「まあ……」アナは言った。「じゃ、あとの半分は？」

「もちろん、舞踏室よ。社交シーズンのロンドンは大規模な結婚市場と呼ばれているわ」

「まあ……」アナはふたたび言った。

今夜のアナは、バーサに着替えを手伝ってもらって、ターコイズブルーのイブニングドレスを着ていた。照明を受けてきらきら輝き、ぴったり合った仕立ての身頃と柔らかく流れ落ちるスカートがアナのスタイルをひきたてているので、デザインはシンプルでおとなしく、装飾があしらわれていないにもかかわらず、二人から見れば、すばらしく豪華なドレスに思われた。バーサがアナの髪のセットにとりかかり、艶が出るまでブラッシングしてから髪をねじって高い位置でシニョンに結い、そのあとで、残しておいたおくれ毛をカールさせて首筋と耳とこめかみにゆらゆら垂らした。エリザベスのメイドにせっせと教えてもらったのだ。

「わあ、最高にすてき、ミス・スノー」一歩下がって出来栄えを確認しながら、バーサは言った。「あと必要なのは王子さまだけですね」

バーサがクスッと笑い、アナは笑いだした。

「でも、王子さまが現われたら、わたし、どうしていいかわからなくなるわ、バーサ。口も利けなくなってしまう」

でも、公爵だって王子さまよりうんと身分が低いわけじゃない。そうでしょ？　ワルツを教わったあの日の午後以来、ネザービー公爵には会っていない――もっとも、アナがワルツを踊れるようになったのは、ダンス教師の手柄ということになってしまったが。自分が公爵に惹かれているのか、嫌悪しているのか、アナはいまだにわからない。自分たちが正反対のタイプであることはたしかだ。でも、ワルツがこの世で最高に魅惑的なダンスだということはよくわかった。

「きっと、心臓ドキドキなんでしょうね、ミス・スノー」ブラシと櫛とカール用のこてを片づけながら、バーサがアナに言った。「お金持ちの人たちに見られるんですもん。けど、いまじゃ、ミス・スノーもそのお仲間ですよね？　ねえ、頭を高く上げて、学校でいつもあたしたちに言ってくれたことを思いだしてください。〝あなたは誰にも負けないぐらい立派だ〟って」

「うれしいわ」アナは言った。「生徒の少なくとも一人がちゃんと聴いてくれてたとわかって」

晩餐が終わってしばらくすると、カズン・アレグザンダーが彼の馬車にアナたちを乗せて劇場へ出かけるために、母親と一緒にやってきた。この人だったら、どんなお伽話の王子さまにでもなれそうね――アナは思った。黒と白で統一した夜会服姿がとくにすてき。しかも、完璧な紳士だ。アナと姉の両方の姿を褒め称《たた》え、細やかな気遣いを見せながら全員に手を貸して馬車に乗せ、進行方向とは逆向きの座席にエリザベスと並んで腰かけた。

「きっと緊張しておられるでしょうね」そう言って、アナに優しく微笑した。「でも、そんな必要はありませんよ。エレガントなお姿だし、身内の者に囲まれているのですから」

「緊張して当然よ、アナスタシア」カズン・アルシーア（アレグザンダーの母親）がアナの手を軽く叩きながら言った。「しないほうが変だわ。今夜はたぶん、あなたが来るという噂を聞きつけて劇場にやってくる人たちもいることでしょう。あなたの身の上話が世間で大評判なのよ」

「そして、馬車に乗るまでアナが緊張していなかったとしても」エリザベスが言った。「いまはそろそろ、靴のなかで足が震えだしてるはずだわ。わたしたちの言うことは無視してちょうだい、アナ。今日のお芝居が喜劇でほんとによかった。現実の人生は悲劇と激動に満ちてるもの」

わたし、緊張してる？　アナは自分に問いかけた。誰にも負けないぐらい立派だと自分に言い聞かせるのは大いにけっこう。でも、芝居を見るアナの姿を目にするのが芝居見物に劣らず楽しみだという人々でいっぱいの劇場に足を踏み入れるのは、また別の話だ。馬鹿みたいね、まったく。

劇場のまわりは人々と馬車でたいそうな混雑だったが、ロンドンでは地位の序列が重視されることをアナが思いだすと同時に、小道の人波が分かれてリヴァーデイル伯爵家の馬車を通し、劇場の扉の前まで行くと、奇跡的にも馬車を止めるためのスペースができた。ネザービー公爵が継母のルイーズおばと一緒にそこで待っていた。しかし、アナと母親に手を貸して馬車から降ろし、次にアナの手をとって自分の腕にかけさせ、安心させるようにその手を軽く叩いたのは、カズン・アレグザンダーだった。反対の腕を母親のほうへ差しだした。ネザービー公爵はエリザベスを馬車から降ろすと、彼女とルイーズおばをエスコートして混雑した劇場ロビーに入り、階段をのぼって公爵家の桟敷席へ向かった。

今夜のネザービー公爵はダークグリーンの燕尾服《えんび》にグレイの膝丈ズボン、刺繍入りの銀色のチョッキ、純白の麻のシャツ、ストッキング、凝った結び方をしたクラヴァットという装いだった。装飾品は銀とダイヤモンドで統一され、金色の髪が波打っている。まさに優美さとエレガンスと高慢さそのもので、さきほど伯爵家の馬車の前で人波が分かれたように、公爵の前にも道ができた。

この人に一度だけキスされた。いいえ、それは違う。あのときはわたしを慰めてくれただけ。そして、一度だけ一緒にワルツを踊り、わたしは天上のダンスフロアで踊っているような心地だった。

公爵家の桟敷席に入るのは、控えめに言っても、息が止まりそうな体験だった。いっぽうだけが壁のない、こぢんまりと囲いこまれた空間のように感じられた。もしくは、舞台に登場するような感覚だろうか。なにしろ、アナが瞬時にして気づいたように、この桟敷席はステージに近いうえに高さがほぼ同じだし、同じ階に馬蹄《ばてい》形に並んでいる桟敷席に始まって上階へ続く何層もの桟敷席や下の一階席に至るまで、劇場のあらゆる場所からよく見える。

すでに多くの観客が詰めかけていた。会話の騒々しさは耳を聾《ろう》するばかりだったが、ざわめきが一段と高まったあとで、その響きがいったん衰え、やがて新たな会話の波が盛りあがるなどとは、アナはもちろん想像もしていなかった。すべての観客の顔がアナたちのほうを向いているようだった。なぜわかったかというと、アナも人々を見ていたからだ。目を伏せて、安全な桟敷席のほかは何も存在しないふりをしてもよかったのだが、最初から目をそらしていたら、劇場内を見る勇気をなくしてしまうかもしれない。芝居を見に来たのに、何も見ずに終わってしまうなんて馬鹿げている。しかし、この桟敷席にはもちろん、公爵とその継母の公爵夫人がいるし、ほかに、伯爵と男爵夫妻（モレナー卿とレディ・モレナー、つまり、トマスおじとミルドレッドおば）がいて、アナたちを待っている。観客がアナだけを見ているとはかぎらない。

桟敷席にはほかに紳士が二人いた。ルイーズおばがアナに紹介してくれた。一人はルイーズおばの亡くなった夫の親友だったモーガン大佐、もう一人はカズン・アレグザンダーの隣人で友人でもあるアベラード氏。二人がアナにお辞儀をすると、アナは頭を軽く下げ、お目にかかれて光栄ですと挨拶した。

「誰もがあなたを見ているようですぞ、レディ・アナスタシア」ごま塩のもじゃもじゃ眉毛の下の目をきらめかせて、大佐が言った。「ひとこと申しあげてもよろしいかな？　まことにエレガントなお姿でいらっしゃる」

「恐れ入ります」アナは言った。

カズン・アレグザンダーは、ベルベットに包まれたバルコニーの手すりのすぐそばにある、桟敷席の端に近い席にアナをすわらせ、彼もそのとなりにすわった。ほかのみんながそれぞれ席につくあいだ、彼がアナの話し相手になった。アナの気分をほぐそうとして心を砕いてくれているのがよくわかる。では、アレグザンダー自身はどうだろう？　彼にとっても試練に違いない。なにしろ、貴族社会での身分が高くなったばかりだし、ロンドンで過ごすことはこれまであまりなかったのだから。アナは彼に微笑を返し、開演前の序曲がわりの会話に応じた。

ネザービー公爵はエリザベスの相手をしていた。彼が何か言うと、エリザベスが笑いだした。カズン・アルシーアのとなりにすわったアベラード氏は彼女のほうへ首を傾けて、話に聴き入っていた。

やがて、ようやく芝居の幕があき、雑談と笑いのざわめきが低くなり、ほぼ静まりかえった。アナは舞台に集中して、数分もしないうちに夢中になり、芝居のとりこになっていた。笑い、拍手を送り、周囲の状況などすっかり忘れていた。舞台の上で登場人物たちの仲間になり、彼らと共に喜劇の世界で過ごしていた。

「ああ」幕間《まくあい》の休憩時間になり、アナは不意に現実にひきもどされた。「お芝居って、なんてすてきなんでしょう。こんなにわくわくするものをご覧になったことはありまして？」アナがカズン・アレグザンダーのほうを向いて微笑すると、彼からも笑みが返ってきた。

「おそらくないでしょうね。今日の舞台はとくにすばらしい。第二幕が始まるのをここで待つことにしましょう。桟敷を離れる必要はありませんから」

アナが劇場内を見渡したところ、至るところで人々が席を立ち、桟敷席の外の廊下へ姿を消していた。ふたたび耳を聾するばかりの騒音が広がった。エリザベスも母親とアベラード氏と一緒に桟敷を出ようとしていた。

「わたしたちはここに残ることにしましょう、アナスタシア」ルイーズおばが声を張りあげた。「まずは、今夜こうして姿を見せただけで充分よ。誰かが挨拶に来たら、あなたは小さな声で少しだけ丁重に言葉を返しておけばいいの」

「怯える必要はないからね、アナスタシア」トマスおじがつけくわえた。「エイヴリーの桟敷席の扉をノックするほどの大胆さを持ちあわせているのは、貴族社会のトップに君臨する人々だけだし、会話はわたしたちがひきうけるから。きみは微笑するだけでいい」

公爵自身も立ちあがったが、エリザベスを追って廊下に出ようとはしなかった。ダイヤモンドに飾られた銀のケースから嗅ぎ煙草をとりだし、退屈そうな表情でほかの桟敷席を見まわしていた。嗅ぎ煙草がなくなると、ケースをポケットに戻し、ゆったりした足どりでアナのところに来た。

「アナ、長時間すわりっぱなしだったから、ぼくは脚を伸ばしたくてたまらない。つきあってくれないかな」

「エイヴリー」公爵夫人がたしなめた。「あらかじめ決めておいたでしょ。今夜が最初なんだから、賢明な策をとるとすれば――」

「アナ?」公爵が両方の眉を上げた。

「まあ、ありがとうございます」アナは不意に、ずいぶん長くすわっていたことに気づいた。席を立ち、彼のエスコートで廊下に出ると、人々があたりをうろつき、おたがいに呼び止めたり、言葉を交わしたり、飲みものを飲んだりしていて、そして――アナとネザービー公爵のほうに視線を向けた。公爵が何人かに物憂げに会釈を送り、宝石をはめこんだ片眼鏡を目元すれすれまで上げると、あの魔法の小道がふたたびできて、二人は誰にも邪魔されずに進むことができた。

「公爵としてふるまう技を完璧に磨きあげるために、生涯を費やしてらしたのね」アナは言った。

「アナ」彼の声には傷ついたような響きがあった。「ぼくの手で完璧に磨きあげた技があるとしたら、それはぼく自身としてふるまう技だ」

アナが笑うと、彼は首をまわして彼女を見た。

「気づいてるかい？　きみ自身も同じような技を身につけつつあることに。明日になったら、貴族社会の女性の半分がきみのシンプルな装いから受けた衝撃を口にし、あとの半分はごてごてと飾り立てた自分たちの装いに急に満足できなくなって、フリルや、飾りひだや、リボンや、蝶結《ちょう》びや、縦ロールの髪を捨てはじめ、ロンドンの街を歩けばそうしたもので膝まで埋まってしまうだろう」

「なんて――」

「――ふざけたことを。うん、まったくだ。それから、きみの行動もふざけてるぞ、アナ。芝居の最中に笑いと拍手？　芝居が退屈になってきても、同じ桟敷席の連中と私語を交わしもしない？　ここでも笑ってみるかい？　この廊下で」

「お芝居が退屈だとは思わなかったわ」アナは反論した。「それに、上演の最中に雑談なんかしたら、俳優さんたちにも、ほかの観客にも失礼でしょ」

「きみには学ぶべきことがずいぶんある」エイヴリーはため息混じりに言った。

しかし、アナには彼が本気で言ったのでないことがわかっていた。彼自身、芝居を見ているあいだはひとこともしゃべらなかった。もししゃべれば、アナも気づいていただろう。

「たぶん」アナは言った。「わたしは絶望的なケースでしょうね」

「いや」公爵が指を一本上げると、グラスのトレイを手にしたウェイターが急いでやってきた。「ぼくに言わせれば、その逆だ」

「希望の持てるケースだと？」アナは笑った。

彼がワイングラスをふたつとって片方をアナに渡したとき、背が高くて、ハンサムで、シャツの襟先がひどく硬くて高いために首をまわせそうもない紳士が、二人に近づいてきた。

「おお、ネザービー、いいところで会った。〈ホワイツ〉でわたしが何かの発作を起こした、あの夜以来じゃないか。迅速に助けを呼んでくれたきみに感謝しなくてはならない。かかりつけの医者から、おそらくきみがわたしの命を救ってくれたのだと言われた。大事をとって一週間ほどベッドで寝ていたが、もう完全に回復した。きみも喜んでくれることと思う」

公爵の片眼鏡は空いたほうの手のなかにあり、それを目元へ持っていった。

「喜ばしいかぎりだ」公爵は言ったが、氷の雫《しずく》が滴り落ちそうなほど冷たい声だった。

アナは驚いて彼を見た。

「差し支えなければ」紳士がアナに注意を向けた。「その同伴者に紹介してもらえないかな、ネザービー？」

「差し支えなければ」ネザービー公爵は答えた。「遠慮させてもらいたい」

紳士はアナに劣らず驚いた様子だった。だが、すぐに立ち直った。

「ふむ、無理もなかろう」と言った。「そのレディはいまだ本格的に披露できる段階ではなさそうだからな。では、次の機会に」アナに向かって深々とお辞儀をしてから立ち去った。

「まあ、なんて……礼儀知らずなの」アナは言った。

「まったくだ」公爵は同意した。「あいつときたら」

「あなたよ」アナは叫んだ。ときどき、彼の気障な態度に耐えられなくなることがある。「礼儀知らずはあなたのほうだわ」

グラスのワインを飲みながら、公爵は考えこんだ。「だが、大事なのは、あいつが〝差し支えなければ〟と言ったことだ。つまり、選択の余地があるということだ。そうだろう？ だから、ぼくはきみを紹介しないことにした」

「どうして？」アナは彼に向かって眉をひそめた。

「紹介しても退屈なだけだと思ったから」

「わたしはあなたと一緒にいるほうが退屈だわ」アナは言い返して、ワイングラスを彼に渡し、公爵がグラスを受けとるために片眼鏡をリボンごと落とすと、桟敷席のほうへ戻っていった。

注目の的になっていたことにアナが気づいたときには、もう手遅れだった。アナの前で人波が分かれた。だが、公爵のために人々が道を空けたときとは理由が違うように思われた。一人で桟敷席に入ったが、すぐあとに公爵が続いたため、誰も何も言わなかった。カズン・

アレグザンダーが大佐とトマスおじを相手に立ち話をしていて、ルイーズおばとミルドレッドおばは顔をくっつけんばかりにして二人でしゃべっていた。

「頰が紅潮しているようね、アナスタシア」ミルドレッドおばが言った。「ここにいるより廊下のほうが暑かったんでしょ？」

「楽しくて頰が紅潮してるんです、おばさま」もとの席に戻りながら、アナは言った。公爵と目が合った。向こうから目をそらす様子がないので、アナもじっと彼を見た。公爵は眉を上げ、図々しいことに、愉快そうな表情を浮かべた。

たしかに、あの紳士をアナに紹介したところで、公爵は退屈な顔をしただけだろう。相手の紳士にとってひどい侮辱になったはず。それにしても、社交界にデビューする準備はまだ整っていないようだとほのめかすなんて、あの紳士もずいぶん……失礼な人。あちらは何を期待してたの？　わたしの口から、孤児院で覚えた卑猥《ひわい》な言葉や罰当たりな言葉が飛びだすことを？

次の瞬間、公爵は目をそらして自分の席に戻る前に、アナに笑いかけた。まばゆいばかりの満面の笑みで、金色の天使のようなその姿に、アナは単に頰が紅潮したときより体温が数度ほど上がるのを感じた。

カズン・アレグザンダーがとなりの席にふたたび腰を下ろし、芝居に関する知的な会話を始めたので、アナは微笑した。

12

「ねえ、エイヴリー」化粧室の縦長の姿見で自分の姿を点検しながら、ハリーは陽気な口調で言った。「これってたぶん、ぼくの人生で起きたことのなかで最高だと思うよ。伯爵家の一人息子で跡継ぎだったあいだは、軍隊に入るなんて、考えることさえできなかった。父の死後は、もちろんできるはずもなかった。だけど、ぼくは軍隊に入る連中を昔から羨ましいと思ってて、いまようやく、良心の咎《とが》めを感じることなく仲間入りできることになった。すごく楽しい人生が送れると思う。それに、深紅の軍服より緑色のほうが好みに合いそうだ。女たちって、英国軍の士官って、誰も彼も深紅だろ。緑色だったら、みんながふりむいてくれる。女たちって意味だよ。そう思わない？」ハリーは後見人にニッと笑いかけた。

第九五ライフル連隊の軍服に身を包んだハリーはすばらしく颯爽としていた。エイヴリーも彼の熱意を疑ってはいなかった。ただ、そこにヒステリックなものが潜んでいるのはたしかだった。ハリーはきっと軍隊で活躍するだろう――戦死さえしなければ。そして、今回の出来事が彼を成長させてくれるはずだ。いまは無理に強がっているだけだが、いずれ本当に強い人間になるだろう。なんといっても、見どころのある若者だ。

「きみのことだから、つねに女たちをふりむかせるに決まっている」エイヴリーは片眼鏡の助けを借りずに、自分が後見人となっている若者を見つめて言った。「軍服が何色であろうとも。支度はできたかい？」

ハリーは今日、家を離れて、連隊に入ることになっている。というか、連隊のごく一部がイングランドに残り、戦場で失った兵士の補充に当たっているので、そこに入ることになる。一日か二日後には船に乗りこんでイベリア半島へ、そして、ナポレオン・ボナパルトとの戦争へ向けて旅立つ。新たな役割りに徐々に慣れていく時間など、ハリーには与えられない。到着して数日後には激しい戦闘のなかに放りこまれるはずだ。

「ルイーズおばさんがぼくのために大泣きするなんてことないよね？」ハリーが心配そうに尋ねた。「一週間前に母さんと姉さんと妹に別れを告げたのは、これまでの人生でいちばん辛いことのひとつだった。父さんの臨終を見守ったときより辛かった」

「公爵夫人のことだから、じっと耐えると思うよ」エイヴリーはハリーを安心させようとした。「ジェシカとなると、また別だが」

ハリーはたじろいだ。

「ジェシカが勉強部屋から出ることを公爵夫人が許可したんだ」エイヴリーは言った。「きみに別れを告げる許可が出なかったら、ジェシカはたぶん、甲板員か何かに変装して船に乗りこむだろうし、ぼくはジェシカを連れ戻そうとして駆けずりまわることになる」

「ぼくがあの軍曹に入隊を志願したとき、連れ戻しに来てくれたように？　ぼく、ゴリアテに立ち向かうダビデを連想したってこと、言ったっけ？　ただし、あのときの武器は投石器じゃなくて片眼鏡だった。わがままかもしれないけど、エイヴリー、指をパチッと鳴らしただけで連隊に入ることができたら、どんなに楽だろうって思う。家族や親戚を愛してないわけじゃないよ。まさにその逆さ。愛ってすごく厄介なものだね」

そうだろうか？　しかし、ハリーを——おそらく〝死〟に向かって——送りだすのは、本当に辛いことだ。「ぼくの涙は見せないよう、必死にこらえることにする」エイヴリーは言った。

ハリーは噴きだした。

客間で公爵夫人とジェシカが待っていた。アナもいた。

エイヴリーはアナに不機嫌な目を向けた。二日前の晩、なんと、彼女と口論になってしまった。アナは彼と一緒にいるのが退屈だと言い、周囲にいた人々のあいだに好奇心を掻き立てたこともおかまいなしに立ち去った。貴族たちの屋敷の客間は、昨日はどこもその噂で持ちきりだっただろうし、誰かが黄色いチョッキに紫の上着を重ねたり、ハンサムでたくましい従僕と駆け落ちしたり、ほかに何か新たなスキャンダルを提供したりしないかぎり、今日もまだ噂の的になっていることに、財産の半分を賭けてもいいとエイヴリーは思っている。それなのに、アナはいまここに来て、涙をまったく必要としていないハリーの前で号泣するつもりなのだ。

「とてもすてきな姿よ、ハリー」公爵夫人が立ちあがり、彼をじっくり見ながら、心をこめて言った。「元気でね。わたしたちみんなの自慢の種になってほしいと頼むのは、やめることにするわ。そうなるに決まってるから」

「ありがとう、ルイーズおばさん」ハリーは公爵夫人と握手をした。「なるよ。約束する」

予想どおり、ジェシカが彼の腕に飛びこんで、思いきり泣きじゃくった。

「ハリーの真新しい軍服がだめになってしまうわよ、ジェシカ」しばらくしてから、母親である公爵夫人が言うと、ジェシカはあわてて飛びのき、ハリーの軍服の片方の肩の下にできた涙のかすかなしみを手でこすった。

「あなたがもうリヴァーデイル伯爵じゃないなんて、あたしは、ぜ、ぜったい認めない」ジェシカはハリーに言った。「それから、ハンフリーおじさまのことは、ぜ、ぜったい許さない。し、死んだ人を悪く言うのは、い、いけないことだけど。それから、生前のおじさまが隠してた、か、家族のことも許さない。おじさまのほんとの家族じゃ、な、なかったんだもん。ほんとの家族は、あなたと、ア、アビーと、カミールと、ヴァイオラおばさまよ。でも、あたし、さ、騒ぎ立てたりしないってお母さまに約束したから、その人がここにいて、お母さまがその人を追いだそうとしなくても、騒ぐようなことはしない。ハリー、あなたが、い、行ってしまうのを見ると、そして、すごく、き、危険なところへ、い、行くんだと思うと、辛くてたまらない」

「無事に生きて帰ってくるよ」ハリーはジェシカにニッと笑ってみせた。「そう簡単にやられてたまるか、ジェス。ぼくが戻ってくるまでに、きみはすっかり大人になってるだろう。

すでにもう、ほとんど大人だしね。そのころにはすごい数の崇拝者に囲まれてて、ぼくなんか、そいつらをかき分けて進むこともできないだろうし、どっちみち、きみはただのいとこのことなんかすっかり忘れてると思うよ」

「あなたのことはぜったい忘れない、ハリー」ジェシカは熱っぽく宣言した。「いとこどうしでなかったらどんなにいいかしら。でも、それだと、あなたに出会うこともなかった。そうよね？　人生って、なんてややこしいの。ああ、で、できたら、い、行かないでほしい。できたら――」

ジェシカは頭をふって両手で顔を覆い、ハリーは少し離れて静かに立っているアナのほうへ注意を向けた。

「アナスタシア」声をかけた。

「ハリー」アナは彼に笑みを向けた。「来ずにはいられなかったの。わたしの弟ですもの。でも、別れの涙を押しつけるために来たんじゃないのよ。あなたはすでに、みんなの涙で溺れそうでしょうから。ただ、あなたを名誉に思い、敬服し、ふたたびそう言える日が来るのを楽しみにしていることを伝えたくてやってきたの」

「ありがとう」ハリーは言った。それで終わりだったが、アナが来たことに気を悪くしている様子も、憤慨している様子もなかった――ただし、うれしそうでもなかったが。

やがて、ハリーはまわれ右をすると、大股で部屋を出ていった。エイヴリーが玄関まで送ったが、ハリーはあらかじめ、一人で屋敷を去りたいという気持ちをはっきり伝えていた。

エイヴリーと握手をし、そして、去っていった。エイヴリーは喉の奥に熱いものがこみあげてきたことに気づいて眉を上げた。

本来なら、そのまま客間の前を通り過ぎて二階に戻り、自分の仕事にとりかかっているところだが、客間から興奮した声が聞こえてきた――というより、興奮した一人の声が。エイヴリーは躊躇し、ため息をつき、そしてドアをあけた。

「……いつまでもあなたを恨むわ」ジェシカがわめいていた。「一方的だと言われても、あたしは気にしない。ぜんぜん気にしない――聞いてるの？ あたしが気にするのはアビーとカミールのことよ。ハリーのことよ。すべて元どおりになってほしい――」

「ジェシカ」声を荒らげることのけっしてない公爵夫人が、いまは少しだけ荒々しい声になっていた。「いますぐ勉強部屋に戻りなさい。あとでわたしが話をしに行くわ。お客さまをお迎えしたときは、つねに礼儀をわきまえておくものよ」

「あたしは気にしない――」

「そろそろ失礼いたします、おばさま」柔らかな響きなのに人々の耳にはっきり届く声で、アナが言った。「ジェシカを叱るのはどうぞおやめになって。けさこうして勝手にお邪魔したわたしが悪いのですから」

「あたしを庇《かば》うのはやめてよ」アナのほうへ顔を向け、目に怒りをたぎらせて、ジェシカが叫んだ。

「ジェス」エイヴリーの声はアナよりさらに静かだったが、妹のジェシカは彼のほうを向くなり黙りこんだ。「勉強部屋に戻るんだ。地理か、数学か、もしくはそれと同じぐらい魅力的な授業を受けそこねただろう？」

ジェシカは無言で出ていった。

「心からお詫びします、アナスタシア」公爵夫人が言った。

「そんな……おやめください」アナは片手を上げた。「それと、お願いですから、ジェシカをあまりお叱りにならないで。とにかく……今回のことはジェシカにとって大きな衝撃だったのですから。いとこの方たちをとても大切に思う気持ちはよくわかります」

「三人に心からなついているの」公爵夫人も認めた。「あなた、ダンスのレッスンか、礼儀作法のレッスンか、仮縫いを省略したんじゃない？」

「家政婦との週に一度の打ち合わせが入っていただけです」アナは言った。「それは先延ばしにできますから。でも、お時間をこれ以上いただくのはやめておきます、ルイーズおばさま。台所にいるバーサを呼んで帰ることにします」

「エリザベスは――？」公爵夫人が尋ねた。

「お母さまと一緒に図書館へ本を借りに行かれました」アナは説明した。「わたしも誘われたのですが、最後にもう一度ハリーに会いたくて、こちらにお邪魔するほうを選んだのです――少なくとも、これが最後にならないよう願っています。ええ、心からそう願っております。でも、そんな勝手な行動は慎むべきでしたわね。では、お暇を申しあげます、おばさま。あなたにも、エイヴリー」

アナは毅然とした態度でドアのほうへ向かった。エイヴリーは思った——ぼくが彼女の行く手から飛びのかなかったら、なぎ倒されていただろう。

「アナスタシア！」公爵夫人は気づかわしげな声で言った。「あなた、まさか、メイドを迎えに自分で台所に下りる気じゃないでしょうね？」

「あのメイドはきっと、お茶とパンとバターと噂話にどっぷり浸《つ》かっているはずだ」エイヴリーが言った。「ゆっくりさせてやるといい。置いていかれたことを知れば、一人で帰ってくるさ。ぼくがきみを送っていこう、アナ」

アナはいまも、彼のことを退屈な相手だと思っている様子だった。眉を上げた。「いまのはご質問でしょうか？」

エイヴリーは自分が使った言葉を厳密に思いかえした。「いや。ぼくの記憶が正しければ、意思の表明だった」

「そうおっしゃると思っていました」アナは言った。しかし、それ以上の反論はなく、約二分後には二人で屋敷を出て、彼が差しだした腕にアナが手をかけた。今度も反論はなかった。

「いまも……ぼくに退屈してるかい？」無言のまま徒歩でハノーヴァー広場を出てから、エイヴリーは尋ねた。

アナは質問をはぐらかした。「あの方の命を本当にあなたが救ったの？」と尋ねた。

ふむ、アクスベリーのことだな。

「やつがあの出来事をそんなふうに記憶しているとは、まったく奇妙なことだ。ぼくの記憶によれば、もう少しでぼくがやつの命を奪うところだったのに」

アナがエイヴリーの顔を見ようとして、いきなり彼のほうを向いた。今日の彼女は薄緑の散歩服姿で、飾りはいっさいついていないが、明らかに腕のいいお針子が仕立てたものだった。ほっそりした曲線が強調されていて、エイヴリーの本来の好みは豊満な曲線に恵まれた女たちなのに、それに劣らぬ色っぽさを彼女に感じて彼自身も驚いていた。ドレスと同じ色のリボンを顎の下で結んだ麦わらのボンネットは、エイヴリーがかつて見たなかでもっともシンプルと言えそうだったが、どういうわけか、その形に意外な魅惑が感じられた。二日前の晩の劇場で彼女の髪を飾っていたカールも、揺れるおくれ毛も、今日は姿を消して、うなじで結ったシニョンのなかにひと筋残らず無慈悲に押しこめられていた。貴族社会のレディの半数がほどなくアナのシンプルな装いをまねるようになるだろうと言ったとき、エイヴリーは半分冗談のつもりだったが、正直なところ、現実にそうなってもまったく驚かないだろう。もちろん、その装いを魅力的に見せるには、アナのようにほっそりした体形と美貌が必要だが。

「その説明はしてくださらないんでしょうね。こちらからお願いしないかぎり」

「本気で言ってるのかい？　ぼくがほかの紳士にふるった暴力をめぐる話を聞きたいなんて」

アナは舌打ちをした。「ええ」と答えた。「ただ、何かふざけたことをおっしゃりそうな気がしますけど」

「片足でやつの膝の裏に蹴りを入れ、肋骨のすぐ下のところに三本の指先を突き立てた。すると、やつは崩れ落ち、空気を求めてあえいだ。いや、正確には〝あえいでいなかった〟と言うべきか。あえぐためには体内に空気をとりこむ必要がある。そうだろう？　やつの顔が紫色になった。崩れ落ちる途中で高価なクリスタルガラスのデカンターを割り、たぶんテーブルまで倒してしまっただろうから、紫色になるのも当然だ。だが、多くの者が助けに飛んできてやつを囲んだので、ぼくはその場を去ることにした」

「まあ」アナは呆れはてていた。「いくらなんでも、ふざけすぎでしょ。三本の指先だなんて。まったくもう……。向こうはあなたの二倍の体格なのに」

「まあね」通りですれ違ったカップルに会釈をしてから、エイヴリーは言った。「だけど、誰もがぼくの二倍の体格だよ、アナ。もっとも、ぼくの指はたぶん、ほとんどの男と同じ長さだと思うが」

「三本の指先だなんて」アナは思いきり軽蔑をこめて、もう一度言った。彼に向かって眉をひそめた。からかわれているのか、真実を聞かされているのか、明らかに判断に迷っている。

「人間の指先は強力な武器になりうるんだよ。使うべき場所と方法さえ心得ていれば」

「呆れた……。真面目におっしゃってるようね。でも、どうしてそんなことを――本当にそこまでなさったのだとしたら。どうして半死半生の目にあわせたの？」

「やつの会話にうんざりしたから」エイヴリーはそう言ってアナに微笑した。

アナは身をこわばらせ、少し下がって何センチか離れてから、ふたたび彼のほうに顔を向けた。「退屈だったの？」

「耐えがたいほど」

そのとき、エイヴリーは大急ぎで背後からパタパタとやってくる足音に気づき、ふりむくと、若い娘が近づいてくるところだった。ごわごわした新しいドレスの裾を足首が見えるぐらい持ちあげ、新しいボンネットをかぶり、新しい靴を履いている。何者なのかを推測するのに天才的な頭脳は必要なかった。

「バーサだね？」二人の背後で少し距離を置き、息を切らしながら歩道の真ん中であわてて立ち止まった娘に、エイヴリーは尋ねた。

「はい、サー、閣下、殿下。あれっ、どれでした、ミス・スノー？　教えてもらったのに忘れてしまった」

「〝公爵さま〟でいいのよ」アナは言った。「あわてて追いかけてくる必要はなかったのに、バーサ。もう少しゆっくりして楽しんでくればよかったのに」

「スコーンをすでに二個食べてて、三個目はやめることにしたんです。デブになってしまう。あたしのこと、迎えに来てくれなきゃだめですよ、ミス・スノー。お供もなしにミス・スノーだけ帰すわけにはいきません。そうでしょ？　とにかく、一人のときはだめです」

「でも、いまは一人じゃないわ」アナはバーサに言って聞かせた。「ネザービー公爵さまが家まで送ってくださるし、血のつながりはないけど、公爵さまとわたしはいとこどうしの関係なのよ」

「しかしながら」エイヴリーはため息をついて言った。「公爵というのは、レディのそばに護衛役のメイドがいないと、ロンドンの通りでレディをむさぼり食ってしまうことで有名なんだ。追いかけてきて正解だったね、バーサ」

バーサは思いきり楽しそうに爆笑して公爵を唖然とさせた。「もう、やだぁ！」と叫んだ。「この人、おもしろいですね、ミス・スノー」

「少し離れてついてきたまえ」エイヴリーはバーサに命じた。「万が一、きみの女主人に飛びかかろうとぼくが考えた場合、すぐさまきみが攻撃に移れるぐらいの近さで。だが、ぼくたちの話を漏れ聞いたり、もしくは――まさかとは思うが！――会話に加わったりすることはできないぐらいの距離を置いて」

「はい、公爵さま」バーサはエイヴリーに向かって陽気に笑いかけた。まるで二人で何か陰謀を企てているかのようだ。

「ありがとう、バーサ」アナは言った。

「ぼくが想像するに」アナとふたたび歩きはじめてから、エイヴリーは言った。「きみがアーチャー邸へ向かったときは、たぶんメイドと腕を組み、二人で絶えずしゃべったり笑ったりしてたんだろうな」

「腕は組まなかったわ。わたしが初めて誰かと腕を組んだのは、あなたとハイドパークへ出かけたときだった。孤児院にいたときは、肌を触れあう機会があまりなかったの。たぶん、大人数が押しこめられてたから、おたがいに距離を置くことにしてたんでしょうね」

しかし、アナはメイドとしゃべったり笑ったりしたことは否定しなかった。なんとも変わった女性だ。しかも、自分が彼女にすっかり魅了されていることを、エイヴリーは認めるしかなかった。

「わたしの妹たちはバースにいて」アナは言った。「祖母に当たるキングズリー夫人がお住まいのクレセントで暮らしてるそうよ。その方、きっとお金持ちね——クレセントはバースでいちばんの高級住宅地ですもの。その方のこと、何かご存じありません？」

「夫は資産家の出で、ぼくが知るかぎりでは、夫が財産を浪費したことはなかった。妻の実家もたしか金持ちだったと聞いている。そのため、きみの父上はこの夫妻の娘と結婚したわけだ。夫妻の息子は聖職者の道へ進み、信徒と共に生きている。もっとも、父親の死後は働く必要もなかったんじゃないかとぼくは思っているが。カミールもアビゲイルも大切にしてもらえるだろう、アナ。暮らしに困ることはないはずだ。姉妹の母親も」

「単にお金の問題だけなら、わたしも安心できるでしょうけど」アナは言った。「アビゲイルは祖母に当たる方と一緒に、〈パンプ・ルーム〉まで朝の散歩に出かけたけど、カミールの姿はなかったそうなの。〈パンプ・ルーム〉というのは、一八世紀の終わりにローマ時代の遺跡に併設された社交場よ」

「ほう、きみのスパイは誰なんだい？」

「スパイだなんてひどいわ。友達のジョエルに頼んだの。できることなら妹たちの様子を見守って、新しい暮らしになじむことができたかどうか、たしかめてほしいって。わたしったたら、たぶん、赤貧の暮らしを想像してたんでしょうね。ジョエルは二人の祖母が誰なのか、どこに住んでるのかを調べて、ある朝、アビゲイルが〈パンプ・ルーム〉に入っていくのを目にしたんですって。もっとも、彼自身は入らなかったけど。アビゲイルだってことはわかったそうよ」

「優秀な友達だ」

「わたしのためにベレズフォードって人にも会いに行ってくれたの。もっとも、そのあとで、わたしが直接、そちらへ手紙を書かなきゃいけなかったけど。ジョエルは何も話してもらえなかったから」

「ベレズフォード？」エイヴリーは眉を上げた。

「父の依頼で孤児院へわたしの養育費を届けてくれていた弁護士さん」アナは彼に思いださせた。「向こうの返事はまだ届かないけど、母方の祖父母——スノー牧師夫妻——がどういう人たちなのか、もしくは、どういう人たちだったのか、どこに住んでいるのか、もしくは、どこに住んでいたのかを、その弁護士さんが教えてくれるよう期待してるの」

「アナ、母上が亡くなったあと、その祖父母がきみを追いだし、まともに育ててくれるかどうかもわからない父上に預けたんじゃなかったのかい？」

「それはブラムフォード弁護士が聞いたという話でしょ。でも、わたしは自分自身でたしかめたいの」

二人はサウス・オードリー通りまで来て、ウェスコット邸のほうへ向かっているところだった。

「自分から苦労するのが好きなのかい？　できれば避けたほうがいいんじゃないかな？」

彼女が首をまわして彼の顔をじっと見つめ、二人の歩調が遅くなった。「でも、人生に苦労はつきものよ。たまには苦労に立ち向かわなきゃ、充実した人生を送ってるとは言えないでしょ。もちろん、同意してくださると思うけど」

エイヴリーは眉を上げた。「苦労なくして喜びなし？」と言った。たしかに同意できる意見だ。人生とは正反対の要素のせめぎあいで、健全で有意義な人生を送ろうと思ったら、そのあいだでバランスをとっていく必要がある。ぼくも頭と感情と魂でそれを理解している。しかし、ぼくのなかには、理解していない部分もあるのではないだろうか？　もしくは、少なくとも、それを実践するのに逆らっている部分が。バリケードを築いて苦労を拒み、そのせいで喜びまで拒んでいるのではないのか？　しかし、人はみな、なんとしても苦労を避けようとするものではないだろうか？

武術の師は〝愛〟という言葉で何を意味していたのだろう？　師は説明するのをよしとせず、エイヴリーは一〇年以上にわたってこの疑問に頭を悩ませてきた。

「さあ……そんな単純きわまりない表現で人生を定義していいのかどうか、わたしにはわからないわ」

面識あるほかのレディと、あるいは愛人と、いや、ついでに言うなら、男性の知りあいも含めて、そのなかの一人とこうした言葉を交わす姿を想像したとたん、エイヴリーは危うく噴きだしそうになった。アナを玄関まで送ったのちに、二階の客間でお茶をどうぞという彼女の誘いを断わって暇を告げた。ふと気づいたら、メイドにも暇を告げていた。

「さよなら、公爵さま」メイドは厚かましくもエイヴリーにニッと笑いかけた。「結局、ミス・スノーに飛びかかってむさぼり食ったりしなかったですね。けど、それって、ミス・スノーを助けるためにあたしがそばにいたから？　それとも、どっちみち、そんなことする気はなかったから？　あたしにはわかんないけど。でしょ？」メイドは冗談っぽく言って陽気に笑った。

見るからに新顔らしい、ずいぶん若い従僕も笑いだした。こいつもバースから来た孤児か？

エイヴリーは唖然とするあまり、片眼鏡を使うことも忘れてしまった。しかし、ふたたび屋敷を出たときは首をふりつつ、クスッと笑い声を上げて、通りの反対側を歩いていたレディ二人を驚かせてしまった。

13

翌週、エイヴリーはサウス・オードリー通りと距離を置くことにした。また、食事は毎晩、メンバーになっているクラブのどこかへ出かけて、ボンネットにもレディ・アナスタシアの教育にもいっさい触れることのない知人たちととっていた。心身ともに爽やかになれた。しかしながら、八日目の午後、いまも落ちこんだままのジェシカを元気づけるために〈ガンターの店〉へ氷菓を食べに連れていき、帰宅してから、継母に挨拶しようと思って客間へ行った。

「アナスタシアを貴族社会に紹介する準備が整ったわ」前置きもなしに、継母が言った。「というか、ぎりぎり準備できる段階まで来たというところかしら。どんな形にするか、みんなでさんざん議論したけど、そんな細かい話であなたを退屈させるのはやめておくわね」

「助かります」エイヴリーはぼそっと言った。

「正式な舞踏会を開くことに決まったの。そこまでしないと、やっぱりまずいでしょ。ただ、あの年齢でお披露目の舞踏会と呼んでいいものかどうか、迷うところだけど。でも、王妃さまの次の謁見日にアナスタシアが拝謁することに決まったから、その翌日の夜に舞踏会を開く予定なの。会場をどこにするかをめぐって、活発な議論がくりひろげられたわ」

継母は細かい話でエイヴリーを退屈させるのはやめておくと言ったのに、細かい話もお茶もほしくないエイヴリーのためにお茶を注ぎながら、まさにその退屈な話にとりかかった。

先々代伯爵未亡人は高齢すぎて舞踏会を主催するのは無理だし、カズン・マティルダにも期待できない。モレナー夫妻はイングランドのはるか北のほうに住んでいるため、うっかりつまずいて倒れでもしたら、スコットランドに顔をつけることになる。ロンドンに出てくるのは数年に一度なので、この街にはほとんど知りあいがいない。だから、こうした盛大な催しのホスト役を頼むわけにはいかない。新たなるリヴァーデイル伯爵の住まいは社交シーズンのあいだだけ借りているもので、舞踏室がついていない。つまり、伯爵もカズン・アルシーアもホスト役から除外ということだ。また、ウェスコット邸を舞踏会に使うのはどう考えても適切ではない。

継母の話がどこへ向かっているのか、エイヴリーは遠く離れたところからでも見てとることができた。

「わかるでしょ、エイヴリー――」

どうしても？　エイヴリーは継母の言葉を遮った。「舞踏会はここでやりましょう、もちろん」ため息混じりに言って、お茶をひと口飲んだ。生ぬるいよりわずかにましという程度だった。「ぼくが反対するとでも思われたんですか？」

「ええ、まあね。アナスタシアを貴婦人に仕立てる計画をあなたが退屈に思ってることとぐらい、誰だって知ってますもの、エイヴリー。一週間以上ウェスコット邸に顔を出してくれなかったし、アナスタシアの教育の成果にはこれっぽっちも興味がないようだし。もちろん、アナスタシアとあなたに血のつながりはないから、あなたが気にかける必要はないのよ。舞踏会をここで開くことに賛成してもらえてうれしいわ。できれば、あなたの秘書のゴダード氏を借りて準備を始めたいんだけど」

「はあ……しかし、エドウィンを貸しだすのはお断わりします」エイヴリーはカップと受け皿をトレイに戻し、舞踏会のドレスの説明が始まる前に逃げだす態勢を整えた。「本人が気を悪くするかもしれないので。ぼくのほうで話をしておきますから、招待予定客のリストを作ってエドウィンに渡してください。万万が一、エドウィンの記憶から漏れている客がいるといけないので。何か特別に頼みたいことがあれば、それも書き添えてください」

「わたしがゴダード氏を借りたいと言ったのは、まさにそういうことを頼みたかったからなのよ、エイヴリー」

「なるほど」エイヴリーはゆったりした足どりでドアのほうへ向かった。迫りくる運命を秘書に警告しておいたほうがよさそうだ。

来年ジェシカが社交界にデビューするときは、退屈で軽薄な予定が目白押しになることをエイヴリーも覚悟している。しかし、今年のうちにアーチャー邸で舞踏会を？　そう聞いただけで、どこか遠くの僧院へ逃げだしたくなる。もちろん、招待客リストに書きこまれるのが選ばれた少数の者のみであるよう願ったところで、無駄なだけだ。継母は舞踏会を開くとはっきり言ったのだし、とんでもない混雑だったという事実がないかぎり、ロンドンで開かれる舞踏会が成功とみなされることはない。エイヴリーの継母である公爵夫人と、その母親の先々代伯爵未亡人と、公爵夫人の姉妹たちは、上流の端っこにいる者たちまで残らず招待するだろうし、端っこにいるその連中は一人残らず招待に応じるだろう。なにしろ、レディ・アナスタシア・ウェスコットはいまなお噂の的だし、おそらく社交シーズンのあいだもずっとそうだろう。〝ベールをはずす〟のに、じれったいほど時間をかけているため、噂はさらに高まるばかりだ。劇場へ出かけたときも、エイヴリー一行と無関係の者は誰一人彼女に紹介してもらえなかった。

「一曲目はもちろん」エイヴリーが逃亡を決行する前に、公爵夫人が言った。「あなたがアナスタシアをリードするのよ」

「ぼくが？」継母のほうへ顔を戻して、エイヴリーは尋ねた。

「でないと、いろいろ言われるに決まってるでしょ。そして、二曲目はアレグザンダーがパートナーよ」

「で、そのあと、求婚者候補が次々と続くわけですか？」

「そうね、アナスタシアはもう二五ですもの」継母はエイヴリーに思いださせた。「悠長に構えてる暇はないわ」

「しかし、財産があるから、何歳かは大目に見てもらえるでしょう」

「もちろんよ」彼の意見にこめられた皮肉に気づくことなく、継母は同意した。「でも、衣装に関する助言にアナスタシアがもっと耳を傾けてくれると、ほんとに助かるんだけど。とくに舞踏会のドレス。とてつもなく地味なのよ、エイヴリー。おまけに、それを補うスタイルの良さにも欠けてるし」

うう……。結局、舞踏会のドレスという話題から逃げきることはできなかった。

「しかし、流行を追うより、自ら流行を作りだすほうがつねに望ましいことです」

「地味という流行を作りだすの？」眉を大きく上げて、継母は言った。「ときどき、とんでもなくふざけたことを言う人ね、エイヴリー。それに、アナスタシアったら、バースから呼んだあの娘を専属のメイドとして雇うと言いはったりして、ほんとに愚かなんだから。経験を積んだメイドなら、アナスタシアをうんときれいに見せてくれるでしょうに。それから、あの若い従僕だけど――あなた、もう顔を合わせた？　非常識きわまりないのよ。でも、これ以上わたしをカッカさせないで」

「そんなことしませんよ」エイヴリーは約束しながら、先日の場面を思いだしていた。いまの話に出てきた従僕がいまの話に出てきたメイドの言葉を聞いて、一緒に笑いだしたのだ。三人が昔から仲良しだったみたいに。

ようやく、エイヴリーは逃げだすことができた。ただ、嘆かわしいことに、無傷ではなかった。二、三週間以内にアーチャー邸で盛大な舞踏会を主催する運命となった。なんと退屈なことか。

いや、そうでもないだろう。アナが初めて社交界に登場する夜だ。見物するのも興味深いかもしれない。

そうそう、どんな運命が待ち受けているかをエドウィン・ゴダードに警告し、そのあとでスノー牧師夫妻捜しに進展があったかどうかを尋ねなくては。いまも存命中かもしれないし、すでに亡くなったかもしれない。住まいはブリストル近郊のどこかのはず——教会のあるどこか。だが、教会はどこにでもある。たいした手がかりにはならない。

しかしながら、エイヴリーの秘書がその気になれば、間違いなく見つけだすはずだ。エイヴリーは先日、彼の給料を上げたばかりだ。そう遠くない将来に、もう一度上げなくては。エドウィンにやめられたら、手足のひとつをもぎとられたような気がするだろう。


アナの社交界デビューをめぐっては、彼女の祖母とおばたちのあいだで活発な議論が戦わされた。アナの希望を尋ねようとする者はいなかった。エリザベスがアナと二人だけになったとき、目を輝かせて口にした意見によると、祖母とおばたちはいずれなんらかの合意に達するだろうし、外部の者が何を言おうと無駄なだけらしい。レディ・アナスタシアは次の謁見日に、シャーロット王妃に拝謁しなくてはならない。それだけは早くから全員一致で決まっていた。それ以外のことはすべて議論の対象だった。

議論のいっぽうの端にあったのが、極上の夜会や晩餐会や音楽会に顔を出すことで、少しずつアナの社交界入りを進めていくべきだという意見だった。もういっぽうの端には、身内の誰かが主催する盛大な舞踏会でデビューさせようという意見があった。ミルドレッドおばが喩《たと》え話を持ちだして説明した——ばしゃばしゃ歩いて湖の深い部分のへりまで行くより、湖の真ん中に放りこまれたほうが、早く泳ぎを覚えるものよ。

でも、溺れることもある。それがアナの考えだった。

しかし、アナは沈黙を守ることにした。この件に関して強いこだわりはないのだから。ロンドンにとどまって、レディ・アナスタシア・ウェスコットとしての役割りを学び、社交界で然《しか》るべき位置を占めようと決心した。それ以外については身内の人々に一任するつもりだった。レディ・アナスタシアへの変身を遂げる方法なら、アナよりみんなのほうがよく知っている。舞踏会、夜会、音楽会——すべてアナの経験の枠外にあり、想像もつかないものばかりだ。

盛大な舞踏会という案が勝利を収めた。そして、会場をどこにするかという、さほど熱のこもらない議論はルイーズおば（公爵夫人）の勝ちとなった。ネザービー公爵とその継母の公爵夫人が主催者となって、アーチャー邸で舞踏会を開く。期日はアナが宮廷へ拝謁に伺候する日の翌日と決まった。舞踏会の前に晩餐をとり、そののち、アナは公爵とルイーズおばと一緒に並んで招待客を迎える列に立つ。それなりの人物には残らず招待状を送る。欠席する者がいれば、祖母はそれこそ驚愕するだろう。辺鄙《へんぴ》なバースの孤児院で育った伯爵家の令嬢を見たくて、貴族社会の面々がうずうずしているのだから。アナは毎回ダンスを申しこまれるだろう——それを疑う者は一人もいない。ただ、最初の曲はネザービー公爵と踊り、二曲目はリヴァーデイル伯爵と踊ることになっている。

ハリーが入隊するために旅立った日以来、アナは公爵に一度も会っていなかった。もう充分に大人の年齢ということで、アナはワルツも踊ってかまわないようだが、うら若き令嬢たちの場合は、〈オールマックス〉の後援者（どういう人たちか知らないけど）の誰かに許可をもらわなくてはならないという、奇妙な決まりがある。

こうしたことだけでも、舞踏会を前にした何日かのあいだ、アナの食欲を減退させるには充分だった。ロンドンに出てくるまでは、バースの町のパーティにすら参加したことがなかったし、王妃陛下に至っては、雲の上の玉座におすわりになり、神のほんの少し下に位置しておられる方であった。過ぎゆく日々のなかでアナが悟ったように、頭を空っぽにし、目の前の一時間一時間を乗り越えていくほうが楽だった。もっとも、当然ながら、言うは易くおこなうは難し。減退した食欲はいっこうに回復する気配がなかった。

親愛なるジョエル

疲れすぎて眠れません。心が麻痺《まひ》しそうなひどい恐怖に襲われた者は、その恐怖が過ぎ去ったあとでそうなるのね。

王妃さまにお目にかかって、お話までしたのよ。あら、今日も不作法に声を上げてしまってごめんね。でも、貧しい孤児が王室の方にお目にかかるなんて、日常的にあることじゃないんですもの。こんな大変な思いをするなんて想像もしなかったけど、王妃さまご自身はとっても平凡な感じの方で、周囲に曖昧な笑みをふりまいて、どこかよそへ行ってしまいたいと思ってらっしゃるようなお顔だったわ。たぶん、そうなんでしょうね、お気の毒に。わたしを案内して、後見役（公爵夫人、つまり、ルイーズおばさま）と並ぶときの正しい位置を指示してくれた、お仕着せ姿の……人たちのほうが、王妃さまよりはるかに威厳があって恐ろしかった。しかも、儀式のすべてが、拝謁する者たちにうんと不快な思いをさせることを目的に考えられたんじゃないかって感じなの。自分の順番が来て、正式に名前を呼ばれると、椅子（玉座？）のそばまで行って、何週間も練習してきたお辞儀をしなきゃならないのよ――王室の方々の前だけでおこなう、すごく深々とした優雅なお辞儀。次に、曖昧だけど優しい王妃さまの微笑を受け、お言葉をかけていただくの。そして、そのあとがまたひと苦労なのよ。だって、自分の裳裾を踏みつけないようにして、御前から下がらなきゃいけないんですもの。しかも、裳裾は**ぜったいに必要**で、でも、片方の腕にかけるのは禁止なの。

自分の順番が来たとき、その前に拝謁した二人の若い令嬢のときと同じく、王妃さまがわずかな社交辞令をつぶやくだけにしてくださるよう、わたしは心の底から願ったわ。ところが、大変、王妃さまはわたしのことをご存じだったのよ、ジョエル――アナ・スノーのことを！　とても興味深そうに目を輝かせてわたしをご覧になり、わたしが孤児院育ちで、毎日、薄いお粥《かゆ》を一杯と干からびたパンの皮しか食べられなかったというのは本当かとお尋ねになったの。でも、わたし、王妃さまをがっかりさせてしまったわ。〝三度三度の食事は栄養たっぷりで、寝る前には軽い夜食も出ました〟ってお答えしたの。さらに、〝スープにはかならず野菜がたくさん入っていて、お肉が入ることもけっこうありましたし、パンは日曜を除いて毎日焼きたてを食べさせてもらいました〃って言ったような気がする――よく覚えてないけど。でも、そのときには、王妃さまはすでに曖昧な表情に戻ってらして、わたしは恐ろしげな家臣の一人から、そろそろ下がるようにというきっぱりした合図を送られたのよ。

裳裾を踏んでころぶようなことはなかったわ。でも、わたし、しゃべりすぎだった？　今夜は悪夢にうなされそう。もっとも、ルイーズおばさまは、**しゃべりすぎ**てはいないと言ってくださったけど。

あなたが前回の手紙に書いてくれたいろんなことについて、わたしも意見を述べたいし、とくに、新任教師のミス・ナンスに軽く触れた部分にとても興味があるわ。でも、今夜は疲れがひどくて、これ以上ペンを持つのは無理みたい。明日また続きを書くわね。気の紛れることが必要なの。だって、明日の夜はいよいよ**舞踏会**なんですもの。ああ、ときどき思うのよ――ブラムフォード弁護士が手紙をよこしても、わたしを見つけだせずにいたら、どんなに、どんなによかっただろうって。わたし、机の下に隠れていればよかった。やだ、疲れて馬鹿なことを言ってるわね。でも、あなたはいつまでも

アナ・スノーの親友、そして
秘密を打ち明けられる相手でいてね
（わたしがいくらあなたを虐待しても！）

翌日の午後の遅い時間になっても、アナはまだ、長い奇怪な夢からさめてバースの小さな部屋の狭いベッドで寝ていたことがわかればいいのに、と思っていた。しかし、もちろん、夢を見ていたのではない。

「それに」アナはつぶやいた。「もう戻れないわね」

「ええ、戻りたくないです、ミス・スノー」アナの髪をねじって高めの位置で手のこんだシニョンに結い、幾筋かの髪をひきだしながら、バーサが言った。その髪をいまからカールさせ、顔のまわりとうなじに趣味よくあしらおうというのだ。「向こうに戻るなんて、ぜったいいやです。昨日、馬車用の茶色いドレスにアイロンかけてて、背中のとこにうっかりしわをつけてしまったけど、どうかクビにしないでください。も一度かけなおして、ギュッて強くアイロンを当てたのに、しわが消えないんです。変ですよね。しわがつくのは簡単なのに、消そうとするとすごく大変。あたし、ここで働くのも、ミス・スノーの専属のメイドをしてるおかげでお嬢さまみたいに扱ってもらえるのも、大好きなんです。それに、オリヴァーと毎週会えるのもすごくうれしいし。前は年に二回ずつ手紙が来るのを待つしかなかったでしょ。あの人、きっと、手紙書くのが世界でいちばん下手なんだわ。でも、徒弟奉公のことでとってもうれしい手紙をくれたばっかりなんです。奉公期間が終わったら、本雇いになるのはほぼ間違いないって。ただ、オリヴァーの夢は自分の店を持つことだけど。ああ、あたし、バースにはぜったい帰りたくない。あたしが願ってるのは、これからの三年間があっというまに過ぎて、結婚できる日が来ること。でも、そんなこと考えちゃいけないんですよね？　いまの暮らしが消え去るのを願うようなもんだし。いまのこの暮らしだって、すっごくすてきなのに。こんなにすてきだなんて信じられない。ジョン・デイヴィーズも同じこと言ってます。それから、台所で働いてるエレン・ペインも。わあ、このカールの仕上がり、見てください。顔の感じがすっかり変わると思いません？　すっきりした顔立ちだって、昔から思ってたけど、こんなに愛らしくなるなんて知らなかった」

「わたしが？」アナは笑いながら尋ねた。「愛らしいって、若い女の子に使う言葉じゃない？　わたしはもう二五なのよ」

「あら、年寄りには見えません」バーサは断言した。「二〇歳から一日だって過ぎたようには見えないです。舞踏会ではミス・スノーがいちばん豪華なレディになりますよ」

「まあ、ありがとう」髪のセットが終わったので、アナは立ちあがり、縦長の鏡に自分の姿を映してみた。豪華さの点ではおそらく、自分がいちばん見劣りするだろう。以前、劇場へ出かけたときに、みんなの装いを目にしている。舞踏会ともなれば、その装いはさらに豪華になるだろう。しかし、アナは自分の姿に満足していた。ろうそくの光を受けてドレスがきらめくだろうし、色も気に入っている。もっとも、巻いた布地を初めて目にしたときは躊躇した。鮮やかなピンクで、まさか自分がそんな色を着るなんて想像もできなかった。しかし、マダム・ラヴァルは巻いた布地を少し広げてアナの身体にゆるくかけ、鏡のほうへ彼女の注意を向けさせた——アナはそこで恋に落ちてしまった。年齢より若く見えたのか、もしくは、少なくとも年齢相応に見えたのだろう。しかも、ピンクが頬に輝きを添えていた。アナ自身は、その逆になりそうで心配だったのだが。

マダム・ラヴァルのまやかしのフランス名にも、フランス語訛りにも、それだけの価値があるとアナは思った。才能と技術の両方に恵まれている。ネックラインはアナの好みよりやや深めだったが、彼女の装いを批評したがるすべての者を満足させる深さではなかった。しかし、そのネックラインも、身体にぴったり合った身頃も、膨らみのない短い袖も、アナは気に入っていた。このドレスは小さな胸をひきたててくれる――コルセットのおかげもあるが。スカート部分は胸の下からまっすぐ流れ落ちているが、アナの動きに合わせて揺れ動くように見える。マダム・ラヴァルは裳裾をつけようとして、「踊るときにお嬢さまの腕に裳裾をかければとてもお似合いですよ」と言ったが、アナは断わった。昨日のような経験をしただけに、断わってよかったとつくづく思った。銀糸の刺繍が入ったサテンのダンスシューズはドレスとほぼ同じ色。肘までの長さの手袋は銀色だった。

ああ、誰もいない化粧室のなかでなら、この姿を豪華だと思うこともできそう。もちろんよ。アナはバースから持ってきた日曜の晴れ着と普段用のドレス二着のことを、悲しい気持ちで思いだした。すべてこの化粧室から消えてしまった。いちばん上等の靴も消えたし、もちろん、古い靴も消えた。鏡に映ったバーサに向かって、アナは微笑した。

「そうね、戻りたいなんて思ってはだめね。前へ進むしかないわ。わたしの初めての舞踏会よ、バーサ。もしよかったら、今夜は膝を突いて祈ってくれない？　一曲目を踊るときに、わたしがパートナーの足に――いいえ、もっと悲惨な場合は、自分自身の足に――つまずいたりしないように」

バーサは甲高い歓声を上げ、それから笑いだした。「そんな想像、しちゃだめですよ」

でも、一曲目のパートナーはネザービー公爵。ハリーが旅立った二週間前の朝以来、一度も顔を合わせていない。わたしが彼の足につまずくようなことは、向こうもさせるはずがない。自身の評判がガタ落ちになってしまうもの。ああ、どうしよう、いまから二時間もしたら、あの人と晩餐の席につくことになる。そのあと、お客さまを迎えるために、あの人とルイーズおばさまと並んで立ち、次に、あの人とカドリールを踊る。アナは急に息苦しくなり、自分に言い聞かせた――今夜の彼はたぶん、いまいる場所以外ならどこへでもいいから逃げだしたい、と思うことだろう。退屈そうな表情を浮かべ、心のなかでもきっと退屈を感じるのだろう。そう思うと、なんだか悲しい！

鏡の前でふりむいたときには、アナは微笑を浮かべていた。「ああ、緊張でぴりぴりしてるわ、バーサ」正直に言った。

「ええっ？　ミス・スノーが？」メイドは信じられないという顔だった。「何があっても先生は冷静だって、あたしたち、いつも驚いてたのに。緊張することなんて何もないじゃないですか。昨日あれだけの経験をしたんだから。豪華な姿ですよ。レディ・アナスタシア・ウエスコットそのものだわ」

「そうね。ありがとう」アナは銀色のシンプルな扇子を手にとった。新しいダンスシューズがほしいというエリザベスにつきあって店をいくつかまわったときに買った、ただひとつの贅沢品だ。肩にぐっと力を入れて部屋を出た。エリザベスとアナをアーチャー邸の晩餐会にエスコートするため、カズン・アレグザンダーとその母親がもうじき馬車でやってくる。

アーチャー邸に着いたのはアナたちが最後だった。あとの客はみな客間に集まっていて、新たに到着した一行を迎えるためにいっせいにふりむいた。抱擁と握手が交わされた。何人かがいっせいに声を上げた。やがて、アナがふと気づいたときには、みんなの批評の的にされていた。

「なかなかすてきに見えてよ、アナスタシア。強情を張って、あなたよりファッションに詳しい人たちの助言を拒んできたわりにはね」マティルダおばが言った。このおばが意見を述べたのはこれが初めてだった。おばの口から出ると、褒め言葉に近いような響きがあって、アナは思わず微笑した。「ここに来て、頬にキスしてちょうだい――おばあさまにキスしたあとで」

アナは二人にキスをした。

「残念だわ」ミルドレッドおばが言った。「あなたのドレス、身頃がゆったりで、スカートがゆったりしていないんですもの。ネックラインを深くして、裳裾をつけるか、せめてスカートの裾にひだ飾りをあしらうかすれば、もっと見栄えがしたでしょうに。まあ、そのままでも充分にすてきだけど」

「この色、アナスタシアによく似合ってると思わない、ミルドレッド？」カズン・アルシーアが言って、アナに優しく笑いかけた。

「髪はやっぱり短くすべきだったわね、アナスタシア」ルイーズおばが言った。「もっとも、今夜はふだんに比べれば、そう地味でもないけど。あなたの言うとおりだわ、ミルドレッド。アナスタシアもこれなら大丈夫ね。本当だったら、もっともっとおしゃれな感じにできたはずだけど」

「宝飾品は着けず、髪には羽根飾りもその他のどんな飾りもないの、アナスタシア?」アナの祖母が訊いた。「こうなることを見越して、わたしが贔屓《ひいき》にしている宝石店へ連れていくべきでしたね。次の舞踏会のときは、事前にそうしましょう」

「でもね、お義母さん」アナに優しい笑みを向けて、トマスおじが言った。「ときにはレディの存在そのものが宝石と言えましょう」手にしていたシェリーのグラスを掲げた。

「いまのままで完璧な美しさだと思うわ、アナ」エリザベスが言った。「そう思わないこと、アレックス?」

こう尋ねられて、カズン・アレックスは生真面目な表情でアナを見つめ、軽くうなずいた。

「心からそう思う」と言った。しかし、ほかに何が言えただろう?

ネザービー公爵の指が片眼鏡の柄を握りしめていたが、目元へ持っていくには至っていなかった。意見を述べるのも差し控えていた。アレグザンダーや、部屋にいるその他の紳士はみな、アナから見ても最新流行のデザインだとわかるエレガントな黒の装いに身を包んでいるが、ネザービー公爵だけは別で、渋い金色の燕尾服にもう少し淡い金色の膝丈ズボンを合わせ、真っ白なストッキングをはき、金糸でびっしり刺繡をした白いチョッキを着ている。ネッククロスは雪のように白く、凝った結び方をして顎の下でふわっと広がり、袖口にも泡のようなレースがのぞいている。宝飾品はすべて金で、紫水晶がついている。ダンスシューズには金のバックル。やや古風な雰囲気の装いで、息をのむほど豪華に見える。エイヴリーはほかのどの紳士より小柄で華奢だが、そんなことは問題にならない。彼の前に出ると、あとの者はみな影が薄くなってしまう。

アナの外見をめぐる身内の意見が出尽くしたところで、ネザービー公爵がようやく進みでて、アナにとっては初対面の二人の人物を自ら紹介した――モーガン大佐とアベラード氏には劇場ですでに会っている。晩餐の席におけるレディと紳士の人数をそろえるために呼ばれた紳士が、ほかに二人いた。先々代伯爵未亡人のいとこのサー・ヘドリー・トンプソンと、その息子のロドニー・トンプソン氏。親戚がまだいたのね――二人のお辞儀を受けながら、アナは思った。

しばらくすると、晩餐の用意ができたことを執事が告げ、公爵がアナに腕を差しだした。アナは戸惑った。グレイ夫人から懇切丁寧な説明を受けて暗記してきた、厳格な優先順位とは違っている。どうやら、公爵がアナの心を読んだようだ。

「ときとして」アナにしか聞こえない声で、公爵は言った。「優先順位よりその場の状況に合わせることもある、アナ。今夜はいわば、きみのデビューの宵だ。きみが主賓だ」物憂げなまぶたの下から、彼の目がアナを見つめた。「きみはすばらしく聡明だ。もっとも、白分では気づいていないようだが。今夜、きみはほかのあらゆるレディの輝きを奪い去るだろう」

アナは気を悪くするより、おもしろくなった。「で、それが聡明なことだとおっしゃるの？」

「そうとも」公爵は言った。「喧騒《けんそう》のなかで自分の声を低くすると、わめき散らす連中の耳にその声がはっきり届く、という現象に少々似ている。教師として、きみはその技を心得ている」

じゃ、〝ほかのあらゆるレディの輝きを奪い去る〟というさっきの言葉は、お世辞だったの？

「そして、あなたはほかのあらゆる紳士の輝きを、間違いなく奪い去るでしょうね」

「ほう……」テーブルの上座に用意された自分の右側の席にアナをすわらせながら、公爵は言った。「やってみるしかないな」

ああ――アナは突然の驚きのなかで悟った――この人に会えなくて寂しかった。

14

まさか……彼女に会えなくて寂しかったなんて――エイヴリーは思った。落ち着かない気分になった。そんな自分がどうにも理解できなくて、なおさら落ち着かなくなった。アナの装いに関する祖母とおばたちの意見はたしかに正しい。ドレスは堅苦しくて地味すぎる。髪はカールさせたおくれ毛が揺れているものの、全体にきっちりなでつけてある。宝石のたぐいはいっさい身に着けていない。舞踏会でほかのあらゆるレディの輝きを奪い去るだろう、とアナに言ったとき、エイヴリーはお世辞抜きでそう言ったのだった。また、アナのことを聡明だと評したのも本心からだった。ただし、彼女自身がそれに気づいていないことは、エイヴリーも充分に承知している。

アナの姿はまさに豪華そのものだった。

そして、彼はまさに……ひどく困惑していた。

夜の社交行事を最後に主催したのがいつのことだったのか、まったく記憶になかった。晩餐会、夜会、音楽会といったものを計画するのはひどく面倒なことだ。もっとも、今回と同じく、じっさいの作業はすべてエドウィン・ゴダードがやってくれたはずだ。エイヴリーは晩餐用のテーブルに視線を走らせ、継母がすわっている下座まで見渡して、これだけの大人数が席につけるほど大きなテーブルだったことに軽い驚きを覚えた。ざっと数えてみた——彼自身を含めて全部で一四人。レディ七人と紳士七人、ちょうど同数だ。エドウィンも、継母である公爵夫人も、なんと行き届いていることか。こんな細かいことに神経を遣っていたら、ぼくなんか頭痛がしてきそうだ。

　しかし、今夜は、主賓のアナの席が彼の右側に、継母に次いで身分の高い先々代リヴァーデイル伯爵未亡人の席が左側に用意されていた。エイヴリーは二人に同じぐらいの注意を向けつつ、歓待にとりかかった。アナの向こう側を見るとトマス・モレナーがすわっていた。これもまた、継母の聡明な配慮だ。トマスは温厚で、気立てがよく、アナを怯えさせたり、食事をするのに必要な舌をもつれさせたりすることはない。

　もっとも、アナが怯える姿は、エイヴリーには想像できなかったが。彼女がこの屋敷に初めて足を踏み入れた日など、苦悩の泥沼に沈みこんでいたに違いないが、スノーという名字に負けないぐらい冷静《クール》だった。彼女にとってはおそらく、人生でもっとも恐ろしい瞬間だっただろう。一度、彼女に尋ねてみなくては。先々代伯爵未亡人と言葉を交わしていたときに、エイヴリーの胸にふとそんな思いが浮かんだ。いや、もっとも恐ろしかった瞬間は、昨日、王妃陛下に拝謁したときだったかもしれない。継母の話だと、アナはそれも立派にこなしたそうだ。

　数分後、先々代伯爵未亡人が向こう側のアレックス・ウェスコットのほうを向き、アナのとなりのモレナーがレディ・マティルダのほうを向いたところで、エイヴリーはアナに話しかけた。「われわれがこれまで蓄えてきて、近い将来にもう少し用意したいと思っている天候に関する話題を、きみがすでに使い果たしているよう願いたい。もし必要なら、ぼくのほうでさらにいくつか天候の話題を提供してもいいが、どれも独創性に欠けるものになりそうだし、独創性のないものがぼくは大嫌いでね」

「天候の話題は使い果たしました」アナは言った。

「そう聞いてほっとした。ねえ、アナ、これまでの人生でもっとも恐ろしかった瞬間はなんだった？」

アナはフォークを持つ手を皿の上で止めたまま、しばらく彼を見つめた。「どこからそんな質問が出てきたのでしょう？」

「ぼくの脳から」エイヴリーは答えた。「口を経由して」

アナの唇の両端がねじれて微笑に近い形になり、じっと考えこむあまり、額にしわが刻まれた。フォークは宙で止まったままだった。「記憶には残ってないけど、そんな瞬間があったのはたしかだわ。ただ、なんだったのかを思いだそうとすると、言葉にならない恐怖で全身がすくんでしまうの」

そうか……。さっきぼくの頭に浮かんだふたつの瞬間のどちらかを彼女が選ぶだろうと予測したのは、あまりにも浅はかだった。ぼくはいま、過去のどんな泥を掻き立ててしまったのだろう？

「それはきっと、孤児院に置き去りにされた日でしょうね。わたしをそこへ連れていった男の人は不機嫌で、わたしにいらいらしてたけど、少なくとも、その人が誰なのか、どういう間柄の人なのかは、わたしも知っていたはずなの。でも、次に――そのときまで安全に幸せに暮らしていたのに、捨てられて未知の世界に放りだされてしまう、という大きな恐怖が襲ってきたの。ただ、それはわたしの記憶違いかもしれない。遊び相手の子がたくさんいる場所で暮らせるようになって、すごく幸せだったのかもしれない。もちろん、孤児院で送った日々には悲しい思い出なんてまったくないのよ。あの日のぼんやりとした記憶は、本当の記憶じゃないのかもしれない」

いや、本当の記憶かもしれない。やれやれ、めでたい宵になんとすばらしい会話をしていることか。

「食事に戻ったほうがいい、アナ」彼に言われてようやく、フォークが彼女の口に運ばれた。

「では、あなたのほうは？」アナは尋ねた。「あなたの人生でもっとも恐ろしかった瞬間は？」

エイヴリーはふざけた返事をしようかとも思ったが、正直に答えることにした。「ある意味で、きみの記憶と似ているかな。一一歳のとき、入学初日に寮へ案内された。同室の少年が七人いて、到着したのはぼくが最後で、寮に入るのが初めてなのもぼく一人だった。部屋に広がった静寂は耳に突き刺さるほどだった。やがて、少年の一人が言った。〝おい、見ろよ、パディ。おやじさんがおまえの遊び相手にって、可愛い妹をよこしてくれたぞ〟と。そして、全員がメンドリみたいにけたたましく笑いだした——いや、成長期のオンドリみたいにと言うべきかな。その晩、毛布の下で縮こまったぼくは、いきなり何かをガンガン叩く音や、幽霊みたいな声や、くぐもった笑い声に悩まされ、ひと晩じゅう寝かせてもらえなかった。だが、ぼくが恐れたのは幽霊じゃなかった。少年たちだった」

アナは彼をじっと見ていた。「まあ、かわいそうな坊や。いつ別人になったの？」

「エイヴリー」左側から先々代伯爵未亡人が言った。「あなたが舞踏会に出るたびにレディたちをひどく落胆させているという話を聞きましたよ。いちばん美しい令嬢たちと二曲か三曲踊ると、あとはカードルームに姿を消したり、さっさと帰ってしまったりするそうね。今夜はカードルームより舞踏室のほうで長い時間を過ごしてくれるよう、願っていますよ」

エイヴリーがアナに注意を戻すと、アナは食事に戻っていて、やがてモレナーとふたたび会話を始めた。エイヴリーは思った——子供時代と少年時代のことをぼくはこれまで誰にも話したことがなかった。だが、たったいま、口にした。

「ぼくは今夜、新しいダンスシューズを履いてきました」エイヴリーは言った。「従者が根気よく足に合わせてくれましたが、本当は時間をかけて履き慣らさなければだめなんです。それでも、今夜は一曲残らず踊ろうと思っています。たとえ、一〇本の足指と両方のかかとに水ぶくれを作ってベッドに入ることになろうとも」

そのあとに続いた舞踏会はアナのそれまでの経験をはるかに超えるすばらしさだったので、

アナの心は、令嬢たちの母親やお目付け役の女性たちのように舞踏室のへりで椅子にすわり、すべてを見物したいという思いでいっぱいだった。しかし、今宵《こよい》の集まりはアナのために開かれたのだ。誰もが彼女に注目している。

舞踏室そのものにもアナは息をのんだ。ずいぶん広々とした部屋という印象だった。じっさいはウェスコット邸の舞踏室とそう変わらないだろうが。淡紅色や桃色や白の花々と緑のシダ類が壁を覆い、ポットやハンギングバスケットに入れられて会場を飾り、その香りが室内を満たしていた。金箔仕上げに濃緑色のベルベット張りの椅子が壁ぎわに並び、木の床は丹念に磨かれて艶やかな光沢を放っている。天井画つきの折り上げ天井からクリスタルガラスの大きなシャンデリアが三基下がり、炎を上げるろうそくがそこにびっしり並んでいる。いっぽうの端に一段高くなった場所があり、ピアノフォルテやその他の楽器が楽団員たちを待っている。反対端の両開きドアはあけてあり、ドアの向こうに正方形の部屋が見える。白いクロスをかけたテーブル、銀器、クリスタルのデカンター。空いたスペースにはもうじき、招待客が軽くつまめるようにと、美味なるものをのせたトレイが並ぶことだろう。床から天井まで届く鏡が長い壁面にはめこまれ、照明と花々の装飾の効果を二倍にしている。向かいあった壁にはフレンチドアが並び、ランタンの光に照らされた石造りの広いバルコニーに向かってあけ放たれている。

「すべてあなたのためなのよ、アナスタシア」ルイーズおばが言った。「どんな気分？」

「みごとです、おばさま」アナは質問をはぐらかした。

ほどなく、招待客が到着しはじめ、アナがルイーズおばと公爵にはさまれてドアのすぐ内側に立つあいだ、客の流れは一時間以上にわたって途切れることなく続いた。アナは一人一人の客の名前を告げる執事の声に注意深く耳を傾け、名前と顔を記憶しようと努め、客に挨拶するときの完璧な作法を思いだそうとした。しかし、できるはずもなかった。それに、どうすればこれほど多くの人が舞踏室に入れるの？　しかも、ダンスをするんでしょ？

舞踏室に入ってくるレディたちに比べると、自分の姿が――予想していたとおり――さほど豪華でないことをアナが悟るまでに、そう長くはかからなかった。誰もが宝石をきらめかせ、フリルやひだやレースやリボンでドレスを華やかに飾り、重力の法則をみごとに無視していた。ネックラインが極端に深く、いつ災難に見舞われるかわからないようなドレスをまといながら、どうすれば緊張せずにいられるの？　髪には、カール、縦ロール、ティアラ、ターバン、ゆらゆら揺れる丈長の羽根などがびっしり。香水の香りであたりがむせかえるようだ。

やがてダンスが始まる時刻になり、カドリールを踊るために公爵がアナをリードしてフロアへ出た。アナは学校のころにカドリールのステップを習い、ロバートソン氏のレッスンで磨きをかけていたが、きわめてフォーマルな踊りなので、孤児院のパーティではあまり好まれていなかった。アナはいま、心臓が喉から飛びだしそうな気分でカドリールを踊っていた。なにしろ、みんなに見られている――しかも、そう思うのはアナのうぬぼれではなかった。ネザービー公爵が舞踏会に出ているあらゆる紳士の輝きを奪っているのはもちろんだし、その踊りはエレガントで、しかも物憂げな目をアナにまっすぐ据えていたため、アナはやがて、ステップをひとつ、もしくは一連のすべてのステップを間違えたらどうしようという恐怖から解放された。彼に視線を返し、自分がこの人々——貴族社会のトップに君臨する人々——から興味津々の目で見られていることも、明日にはロンドンじゅうの貴族の屋敷の客間やクラブの部屋で、自分が噂と批評の的になるであろうことも忘れ去った。踊るのが楽しくてたまらなかった。

カズン・アレックスとの二曲目のダンスも楽しかった。公爵とはまさに正反対のタイプだ——背が高くてがっしり体型、浅黒い肌をしたハンサムな男性で、非の打ちどころのない当世風の優雅さを漂わせていて、しかも思いやりがある。

「アナスタシア」音楽が始まる前に、アレグザンダーは言った。「晩餐の前にあなたの姿を褒めたのはリジーに無理強いされたからだなどとは、どうか思わないでもらいたい。本当のことを言っただけなんだ。あなたにはシンプルな装いがよく似合う。あなたの生い立ちを物語っていて、しかも、境遇の変化にぴったり合っている」

「ありがとうございます、アレグザンダー」アナは彼に微笑した。

「身内や親しい友はぼくをアレックスと呼ぶんだよ」

「そして、わたしも身内なのですね。ああ、誰かにそう言えるのを何年も何年もずっと夢見ていました、アレックス。そして、いまではそう言える人が何人かできました」

カズン・アレックスのカントリー・ダンスのステップは正確無比だった。アナ自身はもう少し活発に踊りたいところだったが、彼のリードに従った。

最初の二曲が終わったら休憩する時間ができ、しばらくのあいだ、人々が踊るのを見物して楽しめるだろう――アナが薄々そんな期待を抱いていたとしても、その思い違いはほどなく正されることになった。ふと気づいたときには、次のダンスを申しこもうという熱意に燃えた紳士たちに、ルイーズおばと二人でとり囲まれていた。ひと晩じゅうこんな調子だった。一曲ごとにパートナーがいたが、それでも一緒に踊ることができたのは、申しこんでくれた紳士の半分にも満たなかった。もし、アナ・スノーという女性に心から関心を寄せている者は一人もおらず、未知の珍品として社交界に新たに登場したレディ・アナスタシア・ウェスコットに興味を持っているだけであることを、アナが理解していなかったら、天にものぼる心地になっていただろう。

夜食の前のダンスはエグリントン卿と踊った。背の高い、ひょろっとした、出っ歯に眼鏡の若者で、最初はアナに恐れを抱いている様子だったが、やがて、彼が馬に夢中だと知ったアナがいくつか質問をすると、若者らしい熱意をこめて自分から話をするようになった。ダンスが終わると夜食の席へアナをエスコートしてさらに話を続け、アナのほうはくつろいだ気分で興味深く耳を傾けた。わたしより五、六歳ほど下ね――アナは思った。ハリーと学校が同じだったとエグリントン卿は言ったが、そのあとで頬を赤くし、あわてて馬の話題に戻った。ハリーの話をひとことでも出したらアナの機嫌を損ねてしまう、と思っているかのように。

客たちが舞踏室に戻りはじめたところで、アナは「失礼します」と断わって、女性用の休憩室へ急いだ。数分後、舞踏室に戻ろうとして、その外の広い踊り場まで行ったとき、一人の紳士が行く手に立ちはだかり、お辞儀をした。

「残念なことに、正式な紹介はまだですが、レディ・アナスタシア」紳士は言った。「今夜は到着が遅くなってしまいました。もっとも、かつて一度、社交界に登場する準備が整う前のあなたに紹介してもらおうとしたことがありました。あのときの非礼をお詫びし、ここで自己紹介をさせていただきたいと思います」

「まあ」アナはこの紳士が劇場で公爵から露骨に無視された相手だったことに気づいた。

「ええ、覚えております。あの場でお近づきになれれば光栄だったのですが。ネザービー公爵にはわたしから遺憾の意を表しておきました」

「しかし、あなたを守ろうとする身内の方々を非難するつもりはありません、レディ・アナスタシア。身内の方々としては、このように希少かつ汚れなき花が誤りを犯して、本来ならばその高貴な生まれゆえにつきあうはずであった人々から軽蔑されることを、恐れておいでなのでしょうから」

ひょっとすると――アナは思った――公爵がわたしをこの男性に紹介しようとしなかったのには、それなりの理由があったのかもしれない。もっとも、許されることではないけど。

「アクスベリー子爵と申します。お見知りおきを、レディ・アナスタシア」ふたたび恭しくお辞儀をして、紳士は言った。

「お知りあいになれて光栄に存じます、アクスベリー卿」アナは右手を差しだした。彼はその手をとって唇に持っていった。

背の高いハンサムな男性だが、いささか尊大なところもあるように思われた。しかも、グレイ夫人に教わった大切な礼儀作法のひとつとして、アナですら知っているように、向こうが紹介を望むなら、アナに近い関係の誰かに――たぶん、ルイーズおばあたりに――紹介の労をとってもらうのが正式なやり方のはずだ。

「図々しいお願いですが、レディ・アナスタシア、次の曲のお相手がまだ決まっていなかったら、わたしと踊っていただけないでしょうか？」

アナは返事をしようとして口を開きかけた。

「レディ・アナスタシア・ウェスコットは次の曲をほかの誰かと踊る約束になっている」アナの左肩の背後で物憂げな声がした。「その誰かが機会を見つけて申しこめばすぐに。今宵のすべての曲について、同じことが言える、アクスベリー」

アナは信じられない思いで目を丸くして、ネザービー公爵のほうを向いた。公爵は例によって、黄金の片眼鏡を目とほぼ同じ高さに掲げていた。

「ある方からすでに申しこまれております、公爵さま」本当はアクスベリー子爵と踊る気などないのに、その事実を無視して、アナは冷ややかに言った。「そして、いまイエスとお返事するところでした」

公爵はアナの言葉を無視した。「ぼくの記憶違いだったら許してほしいが」子爵に話しかけた。「きみに招待状を出しただろうか、アクスベリー？」

「もらっている」子爵はこわばった声で答えた。「招待状もないのに押しかけてくるわけがない。ところで失礼だが、ネザービー、きみはレディ・アナスタシアの後見人なのか？　血縁関係はないようだし、いずれにしろ、レディ・アナスタシアは未成年ではないはずだ」

なんてことに……。三人が立っている踊り場は人目の多すぎる場所だった。舞踏室に出入りする客、ふたたびダンスが始まるまで何人かで集まって雑談中の客などで、けっこう混雑していた。三人のあいだの雰囲気がとげとげしくなってきた。あっというまに周囲の注目の的になりそうだ。

「ふむ」公爵は言った。「それでは、今後は招待客リストに以前より念入りに目を通し、公爵夫人とわが秘書の趣味の良さをあまり信頼してはならないことを、自分に対する今後の教訓にするとしよう。そろそろおひきとりいただけると、ぼくとしてはありがたいのだが、アクスベリー」

「かなりお腹立ちのようだな」アクスベリー子爵は言った。「だが、ネザービー、わたしの立場に置かれれば、きみもまさに同じ行動をとったであろうことは否定できないはずだ。誰だって、結婚相手にあんな氏素性の――おっと、失礼、レディの前だったな。レディ・アナスタシア、ご自身の社交界デビューの舞踏会で公爵の気まぐれに文句も言わずに屈する気ですか？　それとも、次の曲のパートナーにわたしを選ぶという栄誉を与えてくださいますか？」

公爵ももはやアナを無視しようとはしなかった。子爵に対して不可解な喧嘩《けんか》をさらに吹っかけることもなかった。かわりに、リボンで手首に結んだ片眼鏡を落とし、眠たげな目をアナに向けて返事を待った。

ほかの人々の目も興味津々で三人に向けられ、舞踏室に戻ろうとする客たちも足を止めた。

「ひとつお尋ねしたいのですが、公爵さま」声を低くして、アナは言った。「何をめぐってアクスベリー子爵さまと口論なさっているのです？　何が原因だとしても、わたしには関係のないことですし、ひとこと言わせていただくと、その口論の只中《ただなか》に放りこまれ、不作法なあなたの仲間にされてしまったことに――これで二度目ですよ――腹を立てております」

公爵の目に一瞬、称賛に似たきらめきが浮かんだ。「アクスベリー卿の自己紹介が中途半端だったのかもしれない、アナ」柔らかな口調で言った。「レディ・カミール・ウェスコットがただのミス・ウェスコットで、故リヴァーデイル伯爵の婚外子に過ぎなかったという衝撃の事実を知るまで、アクスベリー卿は彼女と婚約していたのだが、その事実にたぶん触れなかったのだろう」

アナは目を丸くし、公爵をしばらく凝視してから、アクスベリー子爵に目を向けた。

「あなたがわたしの妹を捨てた人でしたの？」

「それは誤解です」こわばった表情で子爵は言った。「婚約に終止符を打ち、そのことを朝刊で発表したのはミス・ウェスコットのほうでした。それから、ミス・ウェスコットとの関係は、あなたが誇りにできるものではないのですよ、レディ・アナスタシア。あの不運な姉妹のことはなるべく口になさらないほうがいい——この意見にはきっと同意してくださることと思います」

「アクスベリー卿」アナは無意識のうちに教師の声になっていた。生徒たちが言うことを聞かないときに使っていた声だ。「何分か前には、お知りあいになれて光栄に存じますと申しあげました。でも、もう光栄とは思っておりません。いまも、これから先もずっと、お知りあいになるつもりはありません。二度とお話ししようとも思いません。二度とお目にかからずにすむよう願っております。あなたのような方をわたしは軽蔑しますし、あなたと結婚せずにすんだ妹の幸運をただもう喜ぶばかりです。妹の出生の真実が明るみに出ることがけっしてなかったとしても、惨めなだけの結婚生活になっていたでしょう。アーチャー邸はわたしの家ではありませんが、今宵の舞踏会はわたしのために開かれたものです。どうぞおひきとりください」

アナが周囲の静寂に気づいたときにはもう手遅れだった。踊り場にちらっと目を走らせると、不安が的中していて、さっきアナがあたりを見渡したあとでこの場を離れて舞踏室に入った者は誰一人いなかった。それどころか、さらに多くが舞踏室から出てきたようだ。背中で手を組んで一メートルほど向こうに立っているアレグザンダーもその一人だった。

やがて、女性用休憩室の外に集まっていた若い令嬢五人が拍手を始めた。いずれも手袋をはめていたため、大きな音にはならなかったが、二人の紳士がそれに加わり、それから会話のざわめきがふたたび高まって、変わったことなど何も起きなかったかのように誰もが向きを変えた。

「ぼくも同感だ」公爵が愉快そうに言った。アレグザンダーがいるほうへ向かって眉を上げた。「危なくないよう、外まで送らせてもらおう、アクスベリー。階段で先日のような発作を起こされては困るから。そうだろう？」

「アナスタシア」アレグザンダーが言った。「舞踏室へエスコートさせていただきたい。あなたのおばさまの周囲に、すでにおおぜいが集まって、次の曲のパートナーに選んでもらおうとしています」

アナは彼の袖に手をかけ、エスコートされるまま舞踏室に入っていった。

「どこまでお聞きになったの？」彼に尋ねた。

「アクスベリーが何者かというネザービーの説明と、あなたのみごとな叱責のすべてを」

「わたし、大声を出してました？」

「少しも大きな声ではなかったが、はっきり聞きとれました」

「まあ、困ったわ」アナは顔をしかめた。「初めて貴族社会に顔を出したというのに、とんでもない失態でした」

「だが、人前でアクスベリーを叱りつけたことを後悔していますか？」

アナは下唇を噛んで、しばらく考えこんだ。やがて、アレグザンダーに笑顔を向けた。

「いいえ」

「ぼくが思うに、アナスタシア」アレグザンダーはニヤッと笑ってアナを驚かせた。「わが身内の者たち——あなたのおばあさまや、おばさまたち——は、非の打ちどころのない従順そのもののレディというよりも、個性的なレディとして、あなたを社交界に紹介することを学ばなくてはならないでしょう」

「わたし、非の打ちどころのないレディとは言えないのですね？」アナは顔をしかめた。

「ええ、無理でしょう。ぼくはそんなあなたが好きですよ」

二人はすでに、ルイーズおばのそばまで来ていた。なるほど、おばのまわりに紳士たちの人垣ができていた。大部分が若い紳士で、いっせいにふりむいてアナに笑いかけ、自分たちのあいだに迎え入れ、次の曲で誰がアナのパートナーになるかを競いあった。たったいま起きたことは、この紳士たちの耳にはまだ届いていないようだ。

でも、呆れたわ——初めて扇子を開いて顔に風を送りながら、アナは思った——ほんとに呆れた男。よくもあんな図々しいことを！

〝それから、ミス・ウェスコットとの関係は、あなたが誇りにできるものではないのですよ、レディ・アナスタシア。あの不運な姉妹のことはなるべく口になさらないほうがいい——この意見にはきっと同意してくださることと思います〟

わたしがあんな男と近づきになるのを歓迎するなんて、向こうは本気で思ってたの？　あんな男と踊るのを喜ぶなんて？　あの夜、エイヴリーが本当に三本の指先でアクスベリーを倒してくれればよかったのに。ただし、エイヴリーの話を信じていいものかどうか、まだわからないけど。階段の上でもう一度やってみせてほしい。できれば階段のてっぺん近くで。

しかも、こんな悪意に満ちたことを考えても、少しも恥ずかしいとは思わない。カミールのハートが粉々になっているとしても、下劣な男から危ないところで逃げだせたことを知れば、カミールも多少は慰められるかもしれない。

夜食のあとの一曲目はワルツで、アナはでっぷりしたサー・ダーネル・ウォッシュバーンと踊ったが、最初の数分間は向こうがゼイゼイいうだけで、会話はまったくなかった。なにしろ、唇がかすかに動いていて、頭のなかでステップを数えているのが明らかだったからだ。ところが、指輪に飾られ、爪がきれいに磨かれ、レースに包まれた手がサー・ダーネルの肩に置かれた瞬間、彼の唇の動きが止まり、二人のワルツも止まった。

「軽食が用意してある部屋の戸口に立っているあの従僕、きみのために冷えたエールを用意しているぞ、ウォッシュバーン」ネザービー公爵が言った。「生ぬるくなる前に飲んできたほうがいい。レディ・アナスタシアのワルツの相手は、ぼくがかわりにひきうけるから」

「おや、きみか」最初は困惑の表情だったサー・ダーネルだが、ワルツの邪魔をし、パートナーを奪おうとしているのが誰なのかを知ると、その表情は別のものに変わった。「親切にどうも、ネザービー。踊ると暑くなるからな。失礼してよろしいでしょうか、レディ・アナスタシア？」

「ええ、どうぞ」アナは言ったが、彼女を抱き寄せようとする公爵にかなりとげとげしい目を向けた。「不作法な方ね」

「きみの前で汗をだらだらかき、きみの耳に甘い言葉をささやくかわりにステップを数えるのが？　あの男を許してやってくれ、アナ。ほとんどの誘惑には抵抗できるやつだが、エールだけはだめなんだ」

公爵は華麗なステップでアナをワルツに誘いこみ、ほかの踊り手に交じって、ダンスフロアのへりでターンをくりかえした。

「明日にはもう」アナは言った。「わたしの悪評が広まってるでしょうね」

「ねえ、アナ、貴族連中を大目に見てやってくれ。きみはすでに悪評高き人になっていて、きみのおばさん連中もようやくそれを悟りはじめたところだ」

「あなたがあそこまで秘密主義じゃなくて、子爵がどういう人なのかをあのとき劇場で説明してくれていたら、今夜、人前であんな騒ぎを起こさずにすんだかもしれないわ」

「心に留めておくよ――きみの前では二度と秘密主義にならないことを。それから、けっしてきみの気分を害さないようにすることも。きみの不興を買うことを考えただけで、身体が震えだす。とくに、人前でそんなことになったりしたら」

「わたし、舞踏会を台無しにしてしまったの？」アナは尋ねた。〝わたしの人生を台無しにしてしまったの？〟――無言で考えた。

「その答えは、これから何日かのあいだにきみが誰と話をするかで変わってくる」

「いまはあなたと話をしてるのよ」

「たしかにそうだ」彼はアナをリードしてフロアの隅へ向かいながら、途中で二度、彼女をターンさせた。「おかげで退屈せずにすんでいる。貴族社会の盛大な催しに出ると、ぼくはいつも退屈してしまうんだ。舞踏会ではとくに」

そして、公爵は前に一度だけしたことを、ここでまたくりかえした。もっとも、前のときと同じく、アナのほうはまったく心の準備ができていなかった。公爵は彼女ににこやかに微笑すると、ふたたびターンさせた。そして、アナも微笑を返した。ウェスコット邸の音楽室で初めてレッスンを受けたときと同じく、ワルツの魔法のとりこになっていた。

こんなに恥ばかりかいていたら、たぶん、とりかえしがつかなくなる。でも、思い悩むのはあとにしよう。

明日にしよう。

15

舞踏会の翌日は何も予定が入っていなかった。ふたたびみんなで集まってアナのデビュー舞踏会について意見を交わし、今後の社交シーズンの計画を立てる前に、休息と黙想の静かな時間を持つことにしようと、おばたちが決めたのだ。

だが、舞踏会の翌日は静かな一日にはならなかった。

まず、正午にもならないうちに、ぴったり三〇個の花束がウェスコット邸に届けられた。

「玄関扉をあけっぱなしにしとこうかと思ったほどです。ノッカーのせいで扉に穴があいたりしたら大変ですからね、ミス・スノー」深紅のバラが二ダースというとりわけ豪華な花束を客間に運びこみながら、バラの陰からジョン・デイヴィーズが言った。「けど、執事のリフォードさんから、あけっぱなしにするなんてとんでもないって言われちまって。これ、すっごく高そうですね」

花束のうち三個はエリザベス宛、二七個はアナ宛だった。アレグザンダーから二人にそれぞれ一個ずつ届いていた。

「すごいわね」二人をとりまく文字どおりの花園を見まわして、アナは言った。もっとも、花束の多くはすでにメイドの手で運び去られ、邸内のほかの場所に飾られていた。「お花をくださった紳士の半分もわたしは覚えてないのよ、リジー。いえ、半分以下だわ。その方たちと踊ってもいないのに。みなさん、なんて親切なのかしら」

「ほんとね」エリザベスは、彼女宛の花束のひとつに入っている陽気な色合いのデイジーの花びらをいじりながら言った。「昔、サー・ジェフリー・コデイアに求婚されたことがあったわ。デズモンドの求婚に〝はい〟って答えた日の翌日だった。だから、新聞にはまだ婚約の記事が出ていなかったの。ハートが破れてしまったとサー・ジェフリーに言われたけど、たぶん、それは嘘《うそ》よね。しかも、わたしはデズモンドに夢中だったから、正直に白状すると、サー・ジェフリーのことなんてそれ以上考えなかったわ」

「最初のワルツのときにあなたと踊った紳士？」ワルツでエリザベスのパートナーを務めた男性を思いだしながら、アナは尋ねた。背が高く、がっしりした、砂色の髪の紳士で、その目はエリザベスだけを見つめていた。

「それから、夜食のあとのワルツもよ」エリザベスは言った。「あなたはサー・ダーネル・ウォッシュバーンと踊りはじめて、途中からエイヴリーになったでしょ。サー・ジェフリーは一年前に奥さまを亡くし、つい先日、喪が明けたばかりなの。とんでもない悲劇だったのよ。ハイドパークの外で暴走してきた馬と荷車に奥さまが轢《ひ》かれてしまったの。小さなお子さま三人をあとに遺して」

「まあ」

しかし、エリザベスは首を横にふって微笑した。「ほんとにすてきな舞踏会だったと思わない、アナ？　呆れた話だけど、わたしが踊らなかったのは一曲だけなのよ――こんな歳なのに」

「うっとりするような姿だったわ、エリザベス。黄色が似合うのね。太陽の光みたいに見えるわ」

エリザベスは笑いだした。「お花を贈ってくださったジョンズさまもご親切な方ね。お父さまがうちの父の狩猟仲間だったころ、あの方はまだ少年で、よくうちに泊まってらしたのよ。当時のわたしは、知ったかぶりをする生意気な子だと思ってたけど、人間的にずいぶん丸くなられたわ。いえ、たぶん、わたしが丸くなったのね。でも、アナ、あとはみんな、あなたの崇拝者からよ――二〇いくつ？　数えきれなくなってしまった」

「二七」アナは言った。「お花を贈られるなんて生まれて初めての経験よ。しかも、二七人からいっぺんに。ドキドキしてしまう。今日はもう何も予定が入ってなくて、誰も訪ねてこないから助かるわね。早くも疲れてくたくたよ――もしくは、まだ疲れがとれない」

しかしながら、誰も訪ねてこないだろうというアナの予想ははずれた。二人で午餐をすませ、外出の予定はないものの、午後にふさわしいドレスに着替えるために、それぞれの部屋に戻った。ところが、刺繍道具を手にしたエリザベスと、小さな書き物机で手紙を書くつもりのアナが、アナの居間に腰を落ち着けたとたん、ジョン・デイヴィーズがやってきて、階下に客が来ている、客は二人だったので客間へ案内しておいた、二人は一緒に来たのではない、執事のリフォードさんが〝午前中に届いた花束の数からすると、まだまだ来客がありそうだ。客間が人でぎっしりになるかもしれない。とくに、花束のうち四つが客間に運びこまれてテーブルの大半を占領しているから〟と言っている、と報告した。

「けど、きれいですよね」ジョンはつけくわえた。「それに、すっごくいい匂いだ。でも、ま、客間の花も、ここにある花も、みんなそうだけど」

「ありがとう、ジョン」アナはペンの汚れを拭いて机に置き、エリザベスは刺繍の布をたたんで片づけた。「お客さまっていったい誰かしら、リジー？」

二人が客間に入ったときには、新たな客がさらに三人到着していて、なかの一人は母親同伴、もう一人は姉と一緒に来ていた。しかも、それはまだ序の口だった。その後二時間にわたって――これが上流階級の訪問の時間帯であることを、あとでエリザベスが説明してくれた――次々と客が訪れ、それぞれ三〇分ずつ談笑していった。トレイが運ばれてくるとエリザベスがお茶を注ぎ、アナは客との会話に集中した。それは驚くほど簡単なことだった。なにしろ、誰もが心から楽しそうな様子で、おたがいに気軽に言葉を交わしていたからだ。部屋は笑い声にあふれていた。全部で何人ぐらいの客が来たのか、アナはいちいち数えていなかったが、二〇人を超えていたのはたしかで、女性はそのうちわずか四人だった。

午後の遅い時間に馬車でハイドパークへ出かけようという誘いが五人からあり、アナはフレミング氏の誘いに応じることにした。真っ先に誘ってきたのが彼で、その弟（今日の訪問には同行していなかった）とエリザベスも一緒に行くことになったからだ。また、四日後にレディ・ハナが開く舞踏会で一曲目を一緒に踊ってほしいという申込みが三人からあった。みんな、アナが当然出席するものと思っているようだ。翌週の観劇会への招待が一件と、同じく翌週にヴォクソール・ガーデンズで開かれるパーティへの誘いが一件あった。この五件の招待については、目を通していない招待状がまだたくさん残っていて、どれに出席するか決めていないし、どの日が空いているかもわからないので、と笑いながら答えて、曖昧にごまかしておいた。グレイ夫人から受けた礼儀作法のレッスンが、笑い声に満ちた肩の凝らないものだったにもかかわらず、大いに役に立ったわけだ。

招待状も朝から続々と届いていて、最後の客が帰ったあとで、執事が銀のトレイにのせて客間に運んできた。

「まあ、驚きだわ、リジー」エリザベスと二人で招待状に目を通しながら、アナは言った。「みなさん、なんて優しいのかしら。ゆうべ、あんなことをしてしまったから、社交界から排斥されるのを本気で覚悟してたのに」

エリザベスはアナに向かって首を横にふっていた。「何もわかってないのね、アナ。あなたのことをイングランドでいちばん裕福な女性だと言うつもりはないけど、トップ五人ぐらいに入るのは間違いないわ。しかも、若くて、社交界に新たに登場したばかり。しかも……未婚」

「でも、ほんの少し前まで孤児だったし、孤児院で教師をしてたのよ」

この返事を二人とも滑稽だと思い、大笑いした。もっとも、アナ自身は、自分がおもしろがっているのかどうか、よくわからなかったが。

「フレミングさまと、弟さんと一緒に馬車で出かける支度をしたほうがいいわね」エリザベスが言った。「静かなドライブになるなんて思っちゃだめよ、アナ」

リヴァーデイル伯爵が借りている屋敷をエイヴリーが午後の半ばに訪ねると、伯爵は母親をエスコートして図書館へ出かけ、ちょうど帰宅したところだった。伯爵と母親が腰を下ろしてお茶を飲もうとしている居間に案内されたエイヴリーを見て、伯爵は眉を上げた。こいつが驚くのも当然だ――エイヴリーは思った――アレグザンダーとぼくは犬猿の仲ではないものの、仲良くしたこともないのだから。

「エイヴリー」ウェスコット夫人が温かな笑みを浮かべて立ちあがった。「よく来てくださったわね。さあ、すわって。ちょうどお茶を飲むところだったけど、あなただったら、アレックスと二人でもっと強いものを飲んだほうがよさそうね。ゆうべの舞踏会にはあなたも大満足でしょ。盛況だったし、アナスタシアは冷静沈着ですばらしかったわ。夜食のあとでアクスベリー子爵とひと悶着あった件に関しては、そうね、哀れなカミールを守ろうとして声を上げたアナスタシアに心から拍手を送りたいわ。アナスタシアの言葉をわたしも聞ければよかったのに」

部屋を横切ってサイドボードのほうへ行きながら、伯爵が言った。「貴族社会のあとの人たちも母さんと同じ意見であるよう、ひたすら願うとしましょう。何を飲む、ネザービー？」

エイヴリーは椅子にすわり、ウェスコット夫人がお茶を飲み終えるまでのあいだ、話し相手になった。やがて夫人は席を立ち、そばに積んであった三冊の本を手にとった。

「わたしも空気ぐらい読めますよ」目をきらめかせて、夫人は言った。「あなたは何か特別なご用があって訪ねてらした。そうでしょう、エイヴリー？　アレックスと二人だけで話をするために訪ねてきて、わたしをさりげなく追い払うにはさりげなく追い払うにはどうすればいいかと悩んでらっしゃる。そして、わたしのほうは、どうすれば不作法だと思われずに逃げだせるのかと、ずっと考えていたの。図書館で本を三冊借りてきたから、早く読みたくてうずうずしてるのよ。いえ、立つ必要はないわ。あなたもね、アレックス。片手に本を三冊持ったまま、反対の手でドアをあけるぐらいのことはできますから」

そう言われても、アレグザンダーはやはり立ちあがった。母を送りだして静かにドアを閉め、ふりむいてエイヴリーを見た。

「わざわざお越しいただけるとは、どういう風の吹きまわしだい？」

「介添人が必要になった」ため息混じりにエイヴリーは言った。「それで、身内に頼んだほうがいいと思って」

一瞬、沈黙が流れた。

「介添人？」アレグザンダーはそう言うと、暖炉まで行き、片方の肘を炉棚にのせて寄りかかった。「ボクシング試合とか、決闘のときのような？」

「まったく面倒な話なんだが」エイヴリーは言った。「アクスベリーから決闘を申しこまれた。ぼくが人前でやつに侮辱と苦悶を与えたということで――けさ、ジャスパー・ウォーリングがアクスベリーの代理としてアーチャー邸に現われ、介添人たちを選ぶようぼくに言ったとき、たしか〝苦悶〟という言葉を使っていたように思う。介添人に〝たち〟がついていたが、ウォーリングはたぶん、単数のつもりで言ったのだろう」

「アクスベリーのやつ！」アレグザンダーは言った。「あいつを舞踏会に呼ばないのは礼儀に反するなどと、カズン・ルイーズがなぜ考えたのか、ぼくにはどうにも理解できない。きみかぼくのどちらかに階段から突き落とされ、玄関から放りだされなかっただけでも、アクスベリーは幸運だったというのに」

「まったくだ」エイヴリーも同意した。「だが、介添人が必要なんだ。頼まれてくれるか？」

アレグザンダーは渋い顔で彼を見た。「武器は何を選ぶつもりだ？　選ぶ権利は、決闘を挑んだ側ではなく、挑まれたきみの側にある。最上級生のとき、フェンシングのフルーレの腕がけっこうすごかったのを覚えてるぞ。アクスベリーのほうは拳銃の名手という噂だ。きみ、拳銃の腕前は？」

「まあまあかな」エイヴリーはそう言うと、ポケットから嗅ぎ煙草入れを出して指で少しつまみ、アレグザンダーはそのあいだ、いらいらしながらエイヴリーの話の続きを待った。

「あいつの眉間に弾丸を命中させて大騒ぎをひきおこすのは気が進まない。狙いが大きくそれてしまい、そのあとでやつの拳銃の銃口を見下ろすことになるのは、なおさら気が進まない。剣を使えば流血沙汰になる。シャツについた血を洗って落とすのは至難の業だ。ぼくの従者がそう言っていた。しかも、剣を使えばシャツに穴があく。だめだ。ぼくが武器を選ぶとしたら、この肉体だな。穴をあけたり、余分な血を流したりする武器はいっさい抜き。もちろん、鼻血もはた迷惑なものだが」

「素手の殴りあいを選ぶ気か？」アレグザンダーは信じられないという顔をした。「どちらかが倒れて意識を失うまで？　殺人沙汰になるぞ、ネザービー。きみのかわりに、ぼくに決闘をさせてくれ。ぼくもゆうべ、あの場に居合わせたんだし、カミールともアナスタシアともじっさいに血のつながりがある。ジェントルマン・ジャクソンのボクシング・サロンに頻繁に通っているわけではないが、殴りあいは得意なほうだ」

「ぼくが探してるのは介添人だ。決闘の当事者ではない。ひきうけてもらえないなら、ほかを当たらなくては。だが、面倒だろうな」

「殺人沙汰になるぞ」アレグザンダーがふたたび言った。

「そこまではしたくない」エイヴリーは考えこみながら言った。「自分の力を制御して、一生涯治らない傷をやつに負わせるようなことはしないつもりだ。心をそそられはするが。いけ好かないやつだからな」

アレグザンダーは短い笑い声を上げた。もっとも、おもしろがっている声ではなかった。

「少なくとも、決闘が終わったとき、きみは生きているわけだな」と言った。「それを見届けるとしよう」

「やってくれるか？」エイヴリーは立ちあがった。「恩に着る、リヴァーデイル。決闘の件はできれば秘密にしておきたい。そういうことをひけらかすのはいやだからな。それに、二人のレディに必要以上の注目が集まるのを避けたいし」

「カミールとアナスタシアのことか？」アレグザンダーは言った。「ウォーリングを説得して、やつからアクスベリーに秘密厳守を求めてもらうとしよう。もっとも、むずかしいかもしれない。アクスベリーのことだから、見物人を集めたがるだろう。決闘の武器として、きみがこぶしを選んだとなればとくに」

「肉体だよ」エイヴリーはアレグザンダーの言葉を穏やかに正した。「こぶしは肉体の一部をなす小さな武器に過ぎないし、つねに役立つわけではない——こぶしを作れば手が短くなるからな。介添人として最善を尽くしてくれ、リヴァーデイル。これ以上きみの時間を奪うのはやめておこう。きみの母上が早くも本に飽きているかもしれない。連絡を絶やさないようにしてくれるね？」

「わかった」アレグザンダーは約束してから、エイヴリーを玄関まで送った。

まったく面倒なことだ——エイヴリーはそう思いながら通りを歩きはじめ、メイドを連れた貴婦人とすれ違ったときには、帽子のつばに手を当てて挨拶した。アクスベリーの住まいに押しかけてその場で問題にケリをつけたいという強い誘惑に駆られた。しかし、アクスベリーが愚かな方法を選び、正式に決闘を申しこんできた以上、紳士として正しき儀礼に従わなくてはならない。

ただ、今回の件が表沙汰にならないことを、エイヴリーは強く願っていた。世間から、カミールかアナの、もしくはその両方の名誉を守ろうとした人物として見られるかもしれない――考えただけでぞっとする。退廃的な怠け者という評判に傷がつく。しかし、知りあいの馬鹿男が愚かな道を選んだとき、こっちに何ができる？　思いとどまるよう説得することなどできはしない。もしかしたら、できるかもしれないが、無駄な言葉を大量に費やすことになる。

人生はときとして、まことに厄介なものだ。

翌日の午後、アナは客間の窓辺に立ち、通りをじっと見下ろしていた。もうじき、身内の人々が報告と意見を携えてやってくる。舞踏会について。アナの勝利と惨事について（惨事が複数ではなく単数であるよう、アナは願っていた）。いまのアナ・スノーからレディ・アナスタシア・ウェスコットになるための進化を、今後どのように遂げていくべきかについて。落ちこまないようにするのはむずかしかった。こんなに気前よく夢を叶えてくれた運命か何かに感謝して、天にものぼる心地になるべきだとわかってはいるのだが。妹たちがこの部屋にいて、わたしの背後にすわったり、左右に立って腕を組んだりしていれば、すべてが違ってくるだろうに。でも、まだその母親が残されている。どこかで辛い思いをしているはずだ。それから、ハリーも残されている。戦争の危難と喪失のすべてに立ち向かおうとしているハリー。それから、わたしの過去にも空白の部分が残されている。

小説の世界にときどき出てくるように〝人生には永遠の幸せが待っている〟なんて言葉、

いったい誰が言ったの？　アナは首を横にふった。

エリザベスは二階でまだ着替えの最中だった。訪問客があれば、〝今日はお目にかかれません〟と執事に伝えてもらうことにしてある。昨日のくりかえしはもうごめんだった。もっとも、午前中に花束がさらに二個届いた。ひとつは若い紳士の手に握られていて、紳士は口ごもりながら求婚の言葉を、というか、少なくとも求婚のつもりらしき言葉を述べようとした。じっさいに口にしたのは、求婚する許可をどの紳士に求めればいいかという問いかけだった。アナがエリザベスを見ると、エリザベスもアナを見て、弟のリヴァーデイル伯爵のほうへ話をしてもらってはどうかと言った。

わたしがいまここで断わったほうが簡単だし、たぶん親切だと思うけど、具体的に求婚されてもいないのに、どうして断わることができるだろう？

この屋敷に向かって通りを歩いてくるネザービー公爵の姿を、アナの目がとらえた。今日はルイーズおばのエスコート役ではないようだが、ここをめざしているのは間違いない。階下の玄関扉のなかにその姿が消えたあと、アナは彼が客間に案内されてくるのを待った。公爵は客間のドアのところで足を止め、片眼鏡の柄を握りしめてあたりを見まわした。少々憮然たる表情だった。「ぼくが一番乗り？　なんとみっともない。きみに会いたくてうずうずしていたみたいに思われそうだな。ところで、きみ、一人？　お目付け役のカズン・エリザベスはいないのかい？　ぼくの冗談に笑ってくれる元気いっぱいのメイドもいない？」

「エイヴリー」アナは小声で言った。

公爵の視線がアナをとらえ、ほんの一瞬、公爵の片眼鏡もアナに向けられた。

「なんだい？」

「いえ、なんでもないの」

公爵は片眼鏡を下ろし、ゆったりした足どりで部屋に入ってきた。「何も言わないことによって正反対のことをほのめかす手法というのもあるわけだ。ここにある花はどれも崇拝者たちからだね？　玄関ホールと踊り場に置いてある花も？　玄関扉から入ったとき、一瞬、邸内に入ったのではなく、庭に出てしまったのかと思った。頭が混乱してしまった。どうしたんだ、きみ《マイ・ディア》？」

思いもよらず親しみのこもった呼びかけをされて、アナの目に涙が浮かび、あわてて顔を背けた。「けさ、ベレズフォード氏からようやく手紙が届いたの。バースで父の法律業務を担当してくれていた弁護士さんよ」

「それで？」

「二〇年以上前にわたしの祖父から弁護士さんに手紙が届いたそうなの。わたしの母の死を知らせ、父に伝えてほしいと書いてあったんですって。弁護士さんはその手紙をもう持っていないし、差出人の住所を思いだすこともできないけど、ブリストル近郊のどこかだったそうよ。〝近郊のどこか〟なんて、ずいぶんいい加減ね。三キロ離れてるかもしれないし、三〇キロも離れてるかもしれない。東西南北どちらなのかもわからない」

「西へ行くと、ブリストル海峡に飛びこむことになる」

「たぶん、島にでも住んでたのね」アナは不機嫌な声で言った。「でも、どこに住んでたにしろ、二〇年以上も前のことよ。祖父も祖母もすでに亡くなって、周囲から忘れられたかもしれない。以後、村にあるその教会には、後任の牧師さんが何人もいたかもしれない」

「いや、いなかった。教会の名前は聖ステパノ教会。村の名前はウェンズベリー。ブリストルから二〇キロほど南西にある。牧師は五〇年近くのあいだ変わっておらず、アイゼイア・スノー師という人だ。四七年間連れ添った妻と二人で、教会の横の牧師館に住んでいる」

アナが彼を凝視した。長いトンネルの向こう側にいるかのように。「どうしてわかったの？」消え入りそうな声だった。

「きみの母方の先祖を見つけるために、ぼくは長い危険な旅に出て、途中でドラゴン退治をしながら、イングランドとウェールズを隅々までまわってきた――そう言いたいところだが、残念ながら、嘘だってことは見破られてしまうだろうな。ぼくの秘書が突き止めてくれたんだ。むずかしいことではなかったそうだ。秘書が教会を通じて問いあわせたところ、教会のほうで身分の低い一人の牧師を見つけてくれた。行方知れずだったことは一度もないかのように。じっさい、所在はつねにはっきりしていた。五〇年ものあいだ同じところで暮らしていれば、行方知れずになるほうがむずかしい」

「生きてるの？」アナはいまも小さな声だった。「祖父も祖母も？」両手をきつく握りあわせて口元へ持っていき、輝くような笑顔をエイヴリーに向けた。「ああ、ありがとう。ありがとう、エイヴリー」

「きみの感謝をエドウィン・ゴダードに伝えておこう」

「ええ、ぜひ。でも、わたしの祖父母捜しを秘書の方が自分で思いつくわけはないわね。どうして秘書にお頼みになったの？」

エイヴリーはポケットから嗅ぎ煙草入れをとりだし、うわの空で眺めてから、ふたたびしまいこんだ。「じつはね、アナ、しばらく前に秘書の給料を上げてやったんだが、そのあとで、昇給に値するだけの仕事をやらせていないのではないかと不安になった。そこで、何かやらせることはないかと考え、スノー牧師のことを思いついたというわけだ」

「ふざけたことをおっしゃるのね」

エイヴリーはアナを見た。目が鋭くなっていた。「忘れないでくれ、アナ。母上が亡くなったあと、牧師夫妻はきみが連れ去られるのを黙って見送り、以後、きみのことを気にかける様子もなかったんだぞ」

この瞬間、エイヴリーの背後でドアが開き、エリザベスがあわてて入ってきた。

「ごめんなさい！　化粧室を出ようとしたとき、ドレスの裾を踏んづけて破ってしまったの。ほかのドレスに着替えなきゃいけなくて、それに合わせて付属品をそろえるのも大変だったわ――ううん、もう大丈夫よ。ご機嫌いかが、エイヴリー？」

「うれしく思っているところだ」エイヴリーは片眼鏡を目まで持っていった。「きみがそのドレスに着替えなきゃいけなかったことを。すばらしく魅惑的な姿だ」

「まあ」エリザベスは笑いだした。「あなたもね、エイヴリー、いつものように。もうじき邪魔が入ることになりそうよ。わたしの部屋を出るとき、外で馬車の止まる音がしたから」

一五分後には全員が顔をそろえて、客間の椅子に腰を下ろし、アレグザンダーはいつものように暖炉の前に立っていた。エイヴリーだけはみんなの会話に加わろうとせず、窓の向こうの隅に置かれた椅子にすわっていた。

会話は予想どおりの方向へ進んでいた。これまでのところ、あの舞踏会が社交シーズンで最高の混雑だと言っていいだろう、とみんなが勝ち誇った口調で断言した。アナスタシアのデビューは大成功だった。ミルドレッドおばがきっぱりと言った。「もしダンスが一〇〇曲用意されていれば、アナスタシアは一〇〇曲すべて申しこまれていたはずよ」

ルイーズおばはこう言った。「アナの装いが地味すぎるって一部のレディが噂してたそうだけど、流行をリードする若き令嬢たち何人か――いちばん目立っていたのが、社交界の華と謳《うた》われるミス・エドワーズかしら――は顔を寄せあって、次のように言ってたんですって。〝宝石をどっさりつけるのも、踊りたいときにいつも裳裾やひだを持ちあげなきゃいけないのも、毎晩メイドが髪をカールさせたり縮らせたりするあいだ、一時間以上すわってなきゃいけないのも、もううんざり。レディ・アナスタシア・ウェスコットみたいな装いで人前に出ることができたら、どんなに新鮮でしょう。そんな勇気がほしいものだわ〟って」

「アナスタシアの軽率きわまりない振る舞いは――」マティルダおばは、この一語一語を強調せずにはいられない様子で言った。「下手をすれば身の破滅となっていたでしょうし、社交界のトップに君臨する人たちのなかには、当然ながら衝撃を受けた人もいましたよ。ただ、その数は少なかったみたい。あとの人たちは、母親違いの妹の側に立ってアクスベリー子爵を痛烈に罵倒したアナスタシアに拍手喝采していたわ」

「社交界デビューは大成功だったわね、アナスタシア」温かな笑みを浮かべて、カズン・アルシーアが言った。「これからは気を楽にして社交シーズンの残りを楽しむといいわ」

昨日と今日の午前中に届けられた花束の数を知って、誰もが有頂天だった。昨日の午後、紳士が何人ぐらい訪ねてきたかを、そして、フレミング兄弟に誘われてアナが馬車でハイドパークへ出かけたことを聞いて、みんな、驚くと同時に喜んでいた。

「ねえ、アナスタシア」孫娘に優しい笑みを向けながら、先々代伯爵未亡人が言った。「社交シーズンが終わる前に、理想的な結婚相手からの申込みがたぶん何件もあると思いますよ」

「あのね、今日の午前中に早くも一件の申込みがありましたのよ、おばあさま」エリザベスが言った。「いえ、厳密な意味での申込みではなくて――そうでしょ、アナ――求婚する許可をもらうには誰に頼めばいいのか教えてほしいって言われたの。あなたの名前を挙げておいたわ、アレックス。もっとも、アナはすでに成人しているから、誰の許可も必要ないんだけど。でも、アナがいささか仰天した顔だったから、わたしが救助に駆けつけたわけなの」

「そりゃどうも、リジー」アレグザンダーは皮肉っぽく言った。「フォームズビーのことだね？　タッターソールの馬市場であいつにつかまってしまったよ。ぼくのほうからは、ゆうべ別の紳士に告げ、けさもさらに二人に告げたのと同じく、その件についてはアナスタシアの身内及び本人と話しあうことにする、と答えておいた」

「今日の午前中に〈ホワイツ〉に顔を出したら、紳士が二人、わたしに近づいてきた」トマスおじが言った。「それから、別の紳士のおじだという人物も。クラブのメンバーではないのに。わたしもその三人に同じ返事をしておいた」

「まあ、なんてすてきなんでしょう」アナの祖母が両手を組んで胸に持っていき、にこやかに微笑した。「こちらの予想をはるかに超える大成功だわ。社交シーズンが終わるころには、アナスタシア――いえ、終わる前に――膨大な数の求婚者のなかから相手を選ぶことになるわよ」

「でも、焦って選んではいけませんよ、アナスタシア」マティルダおばが助言をくれた。「相手の家柄や育ちや財産のすべてを検討し、それに加えて、あなた自身の価値にも重きを置かなくては。あなたはわたしの兄に当たる故リヴァーデイル伯爵の娘で――唯一の子供で――莫大な財産を所有する身なんだから。夫となる相手にどれだけ贅沢な望みをかけてもかけすぎではないのよ」

アナはほぼ無言になっていたが、ここで口を開いた。「わたしは父が作った四人の子供の一人です」

「もちろん、そうよ」マティルダおばは言った。「でも、貴族社会に受け入れてもらえるのはあなたしかいないの」

「わたしはひとつの品に過ぎません」両手を膝の上で固く組んで、アナは言った。「わたしの弟と妹たちもそうです。三人がなんの価値もない品になってしまったのに対して、わたしは値がつけられないほどの貴重品になりました。男性が——貴族社会の紳士たちが——二日前の夜の舞踏会でわたしのまわりに群がり、昨日の午前中は花を送り届け、午後になると次々と訪ねてきました。馬車でハイドパークを走ろう、数日後の舞踏会で一曲目を一緒に踊ろう、芝居見物に行こう、ヴォクソール・ガーデンズへ出かけよう、という招待状がわたしのもとに殺到しています。今日届いた招待状のうち数通には、結婚を打診する言葉も入っていました。そうした手紙は今後さらに増えるでしょう。それはなぜ？　わたしが美人で洗練されているから？　気立てがよくて、魅力的で、頭がいいから？　人格者だから？　もちろん、違います。役に立つから、お金があるからです。大金持ちだから。たぶん、イングランドでもっとも裕福な未婚女性の一人でしょう。誰もがわたしのお金と結婚したがっているのです」

「アナ！」ルイーズおばが信じられないと言いたげに彼女を見た。「あなたが置かれた立場は、そんな……低俗なものではないのよ。わたしたちの階級の者が結婚するときは、当然、条件の整った相手を選ぶものなの。当然、同じ階級の相手と結婚する。そして、当然、財産のある相手と結婚するほうが望ましい。不可欠の条件ではないとしてもね。財産があるおかげで、わたしたちはこういう暮らしを続け、荘園やその他の領地を維持していくための莫大な費用を負担することができるのよ。ただ、わたしたちが夫や妻を選ぶとき、階級や財産のことだけを考えるわけではないわ。それと同時に、尊敬できる相手、好きになれる相手、さらには愛することもできそうな相手を探すものなの。わたしがネザービーと結婚したときは、彼を愛していたとは言えないけど、好きだったし、尊敬してたわ。そして、結婚生活を送るあいだに愛情を感じるようになった。向こうもきっとそうだったでしょうね。夫が亡くなったときは、悲しみに沈んで喪に服したものだった。ただ、ネザービーが結婚相手にふさわしくなかったり、貧しい暮らしを送る人だったりしたら、彼と結婚することはなかったでしょう。恵まれた条件や財産が欠けていると、幸せな人生を送るのがむずかしくなるものよ」

「あなたに会って、品物を見るような目を向ける人は誰もいないわ、アナスタシア」カズン・アルシーアがつけくわえた。「ぜったいにありえない。人々が目にするのは、威厳を備えた、好感の持てる若いレディなんだから、自信を持ってちょうだい。選ぶのはあなただってことを忘れないで——めまいがするほど大人数になるでしょうけど。財産だけでなくあなた自身の価値を認めてくれる相手を自由に選べばいいのよ。善良さと、優しさと、あなたにとって大切なその他の美点を備えていて、価値のある人だとあなた自身が思える相手を選べばいいの。結婚市場はあなたが心配しているほど人間味に欠けたものではないわ」

「こうしてはどうかしら、アナスタシア」アナの祖母に当たる先々代伯爵未亡人が言った。「あなたはアレグザンダーと結婚する。さあ、アレグザンダー、あなたはプライドを捨てて、ほかの誰かに先を越されるのを待つことなく、アナスタシアに求婚なさい」

16

一瞬、あたりが静まりかえった。アナは衝撃を受け、ひどく当惑した。アレグザンダーのほうをちらっと見ると、彼もその場で凍りついていた。

「カズン・ユージーニア」アレグザンダーの母親が非難の口調になった。「そんなことはとうてい――」

「いや、母さん」アレグザンダーが片手を上げて言った。「ぼく自身、それを考えなかったわけではない。ぼくには金が必要です。ブランブルディーン・コートをさらなる荒廃から救いだし、ぼくを頼りにしてあそこで働いてくれている者たちの苦しい暮らしを向上させるために。限嗣相続財産と伯爵家の資産を一緒にして、先代伯爵が亡くなる前の状態に戻したほうがいい、という意見もあるかもしれません。ぼくはアナスタシアに好意を持っているし、父親のせいであんな境遇に置かれたにもかかわらず、立派に成長した彼女を尊敬している。身分の変化に順応しようとして、人一倍努力した彼女に敬服している。ぼくがアナスタシアと結婚すれば、彼女はもう、ひどく厭わしく思っている結婚市場にこれ以上身をさらさずにすみます。また、ぼくはもちろん、アナスタシアに敬意と保護と愛情を捧げ、義理の母親と義理の姉までも差しだすことができます。二人ともきっと、アナスタシアを喜んで迎えてくれるでしょう」

「よかった。それじゃ――」アナの祖母が言った。「さっそく――」

しかし、アレグザンダーはふたたび片手を上げた。

「ぼくなりにそう考えていました。そして、一族のみなさんの前でここまで率直に提案された以上、アナスタシアがそれは自分の願いでもあるとぼくに言ってくれるなら、喜んで正式に求婚したいと思っています。しかしながら、正直に申しあげると、その結婚は主として金のためであり、それはぼくにとって唾棄すべきことです。アナスタシアにふさわしいのは、彼女の愛を得ることのできる幸運な男性です。彼女だけを求め、財産には目もくれない男性こそが、アナスタシアにふさわしい」

ふたたび短い沈黙が広がり、アナはその沈黙のなかで、エリザベスがドレスのポケットからハンカチをとりだして目に押し当てていることに気づいた。

「アナスタシア」祖母が言った。「アレグザンダー以上の男性はいませんよ。この人が求婚をためらっているのは、あなたの財産との差を痛感し、単なるお金目当てだと思われるのを危惧しているからに過ぎないことぐらい、明々白々じゃありませんか。でも、アレグザンダーには爵位があるし――」

「違います!」エリザベスがハンカチを膝に下ろして叫んだ。「求婚の動機について誤解されるのを、アレックスが危惧しているというだけではないんです。アレックスには夢があるのに、父が亡くなって莫大な借金を背負いこんで以来、何年もその夢を抑えこんできて、最近ようやく自由の身になったばかりなのです。アレックスの夢は愛情に満ちた静かな家庭生活を送ること。伯爵の位を押しつけられたというだけの理由で、その夢を犠牲にするなんてぜったいだめです。また、アナは人生の大部分を孤児院で送ってきて、その孤児院には虐待行為などいっさいなかったようですが、家族の愛というものもほとんどなかったと思われます。アレックスの言うとおりです。いまのアナには愛が必要です。自分にとってアナが世界のすべてだと思ってくれる紳士こそが、アナにふさわしい結婚相手なのです。わたしはアナのことも、アレックスのことも愛しています、カズン・ユージーニア、でも、お願い、お願いですから、都合がいいというだけの理由で二人を結婚させるのはやめてください」

「リジー」母親がそばに来て、エリザベスの椅子の肘掛けに腰をのせ、娘の手の甲をなでた。

アレグザンダーはむずかしい顔をしていた。ほかの人々は落胆から困惑までさまざまな表情だった。アナは膝の上で両手を握りあわせていた。誰もが凍りついている。アナもそうだった。ネザービー公爵が立ちあがり、ゆったりした足どりで部屋を横切って、アナの椅子の前に立った。

「きみの財産とぼくの財産をペニーの単位に至るまで細かく比較したことは、これまで一度もなかった。ずいぶん骨の折れる作業になるだろう。エドウィン・ゴダードなら、その作業を命じられれば喜ぶことだろう。ただ、当てずっぽうで言うなら、少なくとも一ペニーか二ペンスほど、ぼくのほうが金持ちだと思う。ぼくには一生かかっても使いきれないほどの財産がある。一〇〇歳か一一〇歳になるまで贅沢な暮らしを続けたとしても。きみの財産をもらったところで、ぼくには使い道がないし、きみの金に手をつけるつもりはいっさいない。ぼくがきみと結婚するとしたら、できればきみと生涯を共にしたいからだ。これが求婚の言葉だと思ってほしい。なぜって、ぼくがいま、きみの前で膝を突いて、みんなの期待どおりの美辞麗句を並べて永遠の献身を誓ったりすれば、ぼくも、たぶんほかのみんなも、恥ずかしくてたまらなくなるだろうから。きみにその気があるなら、ネザービー公爵夫人になってもらいたい」

アナの目が丸くなり、彼の目に釘《くぎ》付けになった——いつもどおりの、物憂げであると同時に鋭い彼の目に。公爵は嗅ぎ煙草入れに手を伸ばしたが、ポケットから出そうとはしなかった。アナのほうは、予想もしなかった切望が胸に突き刺さるのを感じ、痛みにも似た感覚に襲われた。

「エイヴリー！」ルイーズおばが叫んだ。

「まあ！」エリザベスが言った。

ほかの者もそれぞれ何か言ったようだが、アナにはひとことも聞こえなかった。

「ずいぶん——」アナは言いかけた。

「——ふざけている？」公爵が柔らかく続けた。「もしきみが望むなら、愛しい人《マイ・ディア》」

「いえ、なんてすてきな思いつきかしら、エイヴリー」アナの祖母が言った。「これまでわたし自身が思いつかなかったのが、ただもう意外だわ。それに、アレグザンダーと違って、あなたはアナスタシアと血のつながりがいっさいないわけだし」

「あなたが結婚を考えるタイプだとは思わなかったわ、エイヴリー」ミルドレッドおばが言った。「じつは、あなたのこと、ひょっとすると――」

「ミリー！」トマスおじに鋭い声で言われて、ミルドレッドおばは黙りこんだ。

ネザービー公爵はすべての者を無視していた。ひたすらアナの目を見つめていた。アナのほうは彼に尋ねたいことが無数にあったが、突き詰めれば、知りたいことはたったひとつだった。

なぜ？

「ウェンズベリーへ行きたい」自分がそう言っているのが聞こえた。

「だったら、行こう」彼が優しく言った。「ぼくが連れてってあげる。未婚の身で行くのなら、お目付け役をどっさり連れて。その前にぼくと結婚したら、二人だけで」

まあ。この人、真剣なのね。真剣に言ってる。

でも、なぜ？

そして、わたしはなぜ、その気になってるの？　あの切ない痛みが下腹部と脚のあいだに広がって、鈍く疼いているのはなぜなの？

結婚する。しない。する。しない。でも、わたしに与えられた選択肢はそれだけではない。そうでしょ？　祖父母と会うために一人で出かけてもいい。わたしを止めることは誰にもできない。御者のほかに、世間体を考えてバーサにお供をさせ、護衛役としてジョンを連れていけばいい。エリザベスもたぶん同行してくれるだろう。とりあえずバースまで行けば、あとはジョエルが一緒に行ってくれる——心から信頼できる大切な友達。ほかの人を選ぶ必要はない。

「出かけるのなら、結婚してからにしたい」アナの声はあまりにも低く、この言葉が自らの唇から出たのかどうか、自分でもわからないほどだった。

「だったら、結婚しよう」

でも、なぜ？　彼にだけでなく、自分自身にもそう問いかける必要があった。わたしは何を言ったの？　何をしたの？　この人のことはほとんど知らない。別の宇宙からやってきた人みたい。物憂げなまぶたと気どった態度の陰に自分を隠していて、もしかしたら、そこには価値のあるものなど存在しないのかもしれない。

ただ、この人は仮面の奥から何回かわたしを見てくれた。そして、わたしとワルツを踊ってくれた——二回——そして、踊るたびに、明るく幸せな世界へわたしを連れていってくれた。一度わたしにキスをして、肉体の疼きのすべてを刺激した。わたしはその疼きを長いあいだ抑えつけてきて、そんなものに煩わされることは二度とないと思いこんでいたのに。

この人と結婚するの？　この人に求婚されて、わたしは承諾したの？　一瞬、現実に起きたことなのかと疑ったが、それもほんの一瞬だった。なぜなら、この部屋にいるのは二人だけではないのだから。ざわめきが起きていた。最初は小さなつぶやきだったが、やがて大きくなった。みんながいちどきにしゃべっていた。

「エイヴリー！　すてきよ！」彼の継母が叫んだ。

「アナスタシア！　これはわたしの甘い願いをさらに超えるものだわ」先々代伯爵未亡人(アナの祖母)が握りあわせた手を胸に持っていった。

「お母さま、気付け薬をお鼻に当てさせて」マティルダおばが言った。

「こんなに驚いたのは生まれて初めてよ。もしくは、こんなにうれしかったのも」公爵夫人(カズン・ルイーズ)が二人のそれぞれににこやかな笑顔を向けた。

「お祝いを言わせてください、アナスタシア、ネザービー。誰よりも幸福になってもらいたい」カズン・アレグザンダーはじっさい、心から安堵している様子だった。

「アナ、エイヴリー。ああ、少しは気づくべきだった。わたしったら、どこまで鈍かったのかしら」エリザベスは笑っていた。

「ほんとに幸運な人だわ、アナスタシア」マティルダおばが言った。「この数週間にわたしたちがおこなった助言に対して、その半分以上にあなたが逆らったことを考えるとね。ネザービー公爵夫人になるなんて！　お顔を扇子で仰がせてちょうだい、お母さま」

「うーん、数十人の紳士と数十人のレディにとって失望の種となるだろう」モレナー卿(トマスおじ)が皮肉っぽく意見を述べた。

「明日の午後、もう一度集まりましょう。婚礼の計画を立てなくては」こう言ったのは、もちろん、ルイーズおばだった。

「なぜウェンズベリーへ行きたいなどと？　そもそも、どこにあるの？」ミルドレッドおばが尋ねた。

ネザービー公爵はアナから目を離そうとせず、アナも彼から目を離そうとしなかった。

「明日の午前中にあらためてお邪魔させてもらう、アナ。花束と求婚の言葉を受けとる合間に、ぼくのために時間を割くことができるなら」

アレグザンダーが咳払いをした。「明日の午前中?」

「ああ、あの約束か」公爵は片眼鏡の柄を指でもてあそんだ。「だが、あれは早い時刻だ、リヴァーデイル。アナが訪問客を喜んで迎える時刻よりもずっと早い。朝食のあとで会いに来るからね、アナ」

「もしかしたら、きみ……それは無理かも」アレグザンダーが言った。

「いや、何があろうと、ぼくが婚約者に会いに行くのを妨げることはできない」公爵は情感たっぷりのため息をつき、ようやくアナに背を向けた。「そのときまでの一時間一時間が、ぼくにとっては終わりなき永遠となるだろう。では、そろそろ失礼しよう。用事があるので。たしかあったと思う。エドウィン・ゴダードが知っているはずだ」

そして、ふりむいてアナをもう一度見ることすらせずに、ゆっくりと客間を出ていき、残されたアナは笑いだしたい衝動に駆られた——もしくは、泣きだしたい衝動に。もしくは、その両方に。

部屋のなかがふたたび騒がしくなった。アナの耳に届いたのはミルドレッドおばの声だけだった。

「ウェンズベリーってどこにあるの？」ミルドレッドおばが尋ねた。「一度も聞いたことがないけど」

〝自分にとってアナが世界のすべてだと思ってくれる紳士こそが、アナにふさわしい結婚相手なのです〟

カズン・エリザベスの言葉が、通りを歩いていくエイヴリーの頭のなかに響きわたってい
た。ぼくはこの言葉に押されるようにして、求婚してしまったのだろうか？　そうだとしたら、ぼくはいったいどういう人間なんだろう？

〝……自分にとってアナが世界のすべて〟

なんてことだ、ぼくが婚約したなんて。

衝動的な行動に出るのは、エイヴリーらしくないことだった。しかも、長年の習慣を破るにしても、なんというときを選んでしまったのか。彼女がリヴァーデイルを気の毒に思って、困窮した彼を助けるために自分の財産を差しだし、求婚に応じるのではないか――エイヴリーは薄々そう予期していた。もっとも、リヴァーデイルのためにひとこと言っておくと、彼自身は、アナを利用する気などないことを言明していた。しかし、身内の者たちは、アナとアレグザンダーの結婚がどちらにとっても最上の方法であることを、いまにも二人に納得させそうな勢いだった。だから、エイヴリーは感じたのだ――何を？　困惑を？　不安を？　狼狽を？

狼狽？

そして、アナと弟の結婚に異議を唱えるエリザベスの訴えに耳を傾け、次に立ちあがって、その訴えを補強したのだった——自分がアナに求婚するという方法で。

なんてことをしてしまったんだ？　散歩に誘うだけにしておけなかったのか？　前のときと同じように。

彼女は〝はい〟と答えた。

いや、〝はい〟という言葉を使ったわけではない。母方の祖父母を見つけるためにウェンズベリーまで旅をするのなら、未婚のままよりも結婚してからにしたい、と言ったのだ。しかし、ぼくと結婚したいと言ったわけではない。そうだろう？　いや、それは違う。冗談だと言ってごまかしでもしないかぎり、そんな詭弁《きべん》で押し通すことはできない。彼女はぼくとの結婚を意味していたのだ。

スノー牧師夫妻を見つけだすようエドウィン・ゴダードに命じたとき、自分の身に危険が迫っていることを察知すべきだった。今日の正午過ぎに帰宅すると、エドウィンが出てきて、少し前に届いた手紙を差しだしたので、一刻も早く彼女に知らせなくてはと思い、急いで着替えだけすませてから、サウス・オードリー通りへ向かったのだが、そこでもまた危険を察知すべきだった。二日前の夜、アナがアクスベリーに小気味よい説教をしたのに続いて彼を屋敷から追い払ったあと、強烈かつきわめて不作法な衝動に負けてウォッシュバーンのダンスに割りこみ、彼自身がアナとワルツを踊ったときも、危険を察知しておくべきだった。彼女がハリーの身を案じて泣いたときも、危険を察知すべきだった。また……。

みんな地獄へ行っちまえ——歩道で不意に足を止めて、エイヴリーは思った。ぼくはアナに恋をしている。

エイヴリーはすれ違った知りあいの夫妻にそっけなく会釈をした。向こうは彼が言葉を交わすために立ち止まったのだと思ったらしく、それに応じるために歩調をゆるめたところだった。エイヴリーがそのまま歩きだすと、向こうもそのまま歩き去ったようだ。

初めて会った日の彼女を思いだそうとした。あのときは粗末な日曜の晴れ着に身を包み、みっともない靴を履いていた。だが、エイヴリーの心に浮かんできたのは、彼の屋敷に来た理由を説明してから〈バラの間〉の椅子にすわったときの彼女の威厳と、無遠慮に見られていることを承知のうえで彼に視線を向けたときの彼女の勇気だけだった。

〝自分にとってアナが世界のすべてだと思ってくれる紳士こそが、アナにふさわしい結婚相手なのです〟

人に聞かれる恐れのある公道を歩いているのでなければ、エイヴリーは〝くそったれ〟を始めとする一〇〇万ぐらいの悪態と冒瀆《ぼうとく》の言葉を口にしていただろう。〝世界のすべて〟だと？　まったくもう。それだけで吐いてしまいそうだ。

もっとも、自分が彼女に恋をしてしまったのなら仕方がない。彼女と結婚する運命なのだから。とにかく、近いうちに結婚しなくてはならない。だったら、遅いよりも早いほうがいい。だが、これまでの彼は、ついに誰かを選ぶしかなくなったときは、美女の誉れ高き相手を、例えばミス・エドワーズのような令嬢を選ぶだろうと、ずっと思っていた。一昨日の夜、一度だけミス・エドワーズと踊り、ふと気づいたときには、なぜわずか二、三週間前には彼女にあんなに夢中だったのかと不思議でならなくなっていた。顔とスタイルに柔らかさがあり、これが一〇年もしないうちに肥満と不器量に変わっていくのは目に見えている。それに、避けがたいその変化をとるに足りないものと思わせるだけの人格を、彼女は果たして備えているだろうか？

そんな冷淡なことを考えていたあの夜でさえ、エイヴリーは真実に気づいていたのかもしれない。

自分はこれまで一度も恋をしたことがなかった。恋をしそうになったこともなかった。恋という言葉が何を意味するかも知らなかった。食欲をなくしたことも、眠れなくなることもなかった。女性の左眉――いや、右眉でもいいが――に捧げる一四行詩《ソネット》を書こうとか、真夜中に女性の寝室の窓の下で失恋の物語詩《バラッド》を歌おうといった衝動に駆られたこともない。会えないときに切ない恋心を抱くこともなければ、会ったときに胸のときめきを感じることもない。そんな経験すらないまま、ほんの少し前に、自分が彼女に求婚し、惨めな状態からみんなを救いだそうという気になったのだ。

惨めな者など一人もいなかったのに。

いや、彼女がいた。アナはさきほど、自分はひとつの品物に過ぎないような気がするという、短いけれど熱のこもった意見を述べた。自分の社交界デビューが男たちから熱い注目を浴びていることについて、誰にでも起こりうる最悪の侮辱であるかのように語った。その半分の注目でも浴びられるなら、ほとんどのレディは右腕を切り落とすことも厭わないだろう。だが、アナにとっては惨めなことなのだ。

エイヴリーはアナを惨めさから救いだすために結婚の申込みをした。ほかの者のことなどどうでもよかった。

少なくとも金目当てで求婚したのでないことだけは、彼女もわかってくれるはずだ。

アーチャー邸の前の石段をのぼり、玄関扉にノッカーを打ちつけ、執事に帽子とステッキを渡してから、エイヴリーは眉間にしわを寄せて階段を見つめた。彼がいまやりたいのは、積み重ねたレンガを手刀でふたつに割ることだった。しかし、機嫌の悪いときに技を練習するのはご法度であることを、遠い昔に教えこまれていた。彼が習得した武術は不機嫌の解毒剤ではない。いまは二階へ行ってジェシカと話をしなくては。婚約の知らせをジェシカはけっして喜ばないだろうが、継母の口から伝えてもらおうとするのはフェアではない。

〝しなくてはならない〟という理由からエイヴリーが行動に出たことは、これまで一度もなかった。

ただ、今回だけは別だ――エイヴリーは心のなかでため息をつきながら、ジェシカの勉強部屋へ向かった。

アナのほうは、客間からそう簡単には逃げだせなかった。その後一時間か二時間ほど――

どれぐらいだったのか、アナには見当もつかないが——みんなが周囲に集まって婚礼の計画を立てるあいだ、ほぼ無言ですわっていた。

式を挙げるのはハノーヴァー広場の聖ジョージ教会がいい。誰もがその意見に賛成だった。アーチャー邸から目と鼻の先にあるだけでなく、社交シーズン中の上流階級の婚礼には、たいていこの教会が使われるからだ。貴族を一人残らず招待しなくてはならないし、招かれた側は一人残らず参列するに決まっている。招待客リストを作るために、ルイーズおばは今度もまた、エイヴリーの秘書のゴダード氏を借りなくてはならない。リスト作りはそうむずかしくないはずだ。二日前の夜に開いた舞踏会の招待客と基本的に同じ顔ぶれだから——もちろん、アクスベリー子爵は除外。招待状を手書きするのもゴダード氏だ。なにしろ達筆なので。披露宴はアーチャー邸。それ以外に考えられない。次の日曜に教会で最初の結婚予告を出してもらう。そうすれば、挙式まで一カ月以上待つ必要がなくなる。マダム・ラヴァルとお針子たちをふたたびウェスコット邸に呼んで、アナスタシアの花嫁衣装と新婚用の衣装の仕立てを頼まなくてはならない。アナの祖母が贔屓の宝飾店へ彼女を連れていき、現在の立場と将来の身分にふさわしい宝石を買わせることになった。

「もちろん、ネザービー公爵家に代々伝わる宝石類があるから、国家的な行事やその他の公式行事のときはそれを着ければいいのよ、アナスタシア」祖母はつけくわえた。

「わたしの称号を継いでくれるのね、アナスタシア」片手を心臓の上に当てて、ルイーズおばが言った。「そして、わたしを先代公爵未亡人という立場にしてくれるのね。うれしいわ。

エイヴリーが一生結婚しないんじゃないかと、心配でたまらなかったの。あの子もこれでようやく自分の義務を果たす気になって、一年以内に子供部屋を使えるようにしてくれるといいんだけど」

アナの頭はうまく働いていない感じだった。ウェンズベリーまで出かけ、祖父母に直接会って遠い昔に何があったのかを突き止めたい、とはっきり言ったのに、誰もがそれを忘れてしまったようだ。もちろん、アナの母方の身内など、この貴族たちからすれば、とるに足りない存在なのだろう。

公爵がアナをウェンズベリーへ連れていこうと言った。結婚してから行くか、未婚のままで行くか、どちらかを選ぶように言われて、アナはまず結婚したいと答えた。すると、公爵は暇を告げて出ていった。善意の身内に彼女を委ねて帰ってしまうとは、いかにも彼のやりそうなことだ。婚礼は早くても一カ月先になる。アナは気の重い現在の日々から逃げだしたいとずっと思っていた。だが、結果的には事態を悪化させただけだった。それもかなりの悪化だ。

アナの周囲では、婚約発表と婚約披露パーティの件まで話が進んでいた。

わたしはなぜネザービー公爵との結婚を承諾したの？　彼を愛しているの？　でも、どういう意味かしら――人を愛するって。わたしがああいうタイプの人にのぼせあがるなんて、ありえないことなのに。

ようやく、みんなが帰っていった。もっとも、一時的な休息に過ぎないことはアナにもわかっていた。エリザベスは母親と弟を見送るために一階に下り、しばらく戻ってこなかった。

「アレックスの心を傷つけてしまったかしら」ようやく戻ってきたエリザベスに、アナは尋ねた。

「大丈夫よ」エリザベスはアナを安心させた。「でも、アレックスのほうこそ、あなたを傷つけたんじゃないかと心配してるわ。それから、あなたがエイヴリーの求婚に動揺するあまり、ろくに考えもせずに承諾してしまったんじゃないかって」

アナは悲しげに微笑した。

「こんなこと言って、あなたを傷つけたのでなければいいけど」エリザベスはつけくわえた。

「ううん、そんなお気遣いは無用よ」アナは断言した。「アレックスにも感謝してます。どうしてエイヴリーの求婚に応じたのか、自分でもよくわからないのよ、リジー――さっきのを求婚と呼べるならね。ただもう仰天してしまったの。でも――後悔はしてないわ」

「御しやすい夫にはなりそうもないけど」エリザベスは言った。「魅力的な夫にだったら、なりそうね」

「ええ」アナは同意した。「もちろん、わたしよりはるかに豪華な存在感を示すことになるでしょう。でも、鳥や動物の世界では、メスよりオスのほうが華やかだという例がずいぶんあるわ。ご存じだった？」

二人とも笑いだしたが、やがてエリザベスが下唇を嚙んだので、何か気になることがあるようだとアナは察した。

「どうかしたの？」尋ねてみた。

「エイヴリーが求婚をすませて帰ったあと、アレックスが何かで悩んでる様子なのに気がついたの」エリザベスは言った。「明日の午前中に約束があるようなことを、アレックスがエイヴリーに言ったでしょ。覚えてる？　しかも、アレックスはそのあとの議論に加わろうとしなかった。さっき、母を馬車に乗せたあとで、弟がしばらくわたしと通りを歩いたから、そこで問いただしてみたの。あなたには内緒にしておくよう頼まれたけど、どうして言わずにいられて？　アレックスが言うには、明日訪ねてくるという約束をエイヴリーが守らなかった場合、姿を見せないのは彼の気持ちが変わったからではない、都合がつきしだいすぐ飛んでくるはずだから、あなたにそう伝えてほしいって」

アナは怪訝《けげん》な顔でエリザベスを見た。

エリザベスはふたたび唇を嚙み、さらに話を続けた。「じつはね、アナ、アクスベリー子爵がエイヴリーに決闘を申しこんだんですって。決行は明日の朝。アレックスが介添人を頼まれたんだけど、ひどく心配そうなの。エイヴリーとしては、決闘を申しこまれれば拒絶できないでしょ。断われば面子を失い、名誉まで失うことになる。くだらない話だけど。でも、アレックスが心配してるのは、殺し合いになるんじゃないかってこと。かならず阻止すると誓ってくれたわ。エイヴリーが……ひどい怪我を負わないうちに。ただ、明日の朝はあなたに会いに来られる状態じゃないかもしれないって、アレックスはすごく心配してるの」

アナは頭からすべての血がひいてしまったように感じた。鼻腔《びこう》に触れる空気が冷たかった。

耳のなかがワーンと鳴っていた。「決闘？　闘うの？　死ぬまで？」

「いえ、大丈夫よ」エリザベスが言った。「そこまで行く前に、アレックスが止めるから」

「飛んでくる弾丸をどうすれば止められるの？」アナはいきなり椅子から立ちあがった。

「突きだされる剣の方向をどうすれば変えられるの？　武器は何を使う予定？」

「アレックスは何も言ってくれなかったわ。殺し合いになるのが心配だと言っただけ」

「アーチャー邸へ行かなきゃ」アナはドアのほうを向いた。「アクスベリー子爵を怒らせたのはわたしなのよ。わたしが言ったことのせいで、エイヴリーを死なせるわけにはいかない。アーチャー邸へ行って止めてこなくては」

「いえ、それはだめよ、アナ」エリザベスがアナの腕をつかんだ。「紳士の世界のことに女は口出しできないの。名誉の問題となればとくに。あなたが止めたりしたら、エイヴリーは大恥をかくことになるのよ。激怒するだろうし、あなたが彼の心を変えることはできない。エイヴリーのほうから決闘を申しこんだわけではない。ね、止めるのがどんなに無理なことか、あなたにもわかるでしょ」

ええ、わかっている。「場所は？」アナは尋ねた。「時刻は？」

「ハイドパークよ。正確な場所はわからないけど、ふつう、決闘がおこなわれるのは公園の東側にある木立のなかだって聞いたことがあるわ。人目につかない場所だから、邪魔される心配がないんですって。決闘は違法ですもの。時刻はたいてい明け方。たぶん、同じ理由からでしょうね。アレックスはわたしを安心させるために、できるだけ早くここに来るはずよ。

かならず安心させるって約束してくれたわ。朝食までには連絡があると思う」

「ハイドパークの――東側――こちら側ね」アナは眉をひそめてつぶやいた。

エリザベスがアナをじっと見た。「まさか、自分も行こうなんて思ってないでしょうね？ぜったいだめよ、アナ。女性には許されないことなのよ……そういう集まりについて知ることさえ、女性は許されていない。あなたが決闘に口出しなんかしたら、ひどく厄介なことになるわ。あなた自身は社交界ののけ者になり、あなたのせいでエイヴリーは笑いものにされてしまう」

アクスベリー子爵は大柄な人だ――アナは考えていた。背が高く、がっしりしていて、アナが見た感じでは、胸と肩の幅の広さは脂肪だけでなく筋肉のおかげもありそうだ。エイヴリーの二倍の体格だ。エイヴリーが子爵の胸を指先で突いただけで倒したという話を、アナは本気にしていなかった。いずれにしろ、明日は指先など関係ない。武器として剣が選ばれた場合、腕の届く距離はエイヴリーより子爵のほうがずっと長いはずだし、背が高いのも有利だ。もし拳銃を使うとしたら、そのときは……。

エリザベスがため息をついた。「わたしたち、何時に出かける？」と訊いた。

「わたしたち？」アナの視線がエリザベスに据えられた。

「ええ」エリザベスは言った。「でも、見るだけよ。いいわね、アナ。始まりもしないうちに見つかったりせずにすめば。見つかりそうな気はするけど。口出しなんかしちゃだめよ」

「しません」アナは同意した。「空が白みはじめたらすぐ出かける？　あなたの部屋のドアをノックするわ」

エリザベスはうなずき、どういうわけか、二人そろって笑いだした。こんなときに笑うなんてとんでもない話だ。

「ねえ」アナは言った。「呼鈴の紐をひいて、新しいお茶を持ってきてもらったほうがよさそうね」

あの人が死のうとしている——アナは思った——それなのに、わたしったら、お茶を飲むことしか考えられないの？

17

エイヴリーとアレグザンダーがハイドパーク内の指定された場所に着いたのは、夜明けの訪れと共に空が白みはじめたころだった。

「ウォーリングもぼくの意見に賛成して」憤懣やる方ないという顔で、アレグザンダーが言った。「この集まりは秘密にしておくほうが関係者全員にとっていいことだ、と言ってくれた。ところが、アクスベリーは承知せず、知りあいに片っ端から話して、知りあいがそのまた知りあいに片っ端から話したらしい。許しがたいことだ」

エイヴリーは学校でボクシングの一ラウンド目を戦ったときのことを思いだした――〝戦う〟が正しい言葉だとすればだが。期待にざわつく男たちが、木立のなかで空き地の周囲に集まっていた。彼らの背後では、馬や二輪馬車が好き勝手な方向を向きながら、おおざっぱな円を作っていた。公園の番人が一同に気づいてその多くを逮捕しなかったら、この国に本当の正義はないことになるが、エイヴリーの予想だと、番人は――というか、誰が園内の法と秩序の守り手なのか知らないが、とにかく、その人物がこんな時刻に園内をまわっているとすれば――徹底的に〝見ざる聞かざる〟で通すだろう。さて、決闘を申しこまれた側が姿を見せると、興奮のざわめきが高まった。アクスベリーとウォーリングはすでに到着していた。陰気な黒一色に身を包んだ男性も来ていた。そばの草むらに大きめの黒い革カバンが置いてある。外科医に違いない。肉体以上に強力な武器はいっさい使わないという決闘の場に医者を呼ぶとは、いかにも目立ちたがり屋のアクスベリーらしい。いや、もしかしたら、分別を働かせたのかもしれない。

エイヴリーのほうを向いて、近づく彼を見守る人々の顔には、いずれも同じ表情が浮かんでいた。屠所《としょ》にひかれていく子羊——誰もがそう思っている。エイヴリーが片眼鏡の柄を握って目元へ持っていくと、突然、ほとんどの者がもっと興味のあることを見つけてそちらへ注意を移しはじめた。アクスベリーは気どってポーズをとり、円形の草むらの向こうから高慢ちきな態度で彼を見ている。エイヴリーは片眼鏡を使って彼の表情を観察した。鏡の前で練習したものであることに、金を賭けてもいいと思った。

ウォーリングが当惑気味の表情で草むらの中央に進みでたので、アレグザンダーもそちらへ行き、二人で協議を始めた。次に、それぞれが決闘の主役のところに戻った。

「アクスベリーのほうは、これまでの苦悶と屈辱に対する謝罪によって、この件にケリをつけてもいいと言っている」アレグザンダーは言った。

「ほう、ここにいるみんなの前で謝罪してくれるのかい？」リボンで手首に結びつけた片眼鏡を落とし、眉を上げて、エイヴリーは尋ねた。「見上げたものだ！　では、ぜひとも聞かせてもらおうじゃないか。もっとも、ぼくとしては、大きな苦悶や屈辱を感じた覚えはないのだが。まあ、ぼくが感受性の強いタイプだったら、感じたかもしれないな」

「つまり、きみのほうから謝罪する気はないわけだね？」アレグザンダーは尋ねた。

エイヴリーが黙って彼を見つめるだけだったので、アレグザンダーは向きを変えた。

「ネザービー公爵は」草むらの向こう側まで、そしてもちろん、周囲に集まった紳士一人一人の耳に届く声で、アレグザンダーは言った。「寛大な申し出に感謝している。しかしながら、後悔の種となるような言葉をアクスベリー子爵に向けた覚えはいっさいないそうだ」

集まった人々から拍手喝采が起き、なかには口笛を吹いた者もいた。誰だかわからないが、一人の紳士が叫んだ。「その意気だ、ネザービー。ノックアウトされるにしても、パンチを見舞ってからにしろ」

この一三年から一四年のあいだ、まさにこういう場面を避けて暮らしてきたのに――エイヴリーはひそかにため息をつきながら、アレグザンダーに上着を脱がせてもらい、ネッククロスとクラヴァットを自分でほどき、懐中時計と片眼鏡をはずし、チョッキとシャツを脱いだ。だが、決闘を挑まれ、相手がそれを吹聴してまわり、ここに来ていない紳士がロンドンに一人でもいたら驚きだという事態になったときは、いったいどうすればいい？

「なあ」アレグザンダーが言った。「シャツは脱がないほうがいいんじゃないか、ネザービー。アクスベリーは着たままだぞ」

エイヴリーは知らん顔だった。断面がごつごつしていてすわりにくい切り株に腰を下ろすと、ブーツの片方を脱ぎ、靴下も脱いだ。

「お、おい」アレグザンダーは見るからにうろたえていた。「ブーツぐらい、履いたままでいろ」

エイヴリーはもういっぽうのブーツも脱いだ。

「お、おい」身体にぴったり合った膝丈ズボンだけの姿でエイヴリーが立ちあがると、アレグザンダーはまたしても言った。ズボンはぴったりしているが、生地に伸縮性があるので楽に動ける。「きみには自殺願望があるに違いない」

周囲で上がったざわめきからすると、誰もが同感のようだ。

エイヴリーは肩をまわし、両手を屈伸させた。

「聞いてくれ」声をひそめ、切迫した口調でアレグザンダーが言った。「きみに介添人を頼まれたからには、できるかぎり多くの助言をするのがぼくの義務だ。殉教者になんかなるんじゃないぞ、ネザービー。腕とこぶしはきみの顔と身体を守るために使うんだ。足は危害から逃げだすために使え――ブーツを履いたままのほうが簡単に逃げられるんだが。腕の長さ、身長、体重のどれをとっても、アクスベリーのほうが有利だ。できるだけ長い時間、やつのこぶしから離れていろ。やつをじっと見ろ。きみのその目を使って。奇跡的にやつの腕をかいくぐることができたら、パンチを叩きこむんだ。目にもの見せてやれ。そして、きみがダウンしたときは――」アレグザンダーは一瞬黙りこみ、咳払いをした。「きみがもしダウンしたら、倒れたままでいろ。ダウンする前に一分ほど持ちこたえられれば、なおさらいい。決闘を申しこんだのはきみではない。やつのほうだ。ここに集まった連中の大半は、アクスベリーがカミールに無理やりあんなことをさせたり、カミールのことを悪く言ったりしているのを、こころよく思っていない。みんな、きみを応援している。体格が二倍もある相手の挑戦に応じ、謝罪を拒否したきみの勇気を尊敬している。負けるのも一種の勝利だ」

「なあ」エイヴリーは言った。「きみが独白を終えるのをウォーリングが待ってるぞ、リヴァーデイル。この決闘をスタートさせたがっている」

アレグザンダーはむっとした顔をエイヴリーに向け、そして黙りこんだ。

「決闘を開始する」ウォーリングが宣言した。「二人の紳士のどちらかが敗北を認めるまで、もしくは、どちらかがノックダウンされて起きあがれなくなるまで、戦いを続けるものとする」

アクスベリーが大股で舞台に登場した――彼が登場した瞬間、みすぼらしい草むらは誰から見ても、舞台以外の何物でもなくなった――きっぱりした足どり、厳めしい表情、握りしめたこぶし。進みでた彼はボクシングの構えをとった。これを見たら、ジェントルマン・ジャクソンもさぞ誇らしく思うだろう。ブーツを履いた足で二、三度、ステップを踏んでみせた。エイヴリーはゆっくりそちらに近づくと、腕を両脇に垂らしたまま、五〇センチほど距離を空けて立ち止まった。

アクスベリーは横目でエイヴリーを見るなり、右ストレートをくりだした。これが命中すれば、こぶしがエイヴリーの鼻を突き抜けて後頭部から飛びだしていただろう。エイヴリーは片方の前腕のへりでこれを払いのけ、右に続いて左ストレートが飛んできたときも同じようにした。

「顔を庇うんだ、ネザービー」あたりの騒々しさを圧して、群衆のなかから誰かが叫んだ——アレグザンダーかもしれない。

アクスベリーはさらに二、三度、ステップを踏み、ふたたび横目でエイヴリーを見て、まったく同じ攻撃をくりかえした——結果もまったく同じだった。学習能力のない男だ。ブーツのかかとの高さときたら驚異的だな——エイヴリーは思った。アクスベリーはふだんより五センチほど高く見える。もっとも、裸足になったぼくのほうが五センチ低くなったのかもしれないが。地面はでこぼこで、場所によっては石が目立ち、屋根裏部屋の床とはずいぶん違うが、中国人の師匠について練習していたころは、もっとひどい条件だったこともある。

「女々しい坊やみたいに、そこに突っ立ってる気か？」アクスベリーが言った。

何人かが忍び笑いを漏らした。多くの者が「恥を知れ！」と叫んだ。もっとも、アクスベリーに言っているのか、ネザービー公爵に言っているのかははっきりしなかった。

アクスベリーの次の攻撃は前とまったく同じ二発のパンチで始まり、そのあとに、ボディブローと一連の強烈な殴打が続いた。しかし、愚かな男で、次にどう出るつもりかが目と身のこなしに出ていたし、パンチには規律正しさがなく、あるのはただ、一瞬で格闘を終わらせたいという願望だけだった。飛んでくるこぶしをエイヴリーがよけるには、目と反射神経を少し余分に働かせるだけでよかったが、それでもパンチのひとつが肩をかすめたため、エイヴリーの身がわずかに傾いた。アクスベリーは続けて次の強烈なパンチをくりだした。敵をノックアウトしてあの世へ送りだすつもりだった。エイヴリーは一歩脇へどき、こぶしと腕がなんの害もなくヒュッと通り過ぎるのを待ってわずかに身体をねじると、アクスベリーの側頭部を足の裏で蹴りつけた。

アクスベリーはジャガイモの袋のように倒れた。

見物の連中がどよめいた。

アクスベリーは目をしばたたかせ、呆然たる表情になった。それが困惑の表情へ、それから腹立ちの表情へ、それから激怒の表情へ変わっていった。わかりやすい男だ――エイヴリーは思った――大きな太い文字で印刷された本みたいなものだ。カードゲームの達人になるのはまず無理だろう。アクスベリーはどうにか起きあがると、首をふり、一度よろめき、エイヴリーをにらみつけてから、ボクシングの構えに戻った。そのあいだ背後では、チャンスのあるうちに殺してしまえとエイヴリーにけしかける者たちの声が、絶えることなく続いていた。

「汚い手を使いやがって」アクスベリーは悔しそうに言った。

「シャツが汚くなったのかい？」エイヴリーは尋ねた。「だが、汚れは洗えば落ちると思うよ」

アクスベリーは何ひとつ学習していなかった。前とほぼ同じやり方で攻撃を再開した。もっとも、今回はやみくもに突っ走っている感じで、体重と筋肉と野蛮な腕力が脳と機敏さと観察力を鈍らせてしまったようだ。エイヴリーはパンチが飛んでくるたびによけたり、飛びのいたりしながら、しばらくのあいだ、アクスベリーがこぶしをふりまわすままにさせておいた。アクスベリーの攻撃はさらに荒れ狂うばかりだった。しかしながら、二分ほどすると動きを止めた。息が切れ、汗が顔を伝い、濡れたシャツが身体に張りついている。すばらしく印象的な姿だった。

「跳ねまわってばかりの、チビのダンス名人」歯をギリッと噛みしめて、アクスベリーは言った。「男らしくしゃんと立てよ、ネザービー」

エイヴリーは身体を回転させると、反対側の足の裏でアクスベリーの反対側の側頭部に蹴りを入れた。

アクスベリーは横向きによろめいたが、今度は、見物の連中がふたたびどよめくあいだ、立ったままでいた。こぶしが少しゆるんだ。

「女みたいなやつ！」嘲りをこめて、アクスベリーは言った。「カミール・ウェスコットは婚外子ってだけじゃないんだぞ。ふしだら女で、娼婦だ。アビゲイル・ウェスコットも同じだ。レディ・アナスタシアも――」

エイヴリーは今度こそ攻撃に出て、アクスベリーの顎の下に両足で狙いを定め、思いきり蹴りつけた。アクスベリーは仰向けにどさっと倒れ、それきり起きあがれなくなった。

あたりが奇妙な静けさに包まれた。エイヴリーがその静けさに気づくには時間がかかった。彼の意識を占めていたのは、最初の二回の攻撃と違って、いまのは怒りに駆られたものだという事実だった。修業の戒律に反することだが、後悔はなかった。ときには、怒りが人間の自然な感情として認められることもある。

自分が両手をいっさい使わなかったことに、エイヴリーは気がついた。怒りにまかせて使ったりしなくて、たぶん正解だっただろう。

ウォーリングがアクスベリーのもとへ急いだ。医者も黒いカバンを手にして駆け寄った。エイヴリーはアレグザンダーのところに、そして、きちんと積み重ねた衣類のところに戻った。そのときようやく、不気味な静けさを破ってどよめきが起きた。しかし、エイヴリーに声をかけようとする者はいなかった。まともに目を向ける者すらいなかった。

「いったいどこで」切り株に腰かけて片方の靴下をはくエイヴリーに、アレグザンダーは尋ねた。「あんなことを習ったんだ?」

「じつは」エイヴリーは柔らかな口調で言った。「きみも覚えていると思うが、ぼくはチビだっただろ。おまけに、愛らしい顔をしていた。だから、学校のいじめっ子連中の餌食にされた。男子校にはそういう連中がわんさといる」

「どこで習ったにしろ」ブーツを履くエイヴリーのそばをうろつきながら、アレグザンダーは言った。「学校ではなかったわけだ。まいったな、あんなのを見たのは生まれて初めてだ。ここに集まった連中もそうだと思う。だが、いまやっとわかった気がする。きみのまわりにつねに、パワーと危険を感じさせるオーラが漂っているかに見える理由が。別に理由などないものとずっと思っていた。だが、いまならわかる！　一緒に〈ホワイツ〉へ行って朝食にしよう。まだかなり早い時刻だが——」

エイヴリーはシャツを頭からかぶり終えた。「アナに会いに行く前に、いくつか用事がある。だが、誘ってくれて礼を言うよ。けさ、介添人を務めてくれたことにも」右手を差しだしたが、アレグザンダーが握手に応じてくれるかどうか気にかかった。しかし、アレグザンダーはちらっと見てから彼の手をとり、二人は短い握手を交わした。

「本来なら、ぼくが決闘すべきだった」アレグザンダーは言った。「カミールもアビゲイルもぼくの血縁者だからね。アナスタシアもそうだ」

「ふむ。だが、アナスタシアはぼくの婚約者だし、カミールとアビゲイルはその妹だ。それに、アクスベリーが決闘の相手に選んだのはこのぼくだった」

アレグザンダーはエイヴリーに上着を着せかけた。見物人の一部はすでに散っていたが、半分以上は依然としてあたりをうろつき、立ち話をしたり、エイヴリーにこっそり視線を向けたりしていた。アクスベリーはまだ草むらに伸びたままで、そばで医者が片膝を突いている。どうやら瀉血《しゃけつ》をしているようだ。向かい側にいるウォーリングは深い器を抱えている。アクスベリーの頭が左右にのろのろと動いていた。どうやら命はとりとめたようだ。

エイヴリーが向きを変えて立ち去ろうとすると、アレグザンダーも並んで歩きだした。

親愛なるジョエル
あなたったら、なんて狡猾《こうかつ》な人になったのかしら。しかも、なんて頭がいい人なの！　そこまで骨を折ってもらうつもりはなかったのよ。でも、申しわけないって思うのはやめておくわね。だって、その狡猾な策略のおかげで、あなたに仕事のチャンスがめぐってくるかもしれないから。

あなたがダンス夫人に近づこうとしたのは、その方がわたしの妹たちの祖母に当たるキングズリー夫人のお友達だからなの？　それで、ダンス夫人が主催する文学と美術の夕べに招待してもらおうとしたの？　キングズリー夫人がいらっしゃらなかったら、あなたはどんな気持ちになったかしら。いえ、いずれにしても、たぶん楽しい一夜を過ごし、持参した絵の数々をみなさんに披露するすばらしい機会を得たことでしょうね。とはいえ、キングズリー夫人がいらして、あなたが見せた若いレディの肖像画を興味深くご覧になったそうで、ほんとによかった。最近のバースでは、肖像画のモデルになってくれそうな若い人を見つけるのがどんなに大変かという話を、会話のなかにはさむなんて、あなたもずいぶんずる賢い人ね。

何か進展があったら、かならず知らせてちょうだい。あなたが見かけたのはアビゲイルだけで、しかも一回か二回だけというのが残念だわ。わたし、妹たちのことが心配でならないの。手紙を書くことも考えたけど、いまはやめたほうがいいってカズン・エリザベスに言われたし、わたし自身も、常識的に考えればそのとおりだと思うの。あの二人には、人生で新たに出会ったさまざまな事柄に慣れるための時間が必要だわ。わたしのことなんか、できれば思いだしたくないでしょうから。

わたしのほうも報告したいことがあるけど、どこから始めればいいのかわからないぐらい。

三日前の晩に開かれた舞踏会以来、何も書いていなかったわね。舞踏会は大成功だったわ。舞踏会のドレスをまとって、わたしはお姫さまになった気分だったし（ほかのレディたちを目にするまではね。みなさん、わたしよりはるかにすてきなんですもの）、どちらにしても、お姫さまみたいに扱ってもらえたのよ。おばあさまも、おばさまたちも、びっくりなさったでしょうね。一曲残らず踊っただけでなく、毎回、少なくとも一〇人以上に申しこまれて、そのなかからパートナーを選んだのよ。

そして、翌日の朝、二七個もの花束がわたし宛に届けられたの。午後になると、数人のレディのほかに紳士の方々もたくさん訪ねてらして、数えきれないほどだったわ。そのうち何人かからいろんな催しに誘われたのよ。紳士の一人が弟さんと一緒に、エリザベスとわたしを馬車でハイドパークに連れてってくれて、出かけたのは〝上流のひととき〟として知られている時間帯なんだけど、ようやくその理由がわかったわ。ドライブや乗馬や散歩を楽しむことはほとんどなくて、誰もがおしゃべりとゴシップに夢中なの。昨日は若い紳士がやってきて、わたしに求婚するときはまず誰の許可を得ればいいのかって尋ねたのよ。午後のあいだに、ほかにも何人か紳士の訪問があり、わたしの男性の身内に同じような許可を求める声が聞こえてきたわ。

わたしが突然、美人で、愛らしくて、ウィットに富んでて、ほかの点でもたまらなく魅力的な女に変身してしまったわけ？　まあ、たまらなく魅力的ではあるでしょうね。なにしろ、わたしはお金持ちですもの。ものすごい大金持ちなの。あなたは大金持ちになりたいなんて願っちゃだめよ、ジョエル。あら、わたしったら、ずいぶん恩知らずなことを言ってるわね。聞き流してちょうだい。

ねえ、ジョエル、ジョエル、ジョエル――わたし、婚約したのよ。ネザービー公爵と！どうしてそんなことになったのか、さっぱりわからないけど。向こうがわたしとの結婚を本心から望んでるわけはないし、それを言うなら、わたしだって同じよ。わたしにはネザービー公爵を惹きつける要素なんて何もない。逆にいやがられる点ならいっぱいあるわ。公爵はわたしの財産にはまったく興味がないの――大金持ちだから。わたしが身内の人たちの前で、この国に住む財産目当てのすべての男から狙われてるって愚痴をこぼし、みんながわたしをカズン・アレグザンダーと結婚させようとしていたときに（彼もわたしと同じく居心地の悪そうな困惑の表情だったけど）、公爵が自分でそう説明したの。それからゆったりした足どりでわたしに近づいてきて、〝きみにその気があるなら、ネザービー公爵夫人になってもらいたい〟って言ったの。間違いなく、史上最高に型破りなプロポーズだったわね。そうだ、いま思いだしたわ。そもそもは、ブリストルの近くのウェンズベリーへ行きたいってわたしが言いだしたせいだったの。母方の祖父母がいまもそこで暮らしているのよ。公爵はわたしのためにそれを突き止めて、そこまで連れていこうと言ってくれた。結婚せずに行く場合は、エリザベスか、バーサか、もしくは両方にお目付け役として同行してもらう。結婚した場合は彼と二人だけで。だから、わたしは結婚するほうを選んだの。だから、いまは婚約中の身なのよ。

わたしの頭がどうしようもなく混乱してるのが、あなたにわかる？　本当はこの便箋をくしゃくしゃにして、床に投げつけて、踏みつけてしまいたい。でも、あなたにまだ話してないことがあるの。今日の午前中に公爵が訪ねてくることになってるのよ。たぶん、婚礼の相談をするつもりだと思うけど、それについては身内の人々がすでに、ごく細かな点に至るまで決めてしまってる。昨日、公爵が帰ったあとで。ええ、そうなの――帰ってしまったの。わたしに求婚して、承諾の返事をもらうと、そのまま出ていったの。これから一世紀のあいだ世界の隅々まで探したところで、この半分も変わった人を見つけることはできないでしょうね。それだけじゃ納得できないと言うなら、手紙の続きを読んでちょうだい！

ゆうべ、エリザベスに聞いたんだけど、公爵がアクスベリー子爵から決闘を申しこまれたんですって。ほら、気の毒なカミールに冷淡な仕打ちをした、あの卑劣な貴族。どうして決闘なんて話が出たのか、詳しい事情は省略するけど、ハイドパークで今日の明け方に決闘することになったの。カズン・アレグザンダーが公爵の介添人を頼まれて（エリザベスが決闘のことを知ったのは、彼を通じてだったのよ）、殺し合いになるのを覚悟したそうなの。この話を聞いた人もみんな、そうだったでしょうね。レディが決闘に口出しすることはぜったいに許されない。これは紳士の世界のことで、名誉とか、そういったくだらないことが大切だから。アクスベリーにも、エイヴリーにも、決闘をやめるよう、わたしから頼むことはできないし、決闘の場に顔を出すことはもちろんできない。でも、わたし、行ったのよ。エリザベスと二人で。

ハイドパークは広大な公園だけど、幸い、その場所は簡単に見つかったわ。『マクベス』の魔女みたいに黒に身を包み、目立たないようにして、わたしたちがそこに着いたときは、あたりはまだほとんど闇だったけど。多くの人が集まってて、騒いでるわけではないのに、けっこうざわついてたから、そのおかげで正しい方向へ行くことができたの。しかも、人々の周囲では馬たちが足を踏み鳴らし、いななきを上げてたから。こちらの姿を見られずにすんだのは奇跡ね。見られていれば、恐ろしい結果になったでしょう。もっとも、具体的にどんな結果になるのかをエリザベスから無理に聞きだすのは、やめておいたけど。わたし、もしかしたら、人生の残りを孤児院の学校で教えることになってたかもしれない！　でも、見つからずにすんだから、がっしりしたオークの幹の陰にまわって、木にのぼり、枝につかまったの。そんなことをしたのは生まれて初めてよ。すごく怖かった。地面からたぶん二メートルぐらいの高さだったと思うけど、一キロメートルぐらいありそうな気がしたわ。

あのときの出来事をどうやって伝えればいいのか、わたしにはわからない。遅刻した何人かの野次馬を別にすれば、ネザービー公爵とカズン・アレグザンダーが最後の到着だった。わたしの心臓がドキドキして枝にぶつかりそうだったけど、それは高いところにのぼったせいじゃなくて、拳銃か剣がとりだされるのを待ってたからなの。しかも、アクスベリー子爵はすごく大柄で物騒な雰囲気だった。ところが、武器は何も出てこなかったの。こぶしで戦うことに決めたみたい。いえ、それも正確じゃないわね。だって、公爵は一度もこぶしを使わなかったんですもの。しかもね、ジョエル、ズボン以外はすべて脱いでしまったの――こう書くだけで、わたし、赤面してしまう。ブーツと靴下まで脱ぐと、ひどく小柄に見えて、目の前の決闘に立ち向かえそうもない感じだったから、わたしの哀れな胸にははんのわずかな希望もなかったわ。それなのに、公爵の姿はしなやかで、しかも非の打ちどころがなくて、信じられないほど美しかった。ああ、どうしよう。最後の部分は書かなきゃよかった。でも、大海の半分ぐらいのインクを使って消したところで、あなたにはきっと、そこに書かれた文字が読めるでしょうね。だったら、このままにしておくわ。ドキッとするほど美しい人なのよ、ジョエル。

決闘の開始が宣言され、彼が草むらに進みでて子爵と向かいあったとき、わたしはアレグザンダーの予言が的中するのを覚悟したわ。そして、子爵が最初の二発のパンチを放ったときには、わたし、もう死ぬかと思った。でも、枝の陰に顔を隠すようなことはぜったいにしないつもりだった。大きな責任を感じていたから。舞踏会のときにわたしがアクスベリー卿に無礼な態度をとり、そのあとでエイヴリーが彼を追い払ったの――それなのに、決闘を挑まれたのはエイヴリーのほうだった。女に決闘を申しこむなんて、ありえないのでしょうね。

ジョエル、子爵の腕の動きはたいそう速くて、目にも留まらないほどだった。ところが、エイヴリーはその強烈なパンチを、蚊でも払いのけるみたいに軽くかわしてしまうの。アクスベリー子爵が連続パンチで本格的な攻撃に移ったときも、エイヴリーはかわしつづけるだけだった。パンチが一発でも命中すれば、たぶん死んでたでしょうね。でも、足と身体と腕をすごく機敏に使って、パンチをすべてそらしたり、よけたりして、やがて身体を回転させたと思ったら、片脚を信じられないほどの角度で上げて、子爵の側頭部を蹴りつけた――エイヴリーの頭をはるかに超える高さなのよ。すると、子爵はどさっと倒れてしまった。どうしてそんなことができたのか、わたしにはいまだにわからない。しばらくあとで、エイヴリーが今度は反対側の脚を使って、子爵の反対側の側頭部に同じ攻撃をしたというのに。

アクスベリー子爵は、ほかの人々と同じく、短時間で簡単に勝てるものと思っていたでしょうね。でも、このときはもう、焦っているのが明らかだった。決闘が始まったときからエイヴリーを馬鹿にして、くだらない愚かな悪口を投げつけていたけど、二度目に側頭部を蹴りつけられると理性を失ってしまい、カミールと、アビゲイルと、さらにはわたしに対してまで、すごく卑劣で恥知らずな言葉をぶつけてきたの――ここでくりかえす気はないけど。わたしにもっと言葉を操る才能があって、わたしの名前がアクスベリー卿の口から出るかないかのうちに起きたことをうまく説明できたら、どんなにいいかしら。それは生まれてから一度も見たことのないものだった。地面を離れたのよ、ジョエル――わたしが言ってるのはエイヴリーのことよ――そして、宙で身体を半回転させて、子爵の顎の下に両足を片方ずつ命中させ、それから着地したの。アクスベリー子爵はすでに地面に倒れてたわ。仰向けに倒れて、その場に横たわったままだった。エリザベスとわたしがこっそり抜けだしたときも、子爵はまだ地面に伸びていた。でも、死んではいないようだったから、わたし、あの子爵が大嫌いで軽蔑しているけど、心の底からほっとしたわ。

あとでアレグザンダーがエリザベスに約束したとおり屋敷に来て――わたしが決闘の件を

知ってるなんて、アレグザンダーは気づいていないし、エリザベスと二人であそこに出かけたなんて、もちろん夢にも思っていないはずよ――エリザベスだけにこっそり伝えていったの。エイヴリーが決闘に勝ち、アクスベリーは意識朦朧《もうろう》としたまま、自分の足で立つこともできない状態で自宅に運ばれたことを。

ネザービー公爵はぞっとするほど危険な男性よ、ジョエル。前からそんな気はしてたけど、なんとなくピンと来なかったの。だって、小柄なほうだし、怠惰な雰囲気を漂わせ、誰よりも派手な装いをして、持ちものも気障なんだもの。いちばん目立つのが嗅ぎ煙草入れと片眼鏡で、衣装に合わせてとりかえてるのよ。でも、危険な人物だわ。そして、わたしはその人と婚約したの。今度の日曜に一回目の結婚予告が出され、その一カ月後に挙式の予定。ちょっと怖い。馬鹿なことを言うものだと思うけど。エイヴリーがわたしに危害を加えることはありえない。それどころか、相手が誰であっても、危害を加えるような人ではないわ。けさのようにひどい挑発を受けないかぎりは。でも、いったん挑発されたら……。

ああ、そろそろ終わりにしなくては。手紙がどんどん長くなってるわね。よく、あの日のことを思いだすのよ。あなたと教室でしゃべっていたら、バーサがブラムフォード弁護士の手紙を持ってきた。いまみたいになるとわかっていたら、わたし、その手紙に火をつけて、燃えるのを見守っていたかしら？　でも、弁護士はきっとまた手紙をよこしたでしょう。

そちらのニュースを手紙でいろいろ知らせてくれて、どうもありがとう。あなたが手紙に書いてくれることを、わたし、何度も丹念に読み返すのよ。わたしにとっては、ひとつひととつの言葉が宝物なの。あなたが妹たちに会う方法を見つけられず、どとができなくても、気にしないで。あなたのせいじゃないんだから。でいるかを探るこて、すごく感謝してる。これ以上ぐずぐずするのはやめて、この手紙に封を折ってくれておくわね。けさ、彼が——わたしの婚約者が——来ることになってるか、かわからないし、わたしが彼をどんな目で見るか、彼の風変わりな点を怖がに渡しうか、自分でもわからない。

別世界から来た人なの？　でも、わたし、ほんとは怖がってなんかいないの。人なの——ああ、なんて無力な言葉かしら。二度と彼に会えないとしたら、わた退屈なものになってしまう。

あなたがいないと人生が退屈なものになるのと同じように。毎日あなたのことをます。わたしはこれからもずっと。

あなたの親友の
アナ・スノーよ
別名
レディ・アナスタシア・ウェスコットで
もうじき（ああ、どうしよう）
ネザービー公爵夫人になる予定

手紙はひどく分厚くなり、折りたたむのも無理なほどだった。しかし、どうにか折りたたんで封をしてから、客間の窓のそばに置かれたテーブルに目をやると、エリザベスがいまも書きかけの手紙の上にかがみこんでいるのが見えたので、自分で呼鈴の紐をひいた。呼出しに応えてやってきたジョンに手紙を差しだし、執事に渡して今日中に発送してもらうように頼んだ。

「おっ、カニンガム先生宛ですね」手紙を見て、ジョンは言った。「まだ封がしてなかったら、ミス・スノー、ぼくからも〝よろしく〟ってひとこと入れてもらいたいとこです。美術のカニンガム先生のこと、ぼく、昔から好きだったな。何を描けとか、どんなふうに描けとか、生徒にはぜったい言わずに、どんな助言をしたり励ましの言葉をかけたりすればいいのか、ちゃんと知ってる先生だった。〝こんなものは屑だ〟なんてぜったい言わなかった。ス・スノーもそうでしたよね。ぼく、教師に恵まれてたなあ」

「ありがとう、ジョン」アナはそう言いながら、エリザベスが顔を上げて心から楽し微笑していることに気がついた。「次に手紙を書くとき、あなたからの〝よろしく葉を入れておくわね」

「わたし、あなたのバーサとあなたのジョンが大好きよ」ジョンが部屋を出エリザベスが言った。「心を和ませてくれる子たちだわ」

「ジョンはきっと、リフォードさんの絶望の種だと思うけど」

「でも、すごくハンサムよ」エリザベスはそう言って目を輝かせた。

アナは暖炉のそばの椅子にすわった。本を手にとろうとはしなかった。手にとって何になるの？　ひとことも頭に入らないことはわかっている。あとどれだけ待てばいいの？　そもそも、ほんとに来てくれるの？

どうしてあんなことができたの？　二メートルぐらい宙に飛びあがったに違いない。しかも、両足で蹴りを入れるあいだ、そこにとどまっていた。自然の法則が彼にだけは通じないかのように。自分の目で見ていなければ、アナはけっして信じなかっただろう。それにしても、雨あられと降りそそぐパンチのひとつひとつをどうやって予測し、どうやって防御できたのか？　視力にしろ、腕の動きにしろ、それについていけるだけのスピードを持つ者など、どこにもいないはずだ。

彼には広い胸も、たくましい筋肉もない。ところが、彼が半裸になったあとでアナが目にしたように、どこもかしこもひきしまっていて完璧だった。すべての点がほかのすべての点と釣りあっている。彼のことは前々から美しいと思っていた。けさ、その美しさを極限まで目にして、彼の身を案じていた最中だというのに、畏怖の念に打たれてしまった。

不意に、アクスベリー子爵を三本の指先で倒したという、彼のふざけた主張を思いだした。結局のところ、ふざけて言ったのではなかったのだ。現実に起きたことだったのだ。

間違いなく危険な男だ。

表の通りから馬車と馬の蹄の音が聞こえてきて、エリザベスが手紙から顔を上げた。

「エイヴリーよ。幌付き四輪馬車《バルーシュ》で来たんだわ。珍しいこともあるものね。どこへ行くにも、ほとんど徒歩なのに。ねえ、わたし、なんだかエイヴリーのことが怖くなってきたわ。アナ、ほんとに彼と結婚するつもり?」

「ええ」アナは急に息苦しくなった。「そのつもりよ、リジー」

階下で玄関のノッカーの音が響いた。

18

エイヴリーがウェスコット邸に着いたときは予定より遅い時刻になっていたが、出かけたのが早朝だったため、用事になかなかとりかかれなかったのだ。世間の人々が仕事を始めるのは夜明けと同時ではないし、夜明けの少しあとでもないようだ。しかしながら、いまウェスコット邸に着いた彼は、アナに会う前によく経験するように、彼にかけられていたと思われる魔法が前回彼女と会ったあとで解けてしまい、平凡そのものの若い女性——それがアナの本来の姿——を目にするのではないかという思いにとらわれていた。いまの状況を考えれば、魔法は解けないほうがよさそうだ。

階段をのぼるあいだに、人なつっこい従僕のジョンがあれこれ話をして、彼を楽しませてくれた。「ミス・スノーは、かつてぼくの美術教師だったバースに住む男性に宛てて長い手紙を書き終えたばかりで、たぶん暇で仕方がないでしょうけど（これは従僕自身の言葉）、レディ・オーヴァーフィールドのほうはいまも手紙を書きつづけてるから、公爵さまが顔を出したらきっとミス・スノーに歓迎してもらえますよ。もっとも、レディ・オーヴァーフィールドは何通も書いてたから、まだ書き終わってなくても仕方ないですよね。けど、それでもかまわないんです。郵便の集配人が来るのは一時過ぎだし、そのころには書き終わってるだろうから」

エイヴリーは考えた――よその屋敷の召使いたちは控えめにふるまって、ほとんど目につかない存在と化し、その結果、雇い主と客から大量の機知と知恵と拍手喝采を奪っている。

「ネザービー公爵閣下のお越しです」ジョンは得意満面で正式に告げてから、客間のドアをノックし、勢いよく開いた――そのあとでエイヴリーにニッと笑いかけて、正式な雰囲気をぶちこわした。

アナが暖炉のそばの椅子にすわっていた。小枝模様のモスリンのドレスを着て、つんとすました愛らしい姿だ。エリザベスは窓辺のテーブルの前に腰を下ろし、便箋とインク壺《つぼ》と吸取り紙と鵞《が》ペンに囲まれている。しかし、立ちあがって笑みを浮かべた。

「エイヴリー」お辞儀をした彼に、エリザベスは言った。「アナがずっと待ってたのよ。わたしはちょうど手紙を書き終えたから、一階に下りて、今日の発送に間に合うよう、トレイにのせてこようと思ってたところなの。そのあと、部屋で片づけたい用事がひとつかふたつあるし」

エイヴリーが向きを変えて彼女のためにドアをあけると、エリザベスは片目をつぶってみせた。

「わたし、ものすごく長くこの部屋を空けるわけじゃないのよ。アナのお目付け役としての責任をきちんと果たすつもりだから」

エイヴリーは彼女の背後でドアを閉めると、アナの椅子の前まで行き、そこに立った。アナは挨拶の言葉をつぶやいただけで、まだ何も言っていない。少々顔色が悪く、少々緊張しているようで、両足をきちんと並べて床につけ、膝の上で両手を組み、椅子は本来くつろぐためのものなのに、背筋をしゃんと伸ばしてすわっている。エイヴリーは婚礼に関して継母から事細かに聞かされていたし、けさ、自分がじきじきに目を通す必要のある郵便物が来ていないかどうか確認しようと思って――幸い、何も来ていなかった――エドウィン・ゴダードの仕事部屋に寄ったところ、行動に移る前の指示をこの秘書がひたすら待っていたことが、わざわざ尋ねるまでもなく察せられた。エイヴリーの継母に当たる公爵夫人とゴダードは、ウェスコット一族からほんの少しでも激励の言葉が出れば、いかなる婚礼よりもはるかに豪華な婚礼を計画するに決まっている。公爵夫人はセントポール大聖堂の名前までさりげなく出してきた。もしかしたら、一日か二日以内に本格的に提案するための下準備かもしれない。

もちろん、いまのゴダードはもう、激励の言葉を待ってはいない。別の用事を言いつけられたからだ。

エイヴリーの婚約者がくつろいだ気分でないことは明らかなのに、いかにも彼女らしく、ひたむきな目でまっすぐに彼を見ていた。

エイヴリーは身をかがめると、アナの椅子の肘掛けに左右の手を置き、唇を近づけた。キスに慣れていない女。しかも、それはずいぶん控えめな言い方だ。アナの唇は閉じて静止したままだった。ただ、逃げようとする様子も、いやがる様子もない。エイヴリーが自分自身の唇を開いて、彼女の唇の上に軽く這《は》わせながら舌先で愛撫すると、やがて彼女の唇も開いたので、そこへ舌を差し入れた。そこで彼女が動きを見せた。組んでいた手をほどく気配がして、その手が彼の胸に軽く当てられ、次に彼の肩にかけられるのを、エイヴリーは感じた。彼女の歯の裏側へ、さらに口の奥へと舌を差し入れた。アナは――口から――はっと息を吸い、彼の肩を強くつかんだ。エイヴリーが舌先でアナの上顎をなぞると、彼女がその舌を吸った。

これなら高級娼婦に手管を教えることだってできそうだ――舌をひっこめ、顔を上げながら、エイヴリーは思った。アナからラベンダー水のかすかな香りが漂ってきた。エイヴリーは身体を起こした。

「ボンネットをとってきてくれ。エリザベスの部屋のドアをノックして、彼女にもボンネットをとってくるように言ってほしい。エリザベスが昼までなんの用事もないのなら。もしあったら、かわりにバーサを連れていこう」

「どこへ行くの？　着替えたほうがいい？」

「着替える必要はない。いまからきみを、目立たない通りにある目立たない教会へ連れていく。通りにも、教会にも、建築学的に見て注目に値する点はないし、歴史的に重要な事件があった場所でもない」

アナはエイヴリーにゆっくりと微笑を向けた。「じゃ、どうしてそこへ行くの？」

「結婚するため」

アナは首をかしげ、そのあいだに微笑が困惑に変わっていった。「結婚するため？」と、くりかえした。「目立たない通りにある目立たない教会で？　おばあさまも、おばさまたちも、お気に召さないでしょうね。聖ジョージ教会か、さらには、セントポール大聖堂まで候補に挙げてらっしゃるんですもの。大聖堂なんて恐れ多いわ。前に外から見たことがあるけど」

エイヴリーは上着の内ポケットから折りたたんだ紙をとりだすと、広げてアナに渡した。アナはそれを見下ろし、目を通して、眉をひそめた。

「これ、なんなの？」

「特別許可証だ」エイヴリーは答えた。「これがあれば、自分たちが選んだ教会で、自分たちが選んだ牧師に式を挙げてもらうことができる。自分たちにとって都合のいい日に」

アナは彼を見上げた。あいかわらず眉をひそめていて、片手に持った許可証が揺れていた。

「いますぐ結婚するの？」と訊いた。「今日の午前中に？」

「いいかい、アナ、大事なのは、きみが結婚したいと言ったのには明確な目的があったということだ。結婚すれば、ただちにウェンズベリーの村へ向かうことができるし、ぼくが一緒でも変な目で見られずにすむよう、女性のお供をどっさり連れていく必要もない。盛大な式を挙げようとすれば、少なくとも一カ月は出発が遅れてしまう」

「明確な目的――？」アナの眉はひそめられたままだった。「でも、結婚は永遠なのよ」

「いや、そうでもない」エイヴリーは彼女に言って聞かせた。「どちらかが死ねばおしまいだ」

アナの目が丸くなった。「あなたが死ぬなんていや」

「たぶん、きみのほうが先に逝くだろう。もっとも、そうでないよう願いたいが。そのころにはもう、きみとの暮らしになじんでいて、きみがいないと寂しくなるだろう」

アナは一瞬、恐怖の表情になったが、やがて笑いだした。おかしくてたまらないという笑い声だった。

「エイヴリー、ほんとに困った人ね。何をするかわからない人だわ。今日すぐに結婚なんて無理よ」

「なぜ?」

アナはしばらく彼を見つめた。「だって――ドレスも着てないし」

「僭越ながら、ひとこと言わせてもらうと、きみはちゃんとドレスを着ている。もし着ていなかったら、ぼくは真っ赤になっているだろう」

「わたし――」アナは言葉を失ったようだが、やがて、ふたたび笑いだした。「エイヴリーったら!」

エイヴリーはポケットから嗅ぎ煙草入れをとりだすと、親指でパチッと蓋を開き、煙草のブレンド具合を調べ、それから蓋を閉じてポケットにしまった。

「ひとつ質問だ。貴族にふさわしい式を挙げたいかい、アナ? すばらしく豪華な式になると思うよ。貴族が一人残らず参列し、たぶん、プリニーまでお出ましになるだろう――プリンス・オブ・ウェールズ。つまり、摂政殿下のことだ。きみもぼくも名門の出だから、ぼくたちの結婚式は社交シーズンの大きな話題になるだろう。最高の話題となることを、きみに理解してもらいたい。いささか圧倒されるかもしれないが、孤児院で育った少女たちにとっては、それが究極の夢だと思う」

「違うわ」アナは言った。「あなたは王子さまではない。王子さまこそが究極の夢。それから、ガラスの馬車も」

エイヴリーはアナに称賛の視線を向けた。

「本格的な式を挙げたいかい、アナ？」ふたたび尋ねた。「きみの身内がせっせと計画しているような式を」

アナは首を横にふり、しばし目を閉じた。「考えただけで吐きそう。うんざりなの……豪華なものには。でも、ますますひどくなりそうね」

「もうひとつ質問」アナが目を開くと、エイヴリーはその目をじっと見た。「ぼくと結婚したいと思ってる？」

アナは一瞬、彼を見つめかえし、それから手にした許可証に視線を移した。膝の上に丁寧に広げて目を通した。

「ええ」ようやく彼に視線を戻した。「でも、あなたはわたしと結婚したいと思ってるの？」

「ボンネットをとっておいで」エイヴリーはアナに言うと、彼女の膝から結婚許可証をとり、自分のポケットに戻してから、片手を差しだしてアナが立ちあがるのに手を貸した。

「じゃ、とってくるわ」

しばらくして、彼がアナのために客間のドアを支えると、アナはそこで足を止め、むずかしい顔で彼を見た。口を開いて何か言おうとし、息を吸いこみ、それから何も言わずに部屋を出ていった。

ぼくの婚礼の日だ——エイヴリーは思った。

〝でも、結婚は永遠なのよ〟

永遠。生涯。長い時間。

パニックが襲ってくるのを待った。しかし、待っても無駄だった。しばらくすると、レディたちを待つためにゆっくりと一階に下りた。たぶん、ジョンが楽しい話し相手になってくれるだろう。


アナはバルーシュにエリザベスと並んですわった。二人は馬車の進行方向を向き、エイヴリーは二人と向かいあってすわっていた。よく晴れた日で、馬車が走っているときも、あたりは暖かだった。誰も口を利こうとしなかった。アナがエリザベスの寝室のドアをノックして、ほかに用がなければ婚礼の場へ一緒に来てもらえないかと頼んだとき、エリザベスは驚いて、信じられないという顔になった。しかし、彼女が事情を理解するのに長くはかからず、アナが薄々危惧していたようにショックと恐怖で卒倒することもなく、かわりに笑みを浮かべ、次に笑いだした。

「でも、いかにもエイヴリーのやりそうなことね」エリザベスは言った。「どうしてこうなるのをわたしたちが予期しなかったのか不思議なくらいよ、アナ」

「あの人、どうかしてるのよ。今日の明け方以来の出来事から判断すると。しかも、まだ一〇時半――ぜったいどうかしてるわ。さて、ボンネットをとってこなきゃ」

その数分後、エイヴリーが二人に手を貸して馬車に乗せた。まずアナのほうから。エリザベスは彼に手を預け、馬車のステップに足をかけたところで動きを止めた。

「あなたって、ほんとにすてきね、エイヴリー。みんな、きっとカンカンよ」

「どうしてみんなが怒るのか理解できない」眉を上げ、どことなく退屈そうな顔をして、エイヴリーは言った。「結婚は二人だけの問題だ。そうだろう？　この場合はアナとぼく」

「あらあら」エリザベスは言った。「でも、結婚式はその二人を除くすべての人のものなのよ、エイヴリー。きっとカンカンだわ。わたしの言葉を信じなさい」そう言って笑った。

だが、エリザベスはいま、アナの手をとり、強く握りしめた。目立たない通りを走っていた馬車が目立たない教会の近くまで来て速度を落としたからだ。この通りにあるこの教会こそが二人の挙式の場であることは、火を見るよりも明らかだった。教会の外で一人の紳士が待っていて、きびきびと進みでると、御者が御者台から降りる暇もないうちに、馬車の扉を開いてステップを下ろした。

「準備は整っております、公爵さま」紳士は言った。

まずエイヴリーが馬車を降りた。エリザベスに手を貸して降ろし、次に、アナに手を差しだした。

「うっとりするような花嫁だ」馬車を降りるアナの全身に物憂げに視線を走らせて、エイヴリーは言った。

アナは小枝模様のモスリンの普段着に、なんの飾りもない麦わらのボンネットという装いだったが、エイヴリーの言葉に皮肉は感じられなかった。でも、ああ、どうしよう、わたしは本当に花嫁になる。そうね？　その現実がアナにはまだピンと来ていなかった。

「わが頼もしい秘書のエドウィン・ゴダードを紹介しよう」アナが歩道に降り立ったところで、エイヴリーは言った。「こちらはレディ・オーヴァーフィールドだ、エドウィン。それから、レディ・アナスタシア・ウェスコット」

紳士は二人に向かってお辞儀をした。

「エドウィンはカズン・エリザベスと共に式の立会人となるために来てくれた」エイヴリーは説明した。「この男を屋敷に残しておいたら、わが継母である公爵夫人から頼まれた招待客リストの作成に無駄な時間を使うことになるからな。公爵夫人ときたら、ぼくが家を留守にして文句も言えないとなると、この秘書に用事を頼みたがるんだ。さて、なかに入ろうか？」

アナは彼が差しだした腕に手をかけ、二人で教会に入った。外観から想像していたよりも広く、天井が高くて、身廊は長かった。内部は薄暗く、あたりを照らしているのはわずかなろうそくの炎と、少なくとも一世紀は掃除していないと思われる模様入りガラスの高窓から入ってくる光だけだった。教会はどこもそうであるように、この教会もひんやりしていて、ろうそくの蜜蠟《みつろう》と古い香と祈禱《きとう》書の匂いが漂い、少し湿っぽかった。聖職者のローブを着た若い男性が大股でやってきた。金髪で、眉も金色。とても淡い色なので、近くに来るまで、眉はほとんど見えなかった。笑みを浮かべていた。顔にそばかすが散っている。

「おお、アーチャーさんですね」右手を差しだし、エイヴリーと握手をして、男性は言った。「そして……ミス・ウェスコット？」アナとも握手をした。「許可証はお持ちですか？ この幸せな機会にわたしが式をとりおこなう準備はすべて整っています」

「こちらが立会人となってくれるオーヴァーフィールド夫人とゴダード氏です」エイヴリーはそう言いながら、ポケットに手を入れて許可証をとりだした。

牧師は微笑し、一同に向かってうなずいてから、許可証に短時間で目を通した。「不備な点はないようです」快活に言った。「では、始めましょうか。多くの人が加えたがる飾りの部分をすべてはぎとってしまえば、婚礼の儀式というのはきわめて短いものです。しかし、神聖な点では変わりがなく、夫婦を結びあわせる絆《きずな》の強さも変わりません。そして、花嫁花婿の喜びにも変わりはありません。花と音楽と招待客は不可欠のものではないのです」

牧師が先頭に立って身廊を進んだ。アナは歩きながら、男たちのブーツの音が石の床に響くのを耳にした。ふと気づくと、愚かにも、ブラムフォード弁護士からあの手紙を受けとったのは何日前だったのか、ネザービー公爵と初めて出会ってから何日が過ぎたのかを計算しようとしていた。公爵はあのとき、物憂げな顔と豪華な姿で、危険な雰囲気を漂わせて、アーチャー邸の玄関ホールに立っていた。わずか数日しかたってないの？　それとも数週間？それとも数カ月？　アナにはもうわからなかった。フォード院長とジョエルのことを、教室で教えた子供たちのことを、ハリーとカミールとアビゲイルとその母親のことを、祖母とおばたちのことを、アレグザンダーとジェシカのことを、母が亡くなったあとでアナを捨てた祖父母のことを考えた。人が死を迎えるとき、その人の一生が目の前を通り過ぎていく、と言われている。結婚しようとするときも同じことが起きるなんて、これまで誰も言ってくれなかった。

身廊を歩いていくあいだ、永遠に続くようにも、短すぎるようにも思われた。

保守的な装いに身を包んだエイヴリーを見た。そして、数時間前の彼の姿を思い浮かべた。ぴったりした膝丈ズボンだけになって、人間業とは思えない機敏な反応を示し、重力を超えたとんでもない動きを見せた。アナは不意に恐怖を感じた――危険な人だという以外、わたしはこの人のことを何も知らない。しかも、この人の本当の姿は――どんな姿かわからないけど――幾層にも重なった技巧の奥に隠されていて、わたしにはけっして見つけられないかもしれない。

しかし、一同はすでに祭壇の手すりの前で足を止めていて、アナがパニックを起こそうにも手遅れだった。アナと彼が牧師と向かいあって立ち、エリザベスは最前列の信者席に腰を下ろし、ゴダード氏はエイヴリーの横に立った。

「お集まりのみなさん」目の前に集まった四人に向かって、牧師は言った。いずこの牧師も使っている、人々の耳になじんだ声だった。信者席に五〇〇人いたとしても、牧師の声はその一人一人にはっきり届いたことだろう。

結婚の障害となるものを何か知りはしないか、と問いかけられたとき、どちらの立会人も沈黙を通した。土壇場で教会に駆けこんできて、「中止しろ！」と叫ぶ者もいなかった。アナは自分の手を握りしめている男性を愛し、敬い、彼に従うことを誓った。エイヴリーもほぼ同じことをアナに誓った。〝わたしはわが全身であなたを崇拝します〟――軽く伏せたまぶたの下から青い目でじっとアナを見つめて、エイヴリーは言った。ゴダード氏が金の指輪を差しだすと、エイヴリーはアナの手ではなく顔を見つめたまま、彼女の指にそれをはめた。ぴったりのサイズだった。どうしてわかったの？

やがて、心を落ち着けたアナが結婚するという実感に浸る前に、式は終わっていた。牧師の言葉によると、エイヴリー・アーチャー夫人になったのだ。

わたしにはずいぶん名前がある。アナ・スノー。アナスタシア・ウェスコット。レディ・アナスタシア・ウェスコット。アーチャー夫人。ネザービー公爵夫人。わたしが？　結婚報告の手紙をフォード院長に読んでもらっている孤児たちの姿が、急に頭に浮かんできたため、アナは危うく笑いだしそうになった。みんなのスノー先生が、レディ・アナスタシア・アーチャーに、ネザービー公爵夫人になってしまった。まん丸になった目、畏敬の念のこもったあえぎ声、満足そうなため息が想像できる。このような瞬間に、わたしったら、なんて軽薄でふざけたことを考えるのかしら。

二人が狭い聖具室へ案内されると、結婚証明書が待っていた。署名欄のあるページが開いてあって、その横にインク壺が、そして、ペン先を整えたばかりの鵞ペンが吸取り紙の上に斜めに置かれていた。アナは最後にもう一度だけ旧姓で署名をした――アナ・スノーと書きそうになり、危ういところで思いとどまった。エイヴリーは大胆な筆跡で手早く彼の名前を書いた――エイヴリー・アーチャー。二人の署名に添えて、立会人による正式な副署がなされた。そして、すべてが終わった。

二人は夫と妻になった。

聖具室を出てから、牧師が二人のそれぞれと握手をし、花嫁花婿が長きにわたって実り多き人生を送るように願い、聖具室にふたたび姿を消した。アナはいまも牧師の名前を知らないままだった。エリザベスが目に涙をため、唇に微笑を浮かべてアナを強く抱きしめ、いっぽう、ゴダード氏は雇い主と握手をしていた。エリザベスは次にエイヴリーを抱きしめ、ゴダード氏はアナにお辞儀をしたが、アナが右手を差しだすと、その手をとった。

「世界じゅうの幸せを手にされますように、奥方さ――」ゴダード氏は聖具室のドアにちらっと目を向けた。細めにあいていた。「アーチャー夫人」

「あの牧師も気の毒に」身廊を半分ほどひきかえしたあたりで、エイヴリーは言った。「ぼくの名前についている肩書きと、いまではきみの名前にもつくこととなった肩書きをすべて知ったら、脳卒中の発作を起こすだろう。だが、ぼくが徹底的に身分を隠したものの、結婚は法的にちゃんと成立している。きみはぼくの妻だ、愛しい人。そして、わが公爵夫人だ」

外に出ると、太陽がまばゆく輝き、大気は夏の温もりに満ちていた。通りの反対側を女性が急ぎ足で歩き、その女性と手をつないだ子供が歩道のひび割れを飛び越えている。馬が一頭、蹄の音を響かせて通りを遠ざかっていく。はるかうしろでは、幼い少年が湯気の立つ馬糞《ばふん》を箒《ほうき》で通りからどけている。背後の屋敷の高い窓から、メイドが敷物の埃を払い落とし、少年に呼びかけている。二人の周囲では変哲もない日々の営みが続いていて、この一五分ほどで世界が一変したことなどなかったかのようだ。太陽の光がアナの指輪に反射し、アナは手袋をはめてこなかったことに気づいた。なんてはしたない。

「この近くに書店があって、わたし、前々からのぞいてみたいと思ってたの」エリザベスが言った。「ゴダードさま、書店はお好き？　一緒に来てくださらない？　屋敷に帰るときは辻《つじ》馬車を使えばいいでしょ。辻馬車をつかまえるのはきっと慣れてらっしゃるわね」

「喜んで、レディ・オーヴァーフィールド」ゴダード氏は言った。「公爵閣下のお許しをいただければ」

「エドウィン」エイヴリーはため息をついた。「悪魔のもとへでも、どこへでも、勝手に行くがいい。いや、そのように無分別な言い方はやめておこう。きみがいかに貴重な人材かを悪魔が知ったら、ぼくがきみを必要とするときに返してくれないかもしれない。それに、たぶん、ぼくがきみを必要とするときが来ると思う。もっとも、今日ではないが」

エリザベスがこの二人に太陽のような笑顔を向け、ゴダード氏の腕に勝手に手をかけた。きびきびした足どりで、ふりむきもせずに、二人は通りを歩き去った。

った。「夫がそばにいるから」

「お目付け役はもう必要ないんだ、アナ」去っていく二人を見送りながら、エイヴリーは言った。「夫がそばにいるから」

アナは首をまわして彼を見つめ、現実が真正面からぶつかってきたかのように感じた。ネザービー公爵をじっと見ているうちに、彼の風変わりな面がひしひしと感じられ、その人が自分の夫であるという事実が現実となって迫ってきた。

アナの思いを彼が読みとったかのようだった。「死が二人を分かつまで」と優しく言って、片手を差しだした。

馬車に乗ると、今度はアナの横にすわり、ふたたび彼女の手を握った。彼も手袋をはめていなかった。

「きみをアーチャー邸に連れて帰り、明日の朝までドアも窓もすべて閉めきって過ごしたいのは山々だが」動きだした馬車のなかで、エイヴリーは言った。「残念ながら、それはできない」

「まあ」アナは不意に思いだした。「今日の午後、一族全員がふたたび集まって、わたしたちの婚礼について細かく相談することになってたんだわ」

「一族全員がウェスコット邸に集まってきみの人生を計画してきたが、いくらなんでも長く続きすぎている、アナ。下手をしたら、みんなの習慣となって定着してしまうだろう。そろそろ、各自の人生に戻ってもらわなくては。しかし、ぼくが推測するに、カズン・エリザベスはあの書店の奥で本に夢中になり、そのうち、自分が衝撃の事実を伝えたところで手遅れだと悟るに至るだろう。エドウィンは書店にいれば幸せなやつだ。あいつと本は親友どうしだからね」エイヴリーは声を大きくして御者に命じた。「ウェスコット邸へ、ホーキンズ」

「みなさん、ひどいショックを受けるでしょうね」アナは言った。

「ぼくとしては、ジョンがみんなを客間へ案内するときに、あいつの口からその件が伝わったりしないよう願うばかりだ。ジョンはどうやら、きみの屋敷に客が来たときは会話の相手をしなくては、と思っているようだから。今日だけはふつうの従僕らしくふるまうのが大切であることを、ジョンに教えてやったほうがいいと思わないか、アナ？　ぼくがどれだけすごい権力者だろうと、ジョンはまったく感銘を受けていないようだから」

「ロンドンの大きな屋敷の従僕になり、お仕着せを着るようになったのが、ジョンはうれしくてたまらないの。わたしからひとこと言っておくわね。わたしたちが今日の午前中に出かけて式を挙げてきたことが、ジョンの口からおばあさまとおばさまたちに伝わったりしたら、それこそ大変だわ」

アナが笑うと、エイヴリーが彼女のほうを向き、笑みを含んだ物憂げな目で見つめた。

「できることなら、わが公爵夫人」柔らかな声で、エイヴリーは言った。「今後の日々のなかで、その笑い声をもっと聞かせてほしいものだ」アナの手を彼の唇に持っていき、そこに置いたまま、彼女の目をじっと見つめた。

アナは唇を嚙んだ。

「当分のあいだ計画すべきことはもう何もないということを、みんなが納得してくれたらすぐに、遠まわしな言い方で退散を促すとしよう。エリザベスはこちらから促さなくても、母上とリヴァーデイルがいる家に戻ると思うよ。きみの身内のなかでは、ジェシカを別にすれば、エリザベスがぼくの特別のお気に入りなんだ、アナ。新婚の夜の屋敷に三人もいたのでは多すぎるってことを、彼女ならわかってくれるはずだ。そして、今夜がそうなんだよ――ウェスコット邸で迎える新婚の夜。明日、ウェンズベリーへ旅立つとしよう」

エイヴリーはアナとのあいだの座席に二人の手を置き、指をからめあった。

〝……新婚の夜〟

19

エイヴリーは客間の窓のところに立った。背後で彼の継母が不平を並べ、ジェシカがむくれている。アナはドアからそう遠くないところに黙ってすわっていた。膝の上で両手を重ねているが、右手で左手を隠していることにエイヴリーは気がついていた。淡いブルーのアフタヌーン・ドレスに着替えていて、それがまた、いくらがんばってもこれ以上地味になりようがないというデザインだ。襟元も、手首も、足首もすべて隠れていて、リボンやフリルはいっさいない。バーサがアナの髪を結いなおし、思いきりひっつめたため、目が吊りあがって見える。アナは午餐のときに——ほとんど手をつけなかったが——このまま逃げだして隠れてしまいたいと言った。エイヴリーとしては、その願いを叶えてやりたいが、まず納得させなくてはならない家族がいる。

マダム・ラヴァルが衣装の相談をするため午前中に訪ねてきたとき、アナが屋敷を空けていたことに、継母が不満を述べた。エイヴリーに対しても、婚礼に関して相談すべきことがどっさりあって、どこから始めればいいのかわからないほどだというのに、彼が朝からずっと留守にしていたことに文句を言った。

「日曜日に結婚予告を出してもらう手筈《てはず》はもう整えたの？　でも、どこに頼むの？　セントポール大聖堂はどうかって、あなたに相談したかったんだけど。それから、招待客リストの件をエドウィン・ゴダードと検討するつもりだったのに、あの人、朝のうちに仕事部屋から姿を消してしまって、わたしがこちらに出かけてくるときもまだ戻っていなかったのよ。あの人らしくないことね。しかも、今日という日に姿を消すなんてあんまりだわ」

アナに対しては、「あなたがどうしてもそういう家庭教師みたいな格好をしたいというなら、エイヴリーが心変わりをしても驚かないでちょうだい」と文句を言った。

ひどくご機嫌斜めのようだ——たぶん、ジェシカのせいだろう。

母親違いのエイヴリーの妹は、昨日の午後、彼から婚約の話を聞かされてへそを曲げた。信じられないという表情、恐怖におののく表情、激怒の表情が矢継ぎ早に顔をよぎった。猛烈な癇癪《かんしゃく》を起こしそうになった。現在の家庭教師がやってくるまで、ジェシカの癇癪は有名だったのだ。しかし、エイヴリーが片眼鏡を目に持っていき、嫌悪の表情で黙って見つめると、ジェシカはかわりにワッと泣きだし、しゃくりあげる合間に、あんな冴えないブス女と婚約するなんて、アビーとハリーとカミールによくもそんなひどい仕打ちができたわね、と文句を言った。

「言葉に気をつけるんだ、ジェス」エイヴリーはとても優しい声で言い、片眼鏡を下ろしたが、両腕を差しだしてジェシカを慰めようとはしなかった。

「あたしの言い方がひどいっていうの？」ジェシカは泣きじゃくるのをやめて、悲しげな顔になった。頬が赤いまだら模様になり、目が真っ赤だった。「憎むんだったら、相手はハンフリーおじさまよね。ぼくがきみに望んでいるのは、わが公爵夫人に礼儀正しく接することだ」エイヴリーはジェシカに言って聞かせた。「きみが八〇歳になるまで、もしくは、ジェシカをもらってほしいという説得に応じてくれた最初の男にぼくがきみを嫁がせるまで、勉強部屋に閉じこめられたままでいることを望んでいないのなら」

ジェシカは唇を震わせ、ついに我慢できずにクククッと笑いだした。

「そうする」と約束した。「でも、やっぱり、ほかの人にしてほしかったわ、エイヴリー――ほかの人なら誰でもいい。あんな人、二週間もしないうちに飽きちゃうわよ。まあ、それでもいいのかも。ねっ？ 紳士はほかにいろいろ趣味が持てるから。レディのほうは刺繍かタティングレースぐらいしかないけど」

「ときどき心配になるんだが、ジェス」ふたたび片眼鏡を途中まで上げて、エイヴリーは言った。「家庭教師はきみに何を教えてるんだ？」

今日の午後、レディ・ジェシカ・アーチャーも母親と一緒にウェスコット邸へ出かけることを、エイヴリーはあらかじめ御者に言っておいた。そして、ジェシカがここに来たのだった。不機嫌な顔で黙りこみ、頑なに礼儀作法を守って。

エイヴリーが窓から見ていると、モレナー夫妻が到着し、そのすぐあとから、古代の化石みたいな馬車がやってきた。先々代伯爵未亡人とその長女が街へ出かける必要のあるときに使う馬車だ。四人そろって客間に案内され、ひとしきり挨拶を交わしたあとで、ふたたび愚痴のこぼしあいとなった。カズン・ミルドレッド（レディ・モレナー）から、長男のボリスが今学期いっぱい停学処分になったという報告があった。午前四時に寮の窓をよじのぼろうとしてつかまったという――出ていくのではなく、入ろうとしたのだ。髪と衣服から紛れもなきフローラル系の香水の匂いがぷんぷんしていた。けさ、それを告げる手紙が校長から届いた。モレナーはクラブへ出かけるのをやめた。それどころか、明朝早くにイングランド北部の自宅へ向かう手筈を整えはじめた。

「こちらで山ほど用事があるというのに」カズン・ミルドレッドは嘆いた。「うちの召使いたちったら、婚礼が終わるまでボリスを厳重に監視しておくこともできないのかしら」

「婚礼に間に合うように戻ってくるからね、ミリー」モレナーが妻の手を軽く叩いて言った。

「そういうことじゃないわ、トム」カズン・ミルドレッドはぼやいた。「婚礼までにしなきゃならないことが山ほどあるのよ」

先々代伯爵未亡人も、けさマダム・ラヴァルが来たときに留守にしていたアナを叱りつけた。

「若い従僕から聞きましたよ。アナスタシア、婚礼の支度を整える役目を負った人たちの求めに、いつでも応じられるようにしておかなくてはいけません。一カ月は長いように思うかもしれないけど、あっというまに過ぎてしまうのよ。今シーズン最高の婚礼になるに決まっています。考えれば考えるほど、あなたの提案が正しいという気がしてきたわ、ルイーズ。

セントポール大聖堂しか考えられないわね」

カズン・マティルダがエリザベスはどこかと尋ね、アナスタシアが一人でカズン・エイヴリーの相手をしていたのでなければいいけど、と言った。

「エリザベスは以前から気になっていた書店があって、そちらへ行きました」アナは説明した。

アレグザンダーが母親と一緒に到着したのを、エイヴリーは目にした。一分か二分後には、全員が顔をそろえることになる。

レディ・マティルダが言っていた。「婚礼を前にしてきちんとした体面を保つために、これから一カ月のあいだ、わたしがこちらに移ってきたほうがいいんじゃないかしら。わたしがいなくても、お母さまさえご不自由でなければ」

アレグザンダーの母であるカズン・アルシーアが一人一人に挨拶をして、アナを抱擁し、晴れて婚約した翌日の気分はどうかと明るく尋ねたとき、アレグザンダーがエイヴリーをじっと見た。早朝の決闘が現実に起きたことなのかどうか、訝しんでいるかのようだ。エイヴリーは軽く頭を下げて、ポケットの嗅ぎ煙草入れに指をかけた。しかし、とりだす暇はなかった。カズン・アルシーアが彼を抱擁し、たったいまアナにしたのと同じ質問を彼にもしたのだ。

「婚約のことはもういいでしょ、アルシーア」エイヴリーの継母が言った。「わたしたちが気にしなきゃいけないのは婚礼の準備よ。それなのに、エイヴリーはぐずぐずしてばかり。

けさ、秘書のゴダード氏に尋ねたところ、わたしがゆうべ秘書と二人で書きあげた婚約のお知らせに、エイヴリーはまだオーケイを出してないっていうのよ。しかも、エイヴリーの姿はどこにもなかった。秘書も仕事部屋から消えてしまった。婚約のお知らせを明日の新聞に出すためには、今日中に新聞社に渡さなきゃいけないのに。それから、結婚予告をどの教会に頼むかも決めなくては。日曜日までに準備してもらう必要があるでしょ。それから――」

「いや、じつは」アナに視線を据えたまま、エイヴリーが言った。「ぼくはけさ、婚礼に関係した用事で忙しくしてたんです。エドウィン・ゴダードも。アナも。ぼくたちが屋敷にいるものと思っていた人々の前から姿を消してしまったことを、どうかお許しください。ぼくたち三人は一緒にいました。それから、カズン・エリザベスも一緒でした。書店のことを思いだして、エドウィンと一緒にそちらへ急ぐまではね。だが、その時点ではもう、二人にいてもらう必要はなくなっていました。二人はぼくとアナの婚礼の正式な立会人となり、あとは如才なく姿を消してくれたのです」

室内が完全な静寂に包まれるあいだ、アナはエイヴリーをじっと見つめかえした。数週間前に――いや、大昔かもしれないが――アーチャー邸の〈バラの間〉に姿を見せたときと同じく、冷静沈着な態度だったが、左手にのせて結婚指輪を隠した右手がこわばっていた。

最初に言葉を見つけたのはジェシカだった。

「結婚したの？」さっと立ちあがって叫んだ。「わあ、よかった。みんなが計画してたあの盛大な結婚式って、馬鹿みたいだったもん」

カズン・マティルダはすでに手提げ袋から気付け薬と扇子をとりだし、横にすわった母親のほうを向いていた。手が二本しかないのは残念と言うしかない。

「なんですって?」エイヴリーの継母もジェシカの腕に片手をかけて立ちあがった。「なんですって?」

「結婚したの?」こう言ったのはカズン・ミルドレッド。

「だったら、きみもわたしと一緒に帰れるぞ、ミリー」モレナーが言った。「うちの腕白坊主を懲らしめるのを手伝ってくれ」

「まあ、あなたたち、一刻も待てなかったのね」カズン・アルシーアが両手を胸の前で組み、目を輝かせてアナからエイヴリーへ視線を移しながら言った。「うっとりするほどロマンティックだわ」

「ロマンティック?」先々代伯爵未亡人が言った。「その気付け薬を片づけて、マティルダ。もしくは、自分で使ってちょうだい。アナスタシア、これがあなたの評判にどんな影響を及ぼすのか、まるでわかっていないようね。この何週間か、ワルツを踊ること以外に何も学ばなかったの? でも、エイヴリーにはわかっているはずよ。社交界の不文律を蔑《ないがし》ろにし、良識を無視するとは、いかにもエイヴリーのやりそうなことだわ。貴族社会から村八分にされずにすめば、そんな幸運なことはありませんよ」

「アナスタシア」アレグザンダーが言った。「心から祝いの言葉を贈り、幸運を祈らせてもらってもいいかな? それから、きみにも、ネザービー」

「あら、大変」エイヴリーの継母が言った。「わたしはもう、ネザービー公爵夫人じゃないのね？　公爵夫人はアナスタシア。わたしは先代公爵未亡人なんだわ」

「名目だけのことよ、お母さま」ジェシカが不機嫌な声で言った。

そこでアナが口を開いた。ずっと以前、〈バラの間〉で使ったのと同じく、低いけれど威厳に満ちた声だった。「昨日のわたしは、自分が商品になったことに、結婚という市場でもっとも高い値のついた品になったことに当惑していました。ひと息ついて自分の考えをまとめるために、短期間でもいいから逃げだしたいと思いました。すべての方が聞いてらっしゃる前で、ウェンズベリーへ行きたいと申しました。母方の祖父母に会って、母が亡くなったあとでなぜ祖父母がわたしを放りだしたのかを説明してもらい、わたしの過去に存在するその部分と折りあいをつけたかったのです。わたしをそこへ連れていくために、エイヴリーが結婚を申しこんでくれました。わたしが一刻も早く行きたがっていることを――その必要があることを、わかってくれたからです。みなさまが善意から計画してくださっている盛大な式を待つのは、時間の無駄というだけにとどまらないことを、エイヴリーはわかってくれました。それはわたしをさらに苦しめる試練なのです。だから、けさ、結婚の特別許可証を用意して、名前もわからない通りにある、名前もわからない教会へわたしを連れていき、どういう方なのかわたしにはいまだにわからない牧師さまの手で式を挙げてもらったのです。エリザベスとゴダード氏が立会人となってくれました。わたしに対しても、計画にとりかかってらした豪華な婚礼が失われてしまったことに対しても、何人かの方が失望なさっているのはわかっております。でも、今日はわたしが式を挙げた日。あのようにすてきな式は想像したこともありませんでした。申しわけないことをしたとは思いますが、後悔は一瞬たりともしておりません。明日、旅立つつもりでおります」

話をするあいだ、アナはエイヴリーから視線をはずさなかった。

エイヴリーは思った――出会った最初の日に、ぼくはアナに恋をしてしまったに違いない。自分でも困惑するばかりだった。あの靴、ドレス、マント、ボンネットのことを思いかえせばとくに。しかし、あのときでさえ、エイヴリーは彼女のなかにある静かな落ち着いた威厳に気づいていた。たしかに、すべてが困惑の種だった。あの場における、そして、それ以降の彼女のふるまいが彼の敬意を掻き立て、称賛すらひきだしただけでも、ずいぶん意外なことだった。しかし、ロマンティックな恋心まで？　ぼくは恋など信じていない。これまでずっとそうだったし、これからもそうだろう。

ただ、いまの彼がアナに抱いているのは、間違いなくロマンティックな恋心だった。エイヴリーは彼女に視線を走らせ、大きな喜びに包まれた。もっとも、なぜなのかはわからない。ふたたびアナの目を見つめて微笑した。ああ、アナはぼくの妻になったんだ。

「さて」エイヴリーの継母が元どおりに腰を下ろし、ジェシカを脇にひきよせた。「信じられないと言うつもりはないわ。無条件で信じられるから。いかにもエイヴリーのやりそうなことね。こうなった以上は、どうにかしてとりつくろうしかないでしょう。豪華な披露宴を計画しなくては。それから、人目を避けるように大急ぎで式を挙げたことについては、真実に多少脚色を加えて説明しましょう。アナの母方の祖父母が高齢で病弱。死ぬ前に、長いあいだ行方不明だった孫に会いたがっているので、エイヴリーが一刻も早くアナスタシアと結婚して祖父母のもとへ連れていきたいと主張した。わたしたちはしぶしぶながら全面的に同意した。誰もが感動する話でしょ。ネザービー公爵夫人はふたたび注目の的になる。さあ、みんな、忙しくなるわよ」

「まことに恐縮ながら、ひとこと言わせてもらうと、いまからさっそく忙しくするのはやめていただきたい」エイヴリーが言った。「今日はぼくが結婚した日で、花嫁と二人きりになりたいという衝動に駆られています。たったいま、エリザベスが玄関の外で辻馬車から降りるのが見えました。リヴァーデイルとカズン・アルシーアのいる実家に帰るため、身のまわりの品をとりに来たに違いない。エドウィン・ゴダードはすでに、ぼくたちの結婚の知らせを書面で受けとっているので、明日の新聞に出すための手配をしてくれるはずです。わが公爵夫人になりかわって、ぼくたちのために尽力してくれたみなさんに感謝し、さらに尽力しようという衝動からみなさんを解放したいと思います」

「披露宴も含めてということなの、エイヴリー?」ミルドレッドおばが尋ねた。「明日、わたしが夫と一緒に出発するとしたら、二、三週間のうちにまたはるばる戻ってくるのは勘弁してほしいんだけど。それに、しばらくしたら、ピーターとアイヴァンが学校から帰省するだろうし」

「披露宴も含めます」エイヴリーは答え、アナが安堵で一瞬だけ目を閉じたことに気づいた。

やがて全員が立ちあがった。全員がいっせいに話を始めたように思われた。誰もが花嫁を抱擁し、花婿と握手をしようとした。次に、誰もがほかの誰かを抱擁しようとし、また、エイヴリーが見ていないときに何かひどく滑稽なことが起きたに違いなく、爆笑が沸きおこって、そこに、祝福の言葉と、幸運を祈る言葉と、叱責と、警告が交じりあった。その最中にカズン・エリザベスがドアから顔をのぞかせ、いたずらっぽく目を輝かせて、「秘密がばれちゃったみたいね」と言うと――このくだけた言い方にカズン・マティルダが眉をひそめたが、エリザベスが気づいたかどうかは疑わしい――身のまわりの品をいくつか集めるためと、残りはあとで自宅のほうへ届けてほしいと指示するために、母親と二人で二階へ姿を消した。

やがて、エイヴリーとアナが並んで立った玄関ホールから、みんなが出ていった。執事と従僕のジョンまでが。

「さて、わが公爵夫人」エイヴリーは言った。

「ええ、わたしの公爵さま」アナは彼に微笑し――そして、頬を赤らめた。

「きみの寝室のドアには錠がついてる？」エイヴリーは彼女に尋ねた。「鍵もある？」

「ええ」

「きみの化粧室のドアは？」

一瞬、アナは考えこんだ。「ええ」

「案内してくれ」エイヴリーはそう言って腕を差しだした。「寝室へ行き、鍵をかけて閉じこもろう」

「まだ午後も半ばよ」アナは抵抗した。

「そうだね」エイヴリーはうなずいた。「おかげで、晩餐までずいぶん時間がある」

あたりには午後の光があふれていた。しかも、今日は日差したっぷりの晴天で、アナの寝室は南向きだ。エイヴリーが窓のカーテンを閉めたあとも、日差しはそれほど弱まらなかった。遠くから鳥のさえずりと犬の吠《ほ》える声、開いた窓からは一頭の馬の蹄の音といった日中の物音が聞こえてくる。通りの先で陽気な挨拶の声が上がり、別の声がそれに応えた。

アナの花婿、アナの夫が彼女の前に立った。彼女に触れようとも、キスをしようともせず、ただ立っているだけだった。化粧室に入ってナイトガウンに着替えたほうがいいだろうかとアナは迷った。でも、化粧室のドアにも彼が鍵をかけてしまった。

「わが公爵夫人」エイヴリーが言った。「きみはまさに完璧だ。しかし、ぼくに贈られた品の包みを開かせてほしい。そして、ぼくの目に狂いがないかどうかを確認させてほしい」

そう言われて、アナは驚くと同時に当惑した。完璧？　とくに美人でもないのに。スタイルだってたいしたことはない。流行の装いを拒否してきた。明るい性格ではないし、ほかに目立った魅力もない。わたしの財産にこの人はなんの関心も持っていない。これまでにつきあってきたどの女性とも違うという、それだけのこと？　珍しいというだけ？　今日のおもちゃも明日になれば珍しさが消えて、捨てられてしまうの？

彼が進みでた。ただ、アナにぴったり身を寄せるのではなく、両腕で彼女を包んで、ドレスの背中のボタンをはずしはじめた。慣れた手つきであることにアナは気づいた。手元を見る必要すらないようだ。ヒップのところまでボタンをはずすと、ドレスを彼女の肩からすべらせた。彼の指の外側がアナの肌を軽くかすめた――温かな肌にひんやりした感触。アナは本能的に両手を上げてドレスの身頃がずり落ちるのを防ぎたくなったが、腕を両脇に垂らしたままでいると、彼が袖を下へすべらせ、最後に袖口をひっぱって手首からはずした。けっして急ごうとはしなかった。しかし、アナの腕でドレスを支えることがもはやできなくなると、ドレス全体がシュミーズとストッキングの上をすべり落ち、足元に折り重なった。

鼻で規則正しい呼吸を続けるのがむずかしくなった。まぶたを伏せないようにするには、さらには閉じないようにするにも、努力が必要だった。閉じてしまえば、前に立ってアナを見つめる彼の姿を目にせずにすむ――彼が見つめているのはアナの顔ではなく、その身体と残された下着で、彼はいつものようにまぶたを軽く伏せ、夢見るような目をしている。

エイヴリーは床に片膝を突いてアナの室内履きを脱がせると、ストッキングを片方ずつ下ろして、爪先から抜いた。ふたたび立ちあがってコルセットとシュミーズを脱がせたので、アナはほっそりした身体を隠すものをすべてなくしてしまった。結婚指輪以外には宝飾品すら着けていない。日差しがカーテンをあざ笑い、あらゆるものにピンクがかったきらめきを与えている。

エイヴリーがアナの身体を隅々までじっと見つめた。ドレスを脱がせるあいだ、彼女に触れることはほとんどなかったが、彼の指の外側が肌をかすめるのも、親指が軽く触れるのも、こぶしの角が肌をなでるのも、すべて意図的であることがアナにはわかっていた。全身にくまなく触れられたような気分だった。彼はいまも、ふだんよりフォーマルでヘシアン・ブーツに至るまで非の打ちどころのない、挙式用の装いのままだ。

「やはりぼくの目に狂いはなかった」彼の目が鋭くなり、アナの目をじっと見た。「きみは完璧だ。ぼくのアナ」

彼の言葉までが意図的だ。〝わが公爵夫人。ぼくのアナ。ぼくに贈られた品の包みを開かせてほしい〟アナのことを自分のものだと言っている。〝きみはまさに完璧だ〟ぼくには最高級のものしか似合わない――彼の言葉にはそんな含みがあった。アナには自分を卑下する習慣はない。でも……完璧ですって？　しかも、この人が言っているのはわたしの身体のこと。いまこの瞬間、この人がわたしの人柄に強く惹かれているとは思えないもの。

「少年みたいな体形でしょ」アナは言った。

いかにも彼らしく、彼女の言葉についてじっくり考えてから返事をした。「きみが多くの少年を見てきたとは思えないな。きみは女だ、アナ。頭のてっぺんから足の爪先まで」

アナの胃がぐらっと揺れた。女――この人はそう言った――〝一人の女〟とは言わずに。なぜかそこには違いがある。

やがて、エイヴリーが彼女に触れた。指先で、指の腹で、指の背で、てのひらの付け根で、こぶしの角で、手全体で。羽根のように軽い感触。アナの肩、腕から手首へ、手の甲へ。肩から下へ向かい、胸の谷間を通って下から上へ這い、ふたたび谷間を通ると、両脇を下りてウエストまで行き、ヒップをなで、脚の付け根に触れた。背骨に沿ってアナの背中を這いあがり、肩甲骨を一周した。アナを愛撫し、アナを知り、自分のものにした。次は片手だけで片方の乳房を軽くなで、脇腹を通り過ぎ、平らな腹部にてのひらを這わせ、最後に、アナの腿の付け根にあるヘアに手の甲を軽く添えた。

アナは、こうした軽い感触が女をどう刺激するのか、この人は知っているの？　と考え、ええ、知ってるはずねと思った。当然、知っているはず。たぶん、すべてを心得ているはず……どんな言葉を使えばいいの？　恋の戯れについて？　愛の行為について？　自分の心臓の音が聞こえるような気がした。鼓動はもちろん伝わってくる。彼の手が添えられた場所のすぐ奥に奇妙な痛みと激しい疼きが生まれていた。荒い息遣いを抑えて冷静に呼吸するのが徐々に困難になってきた。わたしも何かしたほうがいい？　いえ、だめ。これはこの人が演出していること。〝きみはじっとして、緊張を解いて〟と、無言でわたしに命じている。

危険な、危険な、危険な男。小柄でほっそりした、この黄金の人は。

わたしの夫は。

エイヴリーの目がアナの目より高いところへ移り、彼女に触れていた手が離れた。「ねえ、アナ、今日の午後、きみの髪の根元にそんな大きな負担をかけたのはバーサの考えだったのかい？　それとも、きみの？　いや、メイドを悪く言うのはやめてくれ。会ったのは一度きりだが、あれは楽しい思い出だ」彼の目がふたたびアナの目を見つめた。

「わたし……午餐のあとで自分の化粧室にひっこんだとき、パニックを起こしそうだったの」アナは正直に言った。「でね、思ったの――わたしは何をしてしまったの、って。身を隠したかった。自分をとりもどしたかった。だから――」

「すると、きみは自分を失ったわけなのか？」彼の声はとても柔らかだった。「自分を差しだしたから？　どこかの野蛮で冷酷な人でなしに？　そんなことを言われたら、ぼくは傷ついてしまう」

「アナ・スノーに戻りたかったの」

「そうだったのか？　いまもそうなのかい、わが公爵夫人？」

「エイヴリー」アナは言った。「わたし、ひどく怯えているの」ああ。自分がここまで言うなんて思わなかった。それに、けっして真実ではない。〝怯えている〟は見当違いの表現だ。

「だが、きみは有能な手に守られている」エイヴリーはそう言うと、手を上げてアナのヘアピンをはずしはじめた。

「いえ」アナは反論した。「まさにそこが問題なの」

エイヴリーはヘアピンをゆっくりはずし、身をかがめてアナの室内履きの片方に放りこんでから、ふたたび身を起こしてアナの髪に指を通し、肩に広げた。一部は肩の前へ、一部はうしろへ。いまではようやく乳房の上に届く程度の長さだ。先端が軽く波打っている。

「だが、有能な手なんだよ」エイヴリーはそう言うと、二人のあいだに両手をかざし、てのひらをアナに向けた。華奢な手、ほっそりした指、四本の指に金の指輪がはまっている。このうち三本の指先が男性を倒し、男性が息も絶え絶えにあえぐこととなったのだ。「ぼくが生きているかぎり、この手できみを守っていく。けっして傷つけはしない。この手がきみを抱き、きみが慰めを必要とすれば慰めを与える。この手がぼくたちの子供を抱く。この手がきみを愛撫し、きみに喜びをもたらす。おいで。ベッドに横になろう」

〝ぼくたちの子供……〟

彼がベッドカバーを裾のほうへ寄せたので、アナはベッドに横たわり、彼を見上げた。室内のピンクがかった光を受けて、彼の髪が金色に輝いた。エイヴリーはアナに視線を走らせながら、自分のネッククロスをほどいて床に放った。服を脱ぐのにゆっくり時間をかけた。とくに、身体にぴったり合った上着とブーツを脱ぐのが大変だったが、急ぐ様子はまったくなかった。アナはそれを見守った。今日の早朝、半裸となった彼の美しさを目にしたが、あのときはけっこう距離があった。いま、彼が頭からシャツを脱ぐと同時に、腕と胸と腹部の筋肉がぴんと張りつめ、鍛え抜かれているのが見てとれた。ただ、ムキムキという感じではない。野蛮な力に頼る人じゃないもの。そうでしょ？

「えっ？」エイヴリーがシャツを落とした瞬間、アナは言った。「そのあざ」

アクスベリー子爵のパンチが多少は命中したことに、アナは気づいていなかった。あざができているのは右肩の下のほう、腕の付け根のあたりだ。赤く生々しいあざで、いまのところは、黒にも紫にも虹の七色にも変わっていない。エイヴリーがあざに視線を落とした。

「なんでもない。ドアにぶつけたんだ」

「あら、ずいぶん陳腐なお言葉ね。もっとましなことを言う人かと思ってた」

エイヴリーの目に愉快そうな表情が浮かんだ。「人に言われていちばんむっとするのは、ぼくが独創性に欠けているという言葉だ。きみのせいで心がひどく傷ついた。だが、たしかに仰せのとおりだ。もっと具体的に説明しよう。ドアがぼくにぶつかってきたんだ」

アナは自分でも驚いたことに、噴きだしてしまった。「ふざけた人ね」

エイヴリーは首をかしげてアナを見下ろした。いまもまだ、あの愉快そうな表情が目に残っている。しかし、何も言わなかった。ズボンと下穿《したば》きを脱ぎはじめた。

アナは二五歳、いまも清純無垢《むく》なままだ。男性がどんな姿かを知っているのは、バースで書店へ行ったときに古代ギリシャの本を立ち読みして、神々や英雄の彫刻の写真を目にしたからに過ぎない。ショックを受けると同時に魅了され、女性より男性の身体のほうがはるかに魅力的だというのはひどく不公平だ、と思ったものだった――もっとも、そんなふうに思ったのは、アナが単に女性の目で写真を見たからだろう。うしろめたさを感じながらあたりを見まわし、誰にも見られていないことをたしかめてから、その本を棚に戻して、それきり二度と見ることはなかった。

あのときの神々と英雄より、エイヴリーのほうがずっときれいだ。たぶん、彼が生身の人間だからだろう。完璧そのものだ。

エイヴリーはベッドに横たわったアナのそばに片膝を突き、彼女の左右に手を置いて、それを支えにしてアナにまたがった。両方の膝を使って彼女の膝をぴったりつけさせてから、ふたたびアナの身体に両手を這わせた。親指と人差し指で乳房をはさんで持ちあげ、親指の膨らみを乳首に当てた。彼が軽い円を描くようにして乳首をなで、指先で軽くじらすと、アナは何やらひどく……生々しい感覚に襲われて目を閉じ、彼のほうへ腰を浮かせた。エイヴリーはアナの肩に唇を当て、肩と首のあいだのくぼみに這わせ、熱く濡れた唇を開いたまま喉のほうへ移った。やがて彼女に覆いかぶさり、脚全体を使って彼女の脚をぴったり閉じてから、両手を下に差しこんでヒップをてのひらで包み、そのあいだに彼自身をアナの脚の付け根にすり寄せた。硬くて長くて未知の彼をアナは感じとった。

エイヴリーは唇を彼女の首の反対側へ、そして、肩へ移しながら、二人の身体のあいだに片手を差しこんだ。固く閉じた彼女の腿のあいだに指を這わせ、ひだの奥を探って、一本の指を付け根まで埋めこんだ。アナはショックと困惑と欲望が混ざりあった感覚に身をこわばらせた。エイヴリーの脚が彼女の脚の外側をいっそう強く押さえつけた。指を動かしてひき抜き、ふたたび突き入れるたびに、濡れた音が彼女の耳に届いた。

「きれいだよ。きれいだ」彼女のこめかみに唇を寄せて、エイヴリーはささやいた。

顔を上げてアナを見下ろし、左右の手を彼女の脚にかけて大きく広げ、そこに身を横たえて、彼女の脚を自分の脚にからめさせた。左右の手をアナの身体の下に戻し、軽く持ちあげてから、そのまま抱きしめた。アナは彼の指があったところに硬くて熱いものを感じ、やがて、彼がいっきにアナを貫いた。衝撃と、痛みと、言葉や思考を超えた何かがアナを包みこむあいだ、エイヴリーの目は彼女を見つめていた。彼女のなかに自分を深く埋めたまま彼がじっとしていると、アナの心と身体が新たな現実を受け入れ、緊張が徐々に消えていった。

「ああ、ぼくのかわいそうなアナ」エイヴリーはささやきかけた。「すごく熱くて、すごくきれいだ。痛い思いをさせるしかなくてすまない。だけど、今回だけだよ。次のときも、これからもずっと、そんな思いはさせない。約束する」

アナは彼に触れた。彼のウェストの両脇に手を置いた――硬くて、筋肉がひきしまっていて、彼女自身のウェストとはずいぶん違う。アナは次に彼の背中に手をまわして、背骨に沿って下へすべらせ、ひきしまった尻の上にその手を軽く置いた。アナの手の下で彼が筋肉の緊張を解き、女体からゆっくり抜けだした。アナは離れたくないと思った。次の瞬間、彼の筋肉がこわばり、ふたたび入ってきた。硬く、たくましく、深く。エイヴリーは頭をずらして、アナの傍らで枕に預けると、身体の重みの一部を自分の肘と前腕にかけた。彼の胸がアナの乳房を圧迫し、彼の肩がアナの肩をベッドに押しつけていた。安定したリズムで律動がくりかえされた。音がしていた――愛の行為から生まれる濡れた音、ベッドがきしむかすかな音、荒い息遣い、通りのはるか先から聞こえてくる笑い声。五感に訴えかけるさまざまな感覚があった――アナをベッドに押しつけている重み、窓から吹きこみ、カーテンを揺らして通り過ぎる風の涼しさ、アナのなかに入りこんだ彼の硬さ。なめらかで、じっとりしていて、さほど苦痛ではない。終わってほしくなかった。永遠に続けてほしかった。

〝永遠〟は長く続いたようにも、一瞬で終わったようにも思われた。リズムが崩れ、彼が強烈にアナを攻め立て、これ以上は無理というほど深く突き入れた。彼がアナの耳元で何やら言葉にならないことをささやくあいだに、アナは身体の奥で熱い液体が迸《ほとばし》るのを感じ、終わってしまったことを知った。彼がぐったりと力を抜いて全体重をアナに預けたので、アナは彼の腰に両腕をまわし、彼にからめていた脚をはずして、ベッドに足先をつけた。しばらくすると、エイヴリーがアナの耳元でため息をつき、彼女のなかから抜けだすと、ごろっところがって、アナの傍らで頬杖を突いた。

「結婚し、ベッドで結ばれた。きみはもうアナ・スノーではない。アナスタシア・ウェスコットでもない。ぼくの妻だ。わが公爵夫人だ。それがそんなに悲惨な運命だろうか、アナ？」

エイヴリーの声にはひどく切なげな響きがあった。

「いいえ」アナはそう言って微笑した。「わたしの公爵さま」

やがて、エイヴリーはベッドを出て、化粧台に放っておいた鍵のひとつをとると、化粧室のドアの錠をあけてなかに入った。ほどなく、小さなタオルを手にして出てきた。ふたたびドアに鍵をかけてベッドに戻り、シーツと毛布をひっぱって自分たちにかけてから、アナの肩の下に片方の腕を差しこんで横向きにし、自分のほうを向かせた。タオルを彼女の腿のあいだにすべりこませて広げると、そっと当ててから、手をひっこめ、タオルだけをその場に残した。心地よい感触だった。彼がベッドカバーを二人にかけてアナを抱き寄せた。あっというまに寝入っていた。

どうして眠ったりできるの？　でも、わたしと違って、この人にとってはたぶん、それほど重大なことじゃなかったのね。ほかの女たちのことは考えたくなかったが、ずいぶんいたに違いない。いまの彼は三一歳、しかも、ほしいものを我慢するタイプの男ではなさそうだ。

そう思っても心は乱れていないことに、アナは気がついた。だって、もう過去のこと。

ゆうべはほとんど眠れなかった。悪夢にうなされて何度も目をさますことがなかったら、一睡もできなかったと思いこんでいただろう。夜が明けるずっと前に起きていた。あたりが明るくなる前に、エリザベスと一緒にハイドパークへ行っていた。決闘の恐怖と異様さに耐えつつ、最後まで見届けた。それから屋敷に戻り、ベッドに倒れこむかわりにエリザベスと早めの朝食をとって、食後はジョエルに長い手紙を書いた。そのあとで式を挙げ、身内の人々と顔を合わせ、いまこうして新婚初夜を迎えた。わずかなあいだに、これほどたくさんのことが起きるものなの？

柔らかな木槌《きづち》が頭にふりおろされるような感じで、疲労に襲われた。しみじみと感じた――暖かくて心地がいいことを。彼にぴったり身体をつけていることを。彼の寝息の柔らかな響きが心を癒し、落ち着かせてくれることを。そして、自分が……幸せであることを。

アナは眠りに落ちた。

20

「帰ってきてくれてうれしいよ、リジー」その夜、晩餐の席でアレグザンダーが言った。「会えなくて寂しかった。母さんも同じだ」

「やっぱり家はいいわね」エリザベスもうなずいた。「ただ、アナと何週間か一緒にいられて楽しかったわ。わたし、アナのことが大好きなの」

母親がいささか心配そうな目でアレグザンダーを見ていた。「アナスタシアがエイヴリーと結婚したことに大きなショックを受けたんじゃない、アレックス？　昨日、あなた自身も求婚したようなものだったでしょ。エイヴリーがあの場にいなかったら、アナスタシアだってその気になっていたかもしれない」

「いや」アレグザンダーはワイングラスを手にとり、椅子にもたれて答えた。「落ちこんでなんかいないよ、母さん。アナスタシアを説得してぼくたち二人の問題を安易に解決したいという誘惑から、ネザービーがぼくを救ってくれたんだ」

「でも、やっぱり少しは悲しいでしょ？」母親は尋ねた。

「まあ、少しはね」一瞬ためらったあとで、アレグザンダーは認めた。「でも、下劣な理由からなんだ。アナと結婚できれば、どうすればブランブルディーン・コートの繁栄をとりもどせるのかと、あれ以上頭を悩ませる必要がなくなっただろうから」

「あなたは自分にきびしすぎるのよ」母親は言った。「あなたならアナスタシアを幸せにできるでしょうに。お金のことばかり気にして、富をもたらしてくれる花嫁のことはほったらかしておくような子じゃないことは、わたしがよく知ってるわ」

「いや、やっぱり金のための結婚になったと思う」アレグザンダーは言った。「そういう結論に達したんだ。リディングズ・パークのときと違って、何年も放置されたままだったブランブルディーン・コートを重労働と丹念な倹約だけで元どおりにするのは無理だと思う。だけど、ぼくが金持ちの妻に差しだせるのは称号と荒れ果てた屋敷だけだ」

「まあ」母親は手を伸ばして、息子がテーブルにのせている空いたほうの手を軽く叩いた。「あなたの口から苦い言葉や世をすねた言葉を聞くことになるなんて、思いもしなかったわ、アレックス。胸が痛むわ」

「申しわけない、母さん」母親の手を自分の手で包むためにグラスを置いて、アレグザンダーは言った。「でも、苦々しく思ってるわけじゃないし、世をすねてるわけでもない。現実的なだけなんだ。ぼくを頼りにしてくれるブランブルディーン・コートの人々に繁栄をもたらす義務が、ぼくにはある。資産家の女性と結婚することで実現できるなら、それでもかまわない。花嫁が金持ちだというだけで毛嫌いする必要はないし、伯爵の称号があるというだけでぼくが花嫁に毛嫌いされることのないよう願いたい。相手の女性に愛情を抱き、その人を手に入れるためにたゆみなく努力したいと思っている」

母親はため息をつき、手をひっこめて、料理に注意を戻した。

「エイヴリーのしたことに腹を立ててる、アレックス?」エリザベスが訊いた。「昔から気が合わなかったようだけど」

アレグザンダーは顔をしかめて考えこんだ。「じつは、最近になってあいつのことを見直した。ぼくは——いや、あいつには、世間に見せている顔や、世間に信じさせようとしている面だけじゃなくて、もっと深いものがある。それでも、心の一部では、アナスタシアの身が心配でならない。エイヴリーには彼女の本当の価値がわからなくて、冷淡で無関心な態度しかとれないだろう。アナスタシアのほうは、祖父母のところへ連れていこうとエイヴリーに言われただけで衝動的に結婚を決めたことを、あとで悔やむに決まっている。祖父母というのは、アナスタシアの母親が亡くなったあとで、すべての関わりを断った人たちなんだよ。アナスタシアが不幸になりそうで心配だ」

エリザベスが小首をかしげ、興味ありげに彼を見た。「しかし——?」

「しかし、不思議な思いもあるんだ——ぼくの見込み違いかもしれないって。ネザービーとは学校に通っていた少年のころからのつきあいだ。それなのに……思いもよらぬ面があいつにあることを、最近になってようやく知った」アレグザンダーは母親にちらっと目を向けた。「もしかしたら、いや、おそらく、ぼくはエイヴリーという人間をまったく知らなかったのだろう。だから、あいつのことが腹立たしいし、友達と呼ぶことはできそうもない。人に理解されるのを拒む相手とどうして友達になれる？　とはいえ、ぼくに……助けが必要になったときは、躊躇なくあいつに頼るだろう。アナスタシアの身が心配ではあるものの、結局のところ、幸せになるんじゃないかって気がするし、たぶん、ネザービーも幸せになるだろう。もっとも、幸せそうなネザービーなんて想像できないけどね」

「あら、わたしはできるわ」母親が言った。「ときどき、あの目に本当の姿がのぞくから。じっと観察していればわかるわ。アナスタシアを見るときの目には、なんとも言えない表情が浮かんでいて……そうね、恋をしているに違いない。そして、もちろん、アナスタシアも彼に恋をしている。じっと見つめられて、〝きみにその気があるなら、ネザービー公爵夫人になってもらいたい〟と言われ、その翌日、特別許可証を手に入れ、立会人を二人用意した彼に挙式の場へ連れていかれたりしたら、恋をせずにいられる女がどこにいて？　リジー、とてもロマンティックなお式だったの？」

「ええ、そりゃあもう」目をきらめかせて、エリザベスは言った。「たぶん、いままで参列したなかで最高にロマンティックな式だったと思うわ。カズン・ルイーズなら脳卒中の発作を起こしたでしょうけど。カズン・マティルダは言うに及ばず――アナったら、ボンネットは地味な麦わらだったし、手袋を忘れて出かけたのよ」

エリザベスが笑うと、母親は両手を胸の前で組み、うれしそうな笑顔を見せた。アレグザンダーは椅子にもたれて、優しい微笑を二人に交互に向けた。

身のまわりの品を詰めこんだ小さなカバンを持ち、ブラムフォード弁護士が用意してくれた馬車に乗って、世話係のミス・ノックスと一緒にロンドンに来たときでさえ、アナはずいぶん贅沢な旅だと思ったものだった。それがわずか二、三週間でどれほど変わってしまったことか。いまは馬車で西へ向かっているところだが、すばらしく豪華な馬車なので、嘆かわしい状態にあるイングランドの道路を走っていても、スプリングが効かないことはないし、ベルベット張りの座席の快適さが損なわれることもない。今回の旅には大量の荷物を持ってきたため、うしろに馬車がもう一台ついていて、従僕とメイドもそちらに乗っている。

話し相手になってくれるのはエイヴリーで、アナが受けた教育について尋ね、彼自身が受けた教育のことを彼女に話し、本、美術、音楽、政治、戦争を話題にしてアナと語りあった。モーランド・アベイの話もしてくれた。田舎にある公爵家の本邸で、いまではアナの家でもある。個性あふれる屋敷で、造園設計がなされた広大な庭に囲まれ、その庭には、東屋《あずまや》、自然歩道、湖、木々が影を落とす小道、老木が点在する起伏に富んだ芝生があるという。エイヴリーは真剣に話をすることもあれば、いつもの風変わりなやり方で思いきり冗談を言うこともあった。ずいぶん話し好きだが、それに劣らず聞き上手でもあり、たいてい彼女のほうに顔を向け、独特の物憂げな態度で、だが熱心に耳を傾けてくれた。

ときにはひとこともしゃべらず、窓の外を過ぎていく景色を二人で眺めるだけのこともあった。ときには、うとうとすることもあった。彼は座席の隅に頭をもたせかけ、アナは彼の肩と座席の背のあいだに頭を埋めて。ときには、彼がアナの手をとって指をからめたりした。

二人の沈黙が長くなりすぎると、エイヴリーはアナのてのひらを親指の爪でくすぐり、彼のほうを向いたアナに物憂げに微笑するのだった。

アナがロンドンに出てきたときに比べると、今回の旅のペースははるかにゆったりしていた。馬の交換のため馬車を止めるたびに、エイヴリーは中庭に陣どって交換の様子を見守り、ときには苦々しい顔になることもあった。あまりにも急に決まった旅だったため、乗合馬車が立ち寄る何カ所かの宿にあらかじめ彼の馬を送っておくだけの時間がなかったのだ。馬の交換がすむと、アナと合流して軽食をつまんだり、ちゃんとした食事をとったりした。立ち寄った宿が客であふれそうなときでも、食事をするための個室が用意された。媚《こ》びへつらいと紙一重の恭しさを示されるのがアナには驚きだったが、エイヴリーには当然至極のことで、意識すらしていないのだろう。馬車の左右の扉は、もちろん、公爵家の紋章に飾られているし、御者と従僕と二人の騎馬従者は立派なお仕着せに身を包んでいる。西へ向かって旅をするこの一行が人目につかないわけはなかった。だが、エイヴリーが一人で旅をしていて、こうした飾りがいっさいなかったとしても、誰もがひと目見ただけで、彼が並みの紳士ではなく、上流社会の著名な人物であることを察していただろう。

旅の途中で二泊して、最高級の宿に部屋をとり、最高級のもてなしを受けた。二晩とも宴席に匹敵するほどの豪華な料理が出され、馬車の旅のあいだは身体を動かす機会がないので、食事を終えてから二人で三キロほど散歩し、それからベッドに入って愛を交わし、ぐっすり眠り、夜明けが訪れるころにふたたび愛しあった。

アナの恋心はどんどん深まっていった。いや、それは正確ではない。たぶん、ロンドンを発《た》つ前からすでに、これ以上はないというほど深い恋心を抱いていたはずだ。旅に出てからは、彼をよく知るにつれて愛情を抱くようになった——彼の知性、彼の知識と意見、自分の家庭を見るからに愛している様子、彼独特のユーモア、彼の愛の行為。もっとも、彼の愛し方はひとつにとどまらなかった。毎回、その前とも、そのあととも違っていた。

いまの二人は、もちろん、結婚後のいわゆる〝蜜月期間〟で、充分な分別を備えたアナはそれがいつまでも続くなどという期待はしていない。しかし、結婚してすぐ、二日と半日のあいだ二人きりで過ごすことになったため、早くもどことなくくつろいだ雰囲気が生まれていた。無言ですわっていても気詰まりではなかった。おたがいの前でうとうとできるようになった。さらに重要なことに、友情らしきものが芽生えつつあった。おそらくこれが将来まで続いて、情熱が消えてしまっても——消えるに決まっている——二人で心地よく過ごすことができるのだろう。

これから何年ものあいだ、一緒にいてくつろげる雰囲気と友情があれば充分だ。それから——ああ、どうか、どうか——子供を授かりますように。式を挙げた日の夜、彼が子供のことを口にした。もちろん、息子たちを、跡継ぎを望んでいるに違いない。いいえ——前に一度か二度、疑念が心の隅をよぎったときに、アナは自分に言い聞かせた——わたしの選択は間違っていなかった。いまのわたしは幸せだわ。将来は、満ち足りた日々を送るだけで満足できそうだ。その思いに笑みが浮かんだ。

「何を考えてるのかな、わが公爵夫人」エイヴリーが言った。すでにブリストルの南まで来ている。旅の目的地はもうそれほど遠くない。〝わが公爵夫人〟と呼ばれると、アナはいつもうれしくなる――それがベッドのなかだと、淫らな気分になる。

「あのね、満ち足りた日々を送るだけで満足できそうだって思ってたの」

エイヴリーは傷ついた表情になった。「まさか本気じゃあるまいな？」と言った。「満足だって？　くだらん！　なんのおもしろみもない。きみはそんなもののために生まれてきたんじゃないぞ。最高の幸福を求めるか、もしくは、深い悲しみに翻弄されるか、どちらかにすべきだ。自分を過小評価してはならない。そんなことはぼくが許さない」

「あら、暴君になるつもり？」

「そこまでは期待してなかったのかい？」エイヴリーは言った。「幸福になることをきみに命じよう、アナ。きみが望もうと望むまいと。反抗は許さない」

アナが笑いだすと、エイヴリーは彼女のほうを向いた。「そう言われたときのきみのセリフは〝はい、公爵さま〟だ。ひどくおどおどした口調で」と、つけくわえた。

「まあ。でも、わたし、自分のセリフは覚えてないのよ。誰も台本を渡してくれなかったから」

「ぼくが教えてあげよう」エイヴリーはそう言うと、窓のほうを向き、田舎の景色を眺めた。

軽い冗談を言ってるだけなのね――そう思って、アナは困惑した。これが蜜月期間に過ぎないことを、彼はたぶん理解していないのだろう。自分の感情がこのままずっと続くものと思っているのだろう。でも、この人の感情ってなんなの？　愛の行為に情熱を燃やしてるだけ？　女はいくらでもいるのに、どうしてわたしと結婚したの？　三一歳、貴族、お金持ち、有力者、優美。この一〇年のあいだに、その気になれば誰とでも結婚できたはず。　断わる女なんて一人もいなかったに決まってる。

どうして、わたしと？

しかし、夫をめぐる謎はアナの意識の半分を占めているだけだった。残り半分は、胃のあたりの軽い吐き気に向けられていた。しばらく前に馬車を止めて、ある宿で午餐をとった。もう一台の馬車は荷物と御者以外の召使い全員を乗せたまま、いまもその宿にとどまっている。二人は今夜、そちらに戻る予定だ。しかし、もうじきウェンズベリーに着く。アナが幼いころに二年ほど過ごした村、母親がたぶん埋葬されているはずの村、祖父母が教会の横の牧師館でいまも暮らしている村、祖父がいまも牧師をしている村。

ここに来たのは大きな間違いだったの？　祖父母にわたしを育てる気がなかったのなら、二人に会おうなんて思わずに、忘れてしまったほうがよかったんじゃない？　でも、空白だった歳月が拭い去られたいま、知るべきことを知らないままの人生にどうして満足できるだろう？　やっぱり会わなくては。ふたたび放りだされることになっても。おぼろげにしか、部分的にしか記憶していないことを、自分の目でたしかめなくては――窓辺に作りつけのベンチがあった部屋、窓の外の墓地、墓地の屋根付き門。ええ、やはりここまで来るしかなかった。

やがて、アナの覚悟が決まる前に、絵のように美しく、静かなたたずまいの小さな村に馬車は到着していた。戸外に人の姿はほとんどなく、幼い少年が一人、輪回しをして遊んでいるだけだったが、やがて馬車に気がついた。少年は立ち止まると、そばにある藁葺《わらぶ》き屋根に白い漆喰《しっくい》壁のコテージのほうへ何やら叫び、口を半開きにしてアナたちを見つめた。そうこうするうちに、若い女性がエプロンで手を拭きながらコテージの玄関に出てきた。通りの少し先にいた小型犬が縄張りを荒らされたことに腹を立てて、猛烈な勢いで吠えはじめたため、犬を足元に置いてコテージの外のベンチで居眠りしていた初老の男性がビクッと目をさまし、脚のあいだに置いていた杖の握りを両手でつかんで馬車を見送った。庭の生垣越しに立ち話をしていた女性二人は話の途中で黙りこみ、あからさまな驚きの表情で馬車を見つめた。

エイヴリーはこうしたことに気づいているだろうかと、アナは疑問に思った。

「愛らしい教会だ」村の緑地の向こうへ目をやって、エイヴリーは言った。「田舎の教会はたいていそうだ。あの塔に鐘はついているのかな。あるほうに賭けよう」そこでアナのほうを向き、彼女の表情を見て言った。「アナ、アナ、きみをとって食おうという者は誰もいないんだよ。ぼくが許さない」彼女の手をとって強く握った。

「祖父母がわたしに会いたくなければ、そのまま帰りましょう、エイヴリー。とにかく、ここまで来たんだし」

「きみ、いまにも〝それだけで満足よ〟と言いそうな口調だな」

「ええ」アナは認めた。

馬車が緑地のところを急角度で曲がった瞬間、エイヴリーは彼女の手を痛いほど握りしめた。

馬車はやがて、教会の横に立つ、牧師館に違いないと思われる建物の外で止まった。白いもじゃもじゃの髪と眉をした初老の紳士が帽子もかぶらずに……屋根付き門をくぐって墓地から姿を現わし、にこやかな歓迎の笑みを浮かべてアナたちのほうを見た。エイヴリーが馬車を降り、アナのほうを向いて手を貸そうとした瞬間、牧師館の玄関があいて、半白の髪をレースのキャップの下に半分以上隠した小鳥みたいな感じの小柄な初老の婦人がそこに立ち、穏やかな好奇心を顔に浮かべて外を見た。豪華な馬車がウェンズベリーを通ることはめったにないのだろう――アナは思った――教会の外に止まるのはさらに珍しいはずだ。

「おはようございます、サー、マダム」紳士が言った。「どのようなご用件でしょう？」

「アイゼイア・スノー牧師でいらっしゃいますか？」エイヴリーは尋ねた。

「仰せのとおりです」紳士が答えるあいだに、レディが庭の小道を通って門のほうにやってきた。「そして、五〇年前からこの教会の牧師をしております。若い信者のなかには、わたしのことを教会と同じぐらいの古さだと思いこんでいる者もいます。それから、こちらがわたしの妻です。わたしどもにどういうご用でしょう？　馬車を止められたのは屋根付き門をご覧になったからですか？　このタイプの門としては貴重なものでして、手入れを怠らないようにしております。それとも、やはり教会にご興味が？　ノルマン征服の時代にまでさかのぼるものです」

「あれは鐘楼でしょうか？」片眼鏡を手にして、エイヴリーは尋ねた。

「そのとおりです」スノー牧師は答えた。「そして、村には実直な鳴鐘係が四人おりまして、日曜日になると朝寝坊の連中を残らず叩き起こし、朝のミサに呼びだしてくれます」

「アイゼイア」牧師の妻が言った。「あなたがその紳士に教会をお見せするあいだ、そちらのレディには家にお入りいただき、レモネードをお出しするわ。夫の大好きな話題を出してくださったおかげで、夫はもう大喜びですよ、サー。一時間以内に解放してもらうのは無理でしょうね」

「自己紹介をさせてください」エイヴリーが言うあいだに、彼の温かな手に握られたアナの手が冷たくなっていった。「ネザービー公爵エイヴリー・アーチャーと申します」

「おお」牧師は言った。「馬車の扉についている紋章を見て、どこかの偉いお方に違いないと思っておりました。お立ち寄りいただき、まことに光栄です」

「それから、わたしの妻を、公爵夫人を紹介させてもらっていいでしょうか」エイヴリーはさらに続けた。「結婚前はレディ・アナスタシア・ウェスコットでしたが、人生の大半を通じてアナ・スノーと呼ばれてきました」

老婦人の両手が徐々に上がって頬を覆い、スノーという名字と同じく青白い顔になった。ふらついたので、倒れるに違いないとアナは思った。しかし、老婦人は倒れる前にフェンスをつかんだ。

「アナ？」ささやきとほとんど変わらない声だった。「小さなアナ？　でも、二〇年前に亡くなったと聞いたわ。腸チフスで」

「なんたること《マイ・ディア・ゴッド》」牧師が言った。神を冒瀆する言葉のようには聞こえなかった。「おお、なんたることだ。あの男は嘘をついたのだ、アルマ。そして、わしらは信じてしまった。だが、よく見て、わしが正しいかどうか言ってくれ。いま目の前に立っているのは、わしらのアナじゃないかね？」

　牧師の妻はうめき声を上げ、フェンスにすがりついているだけだった。

「おばあちゃん？」アナは言った。この言葉がどこから出てきたのか、アナにはわからなかった――自然に浮かんできた。「ああ、おばあちゃん、わたしは死んでないわ」

21

エイヴリーはロンドンより田舎にいるときのほうが、いつもくつろいだ気分になれる。社交界用として無意識に身に着けている鎧《よろい》を脱ぎ捨て、自分がつねに夢に見ている自然な自分になれる気がする。自分が送った子供時代に対して両親を恨んだことは一度もない。弱い者を見つけて飛びかかり、彼をいじめの餌食にした学友や教師たちについても、本気で恨んだことはない。人はみな、自分だけの小道を見つけて人生を歩んでいく。そして、エイヴリーも――彼の人生を傷つけた者と助けてくれた者の両方に影響されて――自分自身の小道を見つけるに至った。過去の状況を変えたいとは思わない。自分の人生がけっこう好きだ。自分のことも好きだ。しかし、何よりも田舎の暮らしが気に入っている。

今回の旅に出たのはアナのためだった。しかし、いつもなら長旅のときはなんだか落ち着かず、いらいらするのに、今回はロンドンをあとにしたとたん、伸びやかな気分になっている自分に気がついた。この旅が終わらないよう願った。というのも、失望が妻を待ち受けていて、本物の痛みをもたらすかもしれない、という不安があったからだ。だが、この先に待ち受けているものから妻を守りたくても、彼には何もできない。そばについていることしかできない。妻が一人で乗り越えるしかないのだ。

人前に出たときのエイヴリーしか知らない者たちは、妻の祖父母が住んでいる小さな愛らしい村にも、ノルマン征服時代の古い教会の横に立つ粗末な牧師館にも、わずかに腰の曲がった初老のにこやかな牧師にも、白髪交じりの頭にぶかぶかのキャップをかぶった小柄な妻にも、午前中だけ――すべての労働者にとって休息の日である日曜は別――働いてくれる召使いを一人しか雇っていないことにも、彼が軽蔑しか感じないだろうと思ったかもしれない。

「牧師だけは日曜も働きますぞ」当の牧師がクスッと笑って言った。

世の中は辛いことに満ちているものだが、こうして来てみたところ、アナを待ち受けている失望はどこにもなかった。みんなで牧師館に入り、手編みのドイリーと磁器の小さな人形と陶製の水差しに飾られた心地よい居間に腰を落ち着ける前から、エイヴリーは早くも真実を読みとっていた。あとは細かい点で話を埋めていくだけだ。

リヴァーデイルはかつて、スノー牧師夫妻の前ではハンフリー・ウェスコットで通していた。子爵という儀礼上の称号を持っていることも、伯爵家の跡継ぎであるという事実も伏せていた。自分たちの娘がただのウェスコット夫人ではなく、ヤードリー子爵夫人だったことを知って、牧師夫妻は驚いていた――感激はしなかったようだ。娘自身、何も知らなかったに違いない、と夫妻は断言した。エイヴリーはアナとちらっと視線を交わし、彼女が二、三日前の自分たちの結婚式を思いだしていることを知った――ミス・アナスタシア・ウェスコットとエイヴリー・アーチャー氏の結婚。

「アリスは家庭教師の仕事を求めてバースへ行ったのです」牧師が説明した。「そこでウェスコットに出会い、わしらが彼のことを知りもしないうちに結婚しました。しばらくはすべてがバラ色でした。バースで部屋を借りて暮らし、やがてアナが生まれました――正式にはアナスタシアだが、アリスがいつもアナと呼んでいたので、わしらもそうしておりました。そのうち、アリスの夫が何週間も続けて姿を消すようになり、やがてアリスが身体をこわし、肺を患っていることがわかりました。家賃の支払いが遅れると、ウェスコットが家にいたためしがないため、大家がアリスに催促するのですが、食べ物を買う金もろくにない有様でした。とうとう、知りあいの人に頼んで馬車に乗せてもらい、幼いアナを連れてこっちに戻ってきたのです。夫はひきとめようという素振りも見せませんでした。一度だけここに来て、いばり散らしたことがあります――アルマも、わしも、あの男のことはどうにも好きになれなかった――アリスに金を送ってきたことは一度もないし、手紙は一度か二度来ただけで、それもかならずバースの弁護士経由で届いていた。子供へのプレゼントは一度もなし。アリスが亡くなったあと、わしと家内はじっくり話しあい、向こうに知らせるのが筋だと決めました。もっとも、向こうが悲しむとは思えなかったが。悲しんでいたのはわしらだけでした。わしらの娘が、たった一人の娘がこの世を去り、幼いアナは家のなかをうろつきまわり、途方に暮れた顔をして、ママはどこへ行ったの、いつ帰ってくるのと尋ねておったのです」

牧師は話を中断すると、大きなハンカチに向かって勢いよく洟《はな》をかんだ。

「ところが、あの男がやってきて」牧師は話の続きに入った。「アナを連れていくと言いだした。このままここに置いてやってほしいとわしらが懇願したのに。アナはわしらに残されたすべてだったし、アリスが病に臥《ふ》せっていたあいだ、アルマは祖母というより母親みたいにアナの面倒をみておりました。だが、あの男はアナを連れ去り、以後、手紙一通よこさなかった。ようやく手紙が来たのは一年と一カ月たってからでした――〝残念なお知らせですが、娘のアナスタシアが腸チフスで亡くなりました〟と書いてあるだけの短いものだった。わしが出した返事に対して、向こうからはもう何も言ってこなかった」

「父はわたしをバースへ連れていき」アナはみんなに語った。「そちらの孤児院に、アナ・スノーという名でわたしを預けました。それきり、一度も来てくれなかったけど、わたしが子供だったときから、父が最近亡くなるまでずっと、養育費だけは送ってくれました。わたしの母が亡くなったときには、父はすでに再婚していました。子供が三人います。わたしにとっては母親違いの弟と妹たちです。もちろん、その結婚は重婚に当たり、子供たちは婚外子になります。そのため、父の死後に真相が判明して以来、果てしない苦悩が生じることになりました。父の称号と限嗣相続財産はわたしのまたいとこが受け継ぎ、その他の財産はわたしが相続しました。父はおそらく、わたしをこちらに残しておいたら、おじいさまたちに身元を突き止められ、真実を暴露されるのではないかと恐れたのでしょう」

「アリスが亡くなったあと、こちらから手紙など出さずにいれば、アイゼイア」彼の妻が言った。「向こうはわたしたちのことをすっかり忘れて、放っておいてくれたでしょう。アナはたぶん、ここでみんなに可愛がられて大きくなったでしょう。ああ、なんと恐ろしい邪悪な人だったのかしら。わたしたち、あなたが不憫でならなかったのよ、アナ。アリスのあとを追うようにして亡くなったとばかり思っていたの。もしも、アリスだけでなくわたしまで死んでしまったら、あなたのおじいさんに背負いきれないほどの重荷を押しつける結果になるんだって、不意に気づくことがなかったなら、わたしはずっとベッドにひきこもっていたかもしれない。とにかく、あれ以来、あなたを不憫に思いつづけていたのよ。とっても……愛らしい子だったんですもの。それで、あなた、孤児院で一人ぼっちのまま大きくなったの？　このすぐ近くなのに？　ずっとバースに？　ああ、なんて不憫な子なの」

アナは祖母の椅子の横に置かれたレース編みのカバーつきのスツールにすわっていて、祖母の片方の手をとった。「でも、少なくとも、死んではいないわ。少なくとも、わたしが邪魔にされて放りだされたわけじゃないことが、ようやくわかったし」

祖母はうめき声を上げた。

「サー」エイヴリーはまたしても洟をかんでいる老牧師のほうを向いた。「ご面倒でなければ、さっきの屋根付き門と教会をもっとよく拝見したいのですが。妻はきっと、おばあさまとくつろいだおしゃべりを楽しむことでしょう」

牧師が大急ぎで立ちあがったので、助かったと思っている様子なのがエイヴリーにも感じとれた。男が受け入れることのできる感傷には限界がある。

「ところで、あなたは公爵で」信じられないという表情で首をふりながら、牧師は言った。「アナは公爵夫人。式を挙げられたのは最近のことですかな？」

「三日前でした。教会で結婚予告の公示が完了するのを待つよりも、特別許可証を手に入れてひっそりと式を挙げるほうを選びました。ぼくの秘書がこの牧師館の住所を見つけてくれたあと、アナが一刻も早くこちらに来ることを望んだので、必要もないのにぐずぐずするのはやめて、アナのためにそれを実現させたいと思ったのです」

「あなたは天使だわ」スノー夫人が言った。「見た目もちょっと天使のようね。そうじゃありませんか、アイゼイア？」

「髪のせいですよ」わざと渋い顔をして、エイヴリーは言った。「ぼくの悩みの種です」

「そんなことおっしゃっちゃだめですよ。天使の光輪だわ。台所へ行きましょう、アナ。お茶を淹《い》れるわね。あなたの暮らしぶりをすべて話してちょうだい。いえ、すべてよりもさらに詳しく。ああ、お願いだから、誰かにわたしをつねらせたりしないでね。すぐにでも夢からさめるんじゃないかと思うと怖くてたまらない。あなた、ほんとにきれいだわ。そう思わない、アイゼイア？　病気になる前のお母さんにそっくり。さあ、いらっしゃい」

祖母が立ちあがり、アナをひっぱって立たせるあいだに、牧師はエイヴリーを連れて外に出た。

それから一時間ほどのあいだに、エイヴリーは思った――意外だな。ぼくは儀礼的にふるまって、牧師が見るからに自慢の種にしているものに興味があるふりをしてるわけじゃないんだ、と。屋根付き門の構造を調べるのも、湿気が多くて暗い教会のなかを見てまわるのも、急な螺旋《らせん》階段をのぼって鐘楼まで行くのも楽しかった。頭上にかかっている何個かの鐘が日曜と婚礼と葬儀のときに鳴らされる――ただし、葬儀のときに鳴らすのは一個だけだと牧師が説明してくれた。エイヴリーは教会の歴史に喜んで耳を傾け、スノー牧師自身も、詳しく説明するのを見るからに楽しんでいる様子だった。エイヴリーはそれから、案内されるままにゆっくりと墓地をまわり、そのあいだに、牧師がいくつもの墓石を指さして説明してくれた。そこには何世紀も昔からこの村で暮らしてきた家族の名前が刻まれていた。アナの母親の墓も見せてくれた。〝スノー牧師夫妻の愛する一人娘にして、アナスタシアの愛情深き母親であり、誰もがその死を深く悼むアリス・ウェスコット、ここに眠る〟そして、年月日が刻まれ、二三歳で亡くなったことを示していた。現在のアナよりも若い。

牧師館のほうへ顔を向けると、アナと祖母が二階の窓辺に立って外を眺めているのが見えた。片手を上げた彼に、アナも手を上げて応えてくれた。あとでアナをここに連れてこよう。いや、たぶん、アナの祖父母がそうしたがるだろう。

しばらくしてから、エイヴリーは今夜のために自分たちと供の者一行の部屋がとってある宿へ馬車を帰した。追って連絡するまで、彼の従者とアナのメイドも含めてみんなで宿に滞在してほしい、との伝言を添えて。ただし、従者とメイドは主人夫妻に必要な品をそれぞれカバンに詰め、カバン二個――それ以上は不要――を牧師館に運んでくることになった。

さきほど、初老の二人から熱心な懇願の目を向けられ、アナからは彼の返事に全幅の信頼を寄せている目で見つめられたとき、エイヴリーは二、三日こちらに泊まることを承知した。ネザービー公爵を知る者たちなら、〝信じがたい〟という思いとほぼ変わらない驚きに見舞われたことだろう。しかし、公爵自身は、妻が身を置く場所、もしくは身を置きたがる場所が、彼自身も身を置きたい場所であることに、早くも気づいていた。その場所がたまたま、モーランド・アベイの玄関ホールぐらいの広さしかない牧師館であったとしても。

それに気づいて、いささか驚愕した。そうした心理を探るのは新鮮なことでもあった。もしかしたら、恋をするのが、ぼくの魂が昔から憧れていたことだったのかもしれない。

あるいは、もしかしたら、ぼくがおかしくなっただけかもしれない。


二人は八日のあいだ牧師館に滞在した。アナは祖母と一緒に花壇の草とりをしたり、枯れた花を切り落としたり、牧師館に飾る花を摘んだりした。居間で祖母と一緒に腰を下ろしていつまでも雑談したり、小さな装飾品やそれが置かれた棚の埃を払ったり、クローシェ編みを教わったりした。クローシェ編みというのは手芸の一種で、アナはこれまで一度も興味を持ったことがなかったのだ。午後は二人で台所に入ってケーキやタルトを焼き、大きな水差しにレモネードを作り、お茶を淹れた。近所の家を何軒か訪問したり、二人で墓地のなかを歩いたりした。ある暑い日の午後、屋根付き門の内側に置かれたベンチにしばらくすわり、幼いころのアナが門に興味を持つと同時に怯えていたという思い出話をして二人で笑った。

アナは祖父とも時間を過ごしたが、それはたいてい四人が一緒のときだった。ほとんどの時間はエイヴリーが祖父と二人で過ごしていた。祖父が書斎にこもって日曜の説教の下書きをしているときでも、エイヴリーは同じ部屋で読書をしていた。二人はとても気が合うようで、アナにはそれが意外だった。ときどき夫に目をやり、初めて顔を合わせたときの彼を思い浮かべた。同じ人物だとは、ほとんど信じられなかった。似たような装いではあるが、片眼鏡も、嗅ぎ煙草入れも、宝飾品の大部分も、夫婦で使っている狭い寝室に置かれた磁器の深皿に放りこんだままになっている。ネックロスは簡単にひと結びしてあるだけだし、ブーツはいつもの艶を少々失っているが、彼は気にしていない様子だ。以前よりくつろいだ顔になり、物憂げで気どった雰囲気は薄れていた。アナの祖父母に対しては温かな敬意を示し、高飛車なところはまったくなかった。会話をするときも率直で、分別があり、ロンドンにいたときにアナを半分苛立たせ、半分おもしろがらせた気障な言葉遣いは影を潜めていた。

彼のことを天使だと言ったアナの祖母が意見を変えることはなかった。

「それに、あの人、あなたが歩いた地面まで崇《あが》めてるわよ、アナ。おじいちゃんとおばあちゃんの助けがなくても、主がアナをお守りくださったのね。そう考えると、わたしも謙虚な気持ちになるわ。ただ、天国で主と顔を合わせたときには、やっぱり文句を言いたい。たぶん天国へ行けると思うのよ。ええ、だめだなんて言わせない」

祖母が楽しそうに笑うのを見て、アナはこの八日間で何度も経験したように、何かで胸がいっぱいになるのを感じた……思い出というのではない。ここで暮らしたころのことはほとんど覚えていない。しかし、ときどき、何かなつかしいものが切れ切れに浮かんでくる。心ではっきりとらえることのできる具体的なものではないが、とても現実味を帯びていて、それが心を刺激し、消えずにとどまる。はっきり覚えているのは墓地の屋根付き門――理由はアナにもわからない――と、窓辺のベンチだけだ。今回わかったのだが、そのベンチがあったのは母親の部屋で、窓から墓地と教会を眺めることができる。しかし、アナの記憶のなかには、祖母の笑い声、ドイリー、田園風景の絵付けが色褪《あ》せ、蓋に三角形の小さなひび割れが入っている、丸みを帯びた大きな磁器のティーポット、チョッキについている小さなボタンをいつも間違った場所にはめていたように見える祖父の姿、そして、物静かで優しいその笑顔などもあった。日曜日の教会の様子も浮かんでくる。牧師の務めを果たす祖父の姿をじっと見て、〝おじいちゃんは神さまなの?〟と思ったものだった。一度、礼拝の途中で祖母に尋ねたら、祖母の手で口をふさがれ、〝とんでもない。違うわ〟と小声で言われたような気がする――それは本当にあったことなの?

礼拝が終わって、アナと祖母がエイヴリーの腕に手を通し、歩いて牧師館に帰るとき、このことを尋ねると、祖母は楽しそうに笑った。

「ええ、本当にあったことよ。あのときは、わたし、恥ずかしくて死んでしまいたかった。だって、シーンと静まりかえった、とても厳粛な瞬間を選んで、あなたが小さな声を思いきり張りあげたんですもの。きっと鐘楼まで届いたでしょうね。でも、あれ以来、なつかしい思い出として大切にしているのよ」

「おじいさんのことを、もしかしたら神さまじゃないかと思ったのかい、アナ?」エイヴリーが訊いた。「馬鹿だなあ。神さまはもっときびしい顔だぞ。そうだろう?」

祖母が腕をさっと動かして、笑いながらエイヴリーの脇腹を肘で小突いた。

数えきれないほどの牧歌的な情景に満ちた一週間だった。アナとエイヴリーは田園地帯へ散歩に出かけ、気の向くままに小道や荷車の道をたどった。彼の腕に手を通したり、手をつないで指をからめあったり、また、見渡すかぎり人影がないときには、おたがいの腰に腕をまわしたりした。たまに彼が足を止めてアナにキスをし、そんなときは以前の彼に戻ったりした。

「アナ」一度など、傍目《はため》にもわかるほど大きく身を震わせて、エイヴリーは言った。「きみ、田舎娘みたいな赤いほっぺになってきたね。ずいぶん健康そうに見える。きみをロンドンに連れて帰るべきかどうか、悩むところだ。唇がもっとバラ色になれば、さらに魅力が増すだろう」そして、熱いキスをして、以前のように物憂げな目でアナを見てから言った。『よし、たしかに効果がある。これからもキスを続けなくては」

「ふざけた人ね」アナは彼に笑みを向けた。

「仰せのとおり」

エイヴリーは毎晩、アナと愛を交わした。ゆっくりと、ひそやかに。家があまり広くないから。愛の行為は言葉にできないほどすばらしかった。

何日か迷ったあとでここを発つことにしたが、その前の晩、夏になったら何週間かモーランド・アベイで過ごすことを祖父母が承知してくれた。エイヴリーは一カ月か、二カ月か、一〇カ月ぐらい泊まっていくよう勧めたのだが。祖母の話によると、祖父は少なくとも五年前から引退をほのめかしていて、知りあいに一人、すばらしく感じのいい若い聖職者がいるという。ブリストルの教会の副牧師で、自分で聖職禄《ろく》を得たいと強く願っている。その聖職者を説得して何週間か代理牧師として来てもらうのは、むずかしいことではないだろう。

「ねえ、アイゼイア」祖母はつけくわえた。「こちらに戻ってきたとき、あなたがいなくてもこの教区が崩壊せずにすんでいるのを目にするかもしれないわよ」

「じつはな、アルマ」祖父は妻に優しく笑いかけた。「わしはそれを恐れている」

エイヴリーは祖父母に言った。

「こちらから迎えの馬車を出します。抵抗なさっても無駄だし、安全で快適な旅をしていただくために充分な数の召使いも用意します。馬と食事と宿の手配もすべておまかせください。あとは、お二人でおいでいただくだけです。来ていただければ、アナは大喜びでしょう。そして、ぼくにとっても大きな喜びとなるでしょう。昔の修道院《アベイ》の遺跡がいまも残っていて、回廊も含まれています。きっと興味を持ってもらえることと思います」

翌朝、エイヴリーがアナに手を貸して馬車に乗せる前に、涙ながらの挨拶が交わされた。二台ある馬車のうち、こちらは質素なほうで、供の者たちが待っている宿から牧師館に差し向けられたのだった。しかし、笑みも交わされた。しばらくすれば、ふたたび顔を合わせることができる。

「わたしがあの二人からひき離されたときに比べたら、ずいぶん違うわね」馬車が村をあとにするころ、座席にもたれてアナは言った。

「覚えてるのかい？」アナの手をとって、エイヴリーは尋ねた。

「頭では覚えてないけど、心で覚えてるわ、ええ。泣きどおしだったのを覚えてる。父の声も覚えてる。不機嫌で、いらいらしてて、〝もう大きいんだから〟って言われた。ハリーやカミールやアビゲイルみたいに、あんな父親のもとで大きくならずにすんで、わたし、ほんとに運がよかったわ」

「そういう考え方もできるね。うん、そうとも、ぼくのアナ。孤児院で大きくなって、きみは幸運だった」

アナは彼のほうを向いて微笑した。「そう悪くなかったわ。孤児院のおかげで現在のわたしができあがったんだし、自慢してるみたいに思われるかもしれないけど、わたしはいまの自分が好きなの」

「ふむ……」エイヴリーは一瞬、驚きの表情になった。「うん、ぼくも好きだ。そのボンネットだって好きだよ。もっとも、趣味のいい人なら、ひと目でぞっとしそうな代物だが」

それはアナが挙式の日にかぶっていた麦わらのボンネットだった――それ以後も毎日かぶっている。

「で、わたしたち、ロンドンに帰るのね。いまならもう平気よ」

「ロンドンには一日か二日ほど待ってもらおう。ぼくたちはこれからバースへ行く」

「バース？」アナは両方の眉を上げた。

「きみの育った孤児院を見てみたい。それから、きみの……例の友達に会いたい」

「ジョエルのこと？」

「そう、ジョエル」エイヴリーはうなずいた。「それから、キングズリー夫人とカミールとアビゲイルにも会っていこう」

アナは彼を見つめた。心臓が不快にドクドクいっていた。「でも、わたしたち、歓迎されるかしら。いいえ。わたしが歓迎されるかしら」

彼から大判の麻のハンカチを渡されて、アナは二粒の涙が頬を伝い落ちていたことに気づいた。

「ネザービー公爵はどこへ行っても歓迎される」以前の態度にすっかり戻って、エイヴリーは言った。「大きな影響力を持つ男だ。しかも、アナ、血縁関係というものがあるし、キングズリー夫人は少なくとも、好奇心からきみに会おうとするだろう」

「伯爵夫人だった人のお母さまなのよ」

「そうだね」エイヴリーは同意し、アナの手からハンカチをとって、彼女の頬と目の涙を拭いた。


キングズリー夫人の住まいはロイヤル・クレセントにあった。バースでもっとも高級な住宅で、バースの町と彼方《かなた》の田園地帯を広く見渡せる丘の頂きに、その建物が優美で古典的な曲線を描いている。キングズリーは大金持ちだった——だから、娘が故リヴァーデイル伯爵に嫁ぐことになったのだ。アナを連れてバースに到着した翌日の午後早く、エイヴリーが執事に名刺を渡すと、数分後、二人は客間へ案内され、執事が格式ばった威厳たっぷりの声で二人の来訪を告げた。

エイヴリーは以前に一度か二度、キングズリー夫人に会ったことがある。背が高く、髪が白くなっている、手強《てごわ》い感じのレディだった。部屋の奥から二人のほうにやってくると、エイヴリーと握手をして心のこもった挨拶をし、次にアナのほうを向いてじっと見つめた。

「公爵夫人」エイヴリーの紹介の言葉を冷ややかに認めて、キングズリー夫人は言った。「父親の罪を子供にかぶせるのは不当なことと言えましょう。あなたをわが家に喜んでお迎えいたします」

「ありがとうございます」アナが答え、そちらに顔を向けたエイヴリーは、両手を前で組んだ彼女の落ち着きと威厳を目にしても驚きはしなかった。だが、手袋の下を透かし見ることができれば、こぶしの関節が白くなっているであろうことに、賭けてもいいと思った。この一週間、旺盛な食欲を発揮していたのに、今日は朝食にも午餐にもほとんど手をつけなかった。

カミールとアビゲイルも部屋にいて、二人とも立ちあがった。しかし、ドアのほうに来ようとする様子はなかった。カミールは痩せて顔色が悪くなっている――エイヴリーは思った――アビゲイルは顔色の悪さだけが目立っている。エイヴリーのほうから二人にお辞儀をし、ゆったりした足どりで近づいた。

「バースを通るときには」片眼鏡の柄を手にしながら、エイヴリーは言った。「結婚によって身内となった相手を訪問したくなるものだ」

「わたしたち、血縁関係なんかないのよ、エイヴリー」カミールが言った。

「ふむ。しかし、きみの父上とぼくの継母は兄妹だ。だから、ぼくたちはいとこのようなものだ。それから、ジェシカにはけっして、血縁関係がないなどとは言わないでくれ。ジェシカのことだから、大泣きするだけでなく、恐ろしい癇癪を起こしてぼくを神経衰弱にしてしまうだろう。元気かい、カミール？　それから、きみは、アビゲイル？」

「元気よ」カミールはそっけなく答えた。

「ええ、元気よ」アビゲイルも言った。「わざわざ訪ねてくださって恐縮だわ、エイヴリー。ルイーズおばさまもジェシカもお元気でしょうね？」

「ああ。だが、アナとぼくが豪華絢爛《けんらん》たる婚礼の喜びに身を委ねるかわりに、みんなに黙ってひそかに結婚するほうを選んだものだから、ひどくご立腹だ。ぼくの妻に挨拶してくれるかい？　してくれなかったら、妻は悲しむし、ついでにぼくも悲しくなる。悲しみというのは耐えがたいものだ」

アビゲイルがアナに目を向け、軽く膝を折ってお辞儀をした。カミールはみんなで腰を下ろすときに、重苦しい表情でアナを見た。

「数日前にジェシカから手紙が来たわ」アビゲイルが言った。「もっとも、ロンドンの新聞に出たお知らせを、おばあさまはすでに目にしてらしたけど。どうぞお幸せに、公爵――」

一瞬黙りこみ、顔をしかめた。「お幸せに、アナスタシア。わたし、ジェシカへの返事に、苦い感情はそろそろ捨てましょうって書いたの。わたしも自分の助言に従うべきね」

「ありがとう、アビゲイル」アナは言った。「わたしたち、ウェンズベリーという村に住む母方の祖父母のもとで、一週間ほど過ごしてきたばかりなの。エイヴリーが二人を見つけだしてくれたので。二人とも、わたしが死んだものと思ってたんですって。父がわたしをこの町の孤児院に入れてしばらくしてから、祖父母に手紙が届き、わたしが腸チフスで死んだって言ってきたそうなの」

「まあ」アビゲイルが言った。

カミールは膝の上で組んだ手にむずかしい顔を向けた。

「わたしの夫はヴァイオラをリヴァーデイル伯爵家の跡継ぎに嫁がせようと必死でした」キングズリー夫人が言った。「実の娘を未来の伯爵夫人にすることで頭がいっぱいだったのでしょうね。それに、娘も乗り気だったから。ハンサムな若い貴族ですもの。わたしは最初から反対でした。どうしても好きになれなかったの。利己的な人だと思ったし、うわべの魅力の下にはなんの人間性もないことが見てとれました。でも、そうした懸念を伝えても、夫はとりあってくれなかったので、以後ずっと口をつぐんできましたが、もう黙っていられません。あれは邪悪な男でした」

カミールがうつむいたまま、こわばった声で言った。「おじいさまご夫妻と再会できてよかったわね」

「ありがとう、カミール」アナは言った。「ハリーから連絡はありました？　無事なのかしら」

ハリーは船酔いせずにすんだわずかな者の一人となったあとで、無事ポルトガルに到着し、短いけれど熱のこもった手紙を姉妹に送ってきたようだ――エイヴリーのところにも彼の手紙が届いていた。初陣を前にして、ナポレオン・ボナパルトの軍隊に立ち向かうのを楽しみにしている様子だ。

訪問は三〇分に及び、そのあいだ、レディたちは堅苦しい態度で丁重に言葉を交わした。別れの挨拶をするときは、双方から感謝と幸運を祈る言葉が出た。そして、エイヴリーは訪問を終えて安堵しつつ、アナの手をとって自分の腕にかけさせ、二人で丘を下ってバース寺院と〈パンプ・ルーム〉と町の中心部へ向かった。馬車で丘をのぼるのは急すぎて無理なため、徒歩でやってきたので、帰るときも同じく徒歩だった。

「ねえ、アナ」エイヴリーは尋ねた。「きみをここに連れてきたのは、ぼくの判断ミスだっただろうか？」

アナは一瞬、ボンネットの縁を彼の肩に預けた。

「ううん。だって、二人ともわたしを迎えて礼儀正しく接してくれたし、わたしのほうは、二人がおばあさまのもとで安心して暮らしているのを、この目で見ることができたんですもの。それに、わたしへの憎しみも多少は薄れたんじゃないかしら。もっとも、わたしがあなたと結婚したせいで、よく思われていないのはたしかだけど。歳月がすべての傷を癒すって本当なの、エイヴリー？」

「ぼくにはわからない」エイヴリーは正直に答えた。「しかし、議論のための議論としてなら、きわめて独断的に述べるとしよう――そうだよ、もちろん歳月がすべての傷を癒してくれる」

「ありがとう」アナは彼に悲しげな笑みを向けた。

22

「わざわざ訪ねてくれるなんて律儀な人たちね」最初に沈黙を破ったのはカミールだった。

「わたしもそう思いましたよ」祖母も同意した。「もちろん、ネザービーなら当然そうするでしょうけど。でも、公爵夫人のほうは、一緒に来るのにずいぶん勇気が必要だったに違いない。とても控えめな服装なのが、わたしには意外だったわ。もっとも、最高級の仕立てであることは、ひと目でわかったけど。下品なところはまったくないし、礼儀作法もみごとだったわね」

「エイヴリーがなぜあの人と結婚したのか、わたしはいまだに理解できないの」アビゲイルが言った。「超一流の美女にしか目が向かないという評判の男性なのに」

「そこなのよね、アビー」カミールは言った。「ほんとに不思議。エイヴリーが彼女を見つめるときの表情を見た？」

アビゲイルはため息をついた。「たぶん、カズン・アレグザンダーが彼女と結婚するだろうと思ってた。称号と財産をふたたびひとつにするために。でも、かわりにエイヴリーが結婚した。哀れみから結婚したわけじゃないわよね。もちろん、財産目当てでもなかったはずだし」

「もちろんよ」カミールは言った。「ああ、おばあさまが結婚発表の記事をお読みになってから二、三日のあいだ、この議論を何回もくりかえしてきたから、わたし、もううんざりだわ。エイヴリーはきっと、愛のために結婚したのよ、アビー。驚くしかないけど」

「ジェスがかわいそう」アビゲイルが言った。「わたしたちのことを思って、アナをすごく恨んでるから。もっとも、今回の悲惨な騒ぎがわたしたちの母親違いの姉の責任じゃないことは、ジェスもよく理解してるけどね。しかも、いまのアナはジェスのいとこというだけでなく、義理の姉になったわけだし」

「あの子も状況に順応することを学ばなきゃ」カミールはそう言うと、落ち着かない様子で立ちあがり、窓辺へ行って、ゆるやかな傾斜を描く庭園とその向こうに広がる景色を眺めた。「あなたがジェシカに助言したようにね、アビー。あの人――公爵夫人のことだけど――エイヴリーを連れて孤児院を見に行くつもりかしら。そしたら、二人に知られてしまうんじゃない？」

「わたしが孤児院を訪ねたことが？」祖母が訊いた。「教室に置く大きな本棚と、そこに並べる本を買うための資金提供を申しでたことが？　バースに住む多くの人が慈善の精神からやっていることよ。ネザービー公爵夫人にその報告が行く理由や、報告を聞いたところで公爵夫人がそれを気にかける理由は、何もないはずよ」

「わたしが孤児院を訪ねたことよ、おばあさま」窓辺でふりむいて、カミールが言った。

「あなたが？」祖母は仰天した。「孤児院へ行ったというの、カミール？　まあ、いつそんなことを？　わたしが知るかぎりでは、あなたがここに来てから外出したのは二度だけだった。二度ともアビゲイルとの散歩だったたし、二度ともボンネットの下に分厚いベールを垂らして顔を隠してたでしょ。何か不名誉なことをしでかして、顔を見られるのを恐れているかのように」

「最初のときは、二人で孤児院の前を通っただけだったけど」カミールは言った。「二度目のときに、わたし、孤児院に入って院長先生にお目にかかりたいってお願いしたの。アビーは一緒に来るのをいやがって、わたしが出てくるまで通りを行ったり来たりしてたわ」

「お姉さまのような勇気がなかったんですもの、カム」アビゲイルは言った。

「それで？」祖母が眉をひそめて尋ねた。

「院長先生のミス・フォードがとても優しい方で、いくつかの部屋へ案内してくださったわ」カミールは言った。「わたしが誰なのかを説明したあとでね。院長先生はいまも寂しがってらっしゃる……アナがいないから。ほかのみんなもそうみたい。アナは物静かで控えめな人だったけど――院長先生はなんておっしゃったかしら――アナがいなくなったあとで、彼女の本当の価値を誰もが以前よりずっと強く意識するようになったそうよ。かわりに来た先生はどうもうまくいってないみたい。何回も〝やめる〟って言ったそうだし、わたしの見た感じでは、院長先生は解雇する前に自発的にやめてほしいと思ってらっしゃるみたい」

「カム」アビゲイルが浮かぬ顔で言った。「わたし、やっぱり、あなたには――」

しかし、カミールは片手を上げて妹を黙らせた。「教師のポストに空きができたら採用してほしいって、お願いしてきたのよ、おばあさま。ちゃんとした資格と豊かな経験を持つ人が誰か見つかるまで、短期間でもいいからって」

「なんですって？」祖母の手が首にかけた真珠に伸びた。「カミール？　そんなことをする必要はどこにもないのよ」

「あるわ」カミールは言った。「あの人の――アナ・スノーの――立場に自分を置いてみなくてはならないの。短いあいだだけでも。あそこで子供時代を送るのがどういうものなのか、わたしにはけっしてわからないとしても。アナを憎む気持ちを捨てなくてはね。アナの立場に身を置いてみれば、たぶん、それができると思うの」

アビゲイルが両手で顔を覆った。

「わたしが思うに」祖母が言った。「憎しみとか――愛というのは――精神力の問題じゃないかしら、カミール。そんな屈辱的な立場に自分を置く必要はないのよ」

「精神力ではどうにもならない気がするの」カミールは言った。「理性には効果があるけど、ハートの面ではだめね」

「でもね」祖母が歯切れのいい口調で言った。「その教師がやめることはないかもしれないし、院長先生にはその人を解雇する勇気がないかもしれない。あるいは、解雇する前に、ほかの誰かを後釜にと考えておいでかもしれない。そして、あなたはある日、わたしと一緒に〈パンプ・ルーム〉へ朝の散歩に出かけ、アクスベリー子爵のことを忘れさせてくれる紳士に出会うかもしれない。アビゲイルはわたしとすでに二回出かけて、二回とも注目の的になったのよ。あなたの身分の変化をとやかく言う人は、ここにはそれほどいないはずよ。なんといっても、わたしの孫娘だし、わたしはバースの社交界で最高の敬意を受けているのだから」

「ええ、そのうちにね」カミールはそう言いながら、自分の椅子に戻った。「でも、二人で寄ってくれるなんて律儀な人たちね。しかも、ハリーの消息まで尋ねてくれた」

「ハリーはあの人の弟ですもの、カム」ハンカチを目に押し当て、それをしまいながら、アビゲイルが言った。「そして、わたしたちはあの人の妹なのよ」


カミールが孤児院を訪ねたことにフォード院長はひとことも触れなかった。しかしながら、先日、バースの有力者であるキングズリー夫人が孤児院に温かな関心を示し、教室に置く大きな本棚と、そこに並べるさまざまな種類の本を購入するための資金を出してくれることになった、という事実については述べた。なぜその話になったかというと、ネザービー公爵夫妻からも同じような申し出があったからだ。アナには、キングズリー夫人と自分との関係にフォード院長が気づいているとは思えなかった。子供たちの年齢や興味や読解力には関係なく、すべての子のために本をそろえたいというのが、孤児院で教えていたころのアナがずっと抱いていた夢だった。ただ、財産を相続してからほどなく、多額の小切手を郵送したときには、使い道についてとくに指示しなかったため、フォード院長は理事会の承認を得たうえで、共同寝室にぜひとも必要だった新しいベッドやその他の家具と、ダイニングルームの新しい窓の購入に充てることにした。

台所は、オーブンから暖炉、食料貯蔵室、調理台、でこぼこした床に至るまで、すべて古びているし、洗濯用の設備はさらに古い。恐れ多くて口も利けなくなっていた料理番が少し落ち着きをとりもどしてから、公爵に説明した――どれもみな修理に修理を重ねているので、修理と継ぎ接《は》ぎの跡にさらに修理と継ぎ接ぎが重なってるんです、と。エイヴリーは料理番とフォード院長に断言した――〝何もかも新品にできれば、われわれ夫妻にとって喜びとなるでしょう。改装が完了するまで何日ものあいだ、地階に作業員たちが出入りする不便をみなさんが我慢してくださるならば〟

エイヴリーは牧師館に滞在していたときと同じ姿になっていた。鎖も指輪も懐中時計も現在宿泊中のロイヤル・ヨーク・ホテルに置きっぱなしだし、片眼鏡と嗅ぎ煙草入れも同じだった。ネッククロスはきちんと結んであったが、いつもの芸術的な技巧は抜きだった。目をまともに開き、物腰は洗練された温厚な紳士のものになっていた。自在に変身できる彼を見るのが、アナには楽しかった。また、気どった物憂げな様子や偉そうな態度を彼がここに持ちこまなかったことにも感心していた。ウィニフレッド・ハムリンが勇気をふるいおこしてエイヴリーのそばへ行き、「スノー先生がロンドンへ旅立ったとき、先生のためにお祈りしたら、神さまに聞き届けてもらえたのよ」と言うと、エイヴリーは笑みを浮かべ、目尻にしわを刻んで、ウィニフレッドを見た。

「きみのお祈りがなかったら、ぼくがスノー先生に出会って結婚し、わが公爵夫人になってもらうことはなかったかもしれないね。そしたら、ぼくの人生はすごくつまらないものになってただろう。いまの幸せがきみのおかげだってことを忘れないようにするね、お嬢ちゃん」

「ううん、あたしじゃないのよ」ウィニフレッドはエイヴリーにきっぱり言うと、敬虔な表情で天を指さした。

これは教室での出来事だった。フォード院長が本日の授業を中断して、子供たちを呼び集めたのだ。一人残らず集まった。年上の少女たちにお守りをしてもらっているよちよち歩きの幼子までが加わり、本物のお姫さまではないものの、お姫さまにいちばん近い存在となったスノー先生を、みんなが驚きと憧れの目で見つめた。今日のもっと早い時間にはバーサ・リードが来てくれたため、その余韻で、ほとんどの子がいまも興奮気味だった。

アナが夫をみんなに紹介すると、拍手喝采する子供たちに向かって彼がお辞儀をし、にっこり笑った。

「スノー先生」騒ぎが少し静まったところで、オルガ・ノートンが高く上げた手をふって言った。「ナンス先生に言われたの――スノー先生があたしたちに〝夢を持ちましょう〟って教えたのは間違いだって。一〇〇〇人のうち九九九人は夢なんて叶えられないし、あたしたちみたいな子はとくにそうだって。スノー先生は悪いことを教えたんだって、ナンス先生が言うのよ」

悲しげな同意の声が沸きおこった。

まあ……。ナンス先生というのが新任の教師であることを、アナは思いだした。

「オルガ！」フォード院長はひどく困惑した声になった。

「ええ、そうね」アナは言った。「たしかにナンス先生のおっしゃるとおりだわ。夢が希望どおりに叶うことはめったにないもの。でも、思いがけない形で叶った夢が幸せをどっさり運んでくることもあるのよ。大きな帆船の船長さんになるのを夢見ていても、その夢は叶わないかもしれない。でも、海の上で暮らすのが自分の望みなんだって気がついたら、船乗りになり、世界じゅうを見てまわって、この世でいちばん幸福な人間になれるかもしれない。また、王子さまと——あるいは公爵さまと——結婚するのを夢見ていても、その夢は叶わないかもしれない。だって、王子さまや公爵さまはあまり見かけないから」

アナは言葉を切って楽しげな笑い声が静まるのを待ち、そのあいだに何人かの子供がエイヴリーを指さして、はしゃいだ金切り声を上げた。「でも、あなたを愛し、あなたの暮らしを支えてくれる男の人に出会って、その人に愛情を捧げ、結婚し、死ぬまで幸せに暮らすことができるかもしれない。男の子たちにも、逆の立場から同じことが言えるわ。夢はとても大切なものよ。だって、夢があれば何時間も楽しく過ごせるし、刺激になるし、わたしたちが人生のなかで進んでいくべき方向を示してくれるから。でも、自分に関して、いつも、いつも覚えておかなきゃいけない、いちばん大切なことは何かしら。誰か答えてくれる？」

数人の手が高く上がった。

「トミー?」

「自分もほかのみんなと同じように重要だってことです、先生」トミーが答えた。「その人と同じように重要なんです」生意気にもエイヴリーを指さした。「でも、ほかのみんなよりも重要ではありません」

「そのとおりね」アナはトミーににこやかに微笑した。「でも、ナンス先生がみんなに教えてくれたことを否定する気はないのよ。ナンス先生はきっと、いちばん大きな夢が叶わなかったとき、みんなにがっかりしてほしくないと思ってらっしゃるのね。みんなが傷つくのを見たくないのね。意外な場所で成功と満足と幸福が見つかることを、みんなに知ってほしいとお思いなんだわ。人生はしばしば、わたしたちを思いもよらない方向へ連れていくものよ。あら、いけない。ほとんどの子は朝からずっと教室で授業を受けていたのね。これ以上、ここに閉じこめておくのはやめましょう。みんなを外に出すよう、フォード院長先生にお願いするわ。でも、わたしは毎日、みんなのことを考えていますからね。ここでの暮らしは幸せだった。ここは幸せなところよ」

子供たちはふたたび歓声を上げたが、外へ飛びだしていくのをいやがる子はいなかった。アナは涙ぐみそうになって、唇を嚙んだ。子供たちのことを心から愛している。ただ、それは感傷的な愛ではないし、哀れみの愛でもない。この子たち全員に、人生で切り開いていくべき道があり、両親がそろった家庭で大きくなったほとんどの子供たちと同じように、よき人生をたどる機会が与えられている。両親がそろった子供たちだって、人生に苦労はつきものだ。

「ナンス先生のことをあんなふうに言ったのが正しかったのかどうか、自分でもよくわからないわ」今日もやはり歩いてホテルに帰る途中で、アナはエイヴリーに言った。「ナンス先生があの子たちの夢をこわせば、かぎりなく貴重な何かを奪い去ることになってしまう。夢を失ったら、あの子たちはどうなるの？　わたしたちはどうなるの？」

「胸を痛めてはいけないよ。その女は座を白けさせるタイプだね。教室から三キロ以内に近づけるべきではない。子供用の本の購入にも反対したんじゃなかったっけ？　だが、その女には夢をこわす力なんかないんだよ、アナ。夢を持つのは呼吸するのと同じぐらい自然なことだし、人生に欠かせないものなんだ。あの子たちは夢を持ちつづけるだろう。男の子はネルソン提督になりたがる。ただし、死の部分はたぶん除いて。女の子の夢は王子さまと結婚するか、ジャンヌ・ダルクになるか。ただし、火あぶりは除く」

「公爵さまでも夢を見ることはあるの？」

「子供のころのぼくは公爵じゃなかった。ただの侯爵だった」

「じゃ、侯爵さまは夢を見るの？」

「もちろん」

「どんな？　どんな夢があったの？　いまはどんな夢があるの？」

エイヴリーの沈黙があまりに長く続いたので、アナは答える気がないのだろうと思った。

ホテルの玄関の前まで来たとき、ようやく彼が口を開いた。

「愛する誰かに出会うこと」と、柔らかな口調で言ったが、時間がたちすぎていたため、アナは返事ができなかった。

その夜、ロイヤル・ヨーク・ホテルのダイニングルームの個室で、アナの友達のジョエル・カニンガムが晩餐に同席した。約束の時刻より三分早く大股で部屋に入ってきた。今宵のために非の打ちどころのない装いでやってきたが、おもしろみはない。背が高く――特別高いわけではない――胴まわりががっしりしているが、けっして肥満体ではない。正直そうな丸顔、とても短くカットした濃い色の髪、濃い色の目。歯がきれいで――微笑していた。会ったとたん、エイヴリーは反感を抱いた。片眼鏡をつかみたくて手がむずむずしたが、我慢した。

「アナ」ジョエルの両手が彼女のほうに伸ばされた。エイヴリーは家具の一部みたいなものだった。「自分の姿を見てごらん。とても……エレガントだよ」

「ジョエル」アナは彼に劣らぬ笑みを浮かべて見つめ、両手を差しだして彼に預けた。「来てもらえてすごくうれしい。あら、新しい上着ね。すごくおしゃれ」

二人は手をとりあい、肘を曲げて、いまにも抱擁しそうな姿勢になった。エイヴリーは思った――そこまでいかなかったのは、ぼくが家具の一部ではなかったからだろう。アナはジョエルの手を握ったまま、笑みの残る顔をエイヴリーに向けた。

「エイヴリー、この人がわたしの親友のジョエル・カニンガムよ」

「そうだろうと思った」エイヴリーはため息混じりに言い、片眼鏡の柄を思わず知らず握りしめていた。「よろしく」

「夫のエイヴリーよ。称号はネザービー公爵」

カニンガムがアナの手を放し、お辞儀をするために向きを変えた。エイヴリーは自分がさっきカニンガムがアナを見たときと同じように、彼もまた批判的な目でこちらを値踏みし、敵意を隠した視線をよこしていることに気づいて、興味をそそられた。同じ骨を狙う二匹の犬のよう? なんとまあ、呆れるほど下劣な喩えだ。

「こちらこそよろしく」カニンガムが言った。

アナが二人のあいだに視線を走らせていた。エイヴリーの見たところ、この状況を正確に把握して、おもしろがっている様子だ。

幸先《さいさき》のいい一夜のスタートとは言えなかったが、エイヴリーはもちろん、嫉妬深い夫になるつもりはなかった——想像しただけで身震いに襲われる。しかも、カニンガムのほうは、どんな敵意を抱いてここに来たにせよ、仲良しの友達の結婚相手を初めて見た瞬間にどんな敵意を抱いたにせよ、それを顔に出すことはなかった。三人のあいだで始まった会話はけっこう楽しかったし、料理はもちろん極上だった。

カニンガムは頭がよくて知識豊富な男性だった。肖像画家として収入をどんどん増やしているようだが、風景画家として有名になるのが彼の望みで、また、小説家になりたいという漠然たる夢も持っている。「ただ、視覚芸術の分野でほどほどの才能を持つ者が、言葉に対しても同じ才能を発揮するとはかぎりませんが」と、カニンガムは言った。

「肖像画を頼んでくるのは、やっぱり年配の人が中心なの？」アナが訊いた。「若い人たちを描きたいって、昔から言ってたでしょ」

カニンガムはそう言われて考えこんだ。「そうだね、若さと美しさを絵にするのは楽しいよ。だけど、カンバスに表現する個性を豊かに備えているのは年配の人たちだ。そのほうが挑戦のしがいがある。それに気づいたのはごく最近なんだ。もしかしたら、ぼく自身が成熟してきたしるしかもしれない」

ウェスコット姉妹を見守るという点では、このところあまり進展がないことを、カニンガムはアナに報告した。妹と思われるほうが祖母と一緒に〈パンプ・ルーム〉に入っていくのを二度ほど目にしたが、姉の姿はまったく見かけないという。

「ダンス夫人の家で文学の夕べが開かれたとき、キングズリー夫人がウェスコット姉妹の妹のほうを連れてやってきたので、一度だけ会ったことがある。夫人はぼくが持参した細密画を褒めてくれた。一緒に暮らしている二人の孫娘の話をし、細密画を依頼しようかと考えている様子だった。このことは前に手紙に書いたよね、アナ？　だが、それ以来、夫人からは連絡がないし、ぼくのほうもイーゼルを抱えて玄関をノックするには至っていない。ときとして、こういうことには時間と忍耐が必要だし、策略も必要となる」

アナは彼が言わんとすることを理解して笑顔になった。「今日、エイヴリーと一緒にあちらの住まいを訪問したのよ。二人はキングズリー夫人に大切にされてるわ、ジョエル。二人の居所をあなたに突き止めてもらい、二人がこの町で落ち着いて暮らしていることをたしかめてもらえば、わたしとしてはそれで充分なの」

カニンガムはまた、ボランティアとして週に二、三度、孤児院で午後から美術を教えていた。新任教師とうまくいっているのかとエイヴリーが尋ねると、カニンガムは顔をしかめた。

「あれは世間知らずな人ですね。ただし、危険な世間知らずだ。ものすごく立派な人間に見えるんです。教育についても、子供を育てるのに何が必要かについても、すべて知ってるみたいに見える。だけど、何もわかっちゃいない。ぼくが美術を教えているのが腹立たしいみたいで、自分はすぐれた水彩画家で、社会的地位のある人々から称賛を浴びている、なんてほのめかすんです。ぼくの授業に立ち会うようになり、ときどき、ぼくの言うことを露骨に否定します。ナンス先生御用達《ごようたし》の福音書によりますと、すぐれた芸術作品は才能や想像力や――とんでもない話ですが――芸術家個人の物の見方とはなんの関係もなく、正しい教えを受け、細心の注意を払って技巧を駆使するのが何よりも大切なのだそうです。ぼくが教えている少年の一人が光と色と生命と輝きに満ちた空を描いたとき、ナンス先生はその絵を教室に飾るのを拒否しました。空の色が均一の青になっていないし、右上には、同じ長さの黄色い光線が出ている黄色い球体が描かれていないから、と言って。ぼくは子供たちの前で、ナンス先生に慇懃《いんぎん》無礼な感謝の言葉を述べました――おかげで、絵を持ち帰ってぼくのアトリエに飾ることができます、と。きみならあの絵を大いに気に入ったと思うよ、アナ」

「あらあら」テーブルに肘をつき、手に顎をのせて、アナは言った。「ハエになって壁に止まっていたかったわ」

「ナンス先生はぼくを孤児院から追い払おうとしている。だけど、頑固なぼくはやめる気なんかないし、子供たちが大事だから、ナンス先生の言いなりにはならないつもりだ。ぼくがあの先生を追い払えればいいんだが。子供たちが画材を残らず戸棚に放りこんでもぼくが黙認してる様子を、きみに見せたいよ、アナ。きみだったら、一週間ほどぼくに文句を言うだろうな。ところが、ナンス先生はむっつりして、殉教者みたいな顔になり、フォード院長に愚痴をこぼすんだ」

アナは笑いだし、エイヴリーはこの男が好きになってきた。

「あなたは幸運な人ですね、ネザービー」暇を告げる少し前に、カニンガムは言った。「ぼく、二年ほど前にアナに結婚を申しこんだんですが、断わられました。アナから聞いてます？　孤児院を離れたせいで孤独になっているだけだ、と彼女に言われました。〝わたしがイエスと答えたら、あなた、いずれ後悔するわよ〟と。まさにアナが正しかった――そういうことがよくあるんです。あなたが羨ましい。でも、アナはずっとぼくの友達です」

カニンガムが明確なメッセージをよこしていることに、エイヴリーは気がついた。アナの人生から姿を消す気はないが、彼女がエイヴリーと結婚した以上、それを恨んではいないし、嫉妬してもいない。敵意を持ちつづける理由はどこにもない。

「ぼくも自分が羨ましい」エイヴリーが言うと、会話の底に流れる感情に気づいたアナがさっきのように、二人のあいだにふたたび視線を走らせた。「ぼくの妻は終生の友でいてくれる人と一緒に子供時代を送ることができて、じつに幸運だった。そんな幸運に恵まれる者は多くない。また会いたいものだね」

エイヴリーは本気でそう言った――ほぼ本気で。しかし、いまのアナがカニンガムにとってただの友達に過ぎないなどとは、一瞬たりとも信じていなかった。カニンガムの本当の気持ちに、アナはたぶん、気づいてもいないのだろう。

それからほどなく、みんなで握手をして、カニンガムは家路についた。

「ああ、エイヴリー」二人きりになったところで、アナは言った。「バースに帰ってきて、すごく不思議な気持ちよ。すべてが同じだけど、同時に、すっかり変わってしまったんですもの」

「悲しい？」エイヴリーは訊いた。

「いいえ」アナは眉をひそめて考えこんだ。「悲しくはないわ。どうして悲しむことができて？　でも――」穏やかに笑った。「少し悲しいかしら」

エイヴリーはアナの顔を両手ではさんでキスをした。「明日、発つことにしよう。だが、いつかまた戻ってこよう。過去に戻ることはできないが、わが公爵夫人、過去を再訪することはできる」

「そうね」アナの目に涙があふれていた。「ああ、なんて不思議で感動的な二週間だったのかしら。でも、ここを去る準備ができたわ」

二週間前には、ぼくたちはまだ結婚していなかった。いまのぼくには、アナのいない人生など考えられない——そう思った瞬間、心が軽くざわついた。

「ベッドにおいで。きみと愛を交わしたい」

「ええ」アナは彼にもたれかかった。

だが、いまも悲しげな顔だった。

23

恋に落ちるのは簡単だった。いや、そんな感覚すらなかった。自然に恋をしていた。エイヴリーが計画したわけでも、期待したわけでも、とくに望んだわけでもなかった。結婚しようと決めてプロポーズしたのも簡単なことだった。前もって考えたのではなく、ものはずみでそうなった。理由は主として――思いだすと気恥ずかしくなるのだが――アナが周囲からリヴァーデイル伯爵との結婚を勧められ、彼女自身も納得したうえで求婚に応じるかもしれない、と思ったからだ。結婚するのは簡単だった。特別許可証を手に入れるのも、その日の午前中に二人の式をとりおこなう意志と可能性のある牧師を見つけるのも――あるいは、アナを説得して連れだすのも、なんの問題も遅れもなく順調に運んだ。

挙式に続く二週間はまさに至福だった。そう、それこそがぴったりの言葉で、けっして誇張ではなかった。結婚の驚異にエイヴリーはすなおに身を委ねた――そう、〝驚異〟という言葉までもがぴったりだった。妻とのつきあい、友情、セックスを楽しんだ。彼女の祖父母とその生き方に半分恋をしてしまった。牧師館で過ごしたあの一週間ほどは、おもちゃの家で遊ぶ子供に返ったような気分で、なんの悩みもなく、人目を気にすることもなかった。バース訪問ですら楽しかった。カミールとアビゲイルがいまも苦悩しているのは明らかだが、しっかりした保護者がついているし、いずれ自分の力で人生を切り開いていくだろう。エイヴリーはそれを確信していた。母親違いの姉に対して、まだわだかまりを抱いてはいるものの、それなりに礼儀正しくふるまってくれた。孤児院には驚かされた。彼が漠然と想像していたような陰気な施設ではなく、彼の妻にとっては二一年のあいだ、ここが簡素な家庭だったのだ。アナはここで愛され、職員と子供たちの両方に心から好意を寄せていた。カニンガムと食事をした夜ですら、けっこう楽しめた。正直なところ、嫌悪と軽蔑を感じるものと思っていた。ところが、カニンガムは知的で、興味深い人物で、名誉を重んじる男だった。アナに恋心を抱いているのは明らかだが、どうやら二年ほど前に、友達以上の仲になれないのならそれで我慢しようと決めたようだ。

そう、ロンドンに帰るまでは、すべてが気楽で牧歌的だった。永遠の幸せが約束されているような牧歌的な日々だった。しかし、ロンドンに帰ったとたん、エイヴリーはどうやって結婚生活を送ればいいのかわからなくなっている自分に気がついた。何もわからない。途方に暮れた。そこで、以前の自分に戻って、亀のごとく自分の甲羅のなかにひきこもり、ほどほどの心地よさに包まれて過ごすことにした。

ところが、ほどほどの心地よさに出会うことすらむずかしかった。エイヴリーと大多数の知りあいのあいだにはつねに距離があった。彼が自ら作りだした距離ではあるが。エイヴリーも自覚しているように、ほとんどの相手は彼に畏怖の念を抱く。いま、突然、その距離が大きくなった。社交界の結婚市場に登場したレディのなかで最大の資産を持つ女相続人の一人と、彼が結婚してしまったのだ。ほかの者がその姿を見る機会もないうちに。朝刊で婚約が発表されることすらなく、結婚の知らせが出ただけだった。そのあと、エイヴリーは社交シーズンの真っ最中だというのに、妻を連れて二週間も姿を消してしまった。いまようやく戻ってきた。

もちろん、男たちにとっては――財産目当ての結婚を狙っていた連中は別として――彼の結婚よりはるかに大きな関心事があった。例の派手な決闘だ。ロンドンに戻ってくるころには忘れ去られているよう、エイヴリーは願っていたが、それは虚しい望みだった。かわりに、決闘の話は全員の心のなかで伝説のレベルにまで達していて、男たちは魅惑と恐怖のなかでエイヴリーに目を奪われ、彼から片眼鏡を向けられると、あわてて視線をはずすのだった。アクスベリーはいまもベッドを離れることができない。もっとも、後頭部のこぶは縮んで、クリケットのボールからアリの卵――アリが卵を産むとすれば――ぐらいのサイズになったそうだ。顎のあざはたぶん色褪せて、黒と紫から淡い辛子色に変わっているだろう。

エイヴリーは貴族院議員としての義務をここしばらく怠っていたので、何度も貴族院に顔を出した。社交クラブに出かけ、妻を連れて数多くの社交の催しに参加し、帰宅する時刻が来るまで妻とは礼儀正しく距離をとって過ごした。ハイドパークへも、上流の人々で公園が混雑する時間帯に妻を連れて二度ほど馬車で出かけたし、一度は人混みを縫いながら、サーペンタイン池のほとりを二人で歩いた。夜の食事はたいてい、妻と、継母と、大人に交じって食卓を囲んでもいい年齢とみなされるようになったジェシカと一緒に、自宅でとった。アナのベッドで眠り、毎晩少なくとも一回は愛しあった。二人で朝食をとりながら、エドウィン・ゴダードがあらかじめ整理しておいてくれた招待状に目を通した。

彼の結婚生活に文句をつけるべき点はまったくなかった。エイヴリーにわかるかぎりでは、どの貴族の結婚と比べても変わりはなかった。そして、それが——厄介なことに！——問題だった。どうすれば結婚生活をより良きものにできるのか、どうすればあの二週間の輝きと陶酔をとりもどせるのか、まったくわからなかった。あの二週間はいわゆる蜜月期間だったのだろう。蜜月期間はその本来の性質から言って、永遠に続くものではない。

議会の会期が終わって、それと共に社交シーズンも終わり、夏のあいだモーランド・アベイに帰ることができれば、状況は違ってくる——好転するはずだ。アナの祖父母が二、三週間ほど泊まりに来てくれるだろう。しかし、未来が現在よりよくなるという保証はどこにもないことを、エイヴリーはよく承知している。未来は存在しない。存在するのは現在だけだ。

その現在が……落胆の連続だった。エイヴリーはこの二週間、幸せに浸ってきた。そう。心のなかでふりかえってみた。そう、幸せだった。日常に戻るのは楽しいことではなかった。それにもちろん、日常ですら、もはや以前の日常ではない。なぜなら、妻がいて、結婚生活があるからだが、そのいずれについても、どうすればいいのか、いまの彼にはよくわからない。自分の力不足を感じることにも、自分の運命を制御できなくなることにも、エイヴリーは慣れていなかった。

彼だけの屋根裏部屋で長い時間を過ごすようになった――彼が屋敷にいることすら、アナは気づいていないかもしれない――しかし、汗まみれになるまで容赦なく自分を痛めつけても、瞑想のポーズをとったままスフィンクスに変身しそうになっても、心の安らぎは得られなかった。波立つ思いの底にも、陰にも、安らぎに浸れる場所を見つけることはできなかった。そして、屋根裏にいるときも、屋根裏を出たときも、ベッドのなかでも、どこにいても、強い中国語訛りで彼に語りかけてくる、ゆったりした温和な声のこだまから逃れることができなかった。〝きみの核となる部分がいまは虚ろであっても、それでもなお、きみは完璧な存在だ。完璧なるものの中心に愛が息づき、隅々まで広がっていく。愛が見つかれば、きみは安らぎを得るだろう〟

しかし、例によってもどかしいことながら、こうした言葉の意味を、師はけっして説明しようとしなかった。永久不変の深い真理は経験によってのみ得られる――いつもそう言っていた。自分も愛を知っている――亡くなった母親を、父親を、母親違いの妹を、そうとも、無数の人を愛してきた――エイヴリーがそう反論しても無意味だった。中国人の師は笑みを浮かべてうなずくだけだった。

いまのエイヴリーは不幸だった。

ハノーヴァー広場のアーチャー邸は、アナが初めて足を踏み入れたときはひどく威圧的に感じられたが、いまではここが彼女の家だった。アナの荷物は留守のあいだにすべてこちらに運ばれていた。ジョンやその他数人の召使いも移ってきていた。

「公爵さまがとくにぼくをご指名だったんです」ジョンはうれしそうな笑顔でアナに説明した。「ぼくの仕事ぶりが優秀だってことに違いない。そう思いませんか？　あっちの屋敷の執事からは、声をかけられないかぎり、自分から口を利いてはいけないって教えこまれたけど、ぼくに言わせれば、そんなの不作法だし、愛想がないですよ。こっちの新しいお仕着せのほうが、前のより好きだな——悪気で言ったんじゃないです、ミス・スノー。じつをいうと、お仕着せが着られるだけで幸せってもんです。下手したら、気の毒なオリヴァー・ジェイミソンみたいに、ブーツ職人のとこで修業させられてたかもしれない」

「あのね、ジョン」アナは説明した。「ブーツ職人の修業をするのは、オリヴァーの夢だったのよ」

「へーえ」ジョンが陽気な口調で言うあいだに、エイヴリーの執事が玄関ホールに入ってきて、新しく雇われた従僕が公爵夫人と気軽にしゃべっているのを見て仰天した。「世の中さまざまですね、ミス・スノー。ま、それでいいのかな。世の中のみんなが従僕だったら、ちょっと変だし」

結婚したことと、別の屋敷で暮らすようになったことを除けば、アナがロンドンを離れる前と同じ日々がふたたび始まった。ロンドンに残っている祖母と二人のおばは、これまでと同じようにアナのことを気にかけている。どうやら、大きな被害を修復しなくてはならないらしい。社交界にお披露目をして大成功を収め、大きな称賛を受けたと思ったら、社交界の華となるかわりに下品なほどあわてて結婚し、二週間ものあいだ姿を消すというとんでもない過ちを、アナは犯してしまったのだ。貴族社会の頂点に君臨する人々が眉をひそめたり、さらには、アナを避けたりしないだけでも、驚きというものだ。社交シーズン中の格式ある催しの招待客リストからはずされたり、〈オールマックス〉のチケットが無効になったりしないだけでも、驚きというものだ。公爵夫人という新たな称号とエイヴリーの大きな権力があれば、アナの身は安全かもしれない。しかし、大いに努力する必要がある。

アーチャー邸や先々代伯爵未亡人の屋敷で、何度も話しあいが持たれた。ミルドレッドおばとトマスおじの夫妻はとっくにロンドンを去っていたし、今回、またいとこたちは計画に加わらなかった。祖母やルイーズおばに連れられて、あちこちの屋敷を訪問する計画が立てられた。どのパーティやどの舞踏会に出るのがもっともアナのためになるかという助言がなされた。

エイヴリーは妻と一緒に、夜の催しのいくつかに出かけた。ある朝、郵送されてきた招待状に二人で目を通しながら、ため息混じりに、出たくなければ貴族連中なんか絞首刑にしてやればいい、と妻に言ったが、アナにはあまり有意義な助言とは思えなかった。以前はロンドンに到着してほどなく、この街にとどまってレディ・アナスタシア・ウェスコットとしての役割りを学ぼうと決心した。でも、そこにはもう戻れない。いまのわたしはネザービー公爵夫人。だから、公爵夫人に期待される義務を果たさなくてはならない。エイヴリーが貴族連中を絞首刑執行人にひき渡すのは自由だけど、彼は生まれながらの貴族。奇矯な振る舞いが許されるのも、押しも押されもしない公爵だから。わたしが奇矯な振る舞いをすれば、不作法だの、下品だのと言われるだけだ。

日がたつにつれて、アナは自分の暮らしに満たされないものがあることに気づき、それを否定しようとした。結局のところ、蜜月期間が永遠に続くはずはなく、これが結婚生活の本当の姿なのだ、と。しかし、太陽の下でさまざまなことを話題にして長時間おしゃべりし、手をつなぎ、指をからめ、笑ったりキスしたりしながら歩いた日々がなつかしかった。彼との結婚に不満はないが、多忙な生活ゆえに、毎日ほとんどの時間を別々に過ごさなくてはならないし、二人になれたときでさえ、たいていほかにも人がいる。これが貴族の暮らしなのだとアナは理解するようになった。ほかの人々と比べても、この結婚がとくに不幸なわけではない——自分を納得させるには、悲しいほど消極的な方法だ。もっといい方法はないのかしら。

夏が来て田舎の本邸で暮らすようになったら、たぶん、何もかもよくなるだろう。いえ、だめかもしれない。新たな現実に黙って慣れなくてはいけないのかもしれない。

ついに、アナは反逆行為に出た。

そのときアナは祖母の屋敷に来ていて、周囲では、彼女の社交シーズンの残りについてみんなが事細かに計画を立てているところだった。マティルダおばから、アナスタシアの王妃への拝謁は終わったが、既婚女性としての——つまり、公爵夫人としての——拝謁はまだだという指摘があった。祖母もルイーズおばも愕然たる表情になり、マティルダおばに同意した。拝謁はぜひとも必要だ。

「いいえ！」アナがこのひとことを口にしたときの断固とした響きに、周囲ばかりか当人までが驚いた。しかし、部屋を横切って祖母の椅子のそばに置かれたスツールに腰かけてから、アナはさらに続けた。「それはなりません。おばあさまたちがわたしのことをとても気にかけてくださっているのはよく承知しております。みなさま、ご親切にご自分の人生を脇へどけ、伯爵家の娘として恥ずかしくない人生をわたしが歩んでいけるように手を貸してくださいました。そうしたご尽力に対して、わたしは言葉にできないぐらい感謝しております。みなさまのお力と感化がなければ、いまも途方に暮れていたでしょうから」

「感謝の言葉なんていりませんよ」祖母が言った。「一族の者のためにしなくてはならないことをしただけですから。今後も必要なかぎり、続けていくつもりよ」

「おばあさま」祖母の手をとって、アナは言った。「父がひどいことをしたにもかかわらず、おばあさまがいまも父の死をどれほど悼んでらっしゃるか、カミールとハリーとアビゲイルとそのお母さまとの別れをどれほど悲しんでらっしゃるかは、わたしにもよくわかります。わたしを一族に迎え入れ、その身分にふさわしい人間にするのがご自分の義務だと思ってらしたこともわかります。そこには義務感だけでなく愛情もあったことと思います。そして、わたしがおばあさまや、おばさまや、いとこたちに望んでいるのは、その愛情だけなのです。わたしは生まれてからずっと愛情を求めてきました。わたしにはみなさまの愛情が必要です。また、わたしが望んでいるのは、みなさまを愛していくことだけです。身寄りが一人もいなかったのに、いきなり大家族ができ、前へ進めるように力を貸していただけたことがどれほどありがたかったか、みなさまには想像もつかないと思います。でも、お願いです。ここまでにしておきましょう。社交界にご紹介いただき、いまは結婚して、夫と共に人生を歩んでいくつもりでおります。わたしを愛してくださるだけでいいのです」

「アナスタシア！」マティルダおばが叫んだ。「もちろん、誰もがあなたを愛していますとも。わたしなんか、一度も持ったことのない娘ができたような気がしているほどよ。あらあら、涙は流さなくてもいいの。わたしの気付け薬を鼻の下に当ててあげましょう」

祖母は黙ってアナの手を軽く叩いただけだった。

「ネザービー公爵夫人として王妃さまに拝謁する気はないというのね、アナスタシア？」ルイーズおばが尋ねた。「あるいは、水曜日に〈オールマックス〉へ行く気も、みんなであなたのために選んだ舞踏会や音楽会に出かける気もないのね？」

「世捨て人になるつもりはありません」アナは言った。「でも、昼と夜の時間をどこでどうやって過ごすかは、自分一人で、もしくはエイヴリーと二人で決めたいと思います。おばあさまとマティルダおばさまを、あるいは、カズン・アルシーアとエリザベスを訪問するときは、その方たちを愛していて一緒に過ごしたいから、そうするのです。どうかわたしの家族になってください。秘書や教師ではなく。ああ、お願い、みなさまの心を傷つけたくはありません。大好きなんですもの」

「あらあら」祖母がアナのほうへ身を寄せて抱きしめた。「ちょっと、その気付け薬はひっこめなさい、マティルダ。アナもわたしも必要ありません。あなたの言うとおりにしましょう、アナスタシア。それに、悲劇が襲ってくるのをみんなが恐れていたけど、あなたはいまも社交界の話題をさらっているようだし。あなたも、エイヴリーも。彼を愛しているの？」

「ええ、愛しています、おばあさま」アナは言った。

そう、愛している。でも、ああ、ときどき悲しい気持ちになる。


エイヴリーの継母は母親である先々代伯爵未亡人と姉の住む屋敷へ食事に出かけ、ジェシカも一緒に連れていった。エイヴリーとアナはロンドンに戻ってから初めて、二人だけで晩餐の席についた。めったにない贅沢に思われて、エイヴリーはすっかりくつろいでいた。今夜の音楽会に出かけるのはやめる、と妻が言ったので、なおさらだった。身内の者たちがアナのために選んだ催しだったのだが。

「あなたはいらっしゃる？」切なさの滲《にじ》む声——これはエイヴリーの希望的観測——でアナが尋ねた。

今夜の音楽会の主役はソプラノ歌手で、彼の耳に心地よく響く歌声ではないのだが、それでも妻と一緒に出かけるつもりでいた。

「いや」エイヴリーは言った。「妻と一緒に家で過ごすことにする。ときには、真面目な妻帯者らしく行動したくなることもあるものだ」

「じつはね」二人の前にスープが置かれるあいだに、アナが言った。「ルイーズおばさまが今夜ふたたびおばあさまのところへいらしたのは、今日の午後に起きたことのせいだと思うの。わたしがみなさんを傷つけてしまったのかもしれない。そうでなければいいけど」

エイヴリーは怪訝そうな顔をアナに向けた。

「おばさまたちに言ってしまったの――わたしの人生を管理するのはもうやめてほしいって。自分が周囲に期待されてるような洗練された貴婦人じゃないことはわかってるし、わたしに対してさまざまな理由から眉をひそめる人たちがいることもわかってる。貴族社会全体からいつ排斥されたっておかしくないこともわかってる――」

「アナ、きみはネザービー公爵夫人だ。わが公爵夫人なんだよ」

「ええ、そうね」アナは笑みを浮かべようとした。「そして、あなたが片眼鏡を持ちあげるだけで、誰もがわたしをふたたび社交界に迎えようとして殺到するでしょう。でも、わたしは人に頼るのも、自分は未熟で不完全な人間だという思いにとらわれるのも、もうたくさんなの。だから、おばあさまたちにお願いしたの――わたしを愛してくださるだけでいい、わたしからも愛を受けとってほしい、って。だって、みんなを愛してるんですもの」

「そうか……」エイヴリーは椅子にもたれた。スープは忘れ去られた。「それで、ぼくには何を頼むつもりだい?」

「そうね。お塩をまわしてもらえないかしら」

二人はその後、食事をしながら他愛もないおしゃべりを続け、エイヴリーはそのあいだ、妻の新たなる自立心が自分にとって、いや、むしろ二人にとって何を意味するのかと考えていた。しかし、デザートの皿が下げられ、かわりに果物とチーズが運ばれてきて、エイヴリーが召使いたちに下がるよう合図をしたあと、会話の方向がふたたび変化した。

「エイヴリー」唐突にアナが言った。「わたし、ウェスコット邸と、ヒンズフォード屋敷と、自分の資産管理について計画を立てなくては」

「きみが？」エイヴリーは物憂げな目でアナを見てから、リンゴの皮をむきはじめた。

「ブラムフォード弁護士にはーーかなり前だけどーーそんなことに頭を悩ませる必要はないって言われたわ。そのときは、弁護士さんの言葉をすなおに信じたのよ。だって、ほかのことで頭がいっぱいで、それ以上考える余裕がなかったから。でも、目下、どちらの屋敷も無人でしょ。カズン・アレグザンダーがロンドンに出てきたときは、ウェスコット邸を使えばいいんじゃないかしら。だって、あの人が伯爵なんですもの。使ってくれると思う？　それから、カミールとアビゲイルと二人のお母さまがヒンズフォード屋敷に戻ってくれるとうれしいんだけど。あそこが伯爵家の本邸ですもの。わたしからお願いすれば、なんとかなるかしら？　それから、わたしの全財産と投資してあるお金だけどーー独り占めするのはどうしてもいやなの。あっーー」アナは突然、何かに気づいたようで、エイヴリーを見つめた。「いまはすべてあなたのものなの？　わたしの夫である以上、わたしも、わたしの財産も、あなたのもの？」

「傷つくなあ、愛しい人。きみはぼくのものだけど、ぼくも同じようにきみのものだ。ぼくたちはおたがいを選んで結婚したーー死が二人を分かつまで。結婚を後悔するようなことがあれば、この言葉に恐怖を感じるかもしれないけどね。ぼくのほうで顧問弁護士に相談して、結婚前にきみが所有していた財産はそのままきみのものになるよう、きちんと手続きをしておいた——だから、きみの好きにしてかまわない。リヴァーデイルを説得すれば、ロンドン滞在中にウェスコット邸を借りることなら承知するかもしれない。ただ、賭けてもいいが、無料で提供を受けるのは拒むに決まっている。もちろん、きみが説得しようとするのは自由だよ。きみがカズン・ヴァイオラや母親違いの妹たちを説得してヒンズフォード屋敷に戻ってもらうのは、ぼくの推測では無理だと思うが、それもきみの自由だ。財産をどうするつもり？　増えていくのを見守る以外に」

「四つに分けたいと思ってるの。父が亡くなる前に新しい遺言書を作ったら、きっとそうしていたでしょう。いまからでもできるかしら。弟と妹たちの同意がなくてもできる？」

「いまの質問をすべて、エドウィン・ゴダードの前に並べるとしよう」リンゴを四つに切り、チーズをひと切れとりながら、エイヴリーは言った。「あの男のことだから、答えをちゃんと知っていて、思慮深い助言をくれるに違いない。それから、ぼくの顧問弁護士を呼ぶことにしよう。法的手続きのすべてと、法的に可能な事柄を、きみの希望に沿う形で担当してくれるだろう」

アナのリンゴが手つかずのまま皿の真ん中に置いてあったので、エイヴリーは彼女のために皮をむこうとして手を伸ばした。

「だめよ」アナは言った。しかし、リンゴのことを言ったのではなかった。「だめ。ゴダードさんに申しわけないもの。いまでさえ働きすぎなのに。それから、話が長くて少々偉そうだというだけでブラムフォード弁護士をクビにするのは、正当なやり方じゃないわ。指示はすべてそちらへ出そうと思ってるの。それから、わたし自身の秘書を雇うつもり。ちょうどいい人材が——」

「——孤児院にいる」エイヴリーは言った。

「ええ」

彼がアナのリンゴの皮を最後までひと続きにむき、四つに切って芯をとるのを、二人一緒に見守った。

「ありがとう」アナは言った。

エイヴリーは椅子にもたれて、自分のリンゴをひと切れかじった。「何か気に入らないことでもあるのかい?」アナに尋ねた。

「いいえ」アナはため息をついた。「ないわ、エイヴリー。ただ、孤児院の教室でブラムフォード弁護士の手紙を開封し、こちらに来る決心をしたときからずっと、波間に漂ってるような気がしてならないの。自分で人生を切り開いてきたつもりだった。そう、とるに足りない小さな事柄については、自分を主張してきた。例えば、新調するドレスのデザインとか。でも……」アナは肩をすくめた。

「漂ってるうちに、ぼくと結婚してしまった?」エイヴリーは尋ね、やめておけばよかったと後悔した。どうしても妻の返事を聞きたいわけではなかった。

アナは四切れのリンゴを皿の上で一列にきちんと並べていた。そこで顔を上げて彼を見た。

「あなたと結婚したのは、わたしがそう望んだからよ」

ふむ、ならば大いに安堵できる。「光栄だ。名誉に思う。きみのリンゴが茶色くなりかけてるぞ」

エイヴリーの安堵は一時的なものだった。アナの手が膝のほうへ消え、いまも彼に視線を据えていた。「エイヴリー」静かな声で尋ねた。「どこであんなことを習ったの？」

不思議なことに、彼女がなんの話をしているのか、エイヴリーにはすぐにわかった。もっとも、自分の勘違いであるよう願っていたが。「あんなこと？」

「自分よりはるかに大柄な男と格闘して、相手に指一本触れさせることなく倒してしまったでしょ――そのすぐあとでドアがあなたにぶつかってきたという事実は別にして」アナは言った。「自分の身長より高く宙に飛びあがり、それでもなお、裸足の足裏で相手を意識不明にするパワーがあった」

エイヴリーはしばらくのあいだ、妻をじっと見ていた。リヴァーデイルの馬鹿が話したんだな――一瞬、そう思った。いや、違う。

「きみ、どこにいたんだ？」

「木の上よ。エリザベスは木の陰に隠れてたの」

「二、三〇人の男がきみたちに気づいたら、ひどく不愉快に思っただろう。リヴァーデイルを含めて。それから、アクスベリーとぼくも含めて」

「どこで習ったの？」またしてもアナが訊いた。

エイヴリーはテーブルに肘を突いて、片手で目の上をさっとなで、椅子にもたれた。「その質問に短く答えるなら、初老の中国人紳士に教わった。だが、短い答えでは納得してもらえそうにない。そうだね？　きみはぼくの妻で、ぼくはいま猛スピードで悟りつつある――あの短い挙式の結果、ぼくの人生がひっくりかえされ、裏表が逆になり、ぞっとするような未知のものになってしまったことを」

「ぞっとする？」アナが目をみはった。

エイヴリーは目を閉じ、何回かゆっくり深呼吸をした。「ぼくは間違った女と結婚してしまった」目を閉じたまま、つぶやいた。「もしくは、ただ一人のぴったりの女と。ぼくの人生の表面にとどまっている気はないんだろ、アナ・アーチャー？　ぼくに安らぎと喜びをもたらすだけでは、きみは満足しそうにない。もっとも、二人でロンドンに戻って以来、安らぎも喜びも不足していたが。〝どこで習ったの？〟ときみが尋ね、ぼくがそれに答える必要があったから？　ぼくの核となる部分を目にするまで、きみが満足しそうにないから？　そして、たぶん、きみをある場所へ連れていくまで、ぼくが満足しそうにないから？」

エイヴリーは目をあけてアナを見た。彼女自身はいまも目をみはったままだった。顔色を失っていた。エイヴリーはアナに悲しげな笑みを向けた。「男が結婚するときは、どういう事態が待ち受けているかを警告する者が誰か必要だな」

ナプキンをテーブルに放り投げると、立ちあがり、彼女のほうへ片手を伸ばした。「来てくれ」と言った。

アナは一瞬、眉をひそめ、見るからに不安そうな顔で彼の手を見てから、そこに自分の手を重ねた。

24

エイヴリーは彼女を連れて階段をのぼり、客間のある階を過ぎ、寝室のある次の階も過ぎて、屋根裏の階まで行った。左へ曲がって広い部屋に入った。アナの手をしっかり握っていたが、ドアを閉めたあとでその手を放し、室内をまわって、壁の燭台《しょくだい》や、床や、窓敷居など、あちこちに置かれた何本ものろうそくに残らず火をつけていった。夕日が明るい光の帯となって、いまも窓から斜めに差しこんでいるにもかかわらず、ろうそくに火をつけたのだ。

部屋のなかはがらんとしていて、いっぽうの壁ぎわに木製のベンチがふたつと多数のクッションが置いてあるだけだった――そして、何本ものろうそくも。床は艶やかな板張りだ。絨毯は敷かれていない。この部屋には、アナが言葉で説明しようとしても、とうていできそうにない何かがあった。なじみのない不思議な空間だが、アナはたちまちくつろいだ気分になり、安らぎに包まれた。香のかおりがかすかに漂っていた。

「そこで待っててくれ」ふりむかずにエイヴリーが言い、ベンチと向かいあったドアの奥へ姿を消した。ドアを一歩入ったところにアナがじっと立っていると、数分後に彼が出てきた。ゆったりした白いズボンをはき、ゆったりした白い上着を羽織っている。上着は前身頃を打ちあわせ、腰のところで帯を結ぶというスタイルだ。裸足になっていた。大股でアナのところに来てから、片手を彼女のほうへ伸ばした。

「来てくれ」そう言って、窓に近いほうの木製ベンチへアナを連れていった。アナがベンチに腰を下ろすと、エイヴリーはクッションを床に一個動かし、アナと向かいあう形でその上にあぐらをかいて、両手を膝に置いた。「ぼく以外にここに入る者はいない。掃除もぼくが自分でやっている」

そう、部屋の様子からアナにもそれが感じとれた。かなりの広さだが、神殿の聖域か隠者の庵《いおり》のような雰囲気だ。「そこにわたしを入れてくれたの？」

「ぼくの妻だからね」エイヴリーは言い、その目に一瞬、絶望とも、怯えとも、嘆願ともつかない表情が浮かんだ。しかし、アナが正体を見極める前に、その表情は消えてしまった。傷つきやすそうな顔だった――アナは思った。この人は怖がっている。

「エイヴリー」アナの声はささやきに近く、まるで教会に、聖なる場所にいるかのようだった。「わたしはあなたのことを何も知らない。そうでしょう？」

「誰にも自分を見せないようにしてきたからね。そうやって生きていくほうが楽なんだ」

「でも、どうして？」

エイヴリーはため息をついた。「小さな男の子の話をしてあげよう。女の子だったらよかったのにと誰もが思っていた子の話だ。小柄で、繊細で、愛らしくて――臆病な子だった」

彼が語っているのは彼自身のことだった――三人称で。いまなお、自分の話から自分自身を切り離していた。

「母親はその子が可愛くてたまらず、甘やかし放題だった。自分の時間はすべて息子に捧げ、かつて自分を育ててくれた乳母以外には子育てを手伝わせようとしなかった。勉強も自分で教えた。男の家庭教師を息子に近づけたくなかったし、母のきびしい基準に合格する女の家庭教師は見つからなかったからだ。実の父親からもできるかぎり遠ざけた――さほどむずかしいことではなかった。父親が息子を困惑混じりの嫌悪の目で見ていたからだ。やがて、子供が九歳になったとき、母親が病に倒れて亡くなった。乳母が残って子供の世話をしてくれたが、二年の歳月が流れ、父親はそろそろ息子を強い人間にしなくてはと決心し、寄宿学校に入れることにした」

「かわいそうな子」アナが言った。エイヴリーが語っているのは誰かほかの人間のことだと思いこんでいる。「その子をわたしの教室に迎えたかったわ」

「そのころ、きみは五歳だったんだよ。男子校では、新入生はかならずいじめにあう。眉をひそめる者すらいない。少年の教育の一部とみなされている。少年を鍛え、残忍な面をひきだして、男の世界で生き延び、成功できるようにするのが、学校の役目というわけだ。いじめは少年が上級生から受け、下級生に向けるものなのだ。みごとに機能しているシステムだ。われわれの社会はそれを土台にして成り立っている。強い者がトップにのぼりつめて、われわれの世界を支配する。弱い者はその下の中間層をうろついて、自分の居場所を見つける。さらに弱い者は破滅するが、そもそも役に立つ存在ではない。ぼくの話に出てくる少年は弱者のなかでもきわだって弱い存在だった。臆病で、チビで、愛らしくて、びくびくしている少年だった」

アナはわずかに身を乗りだし、エイヴリーのほうへ片手を伸ばしかけたが、膝の上に戻して、もういっぽうの手を握りしめた。彼の話はまだ終わっていない。

「ぼくは破滅させられてなるものかと思った。自分のなかに頑固な面があるのを発見した。ボクシング、フェンシング、ボート、ランニングなど、何をやってもうまくできずに嘲笑されていた時期でもね。努力に努力を重ねた。少年時代に別れを告げるころにはたぶん、例の中間層の下あたりまでよじのぼっていただろう。なんといっても、裕福な公爵家の跡継ぎだから、周囲も多少は敬意を払ってくれる。ところが、やがて、ある出来事に遭遇した。人生を一変させる出来事だった。翌年は最上級生というときに、ある日、歩いて学校に戻る途中、ふたつの建物にはさまれた殺風景な空き地で初老の中国人紳士を目にしたんだ。いまのぼくと同じ格好だった。素足に至るまで」

話を中断し、遠くを見るような感じで微笑するエイヴリーの姿に、アナは眉を上げた。

「ぼくは立ち止まって、その人に見とれていた。時間にして……そうだな、たぶん三〇分ぐらいかな。向こうもぼくがいるのに気づいたはずだが、そんなことは素振りにも見せなかったし、ぼくのほうもその人の存在以外、誰のことも、どんなことも意識になかった。言葉ではどうしても説明しきれない、アナ。見てもらうしかない。いいかな？」

「ええ」アナがベンチにすわる位置をずらして、窓のそばの壁に片方の肩をもたせかけてから、両手で左右の肘を抱くあいだに、エイヴリーは立ちあがって部屋の中央まで行き、そこに立った。てのひらを合わせて祈りのような姿勢をとり、目を閉じた。アナは一分ほどかけてゆっくり呼吸するエイヴリーを見守るうちに、彼がなんらかの形でアナから遠ざかり、彼自身のなかに入っていくのを感じとった。エイヴリーがゆっくり首をまわした。まず一方向へ、次に反対方向へ。

アナは恐怖を感じている自分に気づいた。いや、それは的確な表現ではない。彼女が感じていたのは畏怖の念に近かった。アナが目にしているのは未知なるもの、見慣れぬ異国ふうのもので、それが結婚してまだ一カ月にもならない男性の肉体のなかに存在していたのだった。この人を理解するのは永遠に無理かもしれないという思いが、アナの心に浮かんだ。それなのに、わたしは肉体的な痛みにも近い愛を抱いて、この人に焦がれている。

そのとき、エイヴリーが動いた——かつて目にしたことのあるいかなる動きをも超越していたので、アナはひたすら見守り、自分の肘を抱きしめることしかできなかった。

エイヴリーは床全体を使っていた。しかし、動きはゆっくりで、誇張され、様式化されていた。アナは最初のうち、単純な動きだから、肉体にはさほど負担にならないだろうと思っていた。だが、やがて、かなりの負担であることがわかってきた。というのも、鍛錬を重ね、痛みを経験しないかぎり、これほどまでにしなやかで、優雅で、精密な動きが自然にできる肉体など存在しえないからだ。すっと伸びる腕と脚と胴体、信じられないような背筋のアーチ、揺るぎなきバランスを、アナは目にした。彼の両足が同時に床を離れることはけっしてないのに、腰をひねり、左右の足の裏を交互に天井に向けることができる。低いほうの膝をわずかに曲げているだけで、どちらの脚もまっすぐ伸ばされている。しかし、じつのところ、アナの観察に言葉はついていなかった。無限の時間のなかで彼女が観察している肉体の持つ優美さ、自在な動き、パワー、身体能力、力強さ、みごとな美しさを言葉でとらえるのは不可能だろう。

その動きはワルツも含めてアナがこれまでに見たどんなダンスよりも華麗で、心を揺さぶるものだった。しかし、これはダンスではない。彼の動きのほうがはるかにゆっくりだし、彼だけのメロディーに合わせて——もしくは、耐えがたいほど甘く響く静寂に合わせて続いている。

アナが目にしているのは、人に見せるためのものではなかった。エイヴリーの意識のなかに彼女は存在していなかった。

やがて、始まったときと同じように彼が動きを止め、しばらくすると、部屋を横切ってアナのところに戻り、さっきのクッションを動かしてから、ふたたび彼女の前にあぐらをかいて膝を床につけた。

「エイヴリー」アナは言った。それ以上何も言えなかった。

「ぼくがその人に教えを乞うたところ、承知してもらえた。しかし、ぼくの願望と要求と覚悟のほどを理解すると、その人はきみがいま目にしたよりもはるかに多くのことを教えてくれた。自分の肉体は自分にとってかけがえのないものだが、自分の心を自分の力で制御し、自分の中心に存在する魂を——その人は〝本当の自己〟と呼んでいたが——誇れるようになったときに初めて、それが実感できるのだと言っていた。自分の意志を肉体に伝え、思いどおりに動かすための方法も教えてくれた。自分の肉体を武器に——それも死を招きかねない凶器に——変える方法も教えてくれた。ただ、ぼくがその能力を試した相手は生命なき品々と——一本の木だけだった。しかし、その人は肉体のパワーを抑え、自制心と協調しながら進むよう教えてくれた。だって、どんな凶器であれ、使う必要はないのだから——永遠に。使わないほうが、誰にとってもいちばんいいに決まっている。暴力からは何も得られない。暴力をふるう者と、その暴力に憤って仕返ししようとする者が残忍になるだけだ」

「その気になれば、あの人を殺すこともできた。そうなのね？」自分の肘をさらにきつく抱いて、アナはエイヴリーに尋ねた。

「アクスベリーのことかい？　その気にもなれなかった。一刻も早く愚行に終止符を打ち、あの場から逃げだしたいとしか思わなかった。大事なのは、自分にパワーがあるのを自覚しても、それを見せびらかす必要はないということだ。いかなる攻撃にも耐えられる武器が自分の手元にあるとわかっていれば、それを使う必要はない。また、自慢する必要はないし、話題にする必要すらない。それはぼくがつねに自分の胸だけにしまってきた秘密なんだ。理由は自分でもわからないが。最初のうちは、嘲笑されたり、変人だと思われたりするのが怖かったのかもしれない。やがて、ぼくに対する周囲の態度が違ってくると、それだけで充分だと思うようになり、ぼくの人生がいかに変わったかという秘密がとても貴重なものに感じられ、人に話したら汚されてしまうと思うようになった」

「いじめはやんだの？」

「不思議なことに、ぴたっとやんだ。あの中国人紳士の存在や、ぼくがその人と長時間過ごしたことを知る者は誰もいなかったというのに。ボクシングやフェンシングの授業のとき以外、ぼくは人と戦ったことがなく、しかも得意じゃなかった。誰にも何も言わなかった。それなのに……いじめはやんだ。人々はぼくを怖がるか、少なくとも、かなりの畏怖の念を抱いているが、誰もその理由を知らない。いや、あの嘆かわしい決闘がおこなわれるまでは知らなかった。アナ、きみが自分自身を信じ、自分の心を制御し、誰にどんなひどい噂をされようと、じかに罵倒されようと、カッとなることも、仕返ししてやりたいと思うこともなければ、人はそれを肌で感じとり、きみに敬意を抱くようになるものだ」

「でも、秘密を抱えて生きることの代償はなんだったの？」アナは彼に尋ねた。

エイヴリーはしばらく彼女を見つめ、それから答えた。「人生にはことごとく代償がつきものだ。何が得られるのか、何を失うのかを比較考量しなくてはならない。ぼくの場合は、失ったものより得たもののほうがはるかに多い。いじめから逃れられたのは、変身による恩恵のなかでいちばん些細なことだった」

「でも、誰もあなたという人のことを知らない。あなたは誰にも知られず、誰も知ることができない人間になろうとして、大人になってからの人生を意図的に築きあげてきたのね」

「昔のぼくだって、誰にも知られない人間だった。あの臆病で弱虫のチビの少年ではなかったし、現在の無敵の戦士でもない。本当のぼくはそうじゃない。ぼくはいまもぼくのままだ。昔からずっとそうだったように。本当のぼくはここに存在してるんだ、アナ」エイヴリーは軽く握ったこぶしで胸骨を軽く叩いた。「だけど、世捨て人ではない」

アナは自分の身体を抱きしめたまま、彼を凝視した。

エイヴリーは身体を傾けて別のクッションをとると、自分の前に置いた。「おいで」と言って片手を上げ、アナの手をとろうとした。

「まあ、そんなすわり方は無理だわ」アナは逆らった。

「スカートだから？　そうだね」エイヴリーはうなずいた。「アナ、もしよかったら、この部屋できみが着られるように、これと同じ衣装を作らせよう。ぼく以外は誰も入ったことのないこの部屋に、ぼくはきみを迎え入れた。部屋はシンボルのようなものだ。実質的には、ぼくの人生に、ぼく自身のなかに、きみを迎え入れたわけで、いまのぼくはかつての幼い男の子に戻っている。なぜなら、ぼくにはきみを支配することも、ぼくが語ったことと見せたものにきみがどう対処するかに対し、口出しすることもできないから。たとえできたとしても、するつもりはなくて、ただ怯えてるだけなんだ。そう、そんなふうにすわればいい。ぼくはきみを見上げるのではなく――見下ろすのでもなく、目の前にいるきみを見るのが好きなんだ」

アナはクッションに腰を下ろし、立てた膝を抱えていた。彼女の足がエイヴリーの片方の足首に触れていた。エイヴリーはその足に目をやり、片方ずつ持ちあげて室内履きと絹のストッキングを脱がせ、それからあぐらを組んだ自分の脚の下にアナの足先をひきよせた。

「靴を履いたままだと、本当の感触がつかめない」顔を上げてアナの目を見つめ、エイヴリーは言った。微笑し、あぐらを組んだ自分の脚とアナの脚の先へ身を乗りだして、彼女にキスをした。「ぼくはいまも怯えている。二人でロンドンに戻り、妻のいる身でありながら、どうやって結婚生活を送ればいいのかわからないという現実に直面して以来、ずっと怯えていた。窮地に陥り、抜けだせなくなっている。しかも、うまく対処できずにいる。挙式後の二週間のすばらしさは消えてしまい、永遠に消えたままになりそうで心配だ。とりもどしたい。どうすればとりもどせる、アナ？　きみも消えたように感じてなかったかい？」

これが、絶大な権力と自制心を備え、つねに自信にあふれ、初めて顔を合わせたときにわたしを恐れおののかせた、あの貴族だというの？　アナはまばたきして涙をこらえた。

「ええ。あなた、前にわたしに言ったわね、エイヴリー。いちばん大切な夢は愛する誰かに出会うことだって」

彼がアナの目を見つめかえした。彼の目は大きく開かれ、薄れゆく夕方の陽光とろうそくの揺らめく光を受けて、鮮やかな青い色を帯びていた。「うん、言った」

「わたしがその誰かになれないかしら」

彼はアナを見つめていた目を伏せた。彼女の足首にてのひらを置くと、膝を抱えた腕のほうへ上げていき、そのまま肩までいった。ふたたび視線を上げてアナの目を見つめ、立ちあがった。クッションを腕いっぱいになるまで集めて、アナのそばの窓敷居の下にどさっと放りだした。彼女の傍らに膝を突き、自分のほうを向かせて、クッションの上に横たわらせた。物慣れた様子で手早くアナの服を脱がせてから、自分の上着のウエストに結んでいた帯をほどき、次に、ゆったりしたズボンを脱いだ。あっというまに太陽が沈んだが、ろうそくの光は残っていて、アナにとっては、がらんとした広いこの部屋が、これまで足を踏み入れたなかでもっとも暖かくて、居心地がよく、幸せに満ちた部屋のように思われた。

アナの腿のあいだに膝を突いた彼の肌を、アナの両手が優しくなでた。完璧な体形と文句のつけようのない美貌の持ち主で、絶大な権力を手にした魅力的で精力旺盛な男だ。

「アナ」手と唇で彼女を愛撫しながら、エイヴリーがささやいた。「わが公爵夫人」

「愛する人」

夢見るような青い瞳が瞬間的にアナの目を凝視した。「愛する人?」

「愛する人」アナはくりかえした。「もちろんよ。知らなかった? ああ、エイヴリー、知らなかったの?」

そこで彼が微笑を浮かべた。とてつもなく甘い微笑で、アナは息が止まりそうだった。そして、彼がアナのなかに入ってきて、覆いかぶさり、金色の頭を横向きにして彼女の頭にのせた。

二人は愛を交わした。そこに言葉はなかった。思考すらなかった。あるのは甘さと、高潔さと、高まる欲望と、快楽に満ちた苦痛だけで、その快楽の強烈さに、クライマックスを迎えた瞬間、双方が叫びを上げ、無のなかへ落ちていっただけだった。ただ、そこは無でありながら、なぜか二人にとってすべてでもあった。

ああ、言葉がない。思考もない。あるのは愛だけ。

二人はクッションに埋もれて横たわっていた。体力を使い果たし、くつろぎ、おたがいの身体に腕をまわし、いまもひとつに結ばれたままで。ろうそくの炎が揺らいで、壁と天井にゆらゆらした影を投げかけ、世界はとても遠くにあるように思われた。

「永遠にここで過ごせればいいのに」アナは言った。

エイヴリーはため息をつき、彼女から離れて、上半身を起こした。白いズボンに手を伸ばして浅めにはき、アナの横でふたたびあぐらを組んだ。

「だけど、ここはただの部屋だよ、アナ」首をまわして妻を見下ろしながら、エイヴリーは言った。「きみとぼく、二人で部屋を超越し、時間を超越するんだ」まず自分の心臓に、それからアナの心臓に手を当てた。「それを意識するだけでいい。ただ、意識してもすぐ失ってしまうものだ――例えば、社交シーズンのきらびやかなロンドンで多忙な日々を送っているうちに。ぼくはその意識を身につけ、失えばふたたび身につける。きみが望むなら、やり方を教えてあげよう」

「ええ、ぜひ」アナは言った。「でも、わたしが本当にほしいのは白い衣装なの」

アナの思いがけない言葉にエイヴリーは笑いだし、くつろいだ穏やかな男性に変身した。わたしの夫。

「でも、もうじきここを離れて」部屋を見まわしながら、アナは言った。「モーランド・アベイへ行くのよね」

「きっと気に入るよ、アナ」顔を輝かせて、エイヴリーは言った。「大好きになると思う。約束しよう。それに、これとそっくりの部屋もある」

アナは彼に微笑を向けた。彼の熱っぽさに、意外な少年っぽさに、満たされて幸せそうなその姿に。本当は最初からそういう人だったに違いない。

彼の微笑が薄れた。もっとも、目にはいまも笑みが残っていたが。

「学校を出たとき、ぼくはわが師にしぶしぶ別れの挨拶をした――結局、それが永遠の別れとなった。それからちょうど一カ月後、睡眠中に師は亡くなった。別れの挨拶をしに行ったとき、師はぼくに、〝きみは完璧な存在になったが、ひとつだけ欠けているものがある。きみという存在の中心部分はいまも虚ろなままで、そこを埋めることができるのは愛だけだ〟と言った。だが、どういう意味かは説明してくれなかった。けっして説明しようとしなかった。自分自身で見つけることが大切だというのだ。ときには癪にさわる人だった。人類愛なのか、自然への愛なのか、家族愛なのか、ロマンティックな愛なのか、どうしても教えてくれなかった。〝きみが自分で見つけたときにわかるはずだ。そのとき、きみは完璧な存在となり、ようやく安らぎを得ることができる〟と言っただけだった。やっと見つけたよ、アナ。ロマンティックな愛だったんだ」

アナは彼女のみぞおちを軽く押している彼の膝に触れた。

「ぼくはきみに恋をし、結婚した。そして突然、身体の隅々まで、心の奥底まで、愛に満たされた。きみへの愛に、そして、あらゆる人とあらゆるものへの愛に。だが、そこで疑いを持ち、つまずいてしまった。愛と幸福のパワーが長続きするものかどうかを疑ったのだ。きみの気持ちを疑った。きみに愛される価値が自分にあるのかと疑った。やがてようやく、きみをここに連れてこなくては、きみをぼくの心のなかに完全に受け入れなくてはいけない、きみがあざ笑ったり、もっと悪くすれば、まるで理解してくれなかったりすることはありえない——そう信じなくてはと気がついたんだ。ああ、こんな愚かなことを口にしてしまって、ぼくがいまもどれほどびくびくしているか、きみにはわからないだろうな。だが、いま口にしなかったら、永遠にできないし、ぼく自身に欠けている部分は永遠に失われたままになるかもしれない」

「でも、あなたはいつも愚かなことを口にしてるでしょ」

エイヴリーは視線を落としてアナの目を見つめ、ふたたび笑った。アナのほうへ身を傾けて抱きあげ、裸身の彼女を自分の膝の上に置いた。そして、腕をまわして強く抱きしめ、同時にアナも彼に腕をまわし、二人で抱きあったまま永遠とも思える時間を過ごした。

「さて」ようやく、エイヴリーが言った。「さっきのきみの質問に答えるとしよう。きみはその誰かになれるし、なるだろうし、すでになっている、アナ。ぼくの愛する誰かに。ぼくのすべてに」

二人は笑みを交わし、それから唇を重ねた。

訳者あとがき

一九八五年、四〇歳のときに『A Masked Deception』でロマンス作家としてデビューし、以後四〇年近くにわたって精力的に執筆を続けてきたメアリ・バログ。これまでに六〇作以上の長編と三〇作以上の中短編を発表している。

二〇一二年から二〇一六年にかけて〈サバイバーズ・クラブ〉七部作を完成させ、ナポレオン戦争で傷ついた人々の癒しと再生を美しい筆致で描きだしたバログは、シリーズ終了のすぐあとで新たなシリーズをスタートさせた。その創作意欲はとどまることを知らないようだ。

新シリーズとは、名門リヴァーデイル伯爵家（ウェスコット家）の人々をめぐる幾多の物語。〈サバイバーズ・クラブ〉が七部作、その前のハクスタブル家のシリーズが五部作だったのに対して、新シリーズは作品の数がさらに増えて、二〇一六年から二〇二〇年までの五年間に八作が出版済み、二〇二一年にもすでに一作出版されている。

そのスタートを飾るのが、本書『愛を知らない君へ（Someone to Love)』である。

家族の愛を知らずにバースの孤児院で育った清楚《せいそ》な女性、アナ・スノーと、強烈な個性と美しさと傲慢さでまわりを圧倒するネザービー公爵エイヴリーの愛の物語。

アナは幼いときに孤児院に預けられ、二五歳になったいまも孤児院にとどまって子供たちに勉強を教え、貧しいながらも満ち足りた静かな日々を送っていた。ところが、ある日、ロンドンの弁護士から届いた手紙によって、彼女の人生は一変してしまう。両親の顔も名前も知らずに育ったアナだが、じつは裕福な伯爵家のただ一人の相続人だったのだ。

父親は伯爵家の御曹司で放蕩者。バースで美しい女を見初めてひそかに結婚し、女の子が産まれた。その子がアナだった。放蕩で借金を重ねて首がまわらなくなってしまったため、妻子を冷たく捨てて裕福な家の娘と結婚。最初の結婚のことは誰一人知らず、アナの母親が病気で亡くなったあと、伯爵はアナをバースの孤児院に預けて、養育費だけは送りつづけたものの、あとは知らん顔だった。

その伯爵が数週間前に亡くなった。死後の財産整理をきっかけに最初の結婚のことと遺言書のことが明るみに出て、伯爵家は大騒動となる。しかも、最初の妻が生きているうちに二度目の結婚をしたため、この結婚は無効で、子供たちには相続権がないことが判明。ロンドンに呼ばれて一族の集まりに顔を出したアナに向けられる人々の視線は冷たかった。「財産目当ての女」と言われ、蔑みの視線を浴びせられる。だが、居心地の悪いそのような場所でも毅然たる態度を崩さない彼女を見て、ひそかに感嘆した人物がいた。それは一族の親戚としてこの場に同席していたネザービー公爵。

絶大な権力と莫大な財産を持ち、天使のように美しく、つねに物憂げな雰囲気をまといつつも不思議なオーラを放って周囲を恐れおののかせている、まことに強烈な個性の持ち主だ。生まれ育った境遇も、生き方も、性格も、天と地ほど異なる二人だが、だからこそ、初対面のときから相手のことが気になって仕方がない。二人が惹かれあい、恋心が生まれ、おたがいにとって大切な存在になっていく様子を、バログは丁寧に描いていく。アナと公爵のすてきな恋物語をどうか存分に楽しんでいただきたい。

バログの作品の特徴として、多くの登場人物と、その複雑な血縁関係が挙げられる。これまでに翻訳出版された作品についても、読者の方々から「登場人物が多すぎて、誰と誰がどういう関係なのかよくわからない。家系図を作ってほしい」という要望が寄せられていた。その願いが通じたのか、本書にはなんと、著者じきじきに作成した家系図が添えられている。人物関係を理解するうえでまことに便利。「これは誰だっけ?」「誰のいとこ?」「誰の妹?」と戸惑ったときは、ぜひこの家系図を参考にしていただきたい。

シリーズが一〇作まで書かれていることを最初のほうで申しあげたが、途中までざっとご紹介しておこう。本書でおなじみとなったウェスコット家の人々が順に登場する。

二作目『Someone to Hold』の主人公はカミール・ウェスコット。伯爵家の長女で、一族が集められて遺言書が読みあげられたとき、アナに辛辣な言葉をぶつけた女性である。バースを舞台に、失意のどん底から立ちあがり、勇気を持って生きていく彼女の姿が描かれる。

三作目は『Someone to Wed』。運命のいたずらにより、望みもしなかったリヴァーデイル伯爵の称号を継ぐことになったアレグザンダーが主人公だ。
四作目は『Someone to Care』。カミールの母親ヴァイオラの物語。いまは亡き身勝手な夫のせいで伯爵夫人という身分を失い、傷ついた心を抱えて生きていたが、そんなとき、過去に出会った男性に再会する。そこから大人の恋が始まって……。

とまあ、こんなふうに、すてきな恋物語の数々がわたしたちを待っている。これから当分のあいだ、バログのロマンティックな世界に浸ることができそうで、訳者としても楽しみで仕方がない。ただし、家系図はどんどん複雑になっていくけれど。
さあ、新しいシリーズに乾杯！

二〇二一年九月

ライムブックス

愛《あい》を知《し》らない君《きみ》へ

著　者　　メアリ・バログ
訳　者　　山本《やまもと》やよい

2021年10月20日　初版第一刷発行

発行人　成瀬雅人
発行所　株式会社原書房
〒160-0022東京都新宿区新宿1-25-13
電話・代表03-3354-0685　http://www.harashobo.co.jp
振替・00150-6-151594
カバーデザイン　松山はるみ
印刷所　中央精版印刷株式会社

落丁・乱丁本はお取替えいたします。
定価は、カバーに表示してあります。
 ISBN978-4-562-06544-8 Printed in Japan